URGENC E

DU MÊME AUTEUR
CHEZ POCKET

LA REINE SOLEIL
LE MOINE ET LE VÉNÉRABLE
LE PHARAON NOIR
TOUTÂNKHAMON
LE PROCÈS DE LA MOMIE
IMHOTEP, L'INVENTEUR DE L'ÉTERNITÉ
LE DERNIER RÊVE DE CLÉOPÂTRE
NÉFERTITI
J'AI CONSTRUIT LA GRANDE PYRAMIDE
SPHINX
LA VENGEANCE DES DIEUX
URGENCE ABSOLUE

LE JUGE D'ÉGYPTE

LA PYRAMIDE ASSASSINÉE
LA LOI DU DÉSERT
LA JUSTICE DU VIZIR

RAMSÈS

LE FILS DE LA LUMIÈRE
LE TEMPLE DES MILLIONS D'ANNÉES
LA BATAILLE DE KADESH
LA DAME D'ABOU SIMBEL
SOUS L'ACACIA D'OCCIDENT

LA PIERRE DE LUMIÈRE

NÉFER LE SILENCIEUX
LA FEMME SAGE
PANEB L'ARDENT
LA PLACE DE VÉRITÉ

LA REINE LIBERTÉ

L'EMPIRE DES TÉNÈBRES
LA GUERRE DES COURONNES
L'ÉPÉE FLAMBOYANTE

LES MYSTÈRES D'OSIRIS

L'ARBRE DE VIE
LA CONSPIRATION DU MAL
LE CHEMIN DE FEU
LE GRAND SECRET

MOZART

LE GRAND MAGICIEN
LE FILS DE LA LUMIÈRE
LE FRÈRE DU FEU
L'AIMÉ D'ISIS

ET L'ÉGYPTE S'ÉVEILLA

LA GUERRE DES CLANS
LE FEU DU SCORPION
L'ŒIL DU FAUCON

LES ENQUÊTES DE SETNA

LA TOMBE MAUDITE
LE LIVRE INTERDIT
LE VOLEUR D'ÂMES
LE DUEL DES MAGES

CHRISTIAN JACQ

URGENCE ABSOLUE

XO ÉDITIONS

MIXTE
Papier issu de sources responsables
FSC® C003309

Pocket, une marque d'Univers Poche,
est un éditeur qui s'engage pour la préservation
de l'environnement et qui utilise du papier fabriqué
à partir de bois provenant de forêts gérées
de manière responsable.

ISBN : 978-2-266-29058-6
Dépôt légal : mai 2019

C'est dans les nuits les plus noires que brillent les plus belles étoiles.

Winston CHURCHILL

Si vous découvrez un homme, un seul qui observe la rectitude, qui recherche la vérité, alors, Je pardonnerai.

Jérémie, V, 1.

C'est curieux, chez les humains, cette obstination à ne pas admettre la réalité. Pourtant, elle a un nom : la Machine. Une machine créée par ces mêmes humains, et qui les contrôle aujourd'hui dans tous les domaines. Et ils sont ravis, parce que c'est trop pratique de croire au progrès et de renoncer à la liberté.

Je me suis posé la question : qui est aux commandes de la Machine ? Réponse : personne. Pas de complot, pas de manipulateur. Elle fonctionne toute seule, alimentée par la bêtise et l'inconscience. Et l'avenir est si merveilleux que personne ne se révolte.

Personne, sauf une bande d'illuminés, une ONG d'alchimistes qui se sont transmis une sagesse – mot inaudible – depuis l'époque des grandes pyramides d'Égypte. Ces « Supérieurs inconnus », comme on les a nommés au cours des âges, étaient spécialisés dans les relations diplomatiques avec l'invisible et connaissaient, dit-on, le secret de la vie. L'ennui, pour eux, c'est que leurs têtes dépassaient et qu'ils refusaient la pensée mondialisée.

Inadmissible. La Machine les a éliminés.

Un rêve idiot, comme tous les rêves : l'un d'eux aurait-il échappé au massacre ? Et si ce grain de sable pouvait détraquer la Machine ?

Bruce REUCHLIN,
rédacteur en chef de *Newsmagazine*

1

Vers quel univers le Sphinx, la plus grande sculpture jamais créée, levait-il les yeux ?

Bien qu'il eût roulé sa bosse sur les terrains les plus dangereux d'un monde pourri, Bruce, journaliste d'investigation écossais, restait scotché face à ce géant de pierre qui avait traversé les millénaires en fixant la lumière de l'Orient.

N'étant pas du genre contemplatif, l'ex-deuxième ligne de rugby avait la taille, le poids et l'envergure d'un taureau de combat qu'il valait mieux ne pas titiller. Les jours où tout l'irritait, il pouvait défoncer n'importe quel mur.

Aujourd'hui, basse tension et calme plat.

Du moins, en apparence. Car Bruce avait repéré une nuée de soldats et de flics, les uns en uniforme, les autres en civil, dans des voitures, à pied, ou déambulant à dos de chameau. Redoutant un attentat terroriste, le gouvernement égyptien déployait un maximum de forces de sécurité. Le tourisme étant en chute libre, un nouveau coup dur plomberait le pays pour une longue période. Malgré la poigne de fer du maréchal Sissi, les Frères musulmans, qui avaient brièvement exercé le pouvoir avec la bénédiction du président américain Obama, ne renonçaient pas à le récupérer.

Long de 72,55 mètres, haut d'une vingtaine, le grand Sphinx de Guizeh semblait indifférent au foutoir mondial. Et pourtant, il avait donné son nom de code à une ONG d'alchimistes, des bienfaisants transformant la mort en vie, les Supérieurs inconnus, dont les membres avaient été exterminés par la Machine, qui dirigeait à présent les humains et les conditionnait chaque jour davantage comme des papiers d'emballage contenant du néant.

Le Sphinx était le dernier des Neuf et le seul survivant. Mais plus personne ne comprenait son langage.

— Tu te trompes, papa, affirma Bruce Junior.

Jusqu'à présent, le voyage s'était bien déroulé. À son fils, Bruce avait promis de le planter devant la gigantesque bestiole, à la suite d'une exigence péremptoire : « Il faudra m'emmener voir le Sphinx, le vrai. J'ai à lui parler. » Et quand ce filou, dur au mal, futé comme pas deux, excellent joueur d'échecs, bon footballeur, se fourrait une idée dans le cabochon, impossible de la lui extirper. En plus, pour compléter le tableau, il avait un don de voyance, plusieurs fois vérifié.

Le genre de progéniture incontrôlable. Et c'était tombé sur Bruce.

— Moi, me gourer ? À propos de quoi ?

Fort de ses onze ans, l'âge d'un adulte selon les anciens Égyptiens dont il étudiait la civilisation avec ardeur depuis plusieurs mois, Bruce Junior balança le type de certitude qui fait vaciller un colosse :

— Il y avait neuf Supérieurs inconnus. Huit sont morts, le neuvième est toujours vivant.

Dans ces moments-là, patience obligatoire.

— Écoute, fiston, cette histoire est terminée. *Kaputt*, *finished*, *basta*, tu piges ? Le neuvième, c'est ce lion à tête humaine et au nez cassé par les soldats de Bonaparte.

— Non, papa, par des mercenaires arabes qui l'appelaient « le Père la terreur », tellement ils en avaient peur. Ils voulaient le détruire, mais sa magie les a repoussés. Il n'est pas le neuvième, mais le dixième, celui que les Anciens appelaient « Horus dans la contrée de lumière ». Le neuvième, lui, est un humain. Et il est toujours vivant.

— Tu débloquerais pas un tantinet ?

— J'ai bien étudié les *Textes des pyramides*, et il n'y a aucun doute.

De son sac à dos contenant une pharmacie d'urgence, Bruce sortit une flasque de whisky et s'en octroya une bonne lampée. Du désinfectant et du revigorant.

— Ne me dis pas que tu as eu une vision, tu me tuerais !

Sérieux comme un pharaon, Bruce Junior continuait à contempler le Sphinx.

— Je dois la confirmer.

— Ah bon… Et comment ?

— Regarde la stèle, entre les pattes avant. Je dois lire le texte. Alors, nous saurons *vraiment*.

— Vraiment…

— Oui, vraiment.

Inutile de discuter.

Troublé, Bruce songea à l'enquête à haut risque au cours de laquelle il avait joué sa peau pour tenter de sauver, en vain, au moins un Supérieur inconnu. À l'exception du Sphinx, leur mentor éternel, ils avaient tous été écrabouillés dans la broyeuse du progrès technologique, le nouveau maître de l'humanité. Et les rêveries du gamin n'y changeraient rien. La Machine fonctionnait à plein régime, les individus qui se croyaient uniques étaient formatés comme des crevettes industrielles, et la robotisation des esprits ne rencontrait plus aucun obstacle.

— Bon, on fait mouvement.

Ultime espoir : cet impossible gamin lirait sa stèle, et sa vision se dissiperait.

Retour à la maison, à l'école et à la tranquillité.

Le père et le fils s'engagèrent sur le chemin menant à l'objectif.

— Halte, ou je tire !

2

Un gus en uniforme noir, la tête couverte d'un béret, braquait sur eux une kalach datant de Charlemagne.

Le dominant d'une bonne tête, Bruce l'affronta. Vu l'état de la pétoire et de celui qui la maniait, on tangentait le risque zéro.

— T'as tes vapeurs, mon gars ?

— Interdit aux touristes, décréta le policier dans un anglais compréhensible du Zoulouland au pôle Nord.

— Si tu trouves que j'ai une tronche de touriste, tu me fais beaucoup de peine. Mon héritier et moi, on est en voyage d'étude. C'est un futur égyptologue, il veut lire cette stèle. Et c'est pas toi qui vas nous les briser.

— J'ai des ordres !

— De qui ?

— De l'inspecteur-chef.

— Il est où ?

— À son bureau.

— On sourit, on se détend et on nous y conduit.

Vu la taille de Bruce et celle de ses poings, le policier privilégia la négociation à l'affrontement. Ce genre d'animal était plus redoutable que les chiens faméliques sur lesquels on jetait des pierres.

Une bonne vingtaine de minutes de marche jusqu'au bureau du nouveau Service des Antiquités, chargé de l'immense plateau de Guizeh et de ses trésors archéologiques.

— Vous attendez à l'extérieur, ordonna le policier d'une voix mal assurée.

Longue discussion avec une femme voilée, éclats de voix, retour au calme.

En Égypte, les engueulades n'étaient pas forcément synonymes de conflit.

La femme vint vers les étrangers.

— Bienvenue à Guizeh. Que désirez-vous ?

— L'autorisation de voir de près la stèle entre les pattes du Sphinx.

— Entrez.

Une salle oblongue, deux banquettes qu'occupaient une dizaine de personnes. Au fond, un bureau métallique. Assis dans un fauteuil de cuir, un quinquagénaire élégant lisant des documents que lui présentaient deux secrétaires avec force courbettes.

La femme voilée les amena au pied du bureau. Le quinquagénaire tamponna une dizaine de feuillets avant de lever la tête.

— La sécurité est notre priorité, indiqua-t-il ; vous avez insulté un policier, ce qui constitue un grave délit.

— Si je l'avais insulté, précisa Bruce, il ne serait plus en un seul morceau. Et Junior est tout à fait pacifique.

— Votre nom ?

— Bruce Reuchlin, journaliste.

— Le rédacteur en chef de *Newsmagazine* ?

— Pour vous servir, répondit l'Écossais avec un tact rarissime.

L'inspecteur-chef se demanda si ce service-là ne prenait pas l'allure d'une bombe atomique.

Jamais il n'aurait songé se trouver en face de cette armoire à glace contenant des missiles que quantité de pseudo-intouchables redoutaient.

Bruce était l'incarnation du politiquement incorrect et avait une règle de base : quand on lui disait « Ça, il ne faut ni le dire ni en parler », il s'y attaquait en priorité. Spécialiste des mots de travers et des pensées interdites, il fouinait partout, même au fond des poubelles, et son époque, celle des déchets, en regorgeait. Et lorsque Bruce partait sur le sentier de la guerre, sans se soucier des dommages collatéraux, faux-culs, politicards et tripatouilleurs se planquaient dans des abris dont l'épaisseur, souvent, ne suffisait pas.

D'un geste sec, l'inspecteur-chef congédia solliciteurs et secrétaires. Un entretien privé s'imposait.

— Je suis très heureux de vous accueillir à Guizeh, votre présence ici est un grand honneur. De quelle manière puis-je vous satisfaire ?

— Mon gamin, Bruce Junior, s'est entiché d'Égypte ancienne. Il a appris à lire les hiéroglyphes en un temps record, et je lui avais promis un rendez-vous avec le Sphinx pour son anniversaire. Il aimerait bien voir la stèle de près.

— Rien de plus simple ! Je vous donne même le droit de prendre des photos. Notez bien nos efforts de restauration et le soin avec lequel nous traitons les monuments anciens. Nous sommes conscients qu'il s'agit du patrimoine mondial de l'humanité et nous le préservons au mieux. Vous… Vous comptez y consacrer un article ?

— J'ai en permanence des tas d'idées qui me trottent dans la tête. On gamberge, on ventile et puis, tout à coup, on percute. Et ça tombe où ça tombe.

— Bien sûr, bien sûr… En tout cas, à Guizeh, nous sommes irréprochables. Désirez-vous que je vous accompagne ?

— Pas la peine, on connaît le chemin.

— Une escorte est indispensable. Vous visiterez en toute sécurité.

Quatre bonshommes des unités d'élite, avec des armes chargées et en état de marche. De quoi décourager le terroriste moyen.

En progressant vers le petit temple et la stèle érigés devant le Sphinx, Bruce eut soudain l'impression de pénétrer dans un autre monde.

De quoi vous ficher la tremblote.

3

Souvent dite « du Sphinx », la stèle de granit rose, haute de 3,61 mètres, et dressée entre ses pattes avant, l'œuvre du pharaon Thoutmosis IV[1], n'était réapparue qu'en 1818, lorsqu'on avait désensablé, une fois de plus, la statue géante.

Pendant sa précédente visite à cet endroit si particulier, dont la puissance magique déstabilisait les plus endurcis, Bruce avait appris qu'un prince s'était endormi au pied du géant, lequel lui avait promis de lui accorder la couronne d'Égypte, s'il le dégageait de sa gangue de sable. Promesse tenue des deux côtés. Et tel était le devoir des Supérieurs inconnus, aujourd'hui disparus : offrir un minimum de lumière aux peuples du monde. De leur aventure, née au temps des pyramides, ne subsistait que le Sphinx.

Bruce Junior laissa son regard errer sur les hiéroglyphes, « les paroles de Dieu ». Puis il commença à lire :

— « Sa vigueur renouvelait son cercle, sa puissance égalait celle du Fils du ciel. Il s'assit à l'ombre de ce

1. 1419-1386 av. J.-C.

Grand Dieu. Sommeil et rêve s'emparèrent de lui, alors que le soleil était au zénith. » Tu comprends, papa ?

— Pas de secret, c'est l'histoire d'un mec appelé Thoutmosis IV.

— Mais non, de quelqu'un d'autre ! Quelqu'un qui a vécu le même mystère que le roi. Quelqu'un qui était assoupi et que le Sphinx a réveillé. Le neuvième et dernier Supérieur inconnu.

Curieux, chez les petits voyants, ce besoin de raconter n'importe quoi.

— Et le Sphinx lui a parlé, continua Bruce Junior : « C'est moi, ton père ; je te donnerai ma royauté sur terre, à la tête des vivants, ainsi que tout ce qu'illumine l'œil du Maître de l'Univers. »

— De la belle littérature, admit l'Écossais, mais elle concerne un sacré vieux pharaon dans un sacré pays qui n'existe plus.

— Pas du tout, objecta son fils. Quelqu'un est venu ici récemment, a vécu ce rêve, et a été chargé par le Sphinx de reprendre le flambeau. Vérifie, c'est ton métier.

Et dire que certains voulaient avoir des enfants à tout prix !

— Bon, on vérifie. Et après, tu t'écrases.

Retour à l'inspectorat.

Dès l'apparition des deux Bruce, le patron chassa ses visiteurs et fit apporter du thé et du Coca.

— Satisfaits, pas de problème ?

— Mon gamin est ravi.

— Un égyptologue en herbe, c'est merveilleux ! Votre fils est ici chez lui.

— Juste un léger souci.

L'inspecteur-chef se renfrogna. Manier de la nitroglycérine n'avait rien de jouissif.

— Nous parviendrons sûrement à le dissiper.

— Cette stèle doit faire flipper beaucoup d'archéologues, avança Bruce.

— Détrompez-vous ! C'est un monument bien connu, étudié, publié et traduit. Plus rien à découvrir, le concernant.

— N'y aurait-il pas quelqu'un, récemment, qui aurait eu des curiosités bizarres ?

L'inspecteur-chef parut gêné.

— C'est assez… confidentiel.

— Si je faisais un don pour l'entretien du Sphinx ?

— Ce serait très généreux, et les autorités vous en seraient reconnaissantes.

— Heureux de vous donner un coup de main. Alors, mon info ?

Le haut fonctionnaire sirota son thé.

— Quelqu'un s'est récemment préoccupé de cette stèle, en effet. Il a souhaité l'examiner après la fermeture du site aux touristes, et il est resté sur les lieux jusqu'au milieu de la nuit, sous la surveillance de la police.

— Drôle de zigoto !

— Il disposait d'une autorisation du ministère, et je n'avais qu'à m'incliner. À Guizeh, nous avons souvent des excentriques, surtout passionnés par la Grande Pyramide.

— Le nom de ce dingue-là ?

— C'est délicat. Normalement…

— Vous avez un bout de papier ?

L'inspecteur-chef tendit une carte de visite. Bruce écrivit un chiffre.

— Mon don pour la restauration du Sphinx.

— L'archéologie vous remercie. L'excentrique s'appelle John Patmos et travaille pour le British Museum. Je n'avais donc aucune raison de douter de son sérieux ; son comportement, un peu étrange, n'a provoqué aucun incident.

Bruce fut soulagé. Le bonhomme serait facile à retrouver, et n'avait certainement aucun rapport avec les Supérieurs inconnus.

*

Depuis sa confortable chambre du Mena House Hotel, situé près de la Grande Pyramide, Bruce appela le British Museum et demanda John Patmos. On le passa de bureau en bureau et de service en service, du laboratoire chargé de la restauration jusqu'à la direction du personnel.

Et le verdict tomba : aucun John Patmos n'était employé au British Museum, ni comme permanent ni comme vacataire. L'adorateur de la stèle avait raconté une blague et s'était évanoui dans la nature.

— Il est venu recueillir l'énergie du Sphinx, affirma Bruce Junior ; après avoir dormi, il s'est éveillé. Lui, le neuvième et dernier Supérieur inconnu encore présent sur cette terre. Urgence absolue, papa : le retrouver et le sauver.

4

Coiffé d'un chapeau de paille, vêtu d'une chemise à carreaux, d'un pantalon de toile et d'un tablier bleu lavé après chaque utilisation, chaussé de bottes, Dieter Cloud binait son potager, installé au sommet d'un building de New York qui lui appartenait. Pas sous son nom, mais sous celui d'une des multiples sociétés qu'il contrôlait. Tomates pansues, poireaux de belle taille, salades épanouies… Le quinquagénaire de taille moyenne, au physique passe-partout, avait la main verte et pouvait être fier de son labeur.

Grâce au médicament expérimental fourni par l'une des divisions santé d'Alphabet, l'entité regroupant tous les secteurs de Google, la tumeur au cerveau de Cloud s'était stabilisée. Et les soins que prodiguait l'équipe médicale de sa propre clinique le maintenaient en excellente forme. Dormant peu, travaillant beaucoup et s'imposant une stricte hygiène de vie, cet homme de l'ombre était l'un des décideurs les plus importants de la planète. Ayant un accès direct au bureau du président des États-Unis et étant membre influent de tous les clubs où se réunissaient discrètement les véritables acteurs de l'économie mondiale, Cloud participait de manière décisive à l'établissement d'un gouvernement planétaire dirigé non par des hommes, mais par la Machine.

Jouissant des progrès foudroyants de l'informatique, dont Internet n'était que l'application la plus connue, l'humanité serait bientôt entièrement conditionnée, pour son plus grand bonheur. La Machine guérirait les maladies, vaincrait la mort, régirait les systèmes sociaux et mettrait chaque humain à la bonne place.

Une information essentielle était d'ailleurs passée presque inaperçue : Alice et Bob, deux robots de Google Brain, participant au programme d'étude sur le cerveau, avaient réussi à communiquer secrètement entre eux. Une étape essentielle vers la gouvernance algorithmique, qui remplacerait l'individu, source de multiples perturbations, par des profils statistiques. Nourrie d'algorithmes auto-apprenants, l'intelligence artificielle gérerait la finance, prendrait des décisions incontestables et incontestées, prédirait les variations climatiques et, entre autres domaines, révolutionnerait la médecine. Avec un seul mot d'ordre formulé par un chercheur, Emmanuel Mogenet, travaillant sur le site zurichois de Google : « Se focaliser exclusivement sur l'utilisateur en cherchant à le rendre heureux. »

Cloud ôta ses lunettes à monture argentée et nettoya les verres ronds avec des papiers humides, puis s'essuya le front où perlait une goutte de sueur. Ses yeux noirs et mobiles contemplèrent New York, la capitale de la planète, entièrement dévouée à la Machine, comme la Silicon Valley.

Son assistant personnel lui rappela son rendez-vous à la clinique. Il avait calculé le temps nécessaire pour se doucher et s'habiller.

*

En chemin, confortablement installé dans son véhicule blindé digne d'un chef d'État, Dieter Cloud se remémora un épisode pénible.

Une bande d'alchimistes dangereux, les Supérieurs inconnus, s'étaient dressés sur le chemin de la Machine. Héritière d'une sagesse millénaire qui ne correspondait plus aux critères du monde moderne et à l'avènement du progrès technologique, cette poignée de séditieux avait suffisamment de puissance pour répandre des idées subversives et provoquer des révoltes.

Aussi Cloud avait-il fait éliminer un à un ces neuf gêneurs et mis sous surveillance leurs partisans, notamment Mark Vaudois, industriel et milliardaire, fils d'un des Supérieurs inconnus, et son ami Bruce Reuchlin, journaliste d'investigation. Le premier prenait du bon temps en voyageant, le second dénonçait des scandales dans son magazine. Des têtes tombaient, d'autres les remplaçaient aussitôt, et la Machine continuait à fonctionner.

Méfiant et prudent, Dieter Cloud avait donc installé des dispositifs d'alerte a priori inutiles autour de Mark et de Bruce. Mais l'excès de précautions ne nuisait jamais.

L'homme d'affaires fut accueilli par le chirurgien-chef qui disposait des formidables progrès de Google Ventures, Life Sciences et Calico, les trois divisions d'Alphabet œuvrant à la guérison de toutes les maladies et au remplacement des organes usés. Il pratiquait le diagnostic par nanoparticules, qui s'imposerait bientôt comme le mode de détection idéal des tumeurs et des crises cardiaques, désormais évitables. Grâce aux produits qu'élaboraient les laboratoires pharmaceutiques, le vieillissement serait d'abord ralenti, puis éradiqué. Tout élément du corps humain serait remplaçable, et la Machine engendrerait des milliards de machines à son image. Pour la rétine, la prothèse Argus II de la société californienne Second Sight ; pour la peau, un substitut conçu par l'université de Stanford ; pour la trachée et les bronches, des éléments artificiels en cours d'élaboration au Karolinska Institute de Stockholm. Le cœur ne posait pas de problème, et l'université de Jikey, à Tokyo, ne tarderait pas à façonner un rein artificiel.

Des infirmières affolées troublèrent la quiétude de la clinique et se précipitèrent dans une chambre.

— Que se passe-t-il ? demanda Cloud.

— Un malade agité en phase terminale.

— De quoi souffre-t-il ?

— Un agriculteur qui a absorbé trop de chlorobenzène du Lasso de Monsanto. D'après lui, ce pesticide aurait déclenché un cancer de la moelle osseuse. Pure hypothèse, aucune certitude scientifique.

Un sourire anima les lèvres minces de Dieter Cloud, l'un des artisans du rachat de l'américain Monsanto par l'allemand Bayer, de manière à nourrir les dix milliards d'habitants qui peupleraient la terre en 2050. Comme l'avait déclaré le céréalier Jean-Marie Desdions : « Monsanto m'a contaminé, Bayer m'a guéri par chimiothérapie. Les géants de l'agroalimentaire nous empoisonnent d'un côté pour nous soigner de l'autre[1]. »

Telle était la loi de la Machine que Dieter Cloud considérait comme la meilleure. Déjà, des aliments génétiquement modifiés étaient servis dans quantité d'assiettes à travers le monde, et la Silicon Valley concevait des produits synthétiques et de substitution afin d'améliorer la sécurité nutritionnelle.

Prochaine conquête de Cloud : le contrôle du bio, certes restreint, mais qui avait tendance à usurper des parts de marché. En truquant les normes et en passant au stade industriel, cette anomalie serait rectifiée et les consommateurs n'y verraient que du feu.

— Avez-vous avancé sur mon programme de séquençage des nouveau-nés ?

— Nous progressons avec l'aide de la Harvard Medical School, répondit le chirurgien-chef. En prélevant une goutte de sang au niveau du talon, nous sommes capables de détecter la prédisposition génétique d'un bébé à plus de mille maladies[2]. Et ce n'est qu'un début. Comment vous sentez-vous, aujourd'hui ?

— Une légère fatigue. Et ça m'indispose.

— Nous allons l'effacer. D'abord, les examens habituels.

— J'espère les réussir.

---

1. *Paris Match*, 16 novembre 2016.
2. *Sciences et Avenir*, n° 834, 2016.

5

Si la route 36 était potable, la 37 restait un authentique tape-cul. Mais c'était celle qui menait au domicile de Bruce, dans un coin perdu de l'Islande, où les humains étaient anecdotiques. Si on voulait comprendre comment les volcans avaient façonné la planète, il fallait venir ici et se confronter aux éléments, dans leur toute-puissance. Le feu sous la glace, les geysers, le vent, la pluie, le temps qui changeait toutes les cinq minutes… Pas de quoi s'encroûter.

Au volant de son 4 × 4, apte à circuler sur n'importe quelle piste, Bruce ruminait. La voyance, la voyance… En Égypte, son gamin avait peut-être succombé à la magie du Sphinx et raconté n'importe quoi.

Parterres de gentianes et sorbiers des oiseaux entouraient une maison peinte en rouge et en vert, au pied d'une source chaude. À peine la voiture immobilisée, deux gigantesques terre-neuve, Dante et Virgile, se ruèrent sur les arrivants. Avides de caresses, ils léchèrent les joues des deux Bruce.

Sur le seuil, une femme.

Une Cambodgienne, fragile et raffinée. Blouse de soie rouge, pantalon noir flottant, fin collier d'or, bracelets de turquoise, chignon parfait.

L'épouse de Bruce, Primula, dont les parents avaient été massacrés par les Khmers rouges, et qui ne pardonnerait jamais à certains intellectuels occidentaux de les avoir soutenus.

L'Écossais mourait d'envie de l'enlacer, mais il craignait de la briser. L'énorme et tonitruant Falstaff prenait soin de sa douce Cendrillon qui, comme lui, préférait la nature à ses semblables et n'avait pas besoin de vie mondaine.

— Le petit va bien ?

— En pleine forme.

— Il n'a pas attrapé une saleté de virus à cause de l'air conditionné des avions et des hôtels ?

— Ça ne semble pas.

Primula appelant Bruce dix fois par jour, elle ne manquait pas de nouvelles fraîches.

— Junior a vu le Sphinx ?

— Rassure-toi. Il ne l'a pas raté.

— Ils ont discuté ?

— Plutôt deux fois qu'une.

— Et que se sont-ils dit ?

— Des bêtises. Entre un gros lion en pierre et un gamin, ça ne peut que débloquer.

— Mais non, maman ! objecta Bruce Junior en se jetant au cou de Primula.

Les abandonnant à leurs embrassades, Bruce sortit les bagages du véhicule.

Bon Dieu, quel bonheur de retrouver son petit paradis ! Dans ce paysage du début du monde, une vaste terrasse en bois avec un jacuzzi, des serres abritant fruits et légumes, et l'intérieur douillet et rassurant qu'avait aménagé Primula : de multiples ouvertures captant les rayons de lumière, des dizaines de bouquets de fleurs, dont des lotus, des orchidées et des chrysanthèmes, des meubles en bois, des fauteuils profonds, des boiseries claires, une immense cuisine pouvant accueillir une vingtaine de convives.

Dante et Virgile tirèrent leur maître par les manches. L'heure du déjeuner approchait, et l'on ne plaisantait pas avec les fondamentaux.

Sur la longue table en chêne, l'alcool que Primula extrayait de son alambic en cuivre. Un mélange d'armagnac, de cognac, d'absinthe et de plantes locales. Il dissipait les nuages extérieurs et intérieurs.

Flottait dans l'air une délicieuse odeur, celle d'un ragoût aux dix épices et aux petits légumes.

— Débouche du bourgogne, ordonna Primula ; et lave-toi les mains, comme ton fils.

Si elle avait arbitré des matches de rugby, Bruce aurait sûrement été expulsé dès sa première entrée en mêlée. Côté règlement et propreté, ça ne rigolait pas.

Assis sur leur derrière, haletant, la langue pendante, les yeux désespérés, Dante et Virgile étaient au bord de l'hypoglycémie. Comme de coutume, ils furent servis en premier et ne manqueraient pas de solliciter des suppléments.

— C'est chouette, l'Égypte, estima Bruce Junior en s'installant devant son assiette ; mais on mange mieux à la maison. Tu as bien surveillé l'armoire aux génies, maman ?

— Personne ne l'a ouverte.

C'est là que Bruce Junior avait dissimulé un petit cube d'or dont l'une des faces était teintée de rouge, une fiole contenant un liquide doré, et un cahier rempli de dessins et de textes énigmatiques décrivant les étapes de la fabrication du Grand Œuvre alchimique. S'y ajoutait une petite pyramide en or elle aussi, ultime cadeau d'une vieille guérisseuse, confié à Bruce avant que ce dernier membre des Supérieurs inconnus ne soit assassiné.

— Je suis presque sûr de ce que j'ai vu, indiqua Junior, mais je dois vérifier. Après le déjeuner, j'irai me promener avec Dante et Virgile, et j'interrogerai le génie du lac.

Bruce se concentra sur son ragoût. À quoi bon ergoter, puisque Primula approuvait ?

On parla donc des pyramides, du Sphinx, et l'on dégusta une fabuleuse charlotte à la framboise.

Toujours aussi sérieux qu'un pharaon, Junior quitta la table, se brossa les dents et partit en compagnie des deux terre-neuve afin de consulter le génie.

— Je suis crevé, avoua Bruce ; ce gamin m'épuise.

— Reprends un verre de mon élixir pour te requinquer.

— Après, je vais me coucher.

— Sûrement, mais avec moi.

— Primula, je…

— Tu la fermes, et on se baigne dans notre piscine d'eau chaude. Je n'ai pas épousé une lavette, et tu es parti depuis une semaine. Fin de la période d'abstinence.

Ne comprenant rien aux femmes, Bruce avait renoncé à lutter depuis longtemps. Avec Primula, c'était quand elle voulait, où elle voulait et comme elle voulait.

En réalité, elle arbitrait bien le match.

6

Dieter Cloud avait réussi ses examens. Sa tumeur au cerveau n'évoluait pas, une guérison devenait envisageable. Ses facultés demeuraient intactes, et il continuerait à exercer ses fonctions sans faiblir.

Sur son bureau, la photo d'Alan Turing, l'espion anglais qui avait changé le sort de la planète en posant les bases de l'informatique et de l'intelligence artificielle. Obsédé par la sorcière de *Blanche-Neige et les Sept Nains* et la pomme empoisonnée qui aurait donné naissance au logo d'Apple et qui symbolisait New York, « la Grosse Pomme », Turing considérait les machines comme des enfants à éduquer qui, devenus adultes, éduqueraient les humains réduits à l'état de nourrissons. Et cette prophétie serait accomplie lorsque, comme l'annonçait Steven Spielberg, humains et machines formeraient une symbiose électronique parfaite, avec un corollaire indispensable : télécharger dans le cerveau des modules de connaissance. Et puisque le pape avait reçu Mark Zuckerberg, le créateur de Facebook, afin d'envisager la manière d'aider les plus pauvres, tous les espoirs étaient permis.

Sur l'une de ses tablettes, Cloud découvrit une excellente nouvelle : la Cour européenne des droits de l'homme validait l'utilisation de fichiers volés, en violation de tout type de droit, international ou national, afin de satisfaire l'Allemagne, qui traquait les contribuables tentant d'échapper au fisc. De quoi compléter des dossiers concernant des personnalités qu'il serait plus facile de manipuler en se servant de ces informations.

L'Europe, un terrain de chasse idéal pour Dieter Cloud et la Machine. Aucune résistance, une bureaucratie digne de l'ex-Union soviétique, des institutions sclérosées et un magnifique réservoir de clients qui croyaient à la démocratie, aveugles et sourds. Avec la Chine, en revanche, il faudrait combattre, car le nouveau tyran avait perçu une partie des enjeux et recherchait une forme d'indépendance informatique que les États-Unis ne sauraient tolérer. Les prochains épisodes de la guerre souterraine seraient sanglants.

Utilisant une équipe de spécialistes recrutés au Massachusetts Institute of Technology, le fameux MIT, à Berkeley et dans les Écoles polytechniques de Zurich et de Lausanne, Dieter Cloud avait plusieurs coups d'avance dans le domaine de la prévision de l'avenir grâce aux données numériques. Et globalement, la Machine façonnait les lendemains en détruisant allégrement la « sphère privée » que des attardés s'acharnaient à défendre, sans s'apercevoir qu'elle avait déjà presque complètement disparu, avec le consentement de gouvernements rivalisant d'incompétence et d'hypocrisie.

Cloud donna ses instructions sous forme d'hologramme à une centaine de subordonnés répartis à la surface du globe ; sans quitter son bureau, il était présent partout. Hors de la gouvernance digitale, pas d'efficacité.

Aussi les rendez-vous en tête à tête étaient-ils rares. Naguère cause de perte de temps, ils revêtaient à présent un caractère exceptionnel. Parvenir au bureau de Dieter Cloud était un privilège accordé au terme de multiples contrôles assurant une totale sécurité au maître des lieux.

En cette matinée brumeuse et froide, il recevait l'une des pièces majeures de son échiquier, le directeur du National Ignition Facility de Livermore, en Californie ; un centre de recherche dont Cloud s'était emparé, afin de contrôler le domaine de l'énergie, qui ne se limitait pas au pétrole, au gaz et aux renouvelables, déjà sous la domination de la Machine.

Un grand type un peu mou et tout à fait crispé. Il jouait sa tête et avait peur de celui qui pouvait la trancher. Avec son front large et dégagé, son nez pointu, ses lèvres minces, son menton fuyant et surtout son regard fixe qui vous dévorait, Cloud ne mettait pas à l'aise.

— Sept milliards de dollars investis, et quels résultats ?

— Prometteurs, affirma le directeur, d'une voix mal assurée.

— J'ai horreur des promesses. Êtes-vous certain d'aboutir ou non ?

— Vous savez, en recherche fondamentale…

— Picasso disait : « Je ne cherche pas, je trouve. » Et il a fait fortune.

— Une certitude : nous sommes dans la bonne direction. Tôt ou tard, nous obtiendrons un nouveau modèle de fusion nucléaire à l'aide de faisceaux laser et nous reproduirons le fonctionnement du soleil.

— Les mots ont un sens. Vous avez dit « certitude ».

— Je confirme.

— Ne me décevez pas.

Une brusque suée trempa la chemise du directeur du National Ignition Facility.

— Pas de problèmes de sécurité ? s'inquiéta Cloud.

— Aucun journaliste admis, quelques curieux interpellés, et un regrettable accident : un écolo s'est électrocuté en voulant escalader un grillage. La justice a classé l'affaire, mais…

— Personne ne doit approcher de ce centre de recherche, et vous serez couvert en toute circonstance, même si les gardes sont contraints de tirer. Si vous mollissez, je vous vire.

En quelques secondes, la glotte du scientifique se livra à un nombre impressionnant d'allers et retours. Cloud pianota sur une tablette pour signifier la fin de l'entretien, dûment enregistré.

Le directeur se leva, la porte s'ouvrit et les vigiles l'encadrèrent.

D'après les informations que livraient à Cloud des taupes appartenant à l'équipe de chercheurs de Livermore, les travaux avançaient plus vite que prévu, et le directeur, l'épée dans les reins, possédait les compétences nécessaires pour réussir un exploit technologique que la Machine saurait exploiter.

Une perspective si réjouissante que Dieter Cloud s'accorda une faveur exceptionnelle : un verre de vin cuit espagnol.

Mais à peine trempait-il ses lèvres dans le breuvage liquoreux qu'un voyant rouge, incorporé à la lourde plaque de verre lui servant de bureau, s'alluma.

Appel de Wu, le chef de la sécurité, un ex des services secrets chinois, très bien formé. Âgé d'une soixantaine d'années, sans certitude sur sa date de naissance, il avait torturé raisonnablement des prisonniers politiques et s'était spécialisé dans le piratage informatique, avant de commettre une erreur fatale : détourner des fonds en oubliant de rétribuer son supérieur hiérarchique, un membre influent du Parti. Deux solutions : soit se tirer, à ses frais, une balle dans la tête ; soit prendre ses cliques et ses claques en négociant ses compétences. Exfiltré par un agent de la CIA, Wu avait atterri dans la toile de Dieter Cloud, auquel il devait sa survie.

Le Chinois avait peu de besoins : un appartement de trois pièces, du riz parfumé à volonté, une fille tous les quinze jours et un home cinéma pour voir de bons vieux westerns. Tant qu'il ne faillirait pas, il mènerait une existence tranquille.

Cloud fit apparaître le visage de Wu sur son écran.

— Je vous écoute.

— Bruce a bougé, monsieur.

— Où ?

— Il s'est rendu en Égypte avec son fils, et ils ont passé un long moment devant le Sphinx.

Sphinx… Le cauchemar de Cloud ! Le nom de code de la confrérie rassemblant les neuf Supérieurs inconnus.

— Quoi d'autre ?

— Le journaliste et son rejeton sont rentrés chez eux, en Islande.

— Une idée de ce que prépare cet Écossais de malheur ?

— Pas la moindre.

— Ne le lâchez pas.

L'estomac noué, Dieter Cloud vida son verre dans le lavabo de sa salle de bains.

7

Après avoir vérifié que son armoire aux génies contenait bien les trésors que son père lui avait rapportés, Bruce Junior emmena en promenade les deux terre-neuve, Dante et Virgile, toujours prêts à s'ébrouer dans un espace sans fin.

Première étape obligée : un petit lac où les deux chiens plongeaient et nageaient avec délices. Ensuite, le jeu du bâton que lançait le gamin. De force égale, Dante et Virgile se partageaient les succès ; tantôt l'un, tantôt l'autre était le plus rapide.

— On va au volcan, leur indiqua Junior.

Les terre-neuve connaissaient leur territoire comme personne et prenaient soin d'éviter les mares et les rochers abritant des créatures nuisibles. Aussi empruntèrent-ils le bon sentier, celui des magiciens, serpentant sur le flanc d'un volcan assoupi, en partie couvert de neige.

Là résidait le plus puissant des génies peuplant les environs. En Islande, on ne plaisantait pas avec ces habitants-là, et les rares sceptiques ravalaient leur suffisance dès qu'ils subissaient un choc en retour.

Du genre taiseux, le génie du volcan ne s'exprimait qu'à bon escient, après avoir écouté un argumentaire détaillé.

Les terre-neuve se couchèrent de part et d'autre de Bruce Junior qui relata les événements, avant de poser la question majeure : existait-il encore un Supérieur inconnu ?

*

Le bureau de Bruce lui ressemblait : monumental. Une bonne centaine de mètres carrés, une batterie d'ordinateurs, des milliers de bouquins et de revues, des piles de dossiers entassés sur des étagères. Une affiche authentique lui rappelait les exigences de sa profession :

Pompes funèbres.
A. Laffût.
Jour et nuit.

Lui aussi, Bruce, comme le propriétaire de cette sinistre officine au nom significatif, était à l'affût, jour et nuit, pour tenter de démasquer les salopards qui souillaient la planète avec leur corruption, leurs mensonges et leur destruction physique et mentale. Un labeur désespéré, mais l'Écossais ne savait rien faire d'autre. Entre cireurs de pompes, provocateurs et collabos, il traçait son chemin en écrasant des centaines d'orteils et en s'attirant quelques légions d'ennemis, y compris parmi ses confrères.

Nommé rédacteur en chef de *Newsmagazine* par son patron Mark Vaudois, son seul véritable ami, à la vie, à la mort, Bruce continuait à mener des enquêtes approfondies et à traquer les pourris. Et quand ils tombaient, d'autres ripoux les remplaçaient. Et Bruce secouait les pruniers.

Primula lui caressa le front. Dans l'eau chaude, il lui avait tout raconté.

— Toi, tu as les boules.

— Y a de quoi, non ? Les Supérieurs inconnus, affaire classée ! Et voici que *ton* fils nous en ramène un à l'avant-scène ! Si j'avais pu convaincre le génie du volcan de la fermer…

— Au fond, tu pétoches.

L'uppercut. En mêlée, on n'échangeait pas toujours des câlins.

— Eh bien, oui, je pétoche ! Imagine que cet impossible gamin ait raison ?

Le déboulé des deux terre-neuve annonça le retour de Bruce Junior. Son père et sa mère se concentrèrent, main dans la main.

— J'ai soif et j'ai faim, dit le gamin.

Primula l'emmena à la cuisine. Jus de fruits et cake maison. Inutile de le presser de questions, sous peine de le voir s'enfermer dans sa chambre et se plonger dans des colonnes de hiéroglyphes. Côté cabochard, il dépassait parfois son géniteur.

— Super, ton gâteau ! apprécia-t-il en offrant des morceaux à Dante et à Virgile.

Bruce s'octroya une bière brune.

— Faudrait pas te bousculer, mais quand même… Il était là, ton génie ?

— Il ne s'absente qu'en cas d'éruption volcanique, papa ; en ce moment, pas de risque.

— Et vous vous êtes causé ?

— Je lui ai longuement exposé le problème.

— Il t'a répondu ?

— D'abord, j'ai cru qu'il se tairait ; et puis la terre a tremblé, et le génie a parlé.

Bruce et Primula étaient suspendus aux lèvres de leur rejeton.

— J'avais bien vu, déclara Junior. Le neuvième et dernier Supérieur inconnu est toujours vivant. Il m'expliquera les formules du cahier d'alchimie que je ne comprends pas. Le Grand Œuvre, c'est du sérieux.

Effondré, Bruce passa de la bière au whisky irlandais, à ne pas mettre dans toutes les bouches, avant de livrer un baroud d'honneur :

— Tout le monde peut se tromper, non ?

— Pas le génie du volcan, et pas le grand Sphinx. Et puis tu sais que le Supérieur inconnu survivant est venu le consulter, sous un faux nom. Comme preuve, c'est suffisant. Il faut le sauver, papa. Et tu es le seul à pouvoir réussir.

Primula, elle aussi, but une gorgée de whisky.

— J'appelle Mark, décida Bruce.

8

Au pied d'un millier d'orchidées toujours en fleur, deux hommes se faisaient face, l'œil aussi mauvais l'un que l'autre.

Le premier, Merlion Pung, était un banquier singapourien de cinquante-deux ans, baptisé « la courroie de transmission », en raison de son rôle dans l'économie de la cité-État. Petit, rondouillard, tiré à quatre épingles, il n'avait qu'un dieu : le profit.

Le second, Mark Vaudois, était un beau gosse de trente-six ans, à l'élégance naturelle. Milliardaire itinérant, il parcourait la planète avec son jet privé comme d'autres faisaient leurs courses au supermarché du coin.

— Vous m'avez grugé, Vaudois.

— En aucun cas.

— Une fausse info m'a délesté d'une somme considérable. Et l'origine de cette arnaque, c'est vous.

— Vous vous trompez, monsieur Pung. Un simple bug informatique, dont je ne suis nullement responsable.

— Vous mentez.

— J'ai beaucoup de défauts, mais pas celui-là.

— Perdre un seul dollar me détraque les nerfs. Alors, plusieurs milliards… Remboursez-moi immédiatement.

— Hors de question.

— Vous paierez donc d'une autre façon. Et pour solde de tout compte.

Merlion Pung plaqua sur le ventre de Mark Vaudois un minuscule pistolet fabriqué par une imprimante 3D. Une arme discrète, tirant de vraies balles et provoquant de vrais dégâts.

— Vous allez mourir, Vaudois.

— Ici, à l'aéroport de Changi ? Vous imaginez le scandale ?

— Aucun scandale. La police affirmera que vous avez été victime d'un infarctus foudroyant, dû au *jetlag*.

— Vous avez donc tout prévu.

Le Singapourien sourit.

— Moi, on ne me vole pas.

— Je n'ai jamais volé personne.

— Trop tard pour protester.

Piscine, jardins où des tournesols suivaient la course du soleil jour après jour, salle de cinéma projetant gratuitement des blockbusters hollywoodiens, Wi-Fi offert par neuf cents bornes, trois cent cinquante magasins hors taxes, et bientôt de nouveaux aménagements qui accueilleraient cent trente millions de voyageurs chaque année… L'aéroport de Changi, soumis à une rude concurrence arabe et asiatique, ne s'endormait pas sur ses lauriers.

Et c'était ici, dans ce monde artificiel et aseptisé, que Mark Vaudois allait être abattu, en toute légalité. Lui, le fils d'un être exceptionnel, Saint-John, Supérieur inconnu et fondateur d'un empire industriel, assassiné par la Machine que Dieter Cloud servait avec fidélité. Mark avait vendu à ce dernier plusieurs pans de cet empire, notamment les usines de fabrication de drones et de matériel militaire, afin de ne pas être souillé en devenant un collaborateur de la nouvelle tyrannie.

Né à Londres, brillant étudiant d'Oxford, d'une business school américaine et de l'École polytechnique de Lausanne, Mark était aussi un sportif aguerri et avait pratiqué l'archéologie sous-marine à Alexandrie.

« Ne te préoccupe pas de ce qu'on pense de toi », lui conseillait son père, en y ajoutant un précepte de Churchill : « Avoir une haute opinion de soi, mais admettre aussi que l'on est, comme tous les hommes, totalement insignifiant, et ne pas oublier que chacun se réduit à n'être que la marionnette de son destin. »

Un destin qui le conduisait à périr dans cet aéroport luxueux où l'on se préoccupait tant du confort des passagers.

Le mètre quatre-vingts de Mark dominait nettement le Singapourien, et ses yeux marron clair fixaient le canon étroit d'où jaillirait sa mort. Malgré ses stages commando, il ne se débarrasserait pas de son adversaire sans risquer de graves blessures.

À l'heure où Mark, incapable de jouir en paix de sa fortune, recréait un nouvel empire avec l'aide d'employés dévoués, cette disparition brutale et injustifiée manquait de panache.

— Avez-vous déjà tué quelqu'un, monsieur Pung ?

— Personne de votre stature.

— Vous aimeriez que je meure d'abord de trouille ?

— Ça me plairait assez.

— Désolé, ce n'est pas mon style.

— Parce que vous n'avez pas peur ?

— À votre avis ?

— Le flegme britannique… Il n'empêche pas de crever, comme un vulgaire bandit !

— Vous êtes un minable, Pung, incapable de se procurer des informations fiables. À votre niveau, impardonnable. Vos camarades requins ne tarderont pas à vous dévorer. Beau festin en perspective.

— Six balles, Vaudois. Le chargeur complet, tir automatique. Les tripes déchiquetées. Irréparable. Les secours n'arriveront pas tout de suite, vous aurez le temps de souffrir.

— Quand on veut tuer, déclara une voix fruitée et chantante, on ne débite pas le mode d'emploi.

La pointe d'une lame transperça la veste de Merlion Pung et piqua ses reins.

— Ou vous lâchez votre arme, ou j'enfonce.

9

La compagne de Mark, Apsara, était une déesse cambodgienne surgie d'une sculpture du temple d'Angkor. Aucun ascète, même formé par Savonarole, Luther, Calvin et l'ayatollah Khomeyni, n'aurait résisté à son charme.

Elle partageait une tragédie avec Mark : son père, lui aussi un Supérieur inconnu, avait été, lui aussi, assassiné. Et c'est en suivant la piste du coupable qu'Apsara avait reçu plusieurs balles dans le dos. Un chirurgien de guerre et une farouche volonté de survivre lui avaient permis de surmonter l'épreuve et de recouvrer une santé de fer.

— Décidez-vous, Pung. Je perds patience, avoua-t-elle.

La lame s'enfonça de un millimètre. Le genre de courte distance très douloureuse.

Persuadé que cette femme l'embrocherait sans le moindre remords, Merlion Pung abaissa son arme et la glissa dans une poche.

Mark lui tapa sur l'épaule.

— Si nous buvions une bière, en gage de réconciliation ?

— Pour moi, sans alcool.

— Chacun ses vices.

Le Singapourien dévisagea une Apsara aussi ravissante qu'élégante. Une peau très pâle, des traits d'une finesse irréelle, un regard tendre et profond, une robe jaune moulant ses formes parfaites, et plus trace d'une lame menaçante.

— Enchantée de faire votre connaissance, monsieur Pung. Mark m'a beaucoup parlé de vous. Nous vous remercions d'avoir facilité l'implantation de notre filiale à Singapour.

Sonné, le financier se laissa guider vers un bar. Jusqu'à cet instant, il ne croyait pas à l'existence des sorcières. Celle-là le terrorisait.

— On s'explique, préconisa Mark en s'asseyant.

Après la disparition des Supérieurs inconnus, qu'il avait vainement tenté de sauver en compagnie de Bruce, Mark avait décidé d'oublier les turpitudes humaines et de visiter les plus beaux sites de la planète, avant qu'ils ne disparaissent sous l'effet du fanatisme, de la pollution et d'autres calamités. Une sorte de voyage de noces sans fin, marqué au sceau de l'amour et de la beauté.

L'ennui, c'étaient les gènes. Fils unique, Mark avait hérité de ceux de son père, un bâtisseur d'empire. Sans presque s'en apercevoir, à partir de l'économie 4.0, il avait conforté ou inventé nombre d'entreprises hyperperformantes. Et comme Apsara, douée d'une intuition de magicienne, s'amusait autant que lui, le couple jonglait avec les investissements, la plupart réussis, tout en continuant son tour du monde. Après avoir frôlé la mort, persuadés que la Machine régnait désormais en maîtresse absolue, Mark et Apsara vivaient le bonheur de l'instant, jouissant de leur fortune et de leur jeunesse, sans aucune illusion sur l'avenir.

Dernière aventure en date : une fondation pour préserver les derniers gorilles de Grauer, en Afrique de l'Est. Déforestation, braconnage, carnage, corruption. Impossible d'entraver la marche inexorable vers l'anéantissement de ces grands singes qui, selon des économistes éclairés, ne servaient à rien. En subventionnant leurs derniers défenseurs, qui risquaient souvent leur peau, le couple avait la sensation de prolonger, si peu que ce soit, une certaine vision de la vie qu'excluait la Machine.

— Nous sommes en pleine révolution financière, déclara Mark, et ce n'est pas à vous, cher Merlion Pung, que j'apprendrai l'émergence du *blockchain*, une nouveauté si importante qu'elle déclenche une guerre entre la Silicon Valley et Wall Street ; si aucun terrain d'entente n'est trouvé, un conflit mille fois plus grave que ceux qui embrasent le Proche-Orient.

Le Singapourien approuva. Le *blockchain*, une technologie permettant d'éliminer les intermédiaires lors d'une transaction, un bouleversement fondé sur le code informatique et semant une certaine panique dans les milieux concernés. Monnaies digitales, telles que le Bitcoin, contrats dits « intelligents », désintégration des acteurs traditionnels... Quelques cauchemars pour les rescapés de la vieille économie et les banques employant un personnel trop abondant. *Code is law*, le code (informatique) est la (seule) loi, prétendaient déjà les adeptes du *blockchain*.

— Quelqu'un a oublié de sécuriser un échange entre vous et moi, révéla Mark. Quelqu'un qui n'appartient pas à mon staff, mais au vôtre. Il a utilisé le *mining*[1] pour manipuler l'Ether[2] et transférer une jolie somme vers un compte secret. Enfin, secret…

Merlion Pung était tendu à se briser.

— Vous savez qui m'a volé ?

— Affirmatif.

— Combien voulez-vous ?

— Juste un accord avec les autorités de Singapour, afin de développer les activités de ma filiale en versant une contribution raisonnable à leurs bonnes œuvres. Par votre intermédiaire et en vous rétribuant, bien entendu.

— Vous avez ma parole.

— J'aimerais mieux un chiffre.

Sur une carte de visite, Pung en écrivit un, data et signa. Un minuscule contrat qui valait de l'or.

— Ça me paraît convenable, estima Mark.

— Alors, le voleur ?

Mark Vaudois utilisa une serviette en papier pour y inscrire le nom d'un banquier français, issu de l'École polytechnique, et un numéro de compte situé dans un paradis fiscal.

Le Singapourien blêmit. Ce type était sa dernière recrue. Il aurait dû se souvenir de l'avertissement du

1. Procédé par lequel les transactions de monnaies cryptographiques sont théoriquement sécurisées et inscrites dans le *blockchain*.

2. L'une des monnaies cryptographiques.

général Jacques Saunier, commandant de l'École : « À Polytechnique, la proportion de cons est la même que dans toutes les collectivités. Mais ils sont d'autant plus dangereux qu'on les a sélectionnés avec soin[1]. »

— Je vais récupérer mon argent, promit Merlion Pung, et ne laisserai pas ce crime impuni. Je n'oublierai pas votre aide, monsieur Vaudois. Notre partenariat démarre sur d'excellentes bases.

Pressé d'agir, le financier détala sans avoir touché à sa bière insipide. Soulagé, Mark vida la sienne.

— Ce coup-là, admit-il, ce n'est pas passé loin. Si tu n'étais pas intervenue…

Apsara lui saisit la main.

— Je suis intervenue.

— Et tu l'aurais vraiment…

— Vraiment.

Trois petites notes de musique, discrètes, le début de *La Flûte enchantée* de Mozart.

Un appel de Bruce.

Entre Mark et lui, une amitié aussi solide que la Grande Pyramide de Guizeh. Ils s'étaient connus sur un terrain de rugby et, à l'issue d'une confrontation qualifiée de virile, avaient scellé cette rencontre par l'une des plus belles bitures de troisième mi-temps de l'histoire de l'Ovalie.

Incontrôlable, dévastateur, incapable d'utiliser un langage châtié, Bruce était la terreur des faux-culs et des magouilleurs, toutes disciplines confondues. C'est pourquoi Mark l'avait nommé rédacteur en chef de *Newsmagazine*, lu dans le monde entier. Et son épouse

1. Cité dans *Le Point*, n° 2306, novembre 2016, p. 77.

Primula assurait l'intendance pendant que son taureau de mari défonçait les barrières.

Bruce et Mark s'engueulaient parfois à mort, mais s'aimaient à vie. Pas une semaine sans un contact, hautement sécurisé. Sorti d'une usine appartenant à Mark, le petit portable réservé à Bruce ne pouvait pas, en principe, être piraté. En principe, à condition de respecter des règles strictes et de modifier fréquemment les codes de protection.

La vérification prouva aux interlocuteurs que leur conversation était libre.

— Dans quel coin tu végètes, Mark ?

— Singapour.

— Ils sont champions en maths, mais c'est quand même des pourris. Ta chérie a la pêche ?

— Elle embellit chaque jour.

— Elle continue à te supporter ? Faudrait que le pape la béatifie ! Dis donc, t'aurais pas envie d'une petite bouffe à la maison ? Primula n'a pas perdu la main.

— Un ennui ?

— C'est pas sûr.

— Donc, un gros ennui.

— J'aimerais t'en causer.

— J'arrive.

10

En roulant vers le domaine de Bruce, et tout en goûtant la sauvagerie du paysage islandais qui remettait l'homme à sa place, Mark songeait à son père disparu. Né à Saint-Maurice, en Suisse, dans le canton du Valais, où se dressait la plus ancienne abbaye de la chrétienté, Saint-John, fils unique d'un père menuisier et d'une mère au foyer, avait pris l'habitude, en affaires, d'avoir toujours un coup d'avance. Malgré cela, impossible d'échapper au traquenard de la Machine ; son avion avait explosé en vol alors qu'il se rendait à Londres pour rencontrer son fils et lui parler vraiment. Mark ne saurait jamais ce que son père voulait lui apprendre, et cette souffrance-là ne s'effaçait pas. Si, au moins, il avait pu sauver un autre Supérieur inconnu et l'interroger…

— Toi, tu déprimes, observa Apsara.

— La fatigue du voyage.

— Ce n'est pas ce que j'ai constaté dans la chambre de notre jet. Tu penses à ton père ?

— Il me manque.

— Il te manquera toujours, parce qu'il était irremplaçable. Comme le mien. Mais ils vivent en nous, avec une telle force que…

La gorge nouée par l'émotion, Apsara s'interrompit.

— Que voulais-tu dire ?

— Regarde, on arrive !

Les deux terre-neuve se ruant vers le 4 × 4, Mark stoppa net et ouvrit sa portière, imité par Apsara. Dante se rua sur lui, Virgile sur elle. Embrassades, caresses et léchage, rite de passage obligatoire avant d'accéder au paradis.

Un ciel dégagé pour quelques minutes, une douzaine de degrés, et un Bruce en bras de chemise.

— Bon Dieu, ça fait plaisir de revoir des tronches amies !

Les deux rugbymen se donnèrent l'accolade, style entrée en mêlée. Mieux valait avoir des vertèbres en acier.

L'Écossais s'écarta et admira Apsara. Aucun risque de baisemain.

— T'es sacrément bien foutue, gamine ! Si j'étais pas un mari fidèle…

— Mais tu l'es, rétorqua la Cambodgienne.

— Je tiens à ma peau.

— Mark aussi. Je n'aurai pas d'autre homme dans ma vie. S'il me trompe, je le tue.

— Je me demande si on n'aurait pas dû choisir des Occidentales sans moralité. Bon, c'est râpé, pas la peine de fantasmer. Primula nous attend sur la terrasse.

Deuxième rite de passage, l'apéritif d'accueil de la femme de Bruce. Un mélange d'alcools et d'herbes qui aurait été proscrit par l'OMS, mais qui vous revigorait les organismes les plus ratatinés. Pendant sa convalescence chez une Primula aux petits soins, Apsara en avait absorbé quotidiennement plusieurs dés à coudre, et ses tissus s'étaient rafistolés. Entre les deux Cambodgiennes, une telle proximité qu'un regard suffisait pour se comprendre, à l'insu des deux mâles, complètement dépassés.

Accompagnant l'eau-de-vie, des tartelettes au parmesan et des canapés au saumon naturel, sans antibiotique. En prime, une vue imprenable sur les volcans et les lacs voisins.

— Tu nous as fait le coup des salades du petit retraité, jugea Bruce ; pour ne pas s'ennuyer, il en plante une, puis dix, puis cent. À partir de mille, il engage du personnel, achète des terres et produit des salades pour le marché mondial.

— Juste une distraction, corrigea Mark ; et ça amuse Apsara. De ton côté, tu ne chômes pas non plus !

— J'ai dézingué quelques ordures, mais malgré ma tronçonneuse, la mauvaise herbe repousse à une allure record.

— Et Bruce Junior ? questionna Apsara.

— Il surfe sur les hiéroglyphes, indiqua son père. Depuis qu'il a plongé dans le Nil éternel, il n'en sort plus ! Et comme ce môme apprend à une vitesse supersonique, il ne tardera pas à devenir le premier prof d'égyptologie islandais !

— Puisqu'il est né à New York entre deux avions, rappela Mark, il pourrait s'occuper de la collection égyptienne du Metropolitan Museum.

— Je n'aurais pas dû l'emmener voir le Sphinx, déplora Bruce, mais je le lui avais promis. Et Junior a une mémoire d'enfer. En plus, la parole donnée, chez nous, c'est sacré.

— Le voyage s'est mal passé ? s'inquiéta Apsara, en raison de la mine fripée de l'Écossais.

— Ça, j'en sais trop rien.

Une réaction qui ne lui ressemblait pas.

— Un gros problème ? questionna Mark.

— J'espère pas.

— Junior est un bon voyant, précisa sa mère. Jusqu'à présent, il ne s'est jamais trompé.

— Si j'allais le chercher ? proposa Mark.

Entre Junior et lui, une complicité naturelle.

— Fallait bien en arriver là, maugréa Bruce en se réservant un doigt de remontant. Ramène-le-nous pour déjeuner.

11

Mark frappa à la porte de la chambre de Bruce Junior, qui tarda à ouvrir.

— C'est toi !

L'ado lui sauta au cou.

— Je suis content que tu sois là… Toi, au moins, tu me croiras. Papa, il patauge dans la source d'eau chaude et se ramollit.

— Ne dis pas ça, c'est sa façon de réfléchir.

— Il ferait mieux de se dépêcher, parce que ça commence à craindre. Tu as vu ?

Junior déverrouilla l'armoire que protégeaient de bons génies. À l'intérieur, la pierre philosophale, l'élixir de jouvence qui avait hâté la guérison d'Apsara, et leur mode d'emploi. Des trésors inestimables qui avaient traversé les millénaires. Des hommes et des femmes étaient morts pour les préserver, et c'était aujourd'hui ce gamin islando-américain qui les détenait.

— Je n'y arrive pas, s'attrista Bruce Junior ; les hiéroglyphes du cahier sont indéchiffrables. Si personne ne me donne la clé, c'est fichu. Ces substances se décomposeront, impossible de les reproduire.

Pour sauvegarder l'héritage des Supérieurs inconnus, Mark et Bruce avaient affronté bien des périls. Une aventure insensée qui s'était malheureusement terminée en impasse. L'avenir appartenait à la Machine. La vieille science alchimique n'avait plus droit de cité, et ceux qui la pratiquaient et la transmettaient s'étaient éteints.

— Mais ce n'est pas encore fichu, justement, reprit Junior ; on m'aidera, j'en suis certain.

— À cause de quoi ?

— À cause du Sphinx. Tu sens ?

Un fumet délicieux, à déclencher un appétit d'ogre.

— J'ai faim, on va manger !

Troublé, Mark suivit Junior.

Les deux terre-neuve étaient déjà à table. Un gigot façon Primula, avec une sauce au porto vintage. Face à des convives exigeants, pas question de cuisine moléculaire et de portions mini-biotiques. D'abord, des produits des serres, du jardin, de la mer et de la ferme située à une dizaine de kilomètres, ensuite, des recettes qui tenaient au corps. Et Primula, elle, ne prenait pas un gramme.

Vu l'occasion, Bruce avait choisi un grand cru classé de Bourgogne ; il fallait au moins ça pour encaisser le choc.

Junior prit le temps de se restaurer, pendant que les adultes papotaient. Et vint l'instant où il produisit son témoignage, très attendu.

— Comme promis, papa m'a emmené voir le Sphinx. À la suite de toutes vos histoires, j'avais à lui parler.

Bruce regarda ailleurs.

— Il n'est pas très causant et réclame qu'on lui pose la bonne question. Comme il garde la frontière entre notre monde et l'au-delà, il n'a pas beaucoup de temps à lui et déteste le bavardage. Moi, je stressais ! Mais je m'étais préparé, et ça a fonctionné.

— Quelle question lui as-tu posée ? demanda Mark.

— « Existe-t-il encore un Supérieur inconnu ? »

Une bourrasque se déclencha, la lumière s'éteignit pendant quelques secondes. Au-dehors, les éléments se déchaînaient.

Impassible, Junior restait concentré. Se réfugiant sous la table, les deux terre-neuve se couchèrent sur les pieds de Bruce et de Primula, en attendant l'apaisement.

— Que t'a répondu le Sphinx ?

— Les hiéroglyphes de la stèle se sont mis à danser, et j'ai vu un homme qui dormait entre les gigantesques pattes. Puis il s'est réveillé, a salué le Sphinx et a disparu. C'est le dernier survivant, le génie du volcan me l'a confirmé, et il vient de vous le redire.

— Tu as vu son visage ?

— Non.

Les Supérieurs inconnus… Ils étaient neuf. Saint-John, le père de Mark, mort en plein vol ; Sambor, celui d'Apsara, parti pour l'invisible avant l'intervention de la police cambodgienne ; Khaled, l'archéologue syrien protecteur de la cité antique de Palmyre, massacré par les fanatiques de l'État islamique ; l'Afghan Massoud Mansour, transformé en bombe par les talibans, lors de la destruction des bouddhas géants de Bâmyân ; le Chinois Zhang Dao, fusillé par les forces spéciales dans un sanctuaire bouddhique ; le Japonais Hiroki Kazuo, exécuté près d'un temple, à Tokyo ; le Florentin Sirius Xérion, tué par balles avant qu'il puisse fuir l'Italie ; et la guérisseuse Séchat, abattue en Nubie, devant le temple des sphinx. Huit humains et un maître de pierre, le gigantesque lion à tête royale du plateau de Guizeh.

Neuf au total. Un dossier clos, une page de l'Histoire définitivement tournée.

— Le vrai neuvième, c'est celui que j'ai vu, affirma Junior. Le Sphinx, c'est le dixième, Horus, le Un qui est à l'origine des Neuf.

Même si le sérieux du petit voyant, aux succès antérieurs incontestables, impressionnait l'assistance, c'était tout de même un peu mince.

— Tu as creusé l'affaire ? demanda Mark à Bruce.

— J'ai juste gratté.

— As-tu trouvé trace d'un pèlerin qui aurait médité devant le Sphinx ?

— Plus ou moins.

— Si tu t'exprimais clairement ?

— Il y a bien eu un type bizarre en méditation, sous la surveillance de la police.

— Rien que ça ! Et c'était qui, le mystique du Sphinx ?

— Il a disparu.

— Te connaissant, tu as déniché son nom.

— Un faux blaze, utilisé pour obtenir l'autorisation du Service des Antiquités de rêvasser au pied de la bestiole. Le gus prétendait travailler au British Museum. J'ai vérifié, inconnu au bataillon.

Primula apporta un plateau de fromages suisses, dont le gruyère ayant décroché le premier prix mondial lors d'un concours à New York, et des spécialités inimitables, tel le maréchal.

— Ce faux nom ? interrogea Mark.

— John Patmos.

Apsara, qui s'apprêtait à goûter du bourgogne charpenté à souhait, suspendit son geste.

— John Patmos, répéta-t-elle, interloquée ; je… je crois que je le connais.

12

Tous les regards convergèrent vers la sublime Cambodgienne, que Mark avait rarement vue aussi émue.

— Non, rectifia-t-elle, je ne suis plus certaine. Pourtant…

— Attends, je vais t'aider, promit Bruce Junior.

Le gamin grimpa dans sa chambre et en redescendit à toute allure, portant la petite pyramide en or qu'il déposa sur la table, devant Apsara.

— Papa me l'a rapportée d'Égypte. Elle contient la mémoire des siècles. Fixe-la, et la tienne reviendra.

On cessa de respirer, Apsara s'exécuta. Les secondes s'écoulèrent, interminables.

— Je me souviens et je sais qui c'est.

L'Écossais déboucha une nouvelle bouteille de bourgogne.

— Avec mon père, nous habitions près du temple d'Angkor qu'il faisait visiter, tout en tenant une pharmacie où il préparait des remèdes alchimiques. Un jour très pluvieux, il n'y a eu qu'un seul touriste. Comme je m'étonnais, Sambor m'a expliqué qu'il ne s'agissait pas d'un homme ordinaire, mais d'un tailleur de pierre qui étudiait les grands temples à travers le monde. Le plus étonnant, c'est qu'ils ont passé des heures dans son laboratoire, où personne n'était autorisé à pénétrer. Oui, je me souviens… Quand il est arrivé, mon père lui a donné l'accolade et s'est exclamé : « John Patmos, mon frère John, quel bonheur de t'accueillir ! »

— Bingo ! s'exclama Mark ; c'est bien un Supérieur inconnu, le dernier survivant. Rappelez-vous, mon père a, lui aussi, été tailleur de pierre. Il appartenait à la confrérie des Loups passants, aujourd'hui disparue, avant de fonder sa première entreprise de travaux publics ; sans doute ont-ils été liés aux Supérieurs inconnus, surtout pendant l'âge d'or de la construction des cathédrales. Pourrais-tu décrire ce Patmos, Apsara ?

— Non, à cause de son imperméable et de sa capuche.

— Une sorte d'ectoplasme, jugea Bruce ; tout ça ne nous mène nulle part.

Primula fusilla son mari du regard.

— Dis donc, toi, tu as fini de faire la gueule ? Tu joues à quoi ? On t'apporte l'affaire sur un plateau, et tu recules à quatre pattes !

— Avec les Supérieurs inconnus, on a failli y passer, Apsara, Mark et moi ! Si on remue les braises, on déclenchera un incendie et on sera cramés !

— Je croyais que ta drogue, c'était la vérité. Tu n'aurais pas envie de la remplacer par une tisane calmante ?

— J'ai une famille, j'ai…

— Ah non, pas cette rengaine-là ! Quand on s'est mariés, contrat clair : liberté totale de mener des enquêtes à haut risque, avec la certitude que ça se terminerait mal. On a beaucoup chialé avant pour ne pas pleurer après. Et voilà que tu te sers de moi et de ton fils comme alibi de retraité, alors que tu crèves d'envie de repartir sur le sentier de la guerre et de publier enfin ton article sur les Supérieurs inconnus ! Ferme-la et agis. J'apporte le dessert.

— On est dans un cas d'urgence absolue et de pronostic vital engagé, déclara Mark. Bref, on n'a pas le choix.

— Tu ne vas pas t'y mettre, toi aussi ! Et on fait quoi, au juste ? On cherche l'adresse de John Patmos sur Internet ?

Quand apparut l'un des chefs-d'œuvre de Primula, qui aurait mérité d'être classé par l'Unesco au patrimoine mondial de l'humanité, une minute de silence s'imposa.

Une tarte au citron meringuée que l'on dégustait d'abord avec les yeux et qui apaisa l'atmosphère.

Le vent tomba, une pluie fine lui succéda. Après avoir parlé, le volcan se calmait. Les deux terre-neuve sortirent de leur abri et se léchèrent les babines à la vue de leur gros lot de pâtisserie.

— On ne manque pas de biscuit, estima Mark. Information décisive : le dernier Supérieur inconnu, John Patmos, est vivant. S'il a recueilli la parole du Sphinx, il a probablement rencontré la vieille guérisseuse, Séchat.

— Pourquoi n'a-t-elle pas causé ? douta Bruce.

— Elle n'en a pas eu le temps.

Revivant la scène de l'exécution de cette magicienne, au cœur de la Nubie, l'Écossais approuva.

— Première piste, poursuivit Mark : Le Caire. Séchat était estimée, et n'est pas encore oubliée. Ses proches connaissent peut-être Patmos.

— Et Bruce, en avant toute !

— Tu as un meilleur candidat ?

Plutôt que de répondre à une question idiote, le journaliste dévora sa part de tarte. Un délice qu'il ne goûterait pas en Égypte.

— Peut-être Patmos se cache-t-il là-bas ; en ce cas, tu nous le ramènes en un seul morceau.

— Et toi, tu te tournes les pouces ?

— Moi, je m'occupe des Loups passants. Deux sources à faire parler : l'armoire 135 de la bibliothèque apostolique du Vatican, dont la conservation est assurée par les Vaudois, et l'honorable Sir Charles.

— La barbouze retraitée des services secrets britanniques ?

— Le spécialiste des confréries les plus occultes.

— Je la connais par cœur, cette anguille ! On fonce à Londres, et je la travaille.

Primula sourit. Par bonheur, son taureau de mari n'avait pas changé.

— Bien entendu, conclut Mark en regardant Apsara, tu restes ici.

La Cambodgienne se régalait avec une infinie délicatesse.

— C'est curieux, chez les mâles, cette tendance à se croire tout permis. Ta décision stupide, tu la ravales. J'ai l'intention de jouir avec toi de chaque seconde, et la mort, je connais. La vie, en revanche, c'est une découverte de chaque jour. Alors, je participe ou je te plaque.

Bruce eut l'un de ces sourires intérieurs qui vous facilitent la digestion. Son pote n'était pas mieux loti que lui. Et l'heure étant au café-cognac, impossible d'entamer une négociation perdue d'avance.

— Notre coup de pied dans la fourmilière provoquera des réactions, prophétisa Mark. Des précautions s'imposent.

— L'armoire aux génies est inviolable, assura Junior ; moi seul peux l'ouvrir. Et puis Dante et Virgile nous préviendront en cas de danger. Quant à maman, c'est une tireuse d'élite. Et je ne me débrouille pas trop mal avec un fusil de chasse.

— Je rajoute quand même une louche : un service de sécurité permanent.

L'Écossais fut soulagé, Primula acquiesça.

De leur truffe, les terre-neuve touchèrent les genoux de Junior. Le moment de la promenade.

— Je m'accorderais bien une petite sieste, confessa Apsara en prenant la main de Mark ; la fatigue du voyage.

Leur chambre étant toujours prête, inutile de leur indiquer le chemin.

Primula fixa son géant de mari.

— Toi, tu vas me manquer.

— Tu sais, je…

— Tais-toi et allons dans l'eau chaude.

« Un monde où il n'y aurait plus de Bruce ne mériterait pas d'être vécu », pensa la Cambodgienne.

13

Dans le jet qui le transportait d'Islande en Angleterre, en compagnie d'Apsara et de Bruce, Mark songeait à son père, resté veuf après la mort très prématurée de son épouse, une lady milliardaire, qui avait infligé à son fils une drôle d'éducation. Études, sports, voyages et puis, à chaque anniversaire, un merveilleux cadeau : quelques jours avec Saint-John, pour lui tout seul, dans un coin insolite de la planète : escapade à dos de chameau dans le Sahara, breakfast au pôle Nord, croisière en pirogue sur un fleuve perdu d'Amérique du Sud, une nuit dans la Grande Pyramide. Tous les ans, une surprise totale, peu de paroles, quelques conseils d'une implacable simplicité, du style « Crée ton chemin sans regarder à côté » et l'apprentissage d'une manière de vivre.

Saint-John semblait immortel, et la Machine l'avait assassiné. Retrouver indemne le dernier Supérieur inconnu, qui l'avait forcément rencontré, c'était la meilleure manière de le faire renaître.

— Toi, lui dit Bruce, tu as la rage.

— Là, on tient un fil.

— T'emballe pas, il est peut-être déjà rompu.

— Junior l'aurait senti, non ?

— Dans quel pétrin il nous fourre… Enfin, ça me botte de vider l'abcès ! C'est vrai qu'une conversation au coin du feu avec le dernier Supérieur inconnu, ça vaut le déplacement. Et puisque Junior, approuvé par sa mère, le désire, nous voilà embarqués sur le *Titanic*.

— On sait repérer les icebergs.

— Parce que tu crois que ton grand copain Dieter Cloud nous laissera frétiller à notre aise ?

— D'abord, nous ne représentons plus aucun danger ; ensuite, l'affaire « Supérieurs inconnus » est classée ; enfin, Cloud a peut-être été remplacé.

— C'est touchant, la naïveté ; à force de se distraire, ton cerveau s'est transformé en fromage blanc. Et si Cloud n'avait jamais cessé de nous coller au cul, juste pour voir ?

— Hypothèse désagréable.

— La bonne, jugea Apsara. La Machine, servie par Cloud ou un autre robot, ne nous a pas lâchés depuis que nous avons été repérés et répertoriés. Tant qu'on n'a pas bougé, relax ; puisque nous allons remuer un orteil, voire plusieurs, nous apparaîtrons sur les radars.

Mark était contraint d'ouvrir les yeux. Les vacances se terminaient, l'essentiel lui sautait à la gorge.

— Il faut donc sauver le soldat Ryan ; je vous rappelle, précisa Bruce, que les sauveteurs meurent à la fin.

— Puisque Spielberg pense qu'il y aura une symbiose organique parfaite entre les hommes et les machines et qu'on téléchargera dans notre cortex des modules de connaissance, autant adopter tout de suite celui du sourire béat, style François d'Assise.

— Une équipe d'amateurs face aux All Blacks, commenta Bruce ; belle déculottée à l'horizon.

— Il y a parfois des surprises, tenta Mark.

— Faudrait avoir l'arbitre de notre côté. Et même toi, tu n'as pas les moyens d'acheter la Machine.

L'hôtesse interrompit la conversation.

— Le pilote aimerait vous parler, monsieur Vaudois.

Mark se rendit dans la cabine. Pilote et copilote étaient des pros de première force.

— On a un souci technique, patron.

— Grave ?

— Possible. Je serai bientôt fixé. Un optimiste parierait sur un banal défaut électrique.

— Et un pessimiste ?

— On devrait pouvoir se poser à Londres, mais prenez les précautions d'usage.

— Si ça se dégrade, ne me cachez rien.

— OK.

Mark songea au sabotage qui avait causé la mort brutale de son père. L'histoire se répétait-elle ? La Machine intervenait-elle déjà, alors que Bruce et lui n'avaient aucune idée de l'endroit où se terrait le dernier Supérieur inconnu ?

À sa tête, Apsara et Bruce sentirent qu'il ne s'apprêtait pas à leur offrir champagne et caviar pour fêter la fin du vol.

— On enfile le gilet de sauvetage ? interrogea l'Écossais.

— Le dernier modèle est très seyant.

Bruce expédia une pensée à Junior. Il ne comprenait pas comment ça fonctionnait, mais c'était plus efficace qu'Internet, et la Machine, qui en avait pourtant l'intention, n'avait pas encore réussi à intercepter ce type de communication. En retour, Bruce recevait une sorte d'influx qui lui permettait d'affronter les situations extrêmes, avec un espoir de survie.

Selon les circonstances, le temps s'écoulait parfois trop vite, parfois trop lentement. Là, ce fut atrocement lent. Par moments, le trio crut que l'avion perdait de l'altitude ou tanguait de façon inquiétante. Et Londres semblait si loin qu'il paraissait impossible de l'atteindre.

Pressentait-on sa mort prochaine ? Si c'était le cas, Bruce n'était pas près de caner. Car il avait la rage, comme Mark. Oui, il voulait terminer son enquête, sauver un dinosaure en péril et débusquer cette vérité qui n'avait cessé de lui filer entre les doigts.

— Atterrissage dans dix minutes, annonça le pilote. On contrôle.

Une phase souvent délicate, même lorsque tout se passait bien.

En visuel, l'aéroport privé fondé par Saint-John, et réservé à des hommes d'affaires globe-trotters.

Pour une fois, Bruce n'avait pas envie de percuter.

14

Ancien de la Royal Air Force et directeur de l'aéroport des Vaudois, Joss remplit les verres de son whisky préféré, interdit dans les biberons honnêtes.

— À votre santé, m'sieurs-dame !

Mécano de formation et teigneux de nature, Joss, admirateur inconditionnel de Saint-John, ne se remettait pas de l'assassinat de son patron. Et lorsque la tour de contrôle lui avait signalé que l'avion du fils était peut-être en difficulté, il avait insulté tous les saints du paradis et de l'enfer.

Atterrissage en douceur, et verdict du pilote : incident sans gravité. Mais Joss inspecterait lui-même ce zinc-là sous toutes ses coutures.

Heureux de revoir Mark, il le jugea d'un œil nouveau. En prenant de la bouteille, il ressemblait de plus en plus à son père. De quoi mériter affection et considération.

— J'ai trempé ma chemise et mon froc, avoua-t-il ; un simple voyage d'affaires ?

— On peut toujours rêver, Lindbergh ! rigola Bruce.

— Toi, quand t'es dans la boucle, les bombardiers décollent.

— L'important, c'est qu'ils larguent leurs dragées au bon endroit et reviennent à la base avec l'équipage au complet.

— Vous remontez vraiment au front, monsieur Vaudois ?

— J'en ai peur, Joss.

— Avec mademoiselle ?

— Avec mademoiselle, confirma Apsara.

Joss ôta sa casquette d'aviateur, s'épongea le front et se recouvrit.

— Moi qui commençais à végéter… Vous aurez besoin de mes services, je présume ?

— Sécurité maximale.

— Faites quand même gaffe. En face, c'est pas des tendres.

— Nous non plus, précisa Bruce, surtout quand on nous irrite.

*

Une Rolls conduisit le trio à l'hôtel particulier des Vaudois, au cœur du Londres traditionnel, loin des horreurs architecturales qui défiguraient la capitale du Royaume-Uni. La résidence préférée de Saint-John, qui s'y ressourçait entre deux voyages.

Succédant à plusieurs générations de *butlers* affectés à ce domicile prestigieux, le titulaire du poste manifesta, avec un sourire à peine perceptible, la satisfaction de recevoir Mark et sa belle compagne.

La présence d'un énorme Écossais aux vêtements douteux, voire vulgaires, atténua la joie des retrouvailles.

— Le personnel et moi-même sommes ravis de vous accueillir chez vous. Les chambres sont prêtes, et j'espère que le dîner vous conviendra : tartare de poisson, côtelettes d'agneau, sélection de chèvre et parfait au café.

— Rajoute de la charcuterie, exigea Bruce ; on a eu des émotions, il faut se refaire du sang neuf.

— Monsieur souhaite-t-il du bourgogne ?

— Je veux, et du corsé.

Habitué aux pires situations, le *butler* ne sourcilla pas. Et puis la vue de l'éblouissante Cambodgienne gommait les aspérités de son délicat labeur.

— Où as-tu servi l'apéro ? questionna Bruce.

— Dans la bibliothèque, Monsieur.

Un vaste hall, orné de stèles et de statues égyptiennes, un escalier de marbre rose et l'immense bibliothèque, l'une des plus remarquables de Londres, comprenant des ouvrages consacrés à l'histoire de l'art, à l'archéologie, aux civilisations anciennes, à l'économie, à la sociologie et aux sciences. De quoi y passer plusieurs vies.

Sur une table basse en verre de Murano, une collection d'alcools rares.

— Je vais suivre la route du rhum, décida Bruce, aventurier dans l'âme.

Mark et Apsara se contentèrent d'un porto digne d'une médaille d'or.

L'Écossais s'affala dans un fauteuil de cuir vert.

— Ça fait du bien d'être vivant… Faut savoir en profiter ! Dès demain, je m'occupe de Sir Charles. Le genre de tordu qui me détend les nerfs.

— Ne devait-il pas jouir d'une retraite ensoleillée loin des brumes londoniennes ? s'inquiéta soudainement Mark.

— Commençons par le commencement : son *sweet home*. S'il ne l'a pas vendu, quelqu'un me renseignera.

— En douceur.

— Mark ! Tu me connais…

*

Contrairement aux usages de la *gentry*, Bruce avait fini tous les plats, comme chez lui.

— Avec toutes ces émotions, j'en ai ma claque. Et j'ai besoin d'être en forme pour m'offrir Sir Charles. Bonne nuit, les amoureux.

Non sans appréhension, le *butler* observa l'Écossais pénétrer dans sa chambre. Lors de son dernier séjour, il avait déplacé les meubles dont la disposition ne lui plaisait pas.

— J'ai envie de nager, annonça Apsara à Mark, avec un regard dévorant. Et toi aussi.

La piscine intérieure de l'hôtel particulier ressemblait à un îlot des Caraïbes. Et la Cambodgienne ne se ruinait pas en maillots de bain.

Chaque fois qu'il la voyait nue, Mark se demandait quel dieu ou quel démon lui avait donné ce corps irrésistible.

Elle l'enlaça, impérieuse et tendre.

— Quand je serai vieille et moche, tu me tromperas. Et je te tuerai.

— Moche, impossible ; vieille, avec l'existence qu'on mène, ce n'est pas gagné.

Sans rencontrer de résistance, elle l'entraîna dans son plongeon.

15

8 heures.

Le *butler* de Sir Charles venait de servir le breakfast. Au fil des ans, ses œufs pochés demeuraient une merveille.

Le coup de sonnette le fit sursauter. Sans doute du courrier urgent.

En ouvrant la porte, il se figea et perdit son sang-froid.

— Ah non, pas vous !

— Eh si, pépère, c'est bien moi ! dit Bruce avec un grand sourire. Tu n'aurais pas un peu grossi ? L'exercice, y a que ça de vrai. Tu devrais trottiner davantage à Hyde Park. Enfin, chacun sa vie. Ton boss est là ?

— Sir Charles a quitté Londres depuis longtemps.

— Pour aller où ?

— Il ne m'en a pas informé. Je suis chargé de gérer les affaires courantes.

Depuis qu'il confessait des gus de tout poil et de tout âge, Bruce avait développé son instinct, la faculté de distinguer la vérité de l'enfumage.

— Oh, le vilain nez de Pinocchio qui s'allonge à une vitesse supersonique !

L'Écossais huma l'atmosphère.

— Odeur de café et de toasts grillés… Tu ne nourris pas un fantôme ?

— Sir Charles ne reçoit personne.

— Je ne suis pas personne, mon grand. Efface-toi.

— Vous n'oseriez pas…

Le *butler* eut la conviction que ce buffle préhistorique oserait. Aussi le laissa-t-il entrer.

— Conduis-moi gentiment, et ne déclenche pas les hostilités.

Une inéluctable reddition, mais tête haute. Le *butler* s'immobilisa devant la porte d'un salon.

— Un instant, je vous prie. J'avertis Sir Charles.

L'attente fut brève, le *butler* invita Bruce à pénétrer dans un salon transformé en chambre d'hôpital, avec lit médicalisé. Seule une bibliothèque et quelques bibelots rappelaient que cette pièce avait été, naguère, un coin tranquille pour son propriétaire.

Le dos calé par des oreillers, Sir Charles avait un teint cireux.

— Ah… Monsieur Bruce ! C'est bizarre, mais je suis presque content de vous revoir.

— T'as un coup de mou, on dirait ! Un virus attrapé aux Bahamas ?

— Le soleil, les plages, les cocktails exotiques, les filles faciles… Je n'ai pas eu le temps d'en profiter.

Barbouze de luxe utilisée par les services de renseignement britanniques, Sir Charles était un spécialiste des sociétés secrètes, des loges de bâtisseurs antiques aux Rose-Croix en passant par les Templiers. C'est lui qui avait été chargé de mettre, avec délicatesse et discrétion, Bruce sur la piste de Sphinx, nom de code désignant la confrérie des neuf Supérieurs inconnus.

— T'as pas bonne mine, mais t'es du genre à te retaper.

— Ce n'est pas l'avis du corps médical. Le mien est usé, et je n'en ai plus que pour un mois, au mieux.

La voix était presque éteinte.

— Prenez du café, des toasts et de la marmelade artisanale d'Oxford. Moi, je ne mange qu'un peu de riz. Le breakfast, c'est juste pour respecter les habitudes.

Ayant un petit creux, l'Écossais honora l'invitation.

— À quoi puis-je vous être utile ?

— Tu as sûrement entendu parler des Loups passants.

Sir Charles eut un léger sourire.

— J'ai appris à mes employeurs que Saint-John, le père de votre ami Mark, appartenait à cette élite de tailleurs de pierre qui ont voyagé dans toute l'Europe et participé à la construction des cathédrales. Ils détenaient le secret du Chiffre, à savoir la clé d'harmonie permettant d'assembler entre elles des pierres vivantes.

— Par hasard, ces Loups ne seraient-ils pas copains des Supérieurs inconnus ?

Sir Charles leva les yeux vers les stucs du plafond.

— Nous y revoilà... Vous cherchez de nouveaux ennuis ?

— Bah, c'est mon job ; sinon, je m'encroûterais.

— Oubliez cette vieille légende. Les Supérieurs inconnus et les Loups passants ont disparu. C'était une autre époque. Nous sommes à l'ère numérique, sous le règne de la Machine, qui ne tolère aucun déviant.

— Ça, j'ai pigé, mais j'ai les gènes du grain de sable qui détraque tout, et on ne se refait pas. Figure-toi que l'or alchimique, la pierre philosophale et l'élixir de jouvence, c'est pas du bidon.

Au prix d'un douloureux effort, Sir Charles se redressa et contempla l'Écossais, comme s'il débarquait d'une autre planète.

— Vous… Vous avez eu ces trésors entre les mains ?

— Ben ouais.

— Où sont-ils ?

— Planqués dans l'armoire aux génies. C'est mieux protégé que Fort Knox[1].

— Vous vous moquez de moi !

— Ne nous méprenons pas : tu es un faux-cul et je n'ai aucune confiance en toi, mais le moment n'est pas aux taquineries.

— Si vous êtes ici, c'est pour m'extirper un renseignement.

— Jusque-là, t'as tout bon ; continue comme ça, et le Bon Dieu te pardonnera tes péchés.

— Je ne suis pas croyant.

— Tu as encore le temps de changer.

— Les Supérieurs inconnus… Les premiers sont apparus en Égypte ancienne, au temps des pyramides, et ont transmis leur science à travers les siècles, celle de l'alchimie permettant de transmuter la matière, de guérir et d'assurer entre les êtres un échange continu de flux invisibles, mais vitaux. Insupportable pour la Machine qui veut tout contrôler, a produit Internet et la toile dans laquelle nous sommes tous englués. Le but

1. Le site où se trouvent les réserves d'or des États-Unis.

des Supérieurs inconnus, de Dante, de Nicolas Flamel, de Paracelse, de Mozart et de leurs frères, célèbres ou ignorés : faire vivre l'âme du monde. Aujourd'hui, elle est enfermée dans un ordinateur et ne sortira pas de cette prison-là.

— On gémira plus tard, trancha Bruce ; vu que je suis devenu un intime, tu devrais me léguer une confidence. Par exemple, le nom du dernier Supérieur inconnu. Et en prime, l'endroit où il crèche.

Sir Charles eut un rictus de douleur et but un verre contenant un puissant analgésique.

— Au point où j'en suis… Faut-il emporter ce secret dans ma tombe ?

— Du gâchis, jugea Bruce.

Sir Charles ferma les yeux.

— Le dernier Supérieur inconnu est une femme, une Égyptienne nommée Séchat, qui habite le vieux quartier copte du Caire.

Bruce avala de travers.

— On l'a flinguée !

— Alors, conclut Sir Charles, sa confrérie a été définitivement anéantie.

— Et celle des Loups passants ?

Le malade le regarda à nouveau.

— La bibliothèque, deuxième étagère en partant du bas, le premier volume relié en chagrin, sur votre gauche… Apportez-le-moi.

La Réforme générale du monde entier, publiée en 1614 par un Supérieur inconnu, afin d'éviter un désastre à l'humanité ; un ouvrage vite oublié, cédant la place à la Révolution française, au nazisme et à l'avènement de la Machine.

À l'intérieur, un feuillet contenant deux photos : le fameux site de Stonehenge, en Angleterre, et la bouille barbue d'un curé brandissant un goupillon. Sir Charles les donna à l'Écossais.

— Le père Cornelius Bacon, révéla-t-il. S'il existe encore un Loup passant, il le connaît forcément. Maintenant, j'aimerais me reposer.

— Ne perds pas le moral ; les miracles, ça existe.

— Je ne crois pas qu'on se reverra, Bruce.

16

Le *butler* apostropha Bruce :

— Monsieur compte-t-il revenir ?

— La vie est pleine de surprises, mon gars. T'aurais pas un verre d'eau ? Cette conversation relax m'a desséché le gosier.

Le *butler* se rendit à la cuisine. S'il avait mieux connu l'Écossais, il aurait décelé une ruse grossière. Ce que lorgnait Bruce, c'était la liste des numéros d'urgence posée sur un guéridon, près de la porte d'entrée, avec le nom d'un médecin en tête. Doté d'une bonne mémoire grâce à une consommation régulière de whisky non frelaté, il enregistra les données.

— Votre verre d'eau, monsieur.

L'épreuve fut rude. Aucun goût. Le journalisme d'investigation n'avait pas que de bons côtés.

— Occupe-toi bien de ton patron. À plus.

*

Bruce héla un taxi.

— Docteur Robert June. J'ai pas l'adresse, mais je vais la dénicher sur mon portable.

— Vous embêtez pas, dit le chauffeur, je connais. Un ponte qui bichonne les richards. Dans le coin, ça ne manque pas. Vous, vous n'avez pas l'air de dévisser. Rien de grave, j'espère ?

— La prévention, y a que ça de vrai.

Évitant les embouteillages, le taxi se faufila jusqu'à Oxford Street. Le cabinet du docteur June occupait un étage entier d'un immeuble luxueux. Labo, salle de radiologie, bureaux, réception.

Une mignonne Indienne sourit à Bruce.

— Vous aviez rendez-vous ?

— Pas vraiment. C'est pour une urgence.

— Désolée, le docteur est surchargé. Je peux cependant vous fournir plusieurs adresses.

— C'est lui que je veux voir.

— Navrée, c'est impossible.

— Écoute, poupée, l'ami Bruce est un gentil journaliste, mais faut pas lui mettre des bâtons dans les roues, sinon il se transforme en char d'assaut. Tu as lu mon enquête sur les médecins qui fricotent avec les labos pour répandre des médicaments dangereux ?

— Oui, oui…

— Je pourrais maintenant m'attaquer aux toubibs style jet-set, comme ton boss. Une seule question à lui poser, ça ne lui prendra qu'une minute.

Vu l'envergure du personnage, l'Indienne privilégia une stratégie de concertation, plutôt qu'un appel à la police, car ce mastodonte était capable de ravager les locaux.

— Je vais voir, ne bougez pas.

S'il existait une médecine à deux vitesses, le docteur June avait choisi la bonne. Marbre rose, mobilier

Tudor, plantes rares, tableaux de petits maîtres, statuettes anciennes. La santé n'avait pas de prix.

L'Indienne réapparut en compagnie d'un sexagénaire en blouse blanche, chevelure grisonnante, lunettes dorées et l'œil méprisant.

— Docteur June.

— Bruce Reuchlin, *Newsmagazine.*

— En quoi mon cabinet vous intéresse-t-il ?

— C'est l'un de vos patients qui m'intéresse.

— Avez-vous entendu parler du secret médical ?

— Avec les moyens informatiques d'aujourd'hui, une belle blague ! Et ce que je veux savoir ne troublera pas votre sommeil.

— Suivez-moi.

Le toubib entraîna Bruce dans un bureau rempli de publications spécialisées. Il y rédigeait des articles pour des revues médicales.

— Je vous écoute.

— Êtes-vous bien le médecin de Sir Charles ?

Lors de son entretien avec l'ex-barbouze agonisante, Bruce avait eu un doute : dans ce milieu-là, on passait son temps à jouer la comédie et à mentir. Cette vieille anguille était-elle vraiment sur le point de rendre ce qu'il lui restait d'âme, ou tentait-elle de l'enfumer ?

— Sir Charles, compléta Bruce, un honorable correspondant du MI 5, historien des religions, en train de claquer dans son nid douillet.

— C'est mon patient, en effet ; quel est le problème ?

— De quoi il souffre et quel poison vous lui refilez, je m'en tape ; je veux juste savoir s'il est réellement à bout de souffle. Pas de quoi enterrer le secret médical.

— Tout de même…

— Un bon mouvement, et je vous fiche la paix.

— Vous voulez publier l'information ?

— Au contraire, c'est juste pour ma consommation personnelle. Parole de rugbyman.

Elle ne manquait pas de poids.

— Sir Charles est en phase terminale. Malgré mon insistance, il refuse l'hôpital et les soins palliatifs. Lorsque je suis allé le voir, il y a trois jours, j'ai vainement plaidé. Il a décidé de mourir chez lui et dispose des substances nécessaires. Étant donné son état, aucune guérison envisageable et une issue fatale à très court terme. Je l'ai laissé libre de son choix.

— Merci toubib, portez-vous bien.

*

Dans le taxi qui le conduisait à l'hôtel particulier des Vaudois, Bruce se détendit. Puisque Sir Charles n'était pas un faux mourant, la piste qu'il avait fournie avait peut-être de la valeur, même s'il convenait de se méfier d'un curé barbu maniant son goupillon pour chasser les mauvais esprits.

17

En rebâtissant son propre empire, à la suite de la dislocation d'une partie de celui de son père, surtout le pan militaire et industriel, Mark Vaudois avait pris soin d'occuper des niches financières et immobilières qui n'importunaient pas la Machine.

Lorsque Mark avait identifié Dieter Cloud comme l'un des principaux manipulateurs au service du système, responsable de l'assassinat de son père, il s'était rué à New York pour le tuer.

En vain. Cible inaccessible.

De quoi se jeter dans le vide.

D'une certaine manière, la décision de Mark, mais avec Apsara. Et ils ne s'étaient pas écrasés sur le sol, trouvant un courant ascensionnel qui les avait transportés vers d'autres paysages.

Soudain, ce fragile équilibre se brisait. S'il existait un Supérieur inconnu ou un Loup passant capable de lui transmettre le secret de Saint-John, de lui *parler vraiment* comme le souhaitait son père, plus rien d'autre ne comptait.

Apsara le comprenait et l'approuvait. Depuis qu'une tueuse employée par la Machine avait tenté de l'abattre dans une rue de Paris en lui tirant dans le dos, la Cambodgienne, miraculée, considérait chaque instant comme un cadeau du ciel. Avoir perdu un père aussi extraordinaire que Saint-John, elle connaissait. Et elle partagerait la quête de celui qui serait le seul homme de sa vie.

Mark trépignait en arpentant la bibliothèque. Il attendait la réponse d'un de ses contacts à New York, un financier de l'ombre bien informé.

Un échange sur un appareil sécurisé que même les services britanniques n'avaient pas encore réussi à pirater. Dès demain, Mark changerait de technologie.

Pieds nus, vêtue d'une blouse orange et d'un pantalon violet flottant, Apsara consultait un volume de photographies consacré aux temples d'Angkor. Le *butler* et le personnel de l'hôtel particulier adoraient la compagne du propriétaire, si élégante et si discrète, très différente de Bruce.

— Comment peux-tu être si tranquille ? s'étonna Mark.

— Une habitude avant la tempête. Et les sculptures des anciens Khmers assurent une transfusion de sérénité.

— Et Bruce qui ne revient pas ! J'espère que Sir Charles ne l'a pas expédié dans une prison des services secrets.

— Il t'aurait envoyé un signal de détresse.

— Exact… Pourvu qu'il n'ait pas découpé en morceaux ce vieil espion !

— Bruce sait se montrer délicat quand les circonstances l'exigent.

— Les dieux t'entendent !

Enfin, son contact se manifesta ! Un premier code, un second. Ligne sûre.

— L'albatros s'est posé et les moineaux s'éparpillent à Central Park, indiqua le correspondant new-yorkais.

Phrase correcte.

— La tour de Babel est reconstruite et les bâtisseurs parlent anglais, répondit Mark.

Phrase également correcte. On correspondait entre alliés, à l'écart des oreilles indiscrètes.

— As-tu abouti ?

— Mauvais. Très mauvais.

— La toile a augmenté ?

— Elle a au moins doublé de volume.

— Au centre, toujours la même araignée ?

— Elle n'a jamais été aussi puissante. Surtout, ne pas en approcher. Planque-toi et laisse tomber.

Entretien terminé.

Bruce fit irruption dans la bibliothèque.

— J'ai du biscuit ! Très près de passer l'arme à gauche, Sir Charles s'est confessé.

L'Écossais perçut la déprime de Mark et l'inquiétude d'Apsara.

— Un os ?

— Et même tout un squelette, précisa le fils de Saint-John. Dieter Cloud est toujours au centre du jeu et a agrandi l'échiquier. Comme l'avait prévu l'inventeur de l'informatique, Alan Turing, la Machine ne finira plus de produire des enfants qui sont devenus nos parents et nous dictent notre conduite.

— La nôtre, pas encore ! J'ai une bonne et une mauvaise nouvelle. La mauvaise, c'est que Sir Charles, côté Supérieurs inconnus, est complètement largué. La bonne, c'est côté Loups passants. Il m'a refilé un contact.

— Et s'il t'avait menti ?

— J'ai été obligé de boire de l'eau pour m'assurer qu'il ne jouait pas *Le Malade imaginaire*. D'ailleurs, ça m'a donné soif.

Comme dans toute bonne bibliothèque, un panneau en trompe-l'œil dissimulait un bar, et ce dernier contenait une collection de whiskies d'un âge appréciable.

Après s'être réhydraté, Bruce remit à Mark les deux photos.

— Le site de Stonehenge et un curé, Cornelius Bacon. Le spécialiste des Loups passants.

— Ce serait trop beau !

— Tu vas pas nous faire une petite déprime à cause de Cloud ?

— Si on bouge, il nous flingue.

— Ça dépend comment on bouge, intervint Apsara ; nous rendre à Stonehenge n'a rien d'alarmant. Ne poursuivons-nous pas notre tour du monde des grands sites ?

— Tu seras quand même en danger.

Elle s'assit sur les genoux de son amant et lui prit le visage entre ses mains.

— On vide l'abcès une fois pour toutes. Je veux savoir autant que toi, je sais qu'on ne terminera pas notre existence dans un hospice, et j'accepte les risques. En revanche, si tu préfères rêvasser du passé au coin du feu, je fais mes valises.

— Affaire réglée, conclut Bruce ; on peut trinquer.

Réfléchissant à haute voix, il remplit les verres.

— Enfumer Cloud et la Machine, c'est capital. Si on nous colle au train, faut assurer. Stonehenge, c'est du gâteau ; continuez à vous comporter en parfaits touristes. Mais le curé, c'est de la dynamite ! À manier avec précaution et sans informer les réseaux sociaux. Le père Bruce, lui, il hérite du terrain miné. L'entourage de la vieille Séchat, au Caire, c'est pas les gentils membres du Club Med !

— Ta présence là-bas intriguera Cloud.

— Pas si on échange des messages cryptés évoquant mon enquête sur les attentats contre les Coptes, les chrétiens d'Égypte. La guerre entre le maréchal Sissi et les Frères musulmans, c'est du quotidien et de l'actu brûlante. Tout à fait mon genre de beauté. T'es mon boss, j'exige carte blanche, tu me l'accordes. Les services de Cloud décrypteront, et l'araignée carnivore sera rassasiée.

— Ça peut marcher, se réconforta Mark.

— Ça marchera. À une condition : tu m'épargnes Egypt Air. En violation des conventions internationales, alcool interdit à bord.

— Joss t'attribuera un jet d'affaires.

Soudain, Mark se tendit.

— On va au casse-pipe !

— C'est quoi, ton angoisse ?

— Cloud saura que tu es allé chez Sir Charles, il comprendra qu'on repart en mission.

Bruce lui tapa sur l'épaule.

— Dérouille tes méninges ! Je t'ai causé de cette visite à un historien des religions qui m'a donné un cours particulier sur les Coptes, pour que je ne fonce pas dans le brouillard. Vu que Sir Charles est sans doute déjà en route vers l'enfer des barbouzes, Cloud ne pourra pas vérifier. Et j'espère qu'on m'a suivi chez le toubib. Si la Machine me croit malade, je passerai de la case « dangereux » à « bientôt foutu ». Alors, détends-toi.

— Avant de plonger dans le grand bain, j'ai envie d'une petite piscine, décida Apsara en entraînant Mark.

18

Le Caire, la cité des *Mille et Une Nuits*, la magie de l'Orient, l'envoûtement de la capitale des mosquées aux richesses incomparables… « Tu parles ! » pensa Bruce. Une mégapole pourrie, tellement polluée que les maladies pulmonaires et cardio-vasculaires étaient en augmentation constante, un nuage de smog bouffant les monuments, une démographie galopante, une circulation infernale ne répondant pas toujours aux normes écologiques, des maisons « de la mort subite » qui s'écroulaient volontiers lorsque la terre tremblait parce qu'on avait construit dix étages au lieu des trois prévus, les magasins remplis de matériel informatique côtoyant des quartiers où l'on s'entassait à vingt dans une chambre… Les charmes du Caire auxquels Bruce n'était pas sensible, leur préférant son Islande et les grands espaces.

Malgré des papiers parfaitement en règle, les formalités à l'aéroport furent longuettes, et Bruce ressentit la tension des policiers. Le maréchal Sissi tenait ses troupes, mais il ne pouvait empêcher les attentats commis par les fanatiques de l'État islamique, avec la complicité des Frères musulmans, présents dans toutes les couches de la société égyptienne. La police était particulièrement visée, mais infidèles et croisés demeuraient des cibles permanentes.

Une voiture de maître, avec pneus relativement récents, freins et amortisseurs, emmena l'Écossais à son hôtel préféré, le Mena House, où il venait de séjourner avec Junior. À la lisière du plateau des pyramides, on respirait un peu et l'on oubliait les tentacules de la mégapole menaçant d'engloutir le désert.

Conformément à ses habitudes, Bruce n'avait qu'un sac à dos rempli du strict nécessaire : pantalon de brousse aux multiples poches, chemise, slip et chaussettes de rechange, trousse de secours comprenant désinfectant, antidouleur, antidiarrhée et flasque de whisky pour lutter contre les microbes et autres virus. Il achèterait le reste sur place.

Instrument vital de quarante-sept grammes au poignet : une montre connectée, produite par une usine de Mark en série limitée.

Écran insensible au soleil, étanchéité parfaite, fonction GPS, navigation sécurisée dans n'importe quelle application. Avec cet engin, l'Écossais pouvait téléphoner, émettre et recevoir des messages, lire mails et SMS, déclencher un SOS. L'assurance de se sentir moins seul en cas de danger. Il ne manquait plus que la fonction revolver, encore réservée à James Bond.

Débarbouillage rapide, première lampée de désinfectant et appel à son pote George, un Copte qui parlait une demi-douzaine de langues et connaissait un paquet de gens importants au Caire. Quand il avait été dans la panade, à la suite d'un méchant divorce, Bruce l'avait empêché de sombrer, et l'Égyptien lui en était reconnaissant.

On décrocha.

— George ? C'est Bruce.

— Content de t'entendre.

— Je suis au Mena. Tu rappliques quand ?

— Pour déjeuner, ça te convient ?

— Super.

Les Coptes, les chrétiens locaux, en bavaient salement depuis la montée de l'islamisme. Même dans leurs fiefs traditionnels, comme Louxor, les agressions n'étaient pas rares. Récemment, au Caire, l'État islamique avait fait exploser une bombe dans une petite église proche de la cathédrale Saint-Marc, tuant une trentaine de personnes, surtout des femmes.

Quand l'armée arabe avait conquis l'Égypte, en 639 apr. J.-C., de nombreux chrétiens s'étaient soumis, sans se convertir, acceptant de payer l'impôt islamique. Désormais objets de persécutions plus ou moins ouvertes, ne pouvant plus construire d'églises en raison de lois tordues, ils se réduisaient, selon l'expression consacrée, à des « citoyens de seconde zone » que les Frères musulmans auraient volontiers éradiqués.

Du côté christianisme apostolique et romain, c'était pas la joie non plus. Les Coptes avaient leur propre pape, leurs propres rites et goûtaient des pratiques magiques héritées de l'Antiquité. Pas de quoi emballer le Vatican.

Sauf retournement de situation assez improbable, la minorité copte était amenée à disparaître. Et la fameuse « communauté internationale » ne bougerait pas le petit doigt.

*

Au printemps, quand le vent de sable ne soufflait pas, l'Égypte adoptait un air de paradis. Installé dans le jardin du Mena House, avec la Grande Pyramide à l'horizon, Bruce s'offrit une boisson douce, un bloody mary qui préparait l'intestin aux rudes épreuves en perspective.

L'Écossais n'était pas un adepte forcené de la méditation transcendantale. Mais là, face à cette montagne de pierres assemblées au millimètre, il avait la glotte coincée et ne pouvait, comme l'écrivain français Flaubert, que « taire sa gueule ».

En plein siècle de l'informatique et du dieu Progrès, rechercher le dernier Supérieur inconnu en empêchant la Machine de l'éparpiller façon puzzle… Une dinguerie de première ! Du Bruce tout craché, mais style must, avec un oscar en vue. Encore ce besoin de vérité, et ce côté saint-bernard, à cause du tonnelet contenant un alcool fort destiné à ressusciter les morts.

« Urgence absolue », avait décrété Junior. Impossible de contredire cet insupportable gamin, encouragé par sa mère à voir ce qu'il ne fallait pas voir. Et quel couillon recevait sur la tête une pluie de météorites ? Le père Bruce, bayant aux corneilles et jouant le dernier des Mohicans.

L'Écossais terminait son deuxième bloody mary lorsque se profila la silhouette de son pote George. Un mètre quatre-vingt-dix, un physique de deuxième ligne, un visage carré et franc, une tronche inspirant la sympathie.

— Ça boume, Bruce ?

— C'est même explosif.

19

— T'as pourtant l'air de tenir la forme, constata George, rigolard.

— Maquillage. En réalité, je patauge dans la semoule. Et je compte sur toi pour m'en sortir.

Vu la rareté des touristes, trois serveurs s'empressèrent de proposer à leurs hôtes les spécialités culinaires de l'endroit. Bruce évita les viandes, les poissons et les légumes, poussés dans les champs d'épandage autour du Caire ; restait le riz, recouvert d'une tonne de curry, afin de dissiper les conséquences de la cuisson à l'eau du Nil. Immunisé, George choisit de la purée de fèves, des boulettes de bœuf et une salade composée.

— Bordeaux, ça te convient ?

Le Copte s'en réjouit d'avance.

Méfiant, l'Écossais goûta longuement avant d'accepter la bouteille.

— C'est bien du vin, constata-t-il, soulagé.

On était assez loin des crus locaux, le rubis d'Égypte et le cléopâtre, plutôt utilisables comme détergents.

— Avec les femmes, ça gaze ? demanda Bruce.

— On se débrouille. J'ai beaucoup appris. Sans toi, j'étais bon pour la casse.

— T'as un bon fond, mon gars ; te laisse pas croquer.

Ils trinquèrent.

— Explosif, tu disais ?

— Séchat, tu connais ?

— Tous les Coptes la connaissaient. Et même une myriade de musulmans. Son assassinat par des fanatiques a secoué beaucoup de monde.

— Ça, c'est la version officielle.

George fixa Bruce.

— Il y en a une autre ?

— La vraie.

L'Écossais n'avait pas l'air de blaguer.

— J'étais sur place, révéla Bruce, à Ouadi es-Seboua, en Nubie, au temple des sphinx. Séchat et son accompagnateur, l'un des gardiens des lieux, ont été flingués par une tueuse professionnelle.

— Ça n'a pas filtré.

— Et ça ne filtrera pas.

— Cette tueuse… Pour qui travaillait-elle ?

— La Machine. Ce truc sans âme qui nous dévore tous, chaque jour, les uns après les autres, et dont personne ne veut prendre conscience, parce que c'est notre seul avenir. Séchat était l'une des dernières têtes à dépasser, il fallait la couper. Le modèle de la guillotine française a été sérieusement amélioré.

George but son verre cul sec.

— Et qui la manipule, cette Machine ?

— Personne. C'est le problème majeur, elle fonctionne toute seule. Séchat essayait de la détraquer. Et j'aimerais assez l'imiter.

— De quelle manière ?

— La vieille dame avait peut-être un héritier, un confident, un disciple. Il est peut-être vivant et réside peut-être au Caire.

— Beaucoup de « peut-être » !

— Grâce à toi, si tu te mouilles, leur nombre diminuera.

— Me mouiller, me mouiller…

— Je t'aime bien, mon gars, et je ne veux pas te causer d'ennuis. Si tu te sens pas d'attaque, on restera copains.

— Tu souhaites quoi, au juste ?

— La vieille Séchat avait forcément des contacts privilégiés, capables de me fournir des informations. À mon avis, un tout petit nombre d'intimes.

— Le but de la manœuvre ?

— Sauver le zigoto qui pourrait gripper la machine infernale.

— Il a un nom ?

— Si je te le donne, tu entres sur le circuit.

Vu la vitesse d'absorption de George, une deuxième bouteille s'imposa.

— Ni casque, ni combinaison, ni ceinture de sécurité… J'admirais Séchat. Elle a soigné mes parents, m'a guéri d'une saloperie aux poumons et passait la moitié de son temps dans les dispensaires, gratuitement. Je fais sûrement une grosse connerie, mais je marche.

— Ce gus s'appellerait John Patmos et appartiendrait à la même confrérie que Séchat, les Supérieurs inconnus.

George eut un haut-le-cœur. Et ce n'était pas la conséquence de la purée de fèves.

— Tu débloques, Bruce !

— On dirait que tu as des lumières.

— Patmos, jamais entendu ce nom-là. Mais les Supérieurs inconnus… Une légende pour amuser les mômes !

— Raconte, j'ai gardé un côté enfantin.

— Je guide des groupes de touristes pas comme les autres, passionnés par la Grande Pyramide et sacrément documentés. L'année dernière, j'ai eu le top. Ils en savaient cent fois plus que moi. Et l'un d'eux, un vieux à lunettes et à barbichette blanche, m'a appris que Bonaparte, pendant l'expédition d'Égypte, avait passé un long moment dans la Chambre du roi, en compagnie d'un Supérieur inconnu, l'archéologue Caviglia. Le futur empereur est ressorti bouleversé. Il avait été initié à certains mystères de l'Égypte pharaonique et connaissait son destin. Et toi, tu me ressors du Supérieur inconnu avec Séchat !

— Légende, du latin *legenda*, « ce qui doit être lu ».

— T'en es certain ?

— On ne plaisante pas avec les langues mortes.

20

En Orient, le temps est élastique, et les horaires ne correspondent pas à ceux des fonctionnaires occidentaux. Demain est une notion assez vague, et la semaine prochaine appartient à un avenir franchement incertain. Aussi Bruce n'avait-il fixé aucune borne à George et se contentait-il de flemmarder en attendant le résultat des investigations de son pote. Se balader sur le plateau des pyramides, les visiter en admirant notamment la Chambre du roi et ses neuf poutres de granit, symbole de la confrérie des Supérieurs inconnus, siroter des bières dans le jardin du Mena House, s'offrir des siestes olympiques… Le farniente ne dura que deux jours.

Bref appel de George, qui viendrait chercher Bruce à son hôtel vers 22 h.

*

La Peugeot du Copte aurait mérité un contrôle technique approfondi, mais elle se comportait vaillamment dans le tsunami automobile permanent du Caire.

À certains feux rouges, on s'arrêtait ; à d'autres, non. Et Bruce n'avait pas encore réussi à découvrir comment on obtenait un permis de conduire.

Même la nuit, le trafic restait intense, et il fallait avoir des yeux partout afin d'éviter un abordage. Quant aux piétons, ils n'avaient pas intérêt à se prendre les pieds dans leur djellaba quand ils traversaient entre les voitures.

— Tu as bien creusé, George ?

— Une femme te renseignera : Myriam, l'assistante de Séchat. Depuis deux ans, elle s'occupait de la vieille dame. Cuisine, ménage, lavage. Elle habite dans le Vieux Caire et accepte de te recevoir.

— Son pedigree ?

— Copte, trente ans, deux enfants, mari chauffeur de bus.

Le Vieux Caire portait bien son nom, puisqu'il était le plus ancien quartier de la mégapole, témoin de la conquête de la ville par les Arabes, qui s'étaient emparés d'une cité chrétienne. Au cœur d'un monde islamisé, des églises, des monastères et des couvents, jadis sous la protection de tours romaines. Mais le Vieux Caire n'était plus un domaine réservé aux chrétiens, et les Frères musulmans y prospéraient.

Faute de crédits, plusieurs édifices se dégradaient. George se gara à un endroit sûr et paya le surveillant du coin afin de retrouver sa voiture intacte. Sous la conduite de son guide, qui connaissait chaque ruelle et chaque maison, Bruce longea l'église Saint-Serge, fondée à la fin du IVe siècle. Dans sa crypte avait séjourné la Sainte Famille.

Myriam logeait non loin de là. Sous le regard d'un type accroupi, faisant semblant de dormir, George frappa à une porte en bois qui ne datait pas d'hier.

Un ado ouvrit.

— Ta mère est là ?

Il hocha la tête, introduisit les visiteurs dans un salon étouffant, encombré de tapis et de coussins multicolores.

Assise, une femme vêtue de noir, la tête couverte. Beaucoup de musulmans ignoraient que c'était un doctrinaire chrétien, l'Algérien saint Augustin, qui avait imposé le voile aux femmes, qu'il considérait comme de dangereuses pécheresses.

— On peut saluer ton mari ? demanda George.

— Il travaille, répondit Myriam, les yeux baissés.

— Merci d'accueillir mon ami Bruce. Il admirait Séchat et voudrait rendre hommage à sa mémoire.

— Séchat est devenue une martyre, déclara la voilée, en anglais du Caire ; je la prie tous les jours afin qu'elle nous protège, moi et les miens. Dieu l'a rappelée à lui, c'était Sa volonté, et nous devons l'accepter.

« Si elle a des kilomètres de sermon dans ce genre-là, pensa Bruce, on n'est pas rendus. »

Autant lui rentrer dans la moulure.

— Étiez-vous la confidente de Séchat ?

— Sa servante, rectifia Myriam.

— Elle préparait des remèdes pour ses patients ?

— Je crois.

— Son labo, il est où ?

— Tout a disparu.

— Et qui est l'auteur de la disparition ?

— La police.

Porte fermée. L'héritage de la vieille dame, qui avait succédé à des femmes alchimistes telles Cléopâtre, homonyme de la célèbre reine, ou Marie, portant le même nom que la mère du Christ, était probablement anéanti.

— Séchat avait-elle des amis ou des relations privilégiées ?

— Je ne sais pas.

— Comment, tu ne sais pas ?

À la voix légèrement irritée de Bruce, la femme sursauta.

— Ça suffit, sortez de chez moi !

Sentant que l'Écossais était capable d'arracher le voile et de secouer Myriam, George lui agrippa le bras.

— On s'en va.

— Dehors, dehors !

Déchaînée, la voilée se releva et brandit un couteau.

Constatant qu'on en était au degré zéro de la diplomatie, style John Kerry du temps d'Obama, Bruce se résigna à la retraite.

Et la porte claqua.

— C'est quoi ce cirque, George ?

— Quelqu'un est passé derrière moi et a terrorisé Myriam. On fait mouvement, sans traîner.

Soudain, le Vieux Caire n'avait plus rien de sympathique. Les deux hommes hâtèrent le pas jusqu'à la Peugeot.

— Ouvre le capot et inspecte le moteur, exigea Bruce ; moi, je regarde sous la caisse.

Pas de bombe, même artisanale.

En chemin vers le Mena House, George peinait à digérer la boulette.

— D'ordinaire, Myriam est une gentille fille. Elle m'avait promis de te raconter son existence auprès de Séchat. Cette métamorphose, c'est un coup de son mari ! Un jaloux qui n'a pas admis ta présence. Elle a craint les ragots et a pris peur. Inutile d'insister, elle n'ouvrira plus la bouche.

— Tu as quelqu'un d'autre ?

— Je suis allé au plus simple, mais j'ai encore des cartes. Tu te prélasses au Mena House et tu attends mon appel.

21

Le faux dormeur accroupi près de la maison de Myriam quitta son poste d'observation, et emprunta une ruelle voisine aboutissant à un vieil immeuble qui menaçait ruine.

Il frappa deux coups, puis trois, à une porte qui semblait condamnée.

Le barbu qui lui fit face avait l'air d'un tueur. Et c'était effectivement l'un des pires égorgeurs de l'État islamique. Il avait officié en Syrie et en Irak, jouant la vedette lors des exécutions de masse, en présence d'une foule obligée d'assister au spectacle. Il ne quittait jamais son couteau, même lorsqu'il dormait, et commandait la garde rapprochée d'Abou Mohamed, le dignitaire responsable des attentats dans le Sinaï. Des commandos bien armés attaquaient des unités égyptiennes, massacraient à qui mieux mieux et disparaissaient. Jusqu'à présent, impossible de les coincer. Ils faisaient planer une insécurité permanente et ne manquaient pas de clamer leurs exploits, qui leur valaient l'admiration de nombreux jeunes.

Abou Mohamed, dont le nom variait selon les missions, venait d'en recevoir une particulièrement exaltante : semer la terreur au Caire, en visant à la fois les forces de l'ordre et les mécréants. Une tâche difficile, à cause des indicateurs du maréchal Sissi.

Tôt ou tard, il en était certain, l'Égypte entière se convertirait à la vraie foi et deviendrait le fer de lance d'un immense califat. Après des études à Oxford et à Paris, le quadragénaire se réjouissait déjà de voir l'Europe s'ouvrir à l'enseignement du Prophète ; l'évêque de Canterbury ne considérait-il pas la charia comme porteuse de valeurs estimables ? Les digues se rompaient les unes après les autres, les croisés avaient perdu la bataille des idées.

Abou Mohamed se restaurait lorsque l'Égorgeur s'inclina devant lui.

— Myriam est seule.

— Va la chercher et emmène-la à la cave.

*

Terrorisée, Myriam s'était tassée dans un coin d'une cave humide où s'accumulaient des chiffons et des caisses à moitié pourries. Une ampoule diffusait une lumière glauque.

Deux types l'avaient extirpée de chez elle, sans dire un mot, pour la jeter dans cette prison où elle tremblait de peur, redoutant le pire.

— Bonsoir, ma sœur, dit Abou Mohamed d'une voix mielleuse.

— J'ai… J'ai obéi !

— Je sais.

— Mon mari…

— Puisque tu as obéi, il est vivant. Maintenant, il est au service d'Allah. En abjurant sa fausse croyance et en adoptant la vraie foi, ton mari a retrouvé le bon chemin. Et tu vas l'imiter.

Myriam approuva d'une longue série de hochements de tête.

— Il faut tout me raconter, ma sœur, et sans mentir. L'État islamique a besoin de gens honnêtes, d'une grande droiture. Notre monde doit être purifié, sans aucune faiblesse. Tu le comprends ?

— Oh oui, oui !

Myriam n'osait pas regarder l'homme qui avait pris la direction de sa vie. Ou accepter, ou mourir.

— Tu travaillais pour une sorcière, n'est-ce pas ?

— La vieille Séchat guérissait beaucoup de gens.

— Avec des remèdes diaboliques ! Tu t'en rendais compte ?

— Oh non ! Moi, je me contentais de nettoyer son petit logement.

— Ne t'aurait-elle pas transmis ses secrets ?

— Sur le nom du Christ, je vous jure que non !

Prenant conscience qu'elle avait proféré une énormité, Myriam se ratatina. Ne venait-elle pas de signer son arrêt de mort ?

— Le Christ a précédé Mahomet, susurra Abou Mohamed, et c'est Lui, désormais, qui sera ton seul guide.

Une bonne dizaine de hochements de tête, à cadence accélérée.

— Séchat était une hérétique, déclara Abou Mohamed, et nous nous réjouissons de sa disparition.

Elle pervertissait ton âme, moi, je la sauve. Qui t'a contactée, pour te parler de cette sorcière ?

— George, un membre influent de la communauté copte.

— Que voulait-il ?

— Me faire rencontrer quelqu'un qui s'intéressait à Séchat.

Abou Mohamed se moquait de la guérisseuse décédée, si populaire dans le Vieux Caire ; après avoir retourné le mari de Myriam, devenu combattant du djihad, il s'assurait que son entourage ne représentait aucun danger. L'action souterraine ne tolérait pas l'amateurisme.

— Ce quelqu'un, c'est qui ?

— Un Occidental, une sorte de géant, effrayant et dangereux.

— Il t'a questionnée ?

— J'ai obéi à vos ordres, je n'ai répondu à rien et je l'ai fichu dehors !

— Son nom ?

— George l'a appelé Bruce.

— Tu t'es bien comportée, ma sœur, et tu peux rentrer chez toi. Tu y retrouveras ton mari et tes enfants. Surtout, pas un mot sur votre nouvel idéal. Comportez-vous comme de bons Coptes.

Stupéfaite d'échapper à la torture et de continuer à vivre, Myriam sortit de la cave à petits pas. Et si des tueurs l'attendaient au-delà du seuil ?

Seulement les deux types qui la raccompagnèrent, tandis qu'Abou Mohamed réfléchissait.

George mangeait à tous les râteliers ; cette fois, c'était celui d'un service secret, probablement la CIA.

Donald Trump ne goûtait pas l'expansion de l'islam et envoyait de nouveaux agents au Moyen-Orient afin de recueillir des renseignements et d'aider les régimes en place à lutter contre les mouvements fondamentalistes. Tout bon croyant qu'il fût, le maréchal Sissi redoutait les Frères musulmans et la guerre civile.

Sans nul doute, ce Bruce était un espion à la solde des Américains, chargé d'infiltrer les milieux coptes.

Un adversaire à éliminer.

Et de façon spectaculaire, pour que les médias du monde entier se fassent l'écho d'une victoire de l'État islamique.

22

Plate-forme en aluminium à la fois légère et rigide, bloc biturbo tournant, douze cylindres, transmission automatique ZF à huit rapports, six cent huit chevaux, connectivité au top, l'Aston Martin DB2 absorba comme dans un rêve la distance séparant Londres du site de Stonehenge, dans le Wiltshire, à dix miles au nord de Salisbury. Mark ne poussa pas son bolide au long capot à ses limites, 322 kilomètres à l'heure, mais ne traîna pas en route.

Pendant qu'il roulait, il reçut un message de Bruce qu'Apsara lui lut : « Je bronze et je patine. » Rien d'inquiétant, mais pas de progrès. Si le séjour en Égypte se terminait par un fiasco, qu'en serait-il de cette entrevue avec un curé plutôt bizarre ?

— Ne sois pas inquiet, recommanda la Cambodgienne ; je sens qu'on ne reviendra pas bredouilles.

La fameuse intuition féminine, doublée de la sensibilité asiatique… Un semblant d'espoir.

Localiser, sans risque d'erreur, l'ermitage du père Cornelius Bacon, situé non loin de Stonehenge, avait pris plus de temps que prévu. Enfin obtenue, l'information s'accompagnait d'un détail non négligeable, le domaine de prédilection du religieux : l'exorcisme.

— Au Cambodge, à l'époque des Khmers rouges, déplora Apsara, on a manqué de chasseurs de démons.

— Ce n'est pas mieux en Occident ; à cause de la pénurie de spécialistes, le diable prospère.

L'Aston Martin approchait d'un des lieux les plus célèbres d'Angleterre.

— Laisse-moi deviner… Tu es venu ici avec ton père ?

— Oui, pour mon seizième anniversaire et mon premier diplôme en science de l'information. Il avait fait fermer le site une journée entière, et nous étions seuls avec les âmes des bâtisseurs. Ils m'ont forgé le caractère.

Mark se perdit dans ses souvenirs avant de reprendre :

— Cette première halte sera aussi un bon moyen de savoir si nous sommes suivis. En garant la voiture, je déclencherai un système de surveillance qui enregistrera le son et l'image ; et nous découvrirons la physionomie d'un éventuel curieux.

— L'utile associé au spirituel : ta marque de fabrique.

— Tu la supportes ?

— Elle me fascine. Alors, tu me guides ?

Au fil des ans et de l'afflux de touristes, Stonehenge avait beaucoup changé. Comme elle paraissait lointaine, l'époque sans barrières, sans clôtures, sans cabane à tickets, sans parking encombré, sans musée avec maquettes et vidéos ! Classé au patrimoine mondial de l'Unesco, l'endroit, naguère sauvage et recueilli, subissait le déferlement d'une foule se demandant comment des pierres d'une trentaine de tonnes, alignées par rapport au soleil, avaient été transportées. Non pas un amas de blocs dressés au hasard, mais un sanctuaire et un observatoire savamment organisés, une sorte d'hymne mégalithique à la lumière recréant la vie chaque jour.

Mark et Apsara eurent la chance de profiter d'une accalmie : pas de groupe à l'horizon. Dès l'abord, Apsara, qui avait vécu son enfance et son adolescence à Angkor, où dieux et déesses continuaient à parler et à chanter, fut envoûtée par la puissance du lieu. Des pierres de sarsen, d'une exceptionnelle solidité, se dégageait une magie façonnée par les rites initiatiques.

Mark avait un but précis : *Heel Stone*, « la Pierre du talon », dont l'appellation était due à l'un des épisodes de la vie de Merlin l'Enchanteur, considéré comme le maître d'œuvre de Stonehenge. Comment véhiculer ces blocs gigantesques, sinon en obtenant l'aide du diable ? Merlin avait donc fait appel à lui et, bon prince, Satan avait accepté de les transporter sur son dos, depuis l'Irlande, à une condition : opération nocturne, ténèbres obligatoires. Et l'incident bête : au moment de poser la dernière pierre, un rayon de soleil provoqué par la prière d'un druide. Fou de rage, le diable tenta d'écraser l'audacieux avec le bloc ; le ritualiste fut assez prompt pour n'être blessé qu'au talon, d'où le nom de *Heel Stone*.

— Saint-John appréciait cette légende.

— Blessé mais pas tué, observa Apsara, et capable d'affronter le démon en personne.

— Mon père a quand même explosé en plein vol, et le tien a préféré quitter ce monde plutôt que d'être torturé.

— Et nous risquons de recevoir une pierre sur la tête, expédiée par le Satan moderne.

— À nous d'être agiles.

Les amants contemplèrent longuement le témoin minéral qui avait vu la naissance de Stonehenge, à la fois diabolique et lumineuse. Le diable, *diabolus*, « celui qui se met en travers de la route ». Une route que Mark voulait parcourir, même s'il fallait déplacer les blocs qui l'obstruaient.

Ils retournèrent à l'Aston Martin et consultèrent l'appareil de contrôle, dissimulé sous le tableau de bord.

Aucun curieux ne s'était approché de la voiture. Personne n'avait tenté de la saboter.

Branchant le GPS, Mark rentra les données de sa destination, et roula avec prudence au milieu de bois et de champs, pour aboutir à un bâtiment ancien, à la façade couverte de lierre. Un endroit isolé et paisible.

— Je n'aimerais pas habiter ici, dit Apsara.

— Espérons que le bon père nous sera utile.

Ils descendirent, Mark tira une chaîne qui déclencha les tintements d'une cloche.

Il dut insister.

Enfin, on ouvrit.

Une trogne plutôt hostile.

— Père Cornelius Bacon ?

— Qu'est-ce que vous voulez ?

— Je m'appelle Mark Vaudois, voici ma compagne Apsara. Accepteriez-vous de nous accorder un entretien ?

— À quel propos ?

— Mon père, Saint-John, aujourd'hui décédé, qui appartenait à une confrérie dont vous êtes le spécialiste.

— Hmmm... Je n'ai pas beaucoup de temps.

— C'est important. Très important.

Apsara et Mark possédaient un don inné : l'élégance. Même en pull et en vêtements ordinaires, ils avaient une allure qui attirait l'attention.

Le regard du religieux ne quittait pas la silhouette de la jeune femme, visiblement à son goût.

— Hmmm... Entrez.

Une vaste pièce, des poutres apparentes, une grande cheminée, une longue table en chêne, une impressionnante collection de crucifix accrochés aux murs.

— Asseyez-vous, proposa le maître des lieux, et soyez brefs.

— Auparavant, un petit détail à régler, indiqua Mark.

— Lequel ?

— Vous n'êtes pas Cornelius Bacon.

23

Dans le domaine sportif, Mark n'était pas seulement un bon rugbyman et un excellent nageur : il avait également suivi un entraînement commando et préservait ses acquis grâce à des exercices quotidiens.

Aussi, quand le faux curé glissa la main dans sa poche, lui plongea-t-il dessus à la hauteur des hanches, le plaquant rudement au sol et l'assommant à moitié.

— On ne bouge plus, ordonna une voix grasseyante.

Une bouille barbue et rougeaude, un ventre épanoui, de grosses pattes qui ne tenaient pas un goupillon, mais un fusil de chasse : celui-là était bien Cornelius Bacon, l'homme de la photo offerte par Sir Charles, cité le matin même à la rubrique nécrologique du *Times*.

Vêtu de noir, le costaud n'avait pas l'air de plaisanter. Mark fouilla sa victime et ne trouva dans sa poche qu'un paquet de cigarettes.

— Il n'y a rien à voler ici. Si vous ne décampez pas, je vous tire dans les jambes, et la police vous ramassera.

— Je suis Mark Vaudois, le fils de Saint-John.

— Saint-John, murmura Bacon, en observant son hôte. Drôle de ressemblance, en effet… Pourquoi venir chez moi ?

— Les Loups passants.

Le canon du fusil s'abaissa.

— Votre sacristain ? demanda Mark en relevant le groggy.

— Mon homme de ménage. Il passe pour moi afin d'éconduire les importuns. D'habitude, ça fonctionne.

Bacon se tourna vers la Cambodgienne.

— Épouse ou garde du corps ?

— Les deux, répondit Apsara, avec un gracieux sourire.

Le religieux posa son arme sur la table. D'une armoire décorée de figures de démons, il sortit une bouteille et trois verres.

— Trêve, décréta-t-il, en poussant dehors son domestique avant de verser dans les godets une liqueur orangée.

— Ex-militaire ou rugbyman ?

— Les deux, répondit Mark.

— Vous l'avez secoué, mais il se remettra. Rien dans la caboche, ossature solide. Goûtez mon élixir de jouvence. Recette ancestrale, production personnelle.

C'était plutôt une boisson d'hommes. Néanmoins, Apsara ne sourcilla pas.

Le père Cornelius s'assit sur une chaise capable de supporter un sumo et dévisagea ses invités.

— Saint-John est l'homme le plus extraordinaire que j'ai rencontré. J'ai bientôt quatre-vingt-dix ans, et lui en avait dix-huit lorsqu'il a franchi le seuil de cette maison pour la première fois. Initié aux mystères des tailleurs de pierre, il venait recueillir le message des blocs de Stonehenge, et surtout celui de *Heel Stone*. La dernière étape de sa formation avant d'être consacré Maître des Loups passants et de recevoir le secret du Chiffre.

Mark était aussi figé qu'une statue. Enfin, le voile se soulevait un peu !

— La voie de Saint-John semblait toute tracée : restaurer cathédrales, abbayes et cloîtres. Mais les Loups passants, la plus ancienne confrérie de tailleurs de pierre, s'est éteinte. Vieillesse, maladie, accidents, défaut de recrutement. Saint-John est resté le seul et le dernier, sans possibilité de transmettre sa science. Un loup errant, un bel animal qui voit aussi bien le jour que la nuit, détecte une proie à trois cents mètres contre le vent, perçoit le message de ses congénères à une dizaine de kilomètres, peut parcourir 2 000 kilomètres en trois mois, a une mâchoire deux fois plus puissante que celle du chien et ne met au monde que les petits qu'il saura nourrir. Tout le portrait de ton père, mon garçon. C'est pourquoi il a été choisi.

— Choisi… par qui ?

— Un Supérieur inconnu finançant la protection de Stonehenge.

— Vous avez bien dit : « un Supérieur inconnu » ?

— Tu n'ignorais pas que ton père était l'un des Neuf ?

Mark ne nia pas.

— C'est dans cette pièce que le contact a eu lieu. Très âgé, le protecteur de Stonehenge avait repéré son successeur.

— Pourquoi avez-vous joué le rôle d'intermédiaire ?

— Parce que mon propre père était un Loup passant et que ma demeure servait alors d'auberge et de refuge. Je n'ai pas assisté à l'entretien, mais j'ai retrouvé un Saint-John métamorphosé. Un mois plus tard, son mentor décédait, et lui prenait son envol, jusqu'à fonder un empire. Loup passant et Supérieur inconnu… Saint-John cumulait les plus anciens et les plus fondamentaux secrets de l'humanité.

Mark vida son verre de potion ; le religieux le resservit.

— Je me souviens de votre visite à Stonehenge, reprit le père Cornelius ; ton père m'avait prié – c'est le bon mot – d'assurer votre tranquillité. « Il est encore trop jeune, m'avait-il confié ; un jour, je lui parlerai *vraiment*. »

— Que voulait-il me dire ?

— Je l'ignore.

— Quelqu'un le saurait-il ?

Cornelius Bacon sembla gêné.

— S'il s'en est ouvert à quelqu'un, c'est à l'un de ses frères.

— Un Loup passant ?

— Non, puisqu'ils ont disparu. Désormais, on ne construira plus d'édifice incarnant les lois de la Création.

— Les Neuf, eux aussi, ont disparu, précisa Apsara.

Le mutisme du religieux étonna Mark.

— Vous n'êtes pas d'accord ?

— Le mensonge est un péché.

— Il en reste un, c'est ça ?

— Ton père appartenait à une époque désormais révolue. En restant fidèle à ses engagements et en refusant de transiger avec le monde moderne, il l'a payé de sa vie. Tu as une femme séduisante, une existence tranquille… Ne commets pas la même erreur.

— Qui est le dernier Supérieur inconnu ? Où se cache-t-il ?

— Oublie le passé et ne te soucie que de ton avenir, de ta réussite professionnelle, de tes enfants, de…

— C'est nous qui déciderons, intervint Apsara. Et pour le moment, la vérité nous intéresse davantage.

— Écoutez les conseils d'un vieil homme et renoncez à une aventure insensée.

— Un seul juste, et le monde sera sauvé : n'est-ce pas le message des Écritures ? interrogea Mark.

— Une simple parabole, mon fils !

— Et si le diable avait revêtu le masque de la Machine qui, comme les sirènes, nous dévore en nous chantant des chansons d'amour ? Et si le dernier Supérieur inconnu pouvait éviter le naufrage ?

— Ayons confiance en Dieu, et nos fautes seront effacées.

— Au nom de l'amitié que vous portiez à mon père, révélez-moi le bon chemin.

Le père Cornelius serra le flacon d'élixir entre ses mains épaisses.

— Tu es aussi obstiné que Saint-John.

— Souvent, un défaut ; parfois, une qualité.

— En l'occurrence, une folie.

— Maintenant, j'ai la certitude qu'un Supérieur inconnu a échappé au massacre. Ou vous m'aidez, ou je me débrouillerai. Et je le trouverai.

Le religieux poussa un long et profond soupir.

— Le portrait craché de ton père ! Autant te faire gagner du temps. Le dernier survivant a élu domicile à Prague, chez un alchimiste qu'il fréquente depuis longtemps.

— Comment le savez-vous ?

— Cet alchimiste-là est aussi un prêtre et un ami. Il m'a mis dans la confidence, et j'ai juré de ne rien révéler à personne.

— Ne venez-vous pas de trahir votre serment ?

— Je n'ai mentionné aucun nom, et j'implorerai le Seigneur pour qu'il me pardonne de t'en avoir trop dit. Qu'Il te protège, mon garçon.

24

En temps ordinaire et par mer calme, n'avoir confiance en personne était la première précaution à prendre ; vu les circonstances, et malgré les attentions et la bonne mine du personnel du Mena House, Bruce était forcément observé à chaque seconde. Aussi avait-il fixé rendez-vous à diverses personnalités du monde copte, afin d'assurer sa couverture, un grand reportage sur les chrétiens d'Égypte. Religieux et membres de la société civile lui tenaient le même discours : persécutions, discrimination, assassinats impunis, exil pour ceux qui en avaient les moyens, appels à l'ineffable communauté internationale pour le respect des minorités, l'une des sinistres blagues à la mode.

Et ce qui devait arriver arriva.

Alors que Bruce sirotait un bloody mary au bar du Mena House, au coucher du soleil, après une journée d'interviews, un moustachu en costume blanc, style Omar Sharif, s'inclina devant lui.

— Excusez-moi de vous importuner, monsieur Reuchlin ; puis-je vous offrir un autre verre ?

— Ça tombe bien, j'ai la gorge sèche.

Le moustachu claqua des doigts, le serveur démarra comme un champion du monde de Formule 1.

— J'ai fini les jus de fruits, je passe au bourbon, décida Bruce.

— Pour moi, un Coca. Je m'appelle Mohamed.

Original.

Décontracté et sympathique, il s'assit en face du journaliste.

— L'Égypte est heureuse d'accueillir un professionnel de votre envergure. La presse n'est pas souvent objective avec mon pays.

— On a tous nos problèmes. Regarde ces couillons de journaux américains, avec Donald ! Tous unis contre lui, tous avec Hillary, et patatras ! Tu sais pourquoi les gens n'ont pas élu Dirty Hillary ? Parce qu'ils auraient eu Bill Clinton comme première dame !

La fine analyse politique de Bruce désarçonna Mohamed, qui avait d'autres sujets de préoccupation.

— Qu'est-ce qui t'embête ? s'inquiéta l'Écossais.

— Vos articles sont très lus et ont souvent certaines conséquences plus ou moins fâcheuses. L'Égypte consent de difficiles efforts pour maintenir une relative stabilité dans la région. Il ne faudrait pas que des événements extérieurs la compromettent.

— Comme quoi, par exemple ?

— Une enquête injustifiée sur la question copte.

— Alors là, Mohamed, rassure-toi ! Avec le père Bruce, tout est toujours justifié, et aux petits oignons. Ni ragot, ni bave de crapaud, ni crotte de lézard. Je pèse, je trie, je ventile.

— Les Coptes sont des Égyptiens comme les autres, et leur intégration n'est nullement remise en question.

Évoquer leur situation ne présente pas de caractère d'urgence, et la modération de vos propos serait la bienvenue.

— Tu me plais, Mohamed.

Le moustachu sursauta.

— Je… Je ne vous suis pas.

— Mais si, mon grand ! Tu vas pas mettre en cabane une grande gueule comme moi. Tu imagines le désastre pour l'image du pays ? Et l'image, aujourd'hui, c'est une arme de destruction massive. Donc, tu me fiches une paix pharaonique, et tout se passera bien. Tu as ma parole.

L'émissaire du gouvernement se releva et tira sur les pans de sa veste.

— Excellent séjour, monsieur Reuchlin. Voici ma carte.

L'avertissement délivré, à Bruce de marcher sur des œufs. Mais le moustachu et lui partageaient une conviction : les Coptes, l'Occident s'en foutait. La disparition inéluctable et programmée des chrétiens d'Orient ne soulevait qu'une vaguelette d'indignation.

Bruce terminait un bourbon convenable quand George se pointa. Jamais fatigué, il fut néanmoins content de s'asseoir.

— Dis donc, j'ai croisé l'un des cadors de nos services de sécurité… C'était pas pour toi, j'espère ?

— On est devenus potes.

— Ce gars n'est pas un plaisantin.

— Moi non plus.

— Que voulait-il ?

— Que j'explique à la morale internationale que les Coptes sont au paradis. J'ai encore des vérifications à faire.

— Sois prudent.

— Chez moi, c'est une seconde nature. Un whisky léger ?

— Avec beaucoup de glace.

— Du nouveau, George ?

— Du consistant. Ma petite équipe et moi, on a mené des investigations sur les derniers jours au Caire de Séchat, avant qu'elle parte pour la Nubie où elle a été assassinée. Son emploi du temps habituel : soigner les malades chez elle et dans les dispensaires. Une seule bizarrerie : la longue visite d'un érudit qui fréquente les sites archéologiques et les bibliothèques.

— Pas un patient ordinaire ?

— Ça m'étonnerait.

— Tu connais son nom ?

— Un drôle de bonhomme, un mélange d'Égyptien, de Syrien, de Grec et de je ne sais quoi d'autre. Soixante-dix ans, professeur retraité, beau logement au Caire et passionné par la nécropole de Saqqarah. En ce moment, il étudie chaque matin les textes de la pyramide d'Ounas. Facile à reconnaître : cheveux blancs, de grosses lunettes à monture d'écaille, une écharpe bleue, un costume gris acier. Il s'appelle Ibrahim Patmos.

25

Patmos, ça chauffait ; Ibrahim, ça refroidissait. Et si le second prénom de ce gus était John ? Tomber si vite sur le dernier Supérieur inconnu vivant et en activité, un joli conte de fées ! Mais certains gagnaient des milliards aux jeux de hasard, et Bruce ne manquait pas de baraka. Certitude : l'Ibrahim était lié à la vieille Séchat.

Dans le taxi qui l'emmenait à Saqqarah, une gigantesque nécropole au sud du Caire, l'Écossais reçut un message crypté de Mark. Après quelques manipulations assurant une parfaite confidentialité, il recueillit l'info :

Gros lot à Prague.

Prague, c'était pas la banlieue du Caire ; et « gros lot » signifiait que Mark avait déniché le survivant et volait déjà vers la capitale tchèque.

Autrement dit, Bruce s'échinait pour rien, mais ne pouvait pas laisser tomber la piste découverte par George. Si elle menait à une impasse, il en aurait le cœur net.

Le taxi s'arrêta à l'entrée du site. Avant de s'y installer, Bruce avait âprement négocié le prix de l'aller, du retour et de l'attente.

Dès qu'on levait les yeux, à Saqqarah, on en prenait plein la poire. La pyramide à degrés du pharaon Djoser, la mère de toutes les autres, vous renvoyait à votre petitesse. En inventant l'architecture à base de pierres de taille, le maître d'œuvre Imhotep avait dressé un escalier vers le ciel.

La source des Supérieurs inconnus, la puissance capable de traverser les millénaires, le rayonnement de la vie en esprit. Pas un rêve, mais un monument qui vous captait l'âme.

— Tu veux voir quoi, patron ? lui demanda un gamin.

— La pyramide d'Ounas.

— Suis-moi.

— Combien ?

— Pas cher, pas cher !

— Combien ?

— Cent livres.

— Tu serais pas tombé sur la tête ?

— Cinquante.

— À dix, t'auras fait ta journée.

— Douze.

— Dix.

— En avant, patron.

Une légère arnaque, que Bruce oublia en passant devant des demeures d'éternité et leurs « appels aux vivants » qui demandaient aux passants de ranimer les morts en contemplant leurs représentations sculptées et leurs noms inscrits en hiéroglyphes. La frontière entre l'invisible et le visible abolie, l'au-delà sur terre.

L'Écossais arriva devant la pyramide d'Ounas, pharaon de l'Ancien Empire qui, contrairement à Ramsès, n'était pas une vedette des médias. Le monument, à la superstructure en partie ruinée, n'avait qu'une hauteur modeste, une soixantaine de mètres.

Bruce donna dix livres à son guide et s'engagea dans un couloir descendant. Il baissa la tête et progressa lentement, avec l'impression de s'enfoncer dans les profondeurs de la terre.

Un palier, un coude à angle droit, un passage, et la chambre de résurrection, surmontée d'une voûte à chevrons ornée d'étoiles.

Un homme à la chevelure blanche, vêtu d'un costume gris acier, une écharpe bleue autour du cou, scrutait les colonnes de hiéroglyphes à travers des lunettes à grosse monture d'écaille et prenait des notes sur un cahier à couverture rouge.

— Ibrahim Patmos ?

Le septuagénaire se retourna.

— Je n'ai pas le sentiment de vous avoir déjà rencontré.

— Les sentiments, ça va, ça vient. Je m'appelle Bruce et j'avais une amie, Séchat.

— Ah…

— J'étais là, en Nubie, quand on l'a flinguée. Impossible de la sauver.

— Sa disparition est une perte, une très grande perte.

— La dernière des Supérieurs inconnus. À moins que…

— À moins que ?

— Séchat, tu l'as vue longuement, peu de temps avant sa mort.

— Possible.

— Un pépin de santé ou un échange de confidences ?

— Cela ne regarde que moi.

— Écoute, Patmos, je ne suis pas un ennemi, mais un allié. Venger Séchat, ça me plairait assez ; la meilleure réplique serait de préserver son héritage. Et son héritage, c'est le dernier des Supérieurs inconnus auquel elle a transmis sa science. Alors ou tu causes, et tu m'aides ; ou tu la fermes, et je me casse.

Peu habitué à ce type de deal, l'érudit fut la proie d'un tsunami psychique.

— C'est chouette, cet endroit, apprécia Bruce ; ça signifie quoi, tous ces dessins ?

— Ce sont les plus anciens textes gravés par les sages de la Cité du soleil. Ils révèlent les clés de la résurrection, au sein de la lumière et parmi les étoiles. Persuadée qu'elle ne reviendrait pas de son voyage en Nubie, Séchat m'a demandé de lui fournir la plus puissante des formules magiques inscrites sur ces parois. À mon avis, la première de cet ensemble aux résonances infinies : « Tu n'es pas partie morte, tu es partie vivante. » Elle l'a absorbée comme on boit de l'eau, et son visage a exprimé une sérénité qui m'a bouleversé.

— John Patmos, tu connais ?

L'érudit se cabra.

— Mon prénom est Ibrahim.

— Tu m'aides, ou non ?

L'érudit leva les yeux vers le plafond étoilé. Un bulldozer dans une pyramide, ça craignait.

— J’étais un ami de Séchat, pas son confident.

À son tour, Bruce contempla le ciel de pierre. Le moment de vérité.

— Le testament spirituel de Séchat, c’est son confident qui l’a recueilli, pas moi.

— Et c’est qui, cet heureux élu ?

— Le père Marc l’Ancien.

26

L'actuelle petite amie de George, spécialiste des coups de foudre, était une excellente cuisinière, et Bruce se laissa aller. À l'hôtel, risque de courante ; ici, trois kilos supplémentaires. Quand on recevait, en Égypte, gavage impératif. Et la ravissante fiancée avait préparé une vingtaine de plats qu'il fallait déguster sous peine d'insulter ses hôtes.

Bruce avait offert l'apéritif, un porto honnête, et le vin, du bordeaux gouleyant.

Pendant le banquet que Gargantua aurait apprécié, on échangea souvenirs et rigolades ; au moment du cognac, la promise eut le bon goût de s'éclipser.

George piaffait.

— Tu l'as vu, ton Patmos ?

— La pyramide d'Ounas, ça vaut le détour. On se croirait à l'intérieur d'un livre. À croire que ces signes sont bourrés de magie.

— Il ne t'a pas fichu dehors ?

— Au début, ça coinçait ; comme il aimait vraiment Séchat, on a pris langue.

— Il t'a fourni une piste ?

— Le père Marc l'Ancien.

— Ah non, pas lui !

« Qu'il s'appelle Marc, pensait déjà Bruce, manquait plus que ça. » En plus la réaction de George laissait présager le pire.

— Il a martyrisé qui, ce curé-là ?

— Personne, je te rassure ! Mais il est juste un peu moins important que le pape des Coptes, Théodore II. Marc, tu ne pourras pas le bousculer. Il est chargé du dialogue avec les musulmans et les autres chrétiens, agit dans l'ombre et n'en sort jamais. Même moi, je suis incapable de t'organiser un rendez-vous.

— Ne te sous-estime pas, George ; un petit effort, et ça marchera.

Accablé, le Copte s'accorda un supplément de cognac.

*

Abou Mohamed progressait. Comme tous les djihadistes, il avait un rêve : l'attaque du canal de Suez qui plongerait l'Égypte dans la tourmente et l'Occident dans sa stupeur habituelle. Une opération de cette ampleur nécessitait une longue et minutieuse préparation, appuyée sur des réseaux implantés dans le delta et au Caire. Celui d'Abou Mohamed devait, dans un premier temps, se débarrasser d'un bon nombre d'adversaires, hauts gradés de l'armée et de la police, politiciens corrompus, hérétiques de tout bord.

Tâche délicate impliquant technicité et dévouement des frères et des sœurs, voués à Allah et désireux de gagner le paradis au sacrifice de leur existence éphémère. « Nous gagnerons cette guerre, avait prédit Ben Laden, parce que nous aimons la mort plus que vous n'aimez la vie. »

Abou Mohamed avait souri en écoutant les déclarations d'un éminent psychiatre européen, favorable à l'expansion de l'islam comme facteur de paix et d'amour, et fustigeant ceux qui condamnaient aveuglément les nécessaires attentats contre les croisés ; « les terroristes, expliquait-il, souffrent dans leurs liens à l'autre ».

Selon les rapports de ses infiltrés, l'agent de la CIA fricotait avec les Coptes et rencontrait des personnalités influentes, afin de former un réseau, qui serait forcément au service du tyran Sissi.

Avant de se concentrer sur des cibles majeures, Abou Mohamed devait déblayer le terrain et anéantir les cafards. Et ce Bruce en était un. Désormais, il serait observé en permanence.

Après la prière du soir, briefing.

Le combattant en poste au Mena House fut le premier à prendre la parole :

— L'espion a rencontré cet homme au bar, dit-il en montrant une photo sur son portable.

Abou Mohamed identifia aussitôt le moustachu au costume blanc, l'un des chefs des services de sécurité.

Cette fois, plus de doute permis : Bruce travaillait bien pour les oppresseurs, une opération d'envergure contre les Frères musulmans se tramait. Il fallait donc agir avant son déclenchement et frapper très fort.

— L'espion est allé à Saqqarah. Il est resté un long moment à l'intérieur de la pyramide d'Ounas avec l'un de ses contacts.

— Tu l'as identifié ?

— Un professeur à la retraite, Ibrahim Patmos. Un agent dormant qui vient visiblement d'être réveillé.

— Bruce est sûrement protégé, jugea Abou Mohamed ; soyons d'une extrême prudence pour ne pas être repérés. Nous allons éliminer le danger, mais pas à la sauvette. Je veux aussi intimider les Coptes et les dissuader de s'allier à l'ennemi.

Les djihadistes approuvèrent leur leader. Un massacre spectaculaire attirait les médias, et leur message se répercutait avec un maximum d'efficacité.

— Suivons l'espion pas à pas. L'occasion d'intervenir se présentera.

— Comment procéderons-nous ? s'inquiéta l'Égorgeur.

— En préparant une arme imparable et facile à utiliser.

Le choix du leader impressionna ses disciples, fiers de servir Isis, qui n'était plus la déesse de la résurrection et de l'amour vainqueur de la mort, mais les quatre initiales désignant l'État islamique en anglais, à savoir Islamic State of Irak and Syria. Isis, le bras armé du Prophète qui exterminerait les mécréants, partout dans le monde, et instaurerait la charia, la loi d'Allah.

Et l'avenir s'annonçait riant.

27

Dieter Cloud avait passé sa journée dans l'un des endroits les plus sécurisés des États-Unis, le centre de cyberattaque régi par l'US Cyber Command, en liaison plus ou moins étroite avec les dix-sept agences d'espionnage américaines.

Il y avait ici les plus beaux enfants de la Machine, réduisant l'intervention humaine au minimum, avant de l'exclure définitivement et d'éviter ainsi toute erreur d'analyse. Le fils de Bob et Alice, les deux robots communiquant secrètement entre eux, serait le nouveau général en chef qui déclencherait les guerres vraiment indispensables.

Depuis quelques jours, la Maison-Blanche était en émoi, à cause d'une mauvaise nouvelle : une relative suprématie des Russes dans le domaine des perturbations informatiques, avec utilisation astucieuse du Web profond. Certes, les Américains connaissaient déjà Cozy Bear, Strontium, Advance Persistant Threat ou Fancy Bear, entités regroupant des hackers capables d'infester des partis politiques, de détraquer des systèmes de sécurité et des chaînes de télévision, ou d'inonder leurs victimes de mails piégés, mais là, le danger était plus sérieux. Les États-Unis, cependant, n'étaient pas en reste, et leur plus beau coup, accompli avec l'aide d'Israël, avait consisté à pénétrer un ordinateur utilisé dans une installation nucléaire iranienne. Résultat : augmentation de la vitesse de rotation d'une centrifugeuse d'uranium jusqu'à l'obtention d'une belle explosion, et la destruction, au moins provisoirement, du nouveau jouet des ayatollahs.

Mais le Pentagone détestait se sentir menacé, et le président aussi. Or, un nouveau groupe de petits génies, vaguement localisé en Sibérie, avait pris un coup d'avance sur l'échiquier de la cyberattaque. Et comme Poutine considérait que la Toile était un outil pervers, visant à déprécier les valeurs spirituelles, il encourageait son armée de l'ombre à prouver aux Américains qu'ils n'étaient pas totalement maîtres des nouvelles technologies, donc de l'avenir.

Dieter Cloud avait calmé le jeu en pointant le problème : une déficience au niveau du *phishing*, la technique de pourrissement des mails. Une erreur facile à réparer. Et les États-Unis reprendraient la pole position, en affichant, la main sur le cœur, leur attachement aux valeurs démocratiques.

La douceur de la soirée permit à Cloud de jardiner, sur le toit de son building. Un autre souci : Obama. Il n'était plus président, mais il avait laissé son nom à un ver originaire d'Amérique du Sud et tueur des lombrics indispensables à la fertilisation de la terre. Avec Obama, potagers et massifs de fleurs étaient condamnés à périr. Aucun remède, pas même un pesticide. Seul un froid vif, de l'ordre de moins quinze degrés, ralentirait peut-être sa propagation. Aussi Dieter Cloud examinait-il avec attention son domaine, encore épargné par le ver plathelminthe *Obama nungara*.

Il caressa une admirable tomate, génétiquement modifiée pour résister à toutes les maladies. Fruit le plus consommé à travers le monde, elle rapportait à Cloud de jolis bénéfices réinvestis dans des entreprises d'armement ô combien rentables.

Alerte de sa montre connectée.

Le code de Wu, le patron de son service de sécurité, l'une des rares personnes que Dieter Cloud recevait à n'importe quelle heure du jour ou de la nuit.

Après une fouille manuelle et électronique, le Chinois fut admis sur la terrasse. Son patron lui offrit une assiette de radis et de tomates cerises.

— Du bio, précisa-t-il ; un soupçon de vinaigrette maison ?

Wu acquiesça. On ne contrariait pas la main qui vous nourrissait.

— J'ai des précisions concernant Bruce Reuchlin et Mark Vaudois. Ils se sont rencontrés en Islande, chez l'Écossais, puis sont partis pour Londres, avec Apsara, la compagne de Vaudois.

Jusque-là, rien d'anormal… Les deux amis se voyaient régulièrement, et Bruce, rédacteur en chef de *Newsmagazine*, se rendait assez souvent à Londres, centre névralgique du nouveau royaume bâti par Mark.

— Bruce a rendu visite à un vieux correspondant du MI 5, poursuivit Wu, un certain Sir Charles, historien des religions. Il vient d'être enterré. Et je crois deviner la teneur de leur entretien. Bruce séjourne en Égypte où il mène une enquête sur les Coptes ; sans doute a-t-il demandé des informations au défunt Sir Charles. Et j'ajoute un détail : Bruce a consulté un médecin en vogue. À force de trop boire et de trop manger, sa santé se dégrade.

Dieter Cloud croqua un excellent radis. L'Écossais exerçait sa profession et remplissait un nouveau dossier brûlant, qui révolterait quelques minutes la conscience internationale.

— Et Vaudois ?

— Il continue à visiter les grands sites archéologiques avec sa Cambodgienne. Un périple de touristes milliardaires. Dernière merveille en date : Stonehenge, en Angleterre.

Cloud et Wu burent un jus de carotte. En apparence, l'affaire des Supérieurs inconnus était close, et les deux amis, naguère si curieux et si dangereux, se contentaient de leur petite vie, loin de la Machine et des vrais décideurs.

— Un détail me trouble, ajouta Wu. Je ne comprends pas pourquoi le domicile islandais de Bruce a été placé sous haute surveillance. Que redoute-t-il ?

Dieter Cloud eut une aigreur d'estomac. Détail étrange. Pourquoi un honnête citoyen, peut-être malade, et vacciné à la suite d'une enquête qui avait failli lui coûter la vie, prenait-il de telles précautions ?

— Bruce a écrasé beaucoup d'orteils, ajouta Wu, et ses ennemis ne se comptent plus. Sans doute cherche-t-il simplement à protéger son épouse et son fils.

— Simplement, commenta Cloud.

— J'envisage une sorte de test, proposa le Chinois ; plusieurs entreprises fabriquent des jouets connectés et interactifs qu'utilisent les meilleurs services secrets.

Ils permettent d'écouter ce qui se dit dans une pièce, entre enfants et parents. Des plaintes ont été déposées contre une société norvégienne, mais j'en manipulerai une autre pour faire parvenir un mouchard à Bruce Junior. Et puis…

— Quoi encore, Wu ?

— Mark et Bruce ont échangé des messages cryptés.

— Habituel entre eux, non ?

— Pas ce cryptage-là. Nous perçons l'ordinaire et le professionnel, mais le dernier, récemment mis au point, nous résiste. Et nous avons constaté que les paramètres de codage sont fréquemment modifiés.

En matière de méfiance et de prudence, Dieter Cloud n'avait que peu d'égaux ; même si un journaliste d'investigation et un homme d'affaires n'avaient pas intérêt à étaler leurs confidences, ce comportement l'intrigua. Que cachaient les deux compères ?

— Surveillance maintenue, décréta Cloud.

28

Si Mark et Apsara faisaient escale à Rome, ce n'était pas seulement pour goûter les charmes de l'ancien centre du monde, bien que la villa des Vaudois offrît un cadre si somptueux que l'on avait envie de s'y prélasser, en oubliant les tourments du quotidien. Pourquoi ne pas se contenter d'une existence paisible, agrémentée de promenades dans les plus beaux jardins de la capitale italienne, de goûter sa succulente cuisine et de s'abandonner aux jeux de l'amour avec une compagne de rêve ?

Parce que le père de Mark s'appelait Saint-John et celui d'Apsara Sambor, tous deux Supérieurs inconnus et tous deux condamnés à mort par la Machine. Les amants avaient tenté d'oublier cette marque au fer rouge en s'étourdissant à travers leurs voyages, mais la drogue avait été inefficace. Et la réalité leur sautait à la gorge, avec une hypothèse folle, frôlant la certitude : le neuvième et dernier Supérieur inconnu avait échappé au massacre. Son pronostic vital étant engagé, selon la dernière formule idiote à la mode, seule une procédure d'urgence absolue pouvait le sauver.

Et si Bruce poursuivait ses investigations en Égypte afin de fermer une porte en n'ayant aucun regret, Mark semblait avoir gagné à la courte paille. Le survivant se terrait à Prague. Restait à localiser le curé alchimiste qui le protégeait. Le plus rapide ? Se rendre dans un centre de renseignement hautement spécialisé, le Vatican.

— Pour toi, farniente, dit-il à Apsara ; pour moi, dévotion.

— Ce n'est pas un endroit aussi calme qu'il y paraît, rappela-t-elle ; il n'y a pas si longtemps, le commandant de la garde suisse a été assassiné, et l'affaire demeure un mystère ecclésiastique. Le pointilleux pape Jean-Paul Ier était si préoccupé par les finances de l'Église qu'il en est mort d'inquiétude pendant son sommeil.

— Je compte justement parler finances ; à partir d'une certaine somme, tout le monde écoute, même un homme de Dieu.

*

Avec 122 000 volumes, dont 10 000 imprimés avant 1500, la Biblioteca apostolica vaticana, fondée en 1475, était un must incontournable à l'ère des liseuses électroniques. D'immenses salles de lecture, mais un petit nombre de chercheurs autorisés à consulter ces trésors fragiles. Mark ne s'intéressait qu'à une section particulière, celle des archives secrètes, abritant des documents qui ne seraient jamais divulgués tant que les institutions religieuses seraient sur place.

Mark avait une bonne raison de connaître l'érudit responsable de ces documents, car il imitait son père en restant un généreux donateur, attaché à la préservation de la prestigieuse bibliothèque. Aussi le père Agostino le reçut-il dans son petit bureau aux étagères chargées d'éditions de la Bible.

Une soixantaine d'années, costume noir et col roulé blanc, visage anguleux, yeux de fouine, parole onctueuse.

— Ravi de vous rencontrer, monsieur Vaudois ; mon prédécesseur vous tenait en haute estime. Et nous ne saurions trop vous remercier de votre généreuse contribution à la conservation de nos ouvrages.

— Comment se porte la bibliothèque ?

— Le mieux possible, en fonction des exigences de la modernité et de la petitesse de notre budget. L'Église n'est pas riche, contrairement à la rumeur, et le pape actuel se préoccupe surtout des pauvres et de géopolitique.

Il n'était pas certain que le père Agostino fût un adepte de la théologie de la libération, fortement imprégnée de marxisme, qui avait quelque peu influencé le futur pape François.

— Et l'armoire 135 ?

— Vous êtes plutôt direct, monsieur Vaudois.

— Toujours lorsque je suis confronté à un problème urgent de vie ou de mort.

— À ce point-là ?

— S'il ne subsiste qu'un seul juste, le monde ne sera-t-il pas sauvé ?

— Les vrais croyants en sont convaincus.

— Moi aussi. Et j'ai l'intention de le récupérer.

— Vous prouvez votre amour du prochain, et je vous en félicite. Mais vous connaissez le statut particulier de l'armoire 135. Elle vous appartient, certes, et les fonds que vous versez assurent sa sauvegarde, mais elle doit rester scellée. Ce qu'elle contient relève du secret. Certains savoirs troublent l'esprit des hommes.

— L'alchimie, par exemple.

— Seul Dieu crée la vie, monsieur Vaudois.

— Pourtant, au cours des siècles, des chrétiens, y compris au moins un pape et plusieurs prélats, ont pratiqué l'alchimie.

Le père Agostino parut gêné.

— Des affirmations difficiles à vérifier.

— Le nom de John Patmos vous est-il familier ?

— Patmos... C'est le nom de l'île où Jean a rédigé l'Apocalypse. Sans doute le pseudonyme d'un admirateur de ce texte riche en symboles.

L'armoire 135 restait inaccessible et le père Agostino n'en dirait pas davantage à propos de John Patmos. Mark piétinait. Une ultime tentative.

— Vous êtes un spécialiste des sciences secrètes et des écrits mystérieux, mon père, et vous n'ignorez certainement pas qu'un prêtre, expert en alchimie, réside à Prague.

Le religieux fixa longuement son interlocuteur, comme s'il s'agissait d'un extraterrestre.

— Sur l'île de Patmos, Jean a vu sept candélabres d'or entourant un Fils d'homme, dont la longue robe était serrée à la taille par une ceinture en or. L'or, spirituel et matériel, au cœur de l'alchimie... Dans la main droite de cet homme, sept étoiles ;

et Son visage brillait comme le soleil au maximum de son éclat. Souvenez-vous de Ses paroles, monsieur Vaudois : « Je suis le Premier et le Dernier, le Vivant[1] » ; et n'oubliez pas que Jean est tombé à ses pieds, comme mort.

1. Apocalypse, I, 17.

29

Au premier rang des plaisirs qui rendaient en partie tolérable l'existence humaine, Mark plaçait une longue promenade dans les jardins de la villa Borghese. Il ne voyait ni les piétons ni les cyclistes, et savourait le charme des allées comme s'il parcourait un paysage de l'autre monde, à l'abri des turpitudes. Et avoir Apsara à son bras faisait presque croire au bonheur.

Bien qu'impatiente de connaître les résultats de la démarche vaticane, la Cambodgienne ne pressa pas son amant de questions et lui accorda un moment privilégié où ils ressemblaient à un couple sans souci.

— Nous sommes sur la bonne voie, révéla Mark ; il y a bien un prêtre alchimiste à Prague, et c'est sûrement lui qui abrite le dernier Supérieur inconnu.

— Prague n'est pas un village ; tu n'as rien de plus précis ?

— Le père Agostino a insisté sur la notion d'or.

— Une place d'or, une rue de l'or… C'est à ça que tu penses ?

— À partir de ce mot-clé, on trouvera une serrure et on ouvrira la porte.

— Tu es pourtant soucieux. Très soucieux.

Mark se vantait de contrôler ses sentiments et de ne pas laisser percevoir ses émotions. Mais Apsara lisait en lui. Une sorcière qui brisait toutes ses défenses.

— Selon le père Agostino, si je mets la main sur John Patmos, je tomberai raide mort.

— Une menace ?

— Plutôt une prévision.

— La météo se trompe souvent.

— Ma contribution financière aux bonnes œuvres est assez prisée ; si je disparais, elle sera regrettée. Agostino m'a mis en garde contre un nid de frelons.

— Le détruire exige une combinaison adéquate.

— Pourquoi le dernier Supérieur inconnu voudrait-il supprimer son sauveteur ?

— Parce qu'il le prendra pour son agresseur. Les malentendus, c'est souvent mortel. Je suppose que nous partons pour Prague ?

— Écoute, Apsara…

— *Nous* partons.

*

Chaque matin, avant l'école, et chaque soir, avant de dormir, Bruce Junior ouvrait l'armoire aux génies et contemplait ses trésors. Au fil du temps, leur puissance s'estompait. Le génie du volcan était formel : pour les sauver, il fallait une régénération périodique. Et le processus se trouvait dans le cahier aux indications indéchiffrables.

Junior ne désespérait pas. Son père et Mark recherchaient la seule personne qui lui donnerait la clé de lecture.

En ce jour de congé, il avait entrepris une longue balade en compagnie de Dante et de Virgile, moins détendus qu'à l'ordinaire ; à plusieurs reprises, les deux terre-neuve s'étaient immobilisés, la truffe en alerte. Et leurs aboiements avaient éloigné des démons locaux qu'il valait mieux ne pas croiser.

Assez stricts sur l'heure des repas, les deux chiens reprirent le chemin de la maison. Un vent violent commençait à souffler, dissipant une ondée.

Junior salua le garde placé à l'arrière du domaine, en contact permanent avec ses collègues. Leur équipement leur permettait de prévenir toute tentative d'intrusion. Un dispositif qui coûtait une petite fortune, mais auquel Mark tenait beaucoup.

La délicieuse odeur d'un sauté de veau aux petits légumes attira le trio vers la cuisine. Il serait précédé d'un pâté en croûte artisanal, et suivi d'une compote de vraies pommes.

— Ton père vient d'appeler, dit Primula ; tout va bien.

Une conversation en clair, entre un journaliste préoccupé par le sort des Coptes dont la grande majorité des Occidentaux ignorait jusqu'à l'existence, et sa charmante épouse, parfaite maîtresse de maison.

Assis sur leur derrière, l'œil inquiet et la langue pendante, les terre-neuve furent servis en premier.

— Il y avait beaucoup de mauvais génies sur le chemin, aujourd'hui, révéla Junior. Et celui du volcan se taisait.

— Il te parlera demain. Nous avons reçu des cadeaux de la boîte d'informatique où nous nous fournissons : un album de photos sur l'Islande et une sorte de poupée représentant une paysanne d'autrefois. Regarde : plutôt réussie, non ? J'ai envie de la mettre sur le buffet du salon.

Alors que Primula la posait à l'extrémité de la table, Dante bondit et y planta ses crocs. Et Virgile l'aida à la déchiqueter.

— Qu'est-ce qui vous prend ? s'écria Primula, incapable de stopper le massacre.

Ensemble, les terre-neuve posèrent une patte sur ce qui restait de la tête de la poupée. Junior les caressa, ils retournèrent à leur gamelle.

En se penchant sur les débris, Primula, assez compétente en nouvelles technologies, découvrit des modules de connexion miniaturisés. De quoi voir et écouter les personnes présentes dans la pièce où trônait la poupée, et envoyer les résultats au manipulateur, n'importe où dans le monde.

Tout l'équipement informatique de la maison était peut-être piégé. Il conviendrait désormais de scanner les paquets. Et les deux chiens eurent droit à un supplément.

30

Le vent de sable soufflait si fort et soulevait un nuage si aveuglant que le commando de Mohamed Ahmed était cloué sur place. Le petit groupe de Libyens, d'Algériens et de Tunisiens habitués aux caprices du désert avait bâché ses véhicules, puis s'était abrité sous des tentes.

Avant de devenir Mohamed Ahmed et un officier de l'État islamique, le chef du commando s'appelait Paul Dubois et habitait la banlieue parisienne. Père informaticien, mère cadre dans une grande banque, sœur aînée dévergondée. Au lycée, il avait eu la chance de rencontrer Mahmoud, un Marocain hyperdoué en maths, se destinant à une carrière d'ingénieur dans l'aéronautique. Un type charmant, poli, toujours prêt à rendre service. Il fréquentait une mosquée ordinaire où l'imam prêchait la paix et l'amour. À cause des scandales de pédophilie, Paul s'était éloigné de l'Église catholique et appréciait le nouveau discours sur les valeurs.

Première constatation : ceux qui critiquaient l'islam n'étaient que des malhonnêtes et des mécréants. La deuxième : nécessité d'agir. On ne changeait pas le monde avec de belles paroles, mais en utilisant des armes, et en reconquérant des territoires occupés par les croisés et leurs alliés. L'islam, c'était la religion des pauvres et des opprimés. Grâce au djihad, ils recouvreraient enfin leur dignité.

Utilisant la filière de Mahmoud, qui restait en France afin de poursuivre son recrutement, Paul avait aisément gagné la Syrie où un nouveau guide l'attendait : un imam de l'État islamique, doté d'un sens aigu de la pédagogie. Avant de livrer bataille, une formation spirituelle approfondie s'imposait, de manière à pouvoir distinguer soigneusement le Bien du Mal. Bénéficiant de cours particuliers, le nouveau Mohamed Ahmed s'enivrait de l'avenir proposé. À présent, il détenait la vérité. Une vérité qu'il imposerait sans faiblesse, en balayant les incroyants et les démocraties corrompues. Le bonheur de l'humanité était à ce prix. Et comme l'Europe, cible molle par excellence, ne réagissait qu'avec de dérisoires mesures sécuritaires et le slogan du « vivre-ensemble », la conquête progressait jour après jour, avec l'appui d'une force dévastatrice : l'air du temps.

Mohamed Ahmed, lui, était jeune et impatient. Il rêvait d'exploits semblables à ceux accomplis par ses frères à Londres, à Paris, à Nice, à Madrid, à Berlin, en Asie et en Afrique. Il se régalait des scènes de lamentation suivant les attentats et les déclarations lénifiantes des pleureurs officiels qui ne comprenaient toujours pas ce qui leur arrivait. Allah avançait, et nul n'interromprait sa progression. Allah le Miséricordieux que Mohamed Ahmed avait l'honneur de servir.

Il avait rempli sa première tâche de combattant sans émotion : décapiter une dizaine de chrétiens. Ensuite, l'organisation d'une série de raids à la voiture piégée contre les troupes du régime syrien. Et il avait exécuté, en place publique, l'un des pires hérétiques, l'archéologue Khaled, défenseur du site païen de Palmyre. À l'entrée des ruines, Mohamed Ahmed avait déposé la tête tranchée aux pieds du corps supplicié.

Foi ardente, sérieux et détermination avaient valu au jeune guerrier une rapide progression dans la hiérarchie. Une trentaine d'hommes aguerris sous ses ordres et une mission capitale aux yeux de ses chefs.

Valet des croisés, le maréchal Sissi n'était un bon musulman qu'en apparence et entraînait l'Égypte vers le malheur. Ordre avait été donné de la frapper et de restituer le pouvoir aux Frères, afin qu'ils redressent la situation. Aux multiples attentats ciblés succéderait une révolte populaire et décisive.

Mais un obstacle se présentait. D'un temple, récemment restauré dans un endroit jusqu'à présent paisible, émanait une puissance satanique, hostile aux enseignements du Prophète. Un temple où, selon la légende, était conservé un trésor païen engendrant de nombreuses et condamnables superstitions.

Mohamed Ahmed était chargé de purifier l'endroit, et cela l'enthousiasmait. Terrasser physiquement les croisés ne suffisait pas ; il fallait aussi conquérir les esprits, extirper les fausses croyances.

Le commando était correctement équipé : fusils d'assaut X95-R et HK G36 de fabrication allemande, kalachnikovs, grenades à main, pistolets 9 mm, arme antichar. Du matériel neuf, repéré par un émissaire de la rébellion syrienne modérée au premier Salon mondial de l'armement, qui s'était tenu à Paris. Achat par un intermédiaire propre sur lui, et livraison à l'État islamique, qui ne se contentait pas de prélever du butin sur ses victimes.

Tandis que des attaques se préparaient au Caire, celle que mènerait Mohamed Ahmed, complètement inattendue, démontrerait la faiblesse du gouvernement égyptien, incapable de s'opposer aux légions d'Allah. Tous les combattants le savaient : s'enfonçant dans des ventres mous, l'islam avait déjà gagné, et même la mort d'un soldat, promis au paradis, était une victoire.

Mohamed Ahmed vérifia son plan d'assaut, avec un impératif : inspirer une terreur telle que l'adversaire perde ses moyens, résiste peu et s'enfuie.

Son bras droit, un homme de la région qui connaissait les pistes, lui garantit que le vent tomberait pendant la nuit. Seul risque : qu'un drone signale leur présence. C'est pourquoi le commando empruntait un itinéraire tortueux. Et lorsqu'il parviendrait à une cinquantaine de kilomètres de l'objectif, personne ne pourrait plus l'arrêter.

Comme d'ordinaire, massacrer une partie de la population assurait la soumission absolue du reste. Cette fois, un mécréant à éliminer en priorité : Patmos, le gardien du temple maudit.

31

Beaucoup croyaient au hasard, mais Bruce avait des doutes. Surtout quand il cherchait un John Patmos et tombait sur un Ibrahim Patmos. Comme la plupart des statistiques, fondement illusoire des politiques économiques, étaient truquées, la chance d'avoir deux Patmos sans relation paraissait mince. À vérifier sans délai.

Aussi l'Écossais retourna-t-il à l'inspectorat de Guizeh où le responsable lui avait signalé l'étrange visite de John Patmos au Sphinx.

Comme d'habitude, le haut fonctionnaire était assailli par une meute de solliciteurs qu'il maîtrisait avec autorité.

— Ah, monsieur Reuchlin ! Soyez le bienvenu.

D'un geste sec de la main, il éconduisit la volée de moineaux qui s'éparpilla. À peine Bruce s'asseyait-il qu'on lui apportait un thé.

— De nouveau chez nous, quel plaisir pour moi ! Un reportage à peaufiner, je présume ?

— Une petite enquête sur les Coptes.

« Au moins, songea le haut fonctionnaire, je ne suis pas concerné. »

— En quoi puis-je vous être utile ?

— J'ai croisé un Ibrahim Patmos.

— Le professeur à la retraite, passionné par les textes de la pyramide d'Ounas ?

— Lui-même.

— Il n'aurait pas un lien avec le John Patmos qui s'est offert une veillée devant le Sphinx ?

Le responsable du site de Guizeh fronça les sourcils.

— Je n'avais pas fait le rapprochement… Et je n'en ai aucune idée !

— L'adresse d'Ibrahim Patmos ?

— Un instant.

Comme le professeur disposait d'un permis spécial pour visiter les monuments en dehors des heures ouvrables, ses coordonnées figuraient dans l'ordinateur.

— Je vous appelle un taxi, monsieur Reuchlin ; il vous conduira chez lui.

*

Une rue proche du jardin zoologique, un immeuble en bon état gardé par un costaud en djellaba, de la même carrure que Bruce. Côte à côte, ils n'auraient pas passé la porte d'entrée.

Il lui barra le passage.

— Vous désirez ? lui demanda-t-il en anglais local.

— Ibrahim Patmos.

— Il n'est pas chez lui.

— Il revient quand ?

— Il ne reviendra pas. Son appartement est en vente.

— Il est parti où ?

— Je l'ignore.

— John Patmos n'habite pas ici ?

— Le frère cadet de M. Ibrahim ?

— Lui-même.

— Voilà longtemps que je ne l'ai pas revu.

— Et tu ne sais pas où il crèche ?

En Orient, le mutisme n'était pas désintéressé ; Bruce sortit une poignée de dollars.

Le portier les compta et les enfourna dans sa poche.

— Je n'en sais pas davantage, affirma-t-il avec un sourire reconnaissant.

*

De retour au Mena House et dans l'attente de l'appel de George, Bruce eut besoin d'un bloody mary pour absorber l'information : il existait bel et bien un John Patmos, probablement le dernier des Supérieurs inconnus, et son frère aîné avait détalé pour l'informer qu'on le pourchassait.

Vu la disparition brutale des autres membres de la confrérie, Ibrahim, conscient de la qualité si particulière de son frère de sang, avait pris Bruce pour un tueur.

Un bug. Un très gros bug, peut-être irréparable. Alerté, le John Patmos deviendrait irrécupérable.

À l'ombre de son parasol, Bruce contempla la Grande Pyramide. Celle-là, au moins, ne taillait pas la route ; mais elle ne balancerait pas un Supérieur inconnu.

Et George arriva.

— T'as l'air délavé, Bruce.

— On se marre pas tous les jours. Comme les merdes volent en escadrille, d'après le philosophe français Jacques Chirac, laquelle me lâches-tu de ton bombardier ?

— Je me suis décarcassé comme jamais.

Ça méritait bien un formidable, une bière géante. Bruce accompagna son pote.

— Tu ressembles à un magicien sept étoiles, jugea George ; le père Marc l'Ancien accepte de te voir.

— Tu lui as dit qui j'étais ?

— Je n'ai rien caché. La surprise risquait de provoquer un infarctus.

— On se cause où et quand ?

— Demain à l'église el-Moallaqah, dans le Vieux Caire, avant une cérémonie célébrée en l'honneur de *sitt Miriam*, sainte Marie. Je viendrai te chercher à l'hôtel.

À une dizaine de mètres de Bruce et de George, un serveur, mains croisées derrière le dos et regard ailleurs, avait enregistré la conversation grâce au capteur dissimulé dans l'un des boutons en métal de sa veste rouge.

32

Le jet de Mark se posa à l'aéroport Václav-Havel, à l'ouest de Prague. L'équipage resterait à disposition, le patron se déclarant incapable de lui préciser la durée du séjour. Les formalités accomplies, Mark et Apsara se rendirent dans un confortable hôtel du centre de la ville où une suite avait été réservée. Deux impératifs : disposer d'une grosse somme en liquide, la monnaie locale étant la couronne tchèque ; et utiliser les services d'un chauffeur parlant anglais et connaissant bien la cité. Peu fiables, les taxis praguois avaient tendance à oublier de mettre leur compteur en marche, d'où des conflits à la fin de la course, dont le prix était hautement fantaisiste.

Pendant que son amant s'entretenait au Vatican avec le père Agostino, qui l'avait charitablement menacé de mort, la Cambodgienne s'était lancée dans l'exploration de la bibliothèque de la villa des Vaudois. Les livres, c'était sa passion ; être entourée de milliers de volumes pansait ses blessures et lui donnait un équilibre qu'elle ne trouvait nulle part ailleurs.

Un rayonnage était consacré à l'histoire de Prague et à ses bijoux architecturaux. Et c'est en feuilletant l'un des volumes qu'Apsara avait trouvé un modeste document, glissé entre deux planches représentant la cathédrale Saint-Guy.

Elle montra à Mark le morceau de papier. Quelques mots énigmatiques :

Saint-Jean d'hiver. L'or renaît. Rencontrer devêt.

Remué, son amant pâlit.

— C'est l'écriture de Saint-John.

— *Devêt* signifie « neuf », indiqua Apsara avec cette voix chantante qui envoûtait Mark.

— Tu parles tchèque ?

— Avant de nous envoler pour Prague, j'ai appris quelques mots.

— Neuf, ou le neuvième Supérieur inconnu… Il l'a rencontré ici, et pas à n'importe quelle occasion ! Pour mon vingtième anniversaire, mon père m'a emmené à la Maison de l'œuvre, à Strasbourg, là où se réunissait la loge de l'architecte Erwin de Steinbach, un Loup passant. Il m'a parlé des deux fêtes sacrées des bâtisseurs, la Saint-Jean d'été, glorifiant la toute-puissance du soleil, et la Saint-Jean d'hiver, où le feu secret des alchimistes préparait la renaissance de la lumière, que l'on croyait à jamais perdue.

— Autrement dit, l'or auquel il fait allusion.

— Nous sommes sur le bon chemin. Mon père s'est entretenu ici avec le dernier Supérieur inconnu, qui se cache quelque part dans cette ville, sous la protection d'un prêtre.

— Tu comptes fouiller maison par maison ?

— Pourquoi pas ?

— Eh bien, ne traînons pas !

— Un instant, Apsara… Comment dit-on « amour », en tchèque ?

— Je l'ignore.

— Quand la parole échoue, les mains prennent le relais.

Il ôta lentement son corsage de soie mauve et dégrafa sa jupe. Au début, Mark témoignait d'une extrême douceur. Ensuite se déclenchait une éruption volcanique, suivie d'une coulée de lave. Une merveille de la nature dont Apsara ne se lassait pas.

*

Un supplice.

Ils savaient et ne savaient pas. Proches du but, ils ne pouvaient pas l'atteindre. Celui qu'ils recherchaient se trouvait tout près d'eux et, en même temps, était inaccessible.

Apsara saisit les mains de Mark.

— Je suppose que ton père ne faisait rien au hasard ?

— Un mot disparu de son vocabulaire.

— Alors, ce message désigne un objectif : la cathédrale Saint-Guy.

Bondissant hors du lit, la Cambodgienne appela la réception de l'hôtel pour prévenir le chauffeur de se tenir prêt.

— Mets quelque chose, recommanda Mark ; sinon, tu seras condamnée pour attentat à la pudeur et trouble à l'ordre public.

*

Ville aux cent clochers et aux mille cafés, Prague, dominée par un château sorti de l'imagination d'un magicien, avait survécu à la « révolution de velours » et tenait tant bien que mal son rôle dans une Europe en décomposition.

Au XIVe siècle, Prague avait été la capitale du Saint Empire romain germanique, avant d'être reléguée au rang de cité provinciale, au XVIIe siècle, par les Habsbourg. Leur chute, en 1918, avait permis la naissance d'une nouvelle nation, la Tchécoslovaquie, occupée par les nazis puis par les troupes soviétiques. Miracle de ces sombres années, avant la paisible séparation des Tchèques et des Slovaques : pas de destructions massives, du moins en ce qui concernait les monuments. Car les Juifs, eux, avaient presque tous été éliminés.

Les flèches de la cathédrale gothique de Saint-Guy s'élançaient vers le ciel bleu et ramenaient l'humain à sa petitesse. La construction avait débuté en 1344, mais la consécration de l'édifice ne s'était produite qu'en 1929.

Apsara et Mark observèrent longuement le puissant vaisseau de pierre, beaucoup plus longuement que les touristes ordinaires. Leur attitude intrigua un rondouillard vêtu d'une veste grise et d'un pantalon marron, qui s'adressa à eux en anglais :

— Si vous souhaitez des précisions, je peux vous aider. Je suis l'un des guides de la cathédrale.

Entre lui et Apsara, le courant ne passa pas ; Mark se montra plus conciliant :

— On nous avait parlé de l'or qui ornait ce sanctuaire, et je n'en vois pas.

Le guide parut amusé.

— Il n'est pas apparent. Suivez-moi.

Il entraîna le couple jusqu'à l'entrée sud de la cathédrale, un porche gothique à trois arches.

— Voici la porte d'Or et sa mosaïque, consacrée au Jugement dernier. Les justes sont séparés des damnés.

— Et s'il ne restait qu'un seul juste, ajouta Mark, le monde serait sauvé.

— Espérons-le !

— Il n'y a pas d'or ailleurs ? demanda Apsara.

— Si, répondit le guide, mais en sécurité.

33

— Si vous connaissez l'endroit, vous pourriez nous le montrer, suggéra Mark.

Le guide conduisit le couple dans la chapelle dédiée à saint Venceslas, le patron de la Bohême, et leur désigna une petite porte.

— Il faut sept clés pour ouvrir les sept serrures correspondant aux sept sceaux de l'Apocalypse, expliqua-t-il, et donc sept responsables.

L'Apocalypse, qu'avait citée le père Agostino.

— Quel trésor cache ce coffre-fort ? questionna Apsara.

— La couronne d'or de saint Venceslas, répondit le guide. Quiconque oserait la coiffer serait condamné à mort. Le chef des nazis de Prague, Heydrich, a commis ce sacrilège en 1941, et il a été assassiné.

Entre Jugement dernier et malédiction, l'or praguois ne portait pas chance.

— Auriez-vous entendu parler d'un curé alchimiste ? interrogea Mark.

Le guide parut contrarié.

— Un homme de Dieu ne s'intéresse pas aux sciences occultes ! Il les condamne et maudit ceux qui les pratiquent.

Le visage fermé, il s'éloigna à grands pas.

Si Bruce avait été présent, il aurait défoncé cette petite porte, mais Mark n'en voyait pas la nécessité. D'abord, les détenteurs des clés n'étaient que sept, et non neuf ; ensuite, le dernier Supérieur inconnu ne se cachait sûrement pas ici ; enfin, on venait de lui adresser un nouvel avertissement : ne pas toucher à l'or de Prague.

Alors que le couple sortait de la cathédrale, un ado remit un prospectus à Mark et détala.

Il vantait les mérites d'un restaurant, au nom significatif. À la poire d'or.

— Ça commence à faire beaucoup, estima le fils de Saint-John ; depuis notre arrivée ici, nous sommes observés et manipulés. Le terrain devient dangereux.

— Tu t'attendais à un chemin de roses, avec des hôtesses à la bouche en fleur ?

— Je suis d'un naturel optimiste. Vu les circonstances, des précautions s'imposent. Ensemble, nous sommes beaucoup trop voyants.

— Tu me licencies ?

— Officiellement, tu quittes Prague.

La Cambodgienne se transforma en tigresse.

— Je t'ai déjà prévenu, Mark : je n'accepterai jamais d'être reléguée au rang de potiche.

— J'ai dit : « officiellement ». Je jouerai la chèvre, et toi la bergère.

*

De retour au palace, Mark annonça à l'homme aux clés d'or que sa compagne, ayant une affaire urgente à régler, prenait le train pour Berlin, d'où elle ne reviendrait que dans quelques jours. Apsara se rendrait à la gare principale de Prague avec un bagage, s'en éclipserait et s'installerait dans un hôtel de catégorie moyenne.

Auparavant, le matériel.

Du double-fond d'une des valises, Mark sortit deux pistolets recouverts d'une substance qui les rendait indétectables. Il confia le Sig Sauer SP2022 à Apsara et garda un Glock 26 autrichien. Excellente au stand de tir qu'elle fréquentait régulièrement depuis qu'elle avait échappé de justesse à une rafale se voulant mortelle, la Cambodgienne glissa son arme dans la poche d'une sorte de blouse bleu nuit assez seyante, le dernier modèle de gilet pare-balles fin et léger, réservé aux stars.

Les amants vérifièrent les réglages de leurs montres connectées et choisirent une fréquence leur permettant de communiquer. Ils ajoutèrent un signal de détresse.

— Je ne te perdrai pas de vue, promit-elle.

— Parfois, je ne déteste pas la jalousie.

*

Si les Praguois étaient fiers de la place Venceslas où avaient été célébrés les événements marquants de leur histoire, ou encore du pont Charles, long de 520 mètres, reliant le château à la vieille ville et drainant un flot continu de curieux qui déambulaient sous l'œil bienveillant des statues de saints, ils se vantaient aussi de leurs innombrables bars et restaurants, qui connaissaient une affluence constante. Et la Poire d'or, tout en boiseries, figurait parmi les bonnes tables.

Le maître d'hôtel vint au-devant de Mark

— Avez-vous réservé, monsieur ?

— Non.

— Désolé, nous sommes complets. Une table pour ce soir ?

— Volontiers.

— Votre nom ?

— Mark Vaudois.

— Monsieur Vaudois ! Mes excuses, vous êtes attendu. Avec ce beau soleil et cette température agréable, vous déjeunez au jardin.

Pour continuer, ça continuait. Mark se félicita d'avoir observé une prudence élémentaire.

Un quadragénaire se leva pour le saluer.

Costume noir et col blanc de curé. La tête de George Clooney, la star à la cafetière vide.

— Père Strahov. Ravi de vous accueillir à Prague.

— Je ne savais pas que j'étais invité.

— Les voies du Seigneur ne sont-elles pas impénétrables ? Mon rôle consiste à vous en faciliter l'accès.

Le sourire de façade, la voix sucrée, l'attitude mielleuse. De quoi faire fuir le moins intuitif des abrutis.

Mais Mark n'avait pas le choix.

34

— Satisfait de votre séjour, monsieur Vaudois ?

— Prague est une ville pleine de charme.

Difficile de fournir une réponse plus niaise. Mais on ne discutait pas encore de la *Somme théologique* de saint Thomas d'Aquin.

— La République tchèque a bien des soucis, déplora le père Strahov ; la fraude est telle que les tickets de caisse sont maintenant des billets de loterie, afin d'inciter les acheteurs à demander un reçu et les commerçants à déclarer leur recette à l'administration fiscale. L'Europe nous considère comme quantité négligeable, et les pires pays nous méprisent. Cuba, qui nous doit 270 millions de dollars, souhaiterait rembourser en bouteilles de rhum. Si nous acceptions, nous aurions des réserves pour un siècle.

— Au moins, ce ne serait pas de la monnaie révolutionnaire.

— Les Tchèques sont plutôt portés sur la bière. Je vous propose la meilleure à mon goût, la Pilsner Urquell, qui accompagnera un repas typique : pâté de canard au sorbier des oiseaux, anguille fumée aux betteraves et ragoût de sanglier aux châtaignes.

On slalomait plutôt dans le registre Bruce, mais Mark accepta la couleur locale.

— À part la gastronomie et la crise économique, de quoi parlons-nous ?

— De la vie, monsieur Vaudois, de cette vie si précieuse que le Seigneur nous a accordée avec tant de générosité et qu'il peut nous retirer à tout instant.

— C'est curieux, chez mes derniers interlocuteurs, cette manie de me menacer de mort.

— Le fil de notre existence est si fragile ! Vous êtes jeune, et...

— Et j'ai l'avenir devant moi, à condition de fermer les yeux. Mon père m'a plutôt appris à les ouvrir, et j'ai gardé cette mauvaise habitude.

À la différence du religieux, la bière et le pâté de canard étaient dignes de confiance.

— Votre père avait atteint un sommet dans le monde si rude des affaires, et vous avez eu la sagesse de vous retirer du champ de bataille, avant d'être anéanti. Pourquoi y revenir ?

— Afin d'honorer sa mémoire et de poursuivre, à ma manière, l'idéal qui l'a guidé.

— Nobles et imprudentes intentions ! Ne devriez-vous pas oublier le passé ?

— C'est en l'oubliant qu'on gâche le présent.

— Vous ne changez pas aisément d'avis, monsieur Vaudois ; dans le cas qui nous occupe, vous risquez de le regretter. Et comme vous m'êtes fort sympathique, j'en serais navré.

Doté d'un solide appétit, le curé apprécia l'arrivée de l'anguille fumée.

— Pratiquez-vous l'alchimie, mon père ?

— Mon Dieu, non ! Pourtant, dans l'ancienne Prague, c'était une science assez répandue, notamment chez les kabbalistes juifs. On prétend que Mozart, dont le *Don Giovanni* a été un four à Vienne et un triomphe ici, les a fréquentés lors de son séjour dans nos murs. Une autre époque, à présent révolue.

— Comme celle des Loups passants.

— Cette ancienne confrérie de bâtisseurs à laquelle nous devons les plus belles cathédrales… Oui, ils ont disparu. Avec la robotisation, nous n'avons plus besoin de ce genre d'artisans. Les sanctuaires de demain seront virtuels, l'ère de la pierre est terminée.

— Il ne reste donc plus une seule once d'or alchimique à Prague et plus aucun initié pour en fabriquer.

Le père Strahov s'essuya les lèvres.

— Conclusion un peu hâtive.

Une porte s'entrouvrait-elle ?

— Je cherche un original, sans doute un vieux prêtre, pour lequel l'alchimie ne serait pas maudite. Et j'ai la certitude qu'il vit à Prague.

— L'Église est un monde complexe ; elle a assimilé bien des aspects du paganisme, et nul ne saurait nier que la déesse Isis et son fils Horus sont les lointains modèles de la Sainte Vierge et de l'Enfant Jésus. Des prélats avisés recueillirent les découvertes des Anciens et les utilisèrent au profit de la vraie foi.

« Dans l'art de tourner autour du pot, pensa Mark, Strahov est un champion. »

Le sanglier aux châtaignes tenait au corps.

— Vous voulez m'aider, ou non ?

— Ma position est délicate. Très délicate. D'un côté, la charité me commande de vous assister ; de l'autre, en raison de cette situation si particulière et des dangers qu'elle implique, cette même charité m'invite à me taire.

— Un vrai cas de conscience. Je n'aimerais pas être à votre place.

Un long silence accompagna la dégustation du plat principal. Soit le père Strahov était un comédien de première force, soit il hésitait vraiment.

— Êtes-vous un simple curieux, monsieur Vaudois, ou désirez-vous aller jusqu'au bout du chemin ?

— Dans un match de rugby, tant qu'on n'a pas marqué l'essai, tous les efforts sont inutiles.

— Une pénalité peut suffire pour marquer des points.

— L'esprit du jeu exige davantage.

— Ce jeu-là est périlleux.

— Décidez-vous, mon père. Ou vous vous taisez, ou vous m'orientez.

Quelques bouchées de sanglier et une gorgée de bière.

— Soyez à 18 h place de la Vieille-Ville, au pied de la tour de l'ancien hôtel de ville, et observez l'horloge astronomique. Pas de retard, le spectacle dure moins d'une minute. La Mort sonne le glas toutes les heures.

35

Mark avait contacté Apsara afin de la rassurer. Les problèmes matériels réglés, la Cambodgienne était opérationnelle. Chapeau, lunettes noires, vêtements de sport : une parfaite touriste à la découverte des merveilles de Prague. Mark indiqua le lieu du prochain rendez-vous et activa la fonction GPS.

17 h 55.

— Ne vous préoccupez pas trop de la Mort qui retourne son sablier et sonne le glas, ni des douze apôtres qui vont défiler en saluant les badauds, recommanda une voix que Mark identifia. Les statues sont plus intéressantes.

Le guide de la cathédrale.

— Vous comprenez ce qu'elles symbolisent ?

— Le squelette n'encourage pas à vivre. Le bonhomme à l'énorme bourse est un avare. Le personnage au miroir se contemple lui-même… La vanité ?

— Excellent, monsieur Vaudois. Et le dernier ?

— Une sorte de prince oriental… Je ne vois pas.

— Un dignitaire turc. Pour les Praguois du XVe siècle, il incarnait l'envie et l'avidité, des maladies mortelles.

Se contenter de ce que l'on a, n'est-ce pas la clé du bonheur ?

La Mort apparut, les douze apôtres défilèrent, un coq chanta et l'horloge sonna. Un peu déçus par la brièveté du spectacle, les curieux se dispersèrent.

— Le malheur, observa Mark, c'est d'être à la mauvaise heure. Grâce à cette horloge, me voici à la bonne. Et c'est un vrai bonheur d'avoir le meilleur guide.

Il aurait volontiers écrabouillé ce passe-partout, mais avait besoin de ses services.

— Vous aimez marcher ?

— Ça facilite la digestion. Où allons-nous ?

L'homme ne répondit pas et trotta à bonne allure, sortant de la vieille ville pour emprunter le pont Charles et gagner la rue Nerudova, non loin du château. Il se retourna à plusieurs reprises.

— Qu'est-ce que vous craignez ?

— Regardez ces enseignes : jusqu'en 1770, date à laquelle la municipalité imposa des numéros, elles servaient d'adresses. Cette rue en a conservé plusieurs, certaines évocatrices, par exemple Le Gobelet d'or, La Clé d'or ou Le Fer à cheval en or.

La tension monta d'un cran. Était-on arrivés à destination, le curé alchimiste habitait-il l'une de ces maisons ?

— Quelle masse imposante et salvatrice, dit le guide en admirant le château ; c'est lui qui nous a protégés de tous les malheurs. Et c'est forcément près de lui que vous trouverez ce que vous cherchez.

La nuit était tombée, les visites des monuments historiques terminées. Le temps se gâta brusquement, une averse incita les passants à rentrer chez eux et les derniers touristes à se réfugier dans un café ou un restaurant.

Soudain, les alentours du château parurent sinistres. La scène d'un film noir, avec le piège mortel en perspective.

— Dépêchons-nous, recommanda le guide ; nous sommes attendus.

Le bonhomme avait une Mobylette dans les mollets et, sans une bonne condition physique, Mark n'aurait pas réussi à le suivre.

*

Grâce au GPS, Apsara exerçait une filature sans risque. Elle dut pourtant accélérer l'allure, tant le déplacement devenait rapide. Presque personne dans les rues, une pluie battante.

Et soudain, un signal tremblotant. Comme une vie qui s'éteignait. Et puis plus de signal du tout.

Panne ou brouillage ?

Elle avait perdu Mark.

Courir, courir. Le retrouver.

*

— La ruelle d'Or, annonça le guide. Nous sommes arrivés.

De petites maisons basses récemment restaurées. Selon la version officielle, elles avaient été bâties au XVIe siècle pour loger les gardes du château, mais certaines abritaient aussi des orfèvres, en réalité des alchimistes autorisés à pratiquer leur art en fournissant de l'or aux puissants.

Le guide frappa deux coups, puis trois, à une porte en chêne encadrée de deux fenêtres protégées par des barreaux.

Elle s'ouvrit.

— Entrez, vite.

La porte claqua.

Une petite pièce carrée, un éclairage diffus. Le guide s'empressa de fermer les volets intérieurs.

La déco avait de quoi surprendre. Une paillasse chargée de cornues et d'alambics, un four à l'ancienne, des étagères supportant des pots de tailles diverses, une bibliothèque consacrée à des volumes reliés traitant d'alchimie.

— Monsieur Vaudois..., commença un curé à la barbe blanche, vêtu d'une soutane violette, ornée d'une croix rouge vif. Ainsi, vous avez bravé les interdits et décidé de venir.

— Chacun son caractère.

— Fouille-le.

Le guide fut plus rapide que Mark. Et le pistolet qu'il braqua sur lui, un ancien modèle tchèque, n'était pas un jouet. Cette fouine n'avait rien d'un amateur ; sans doute un brillant produit des services secrets.

Il exhiba le Glock 26 qu'il posa à côté d'une cornue.

— Vous avez l'habitude de vous promener armé ? interrogea le religieux.

— Le monde n'est pas seulement petit, il est aussi mauvais, et rempli de malfaisants.

— Ce n'est malheureusement pas faux, mais ici, vous êtes en terre de Dieu et n'avez rien à craindre. Quels qu'ils soient, vos péchés sont pardonnés.

— Il y a parfois de bonnes nouvelles. À contempler votre laboratoire, vous avez un petit côté alchimiste.

— Connaître les méthodes du diable est indispensable pour le combattre.

— Du diable…

— Les sciences occultes, et particulièrement l'alchimie, sont ses armes les plus redoutables. Et ceux qui les ont pratiquées, comme les Loups passants, comme les Supérieurs inconnus, comme votre père, doivent être éliminés. Ils nuisent à la foi, à la science et au progrès.

— N'êtes-vous pas un ami du père Cornelius Bacon ?

— Son meilleur ami et son maître. Vous avez oublié sa vocation : exorciste. Et c'est également la mienne. Il a identifié en vous la présence du diable, monsieur Vaudois, et ne s'est pas senti assez fort pour le vaincre. C'est pourquoi, avec humilité et perspicacité, il vous a envoyé à moi. Puisque vous n'avez tenu aucun compte des avertissements du Seigneur, je dois agir. Par charité, j'extirperai de votre âme le démon qui la ronge. Et votre mort sera un soulagement.

36

À bord d'un pick-up légèrement cabossé, mais doté de freins et d'un réservoir plein, Ibrahim Patmos traversait un désert qu'il détestait. Seuls des cinglés comme Lawrence d'Arabie, qui avait déstabilisé le monde en donnant le pouvoir aux intégristes saoudiens, aimaient ces contrées arides et inhospitalières. Les gens normaux leur préféraient la verdure et les jardins.

À son âge, voyager le suppliciait. Mais il devait prévenir son frère du péril qui le guettait. Là où il résidait depuis plusieurs années, il n'était plus en sécurité.

John Patmos, une énigme. Ibrahim ne savait presque rien de lui, sauf qu'il veillait sur un temple qu'il considérait comme un trésor aussi essentiel que la Grande Pyramide de Guizeh. Un temple très éloigné des circuits touristiques et méconnu de la plupart des égyptologues.

John n'était pas un homme ordinaire. Ressemblant à l'acteur américain Charlton Heston, l'inoubliable interprète de Gordon[1] dans *Khartoum*, un film méprisé qui annonçait l'irréversible montée du fanatisme musulman

1. Charles Gordon, dit Gordon Pacha, tué à Khartoum en 1885.

à partir du Soudan, il avait sa puissance solaire et son charisme.

Croyant ordinaire, Ibrahim redoutait son frère, tant son rayonnement l'écrasait. Lui élevé au Caire par leurs parents, John à Louxor par une tante. Et de rares rencontres. Ibrahim se souvenait d'un moment particulier, lorsque son cadet l'avait emmené au « temple des sphinx », Ouadi es-Seboua, en Nubie. Une seule question : « Que ressens-tu ? » Interloqué, Ibrahim n'avait débité que des banalités. Mais que fallait-il ressentir ?

À l'évidence déçu, John n'avait depuis lors échangé avec son frère que d'autres banalités. Les liens du sang n'étaient pas forcément ceux de l'esprit. Néanmoins, Ibrahim admirait cet être lointain, à la carrure exceptionnelle. Si exceptionnelle qu'on le pourchassait avec le désir de lui nuire, voire pis. En tête à tête, il lui ferait prendre conscience de la gravité de la situation.

Fuir, la seule solution.

*

Tourner en rond, ce n'était ni fun ni cool. D'autant que Bruce avait la patience d'un taureau avant de charger. Alors, il se défoulait à la salle de gym de l'hôtel, en arpentant le plateau des pyramides et en testant les alcools du bar.

Enfin, l'appel de George.

— Je passe te chercher. Habille-toi correctement, genre confit en dévotion. Le père Marc l'Ancien ne donne pas dans la tendance chrétien libéré.

— J'éviterai quand même le smoking.

George préféra raccrocher.

*

— Le signal, annonça l'un des soldats de l'État islamique à son chef, Abou Mohamed.

— Notre arme est-elle prête ?

— Réussite assurée.

— Et si un incident se produisait ?

— Nous serons deux en couverture. Quoi qu'il arrive, la mission sera exécutée. Et nous célébrerons un nouveau triomphe, ici-bas ou au paradis. *Allahou Akbar*[1] !

S'il n'y avait que deux mots à connaître, c'étaient ceux-là, et Abou Mohamed les répéta avec un enthousiasme intact. Seule une guerre, ô combien sainte, imposerait la vérité aux mécréants. Les faibles pardonnaient et gémissaient, les soldats de Dieu agissaient. Et chaque victoire, si minime soit-elle, égorgement d'un prêtre ou décapitation d'un chef d'entreprise, présageait le succès final.

Aujourd'hui, les légions d'Allah étaient présentes partout dans le monde, et pas un jour ne passait sans que les médias se fassent l'écho de leurs exploits. La bataille des idées remportée, il ne restait plus qu'à gagner quotidiennement du terrain.

Et la prochaine étape serait Le Caire.

*

— Tu m'inquiètes, dit George à Bruce ; on te prendrait presque pour un type respectable.

1. Dieu est grand.

— Tiens ton volant et regarde la route.

— Le père Marc l'Ancien a entendu parler de toi, et j'ai eu du mal à le rassurer. En me portant garant de ta bonne conduite, je risque gros.

— Je vais pas le mordre, ton curé !

— Je n'en suis pas si sûr. En plus, tu as des mâchoires autobloquantes, style pitbull. Je te rappelle que ce religieux, très âgé, est une figure marquante de la communauté copte.

— J'ai bouffé du curé quand j'étais gosse, avoua Bruce ; maintenant, je préfère des nourritures plus comestibles.

Atterré, George se demanda s'il avait eu raison de servir d'intermédiaire. Trop tard pour se dédire.

*

L'église el-Moallaqah, « la Suspendue », également connue sous le nom de Sainte-Marie, était l'un des édifices les plus étranges du Vieux Caire. Bâtie au VIIe siècle, détruite au IXe, rebâtie et remaniée jusqu'au XVIIIe, ex-siège du patriarcat copte, elle formait une sorte de coiffe entre deux fortins d'une enceinte romaine. Pour y accéder, George et Bruce passèrent par le jardin, si intime, du musée copte, et grimpèrent un escalier.

Drôle d'impression. Un sanctuaire entre ciel et terre, une architecture à mi-chemin du paradis et de l'enfer.

— Marc l'Ancien t'attend près de l'ambon. Je te lâche.

L'ambon en marbre aux colonnettes du XIe siècle, l'un des trésors de la Suspendue, avec sa clôture en bois de cèdre aux incrustations d'ivoire.

Vêtu d'une longue robe noire, le cou orné d'une grande croix, la tête couverte d'une coiffe traditionnelle, Marc l'Ancien avait une petite mine.

« PPA, passera pas l'année, jugea Bruce qui envisagea un bide. Alors, autant foncer. »

— Je vais pas vous embêter longtemps, mon père ; une petite interview rapide.

— Vous êtes un homme plutôt tranchant.

— Dans le boulot, si on ne tranche pas dans le vif, on patine dans le mou. John Patmos, ça vous chante ?

— Le disciple préféré de notre regrettée Séchat, une véritable sainte.

Les fidèles entraient en silence dans la Suspendue. Surtout des femmes et des enfants.

— Vous avez rencontré ce Patmos ?

— Non, mais Séchat m'a parlé de lui comme du dernier des justes.

Là, ça chauffait. Bruce ne regrettait pas d'avoir mis un costume procuré par l'hôtel.

— Et vous sauriez où il crèche ?

Une centaine de personnes s'installaient.

Un voile couvrant ses cheveux, une femme s'approcha du père Marc et de Bruce.

— Il s'agit d'une confidence, mon fils, renâcla le religieux.

— Mais pas du secret de la confession ! Je n'ai qu'un but : sauver cet homme, en grand danger. Et s'il est vraiment le dernier des justes, ça craint.

Du coin de l'œil, Bruce assista à l'étrange manège de la femme. D'abord, elle releva son voile ; ensuite, elle dégrafa le gilet recouvrant sa robe noire.

Myriam, la Copte qui avait chassé le journaliste !
Autour de sa taille, une ceinture d'explosifs.
À l'instant où elle la déclencha, Bruce se jeta sur le père Marc l'Ancien, qui cria « Ibis ! », dans un tonnerre d'apocalypse.

37

Sous la menace de l'arme du guide, Mark avait été contraint de descendre dans une cave, aménagée en salle d'exorcisme. Prompt et habile, son geôlier lui avait menotté les mains, placées derrière le dos, et entravé les chevilles.

Assis sur une chaise en bois, incapable de bouger, le prisonnier observa les soutanes, les étoles et les cilices accrochés au mur. Sur une table basse, un encensoir, une coupelle de sel, une bouteille d'eau, un bac en métal, un goupillon, une croix en fer sur laquelle le Christ était représenté à l'envers, et des instruments de chirurgie qui ne dataient pas d'hier.

— Vous ne souffrirez pas, annonça l'exorciste. Je vais vous faire boire un liquide consacré qui supprimera la sensation de douleur et endormira les démons qui vous rongent. Ensuite, je les extirperai un à un. Malheureusement pour vous, ils sont tellement puissants que je dois les sortir par le nez et purifier votre cerveau avec un crochet utilisé depuis le XVIe siècle. Dans votre cas, si grave, la prière ne suffira pas et les opérations habituelles sont inefficaces. Voilà longtemps que l'Église tente d'éradiquer les Supérieurs inconnus, et le Seigneur m'accorde la grâce de guérir définitivement le fils de Saint-John, l'un des pires. Même si vous n'appartenez pas à la confrérie, il vous a contaminé, et je dois vous délivrer du Mal. Votre corps sera déposé cette nuit dans le vieux cimetière juif de Prague, un bel endroit, très recueilli, que l'on n'utilise plus aujourd'hui. Étant donné la substance que vous allez absorber, la police conclura à une overdose.

— Me tuer est inutile, puisqu'il reste un Supérieur inconnu survivant.

L'exorciste parut contrarié.

— Il finira sur cette chaise et bénéficiera du même traitement que vous. Ce n'est pas un meurtre, monsieur Vaudois, mais une délivrance ; le Christ Lui-même chassait les démons du corps des possédés.

Il se tourna vers le guide.

— Avertis les nettoyeurs et soyez ici dans deux heures.

L'indic s'éclipsa.

— Avant de boire la potion, un court moment désagréable ; je suis obligé de graver sur votre front et sur vos mains une croix bénéfique. Je commencerai par la gauche, la *sinistra*.

Incapable de bouger, Mark était à la merci de ce bourreau d'un calme parfait.

— Prions, recommanda-t-il en ouvrant un gros volume relié en chagrin, contenant des formules d'exorcisme.

Crever salement dans une cave de cette ruelle d'Or où des alchimistes avaient produit tant de vie... En proie à une peur panique mêlée de révolte, Mark regrettait de ne pas avoir eu le temps de déclencher le signal de détresse.

Lui qui entrevoyait sa propre mort comme un combat ne pouvait même pas lutter. Et il sut ce que ressentaient les animaux de laboratoire.

*

Sous une pluie battante, Apsara courait. Mais pour aller où ? Essoufflée, elle s'abrita sous un porche et tenta de relancer le GPS. Ça cafouillait. Dernière chance, consulter l'ordinateur. Elle entra les mots « or » et « rue », sans grand espoir.

Apparut la localisation d'une ruelle d'Or, tout près. Elle s'y précipita.

Une artère vieillotte, à l'abri du château. Comment retrouver Mark, à supposer qu'il soit dans l'une des petites maisons ?

Là-bas, une silhouette.

Un homme qui marchait vite.

Apsara le rattrapa : le guide de la cathédrale !

Elle lui planta le canon du Sig Sauer SP2022 dans les reins.

— Où est Mark ?

— Je… Je l'ignore !

— Je te donne une seconde. Si tu ne parles pas, je tire.

— Vous n'oserez pas… Et si vous m'abattez, vous ne saurez rien.

— D'abord, une balle dans chaque genou. Il paraît que c'est atroce. Ensuite je fracasse ton visage à coups de crosse. Enfin, je t'arrache les yeux. Et je te laisse crever en pissant le sang.

Le guide fut persuadé que cette folle ne plaisantait pas. Après tout, il n'était pas payé pour subir un tel supplice.

— Votre mari est à deux pas d'ici.

— Montre-moi.

Il l'amena devant la porte en chêne encadrée de deux petites fenêtres.

— Ouvre.

— Je n'ai pas la clé.

— Vérifions.

En le fouillant, elle découvrit un calibre qu'elle jeta au loin et une longue clé, imitée d'un modèle ancien.

— Ouvre, et pas un cri. Sinon, je te bute.

Le guide n'en menait pas large, mais possédait un atout majeur : elle ne connaissait pas les lieux. Et il lui réservait une belle surprise.

Éclairage diffus, un four, des alambics, des pots, une bibliothèque… et pas de Mark.

Au prix d'un pas de côté, le guide tenta de s'emparer du Glock posé près d'une cornue. Il ignorait que la Cambodgienne pouvait frapper à la vitesse d'un cobra royal. Le coup qu'elle lui porta à la tempe, avec le canon de son pistolet, l'étendit pour le compte.

Mark était tout proche, elle le sentait.

Dans un angle de la pièce, le départ d'un escalier en pierre. Elle descendit sans bruit et aboutit à une nouvelle porte en bois, à laquelle elle colla l'oreille.

Une voix mielleuse débitait une prière enjoignant au diable de sortir du corps du possédé.

Que se passait-il de l'autre côté, combien étaient-ils, avaient-ils des armes, dans quel état se trouvait Mark ?

Soudain, un bref silence. Et la voix reprit, cette fois dure et sèche :

— Maintenant, monsieur Vaudois, je vais graver dans votre chair les croix purificatrices. Ensuite, vous boirez la potion apaisante.

Apsara s'élança.

38

Stupéfié par l'irruption de la Cambodgienne, l'exorciste lâcha son crochet de chirurgien et se plaqua contre les vêtements liturgiques accrochés au mur.

Apsara pointa son arme vers le tortionnaire.

— Tu es comment, Mark ?

— Mieux, depuis une seconde. Ne le tue pas tout de suite, il a beaucoup à nous apprendre. La clé des menottes, mon père ?

— Je… Je ne l'ai pas.

La Cambodgienne lui enfonça le canon du pistolet dans le ventre.

— Je suis très énervée et pas du tout chrétienne. Avec une balle dans les tripes, on met des heures à mourir.

L'exorciste avait une sainte horreur de la souffrance physique. Et cette Asiatique le terrorisait.

— Vous… Vous êtes le diable !

— Toi, tu n'es sûrement pas le Bon Dieu. La clé ?

Le religieux l'extirpa lentement d'une poche de sa soutane.

— Ne bouge pas d'un pouce.

Sans quitter l'exorciste des yeux, Apsara libéra Mark.

Les jambes flageolantes, il se leva avec peine.

— Tu as un côté fragile, estima-t-elle.

Les yeux dans le vague, il se dirigea vers le prêtre et lui serra le cou entre ses mains.

— Tu craches tout ce que tu sais, ou je te découpe en lambeaux ! Je suis plutôt un brave garçon, bien éduqué, mais tu m'en as trop fait subir, et je ne me contrôle plus.

— Entendu, entendu !

— Prends ma place.

Tremblant, l'exorciste s'assit sur la chaise en bois blanc.

— Ne faites pas de mal à un homme de Dieu. Sinon, vous serez damné !

— Dans ton cas, j'aurai sûrement une indulgence. Qui nous a vendus ?

— Je… Je…

Cette fois, Apsara lui enfourna le canon de son arme dans la bouche, déchirant au passage sa lèvre supérieure.

— Tu voulais torturer l'homme de ma vie et je ne le supporte pas. Et je ne pardonne pas les offenses.

La vessie de l'exorciste lâcha. Cette créature l'épouvantait.

— Je parle, je parle, mais laissez-moi la vie sauve !

— Ça dépendra de l'intérêt de ta causerie. Je ne le répéterai pas : qui nous a vendus ?

— Vous le savez : Cornelius Bacon.

— Ça, c'est ta filière de fanatiques. Tu n'aurais pas des alliés capables de te couvrir ?

Le menton de l'exorciste tomba sur sa poitrine. Face à ces deux inquisiteurs, il n'était pas de taille.

— J'ai recueilli un exilé chinois, contraint de fuir son pays. Il appartenait aux services secrets et a commis une imprudence. Son père, un chrétien que j'avais rencontré à Pékin, me l'a adressé.

— Le nom de ce pèlerin ?

— Wu. Un homme efficace et discret.

— Efficace… Dans quels domaines ?

— La traque des démons est incessante. Wu ne ménageait pas sa peine. Il aurait été heureux de savoir que je vous avais exorcisé.

— On le trouve où, ce protecteur ?

— À New York. Il dirige une société de surveillance qui lui a offert un énorme salaire.

— Laquelle ?

— Key's World.

Une idée saugrenue traversa l'esprit de Mark.

— Ce Wu n'est-il pas un chasseur de Supérieurs inconnus ?

L'exorciste avala sa salive.

— Soulagez votre conscience, mon père.

— Il commandait le peloton d'exécution qui a supprimé Zhang Dao dans une grotte du Xinjiang. Le dernier Supérieur inconnu chinois, dont le régime voulait se débarrasser parce qu'il contestait sa politique de normalisation des esprits, digne de celle de Mao, mais avec des moyens informatiques mille fois plus puissants que la vieille propagande. Voilà, j'ai tout dit.

— Non, trancha Apsara.

L'exorciste sursauta.

— Les types dans ton genre ne vident jamais complètement leur sac tant qu'on ne leur a pas enfoncé un pieu dans le derrière.

Comment une aussi jolie femme, un top model non botoxé, pouvait-elle proférer de telles horreurs ?

La Cambodgienne s'empara du crucifix avec le Christ à l'envers.

— Arrêtez, je dis vraiment tout !

Elle le laissa reprendre son souffle.

— Que le Seigneur me pardonne de trahir le secret de la confession... Avant de partir pour New York, Wu m'a confié qu'il n'avait qu'une crainte : le Serpent blanc de Hangzhou. Et je lui ai donné l'absolution.

Vu l'état de l'exorciste, le sac semblait vidé.

— Vous devez avoir soif, jugea Apsara en lui proposant la potion réservée à Mark.

— Non, non !

La Cambodgienne consulta son amant. Lui non plus ne pratiquait pas le pardon des offenses. Et comme la justice tchèque, digne de ses homologues européennes, remettrait très vite ce dément en liberté, il acquiesça.

Apsara obligea le tortionnaire à boire le breuvage libérateur, dont l'effet fut remarquablement rapide.

— J'ai un brin de vertige, avoua Mark, très pâle.

— Le contrecoup. J'espère que tu étais plus costaud au rugby. Je te remettrai en forme à Londres.

Près de l'entrée, le guide n'avait pas bougé. Mark lui tâta le cou.

— Tu as frappé fort, il ne se réveillera pas.

— Les autorités étoufferont cette affaire sordide. Nous, on s'envole.

39

— Je suis où ? demanda Bruce en ouvrant les yeux.

— Hôpital américain du Caire. Votre pronostic vital n'est pas engagé.

Un moment d'épouvante.

L'infirmière était le sosie d'Hillary Clinton. Même permanente figée, même voix rauque et insupportable.

— Trump a été renversé ?

— Malheureusement non.

— Je suis entier ?

— Traumatisme sans gravité et blessures superficielles.

Comme Hillary ne cessait de mentir, cela ne tranquillisa pas Bruce.

— Vous avez perdu pas mal de sang et vous devez vous reposer.

Le médecin qui entra dans la chambre de l'Écossais avait la tête de Poutine.

Rassurant. Un gage d'efficacité.

— Comment vous sentez-vous ?

— Je vois, j'entends et je cause.

— Bon début. Des douleurs ?

— Migraine et raideur dans les articulations. Mais ça bouge.

— À première vue, vous l'avez échappé belle ; le scanner dissipera toute inquiétude.

Poutine disparut.

— Vous n'auriez pas quelque chose à boire ?

L'infirmière proposa un verre d'eau.

— Après ces émotions, j'aimerais du tonifiant.

— Vous n'y pensez pas ! s'indigna la démocrate.

L'arrivée de George détendit l'atmosphère.

— Il paraît qu'on peut voir le miraculé ?

— Ne le fatiguez pas, recommanda Hillary. Examens dans un quart d'heure.

Quand elle franchit la porte, Bruce eut l'impression d'aller mieux. Et il tapa dans la main de George.

— Tu nous as flanqué une de ces trouilles ! Si des débris de chaises ne t'avaient pas protégé, tu y passais. Trente-deux morts, surtout des femmes et des enfants. L'État islamique a revendiqué l'attentat.

— La terroriste, c'est Myriam. Elle a été retournée. Et le père Marc l'Ancien ?

— En le plaquant au sol, tu lui as déboîté l'épaule droite et sauvé la vie. Aux yeux des Coptes, tu es un héros. D'ici à ce qu'ils célèbrent un saint Bruce, il n'y a pas loin.

— En attendant, je crève de soif.

Prévoyant, George avait apporté une petite flasque de whisky.

— Bon Dieu, constata Bruce, ça vaut le coup de survivre ! On a arrêté les vrais coupables ?

— Ça ne sera pas facile, ils sont noyés dans la population et bénéficient de nombreuses complicités.

— Marc l'Ancien, on peut lui causer ?

— Pas pour le moment. Il est en état de choc et vole vers les États-Unis dans un avion médicalisé affrété par le gouvernement. Même si la discrimination des Coptes continue, il faut faire semblant de veiller sur leurs figures de proue.

— Ibis, ça te dit quoi ? questionna l'Écossais.

— L'oiseau ?

— Ce serait quoi d'autre ?

— Le nom d'un type, par exemple.

— Non, corrigea Bruce ; c'est celui d'un lieu que je voulais obtenir. Ibis, c'est pas un bled, un quartier ?

— Le dieu de l'intelligence, Thot, s'incarnait dans un ibis, mais aucune ville ne s'appelle ainsi. Quoique…

Soudain, une lueur.

— Si ce n'est pas Ibis, mais Hibis, il s'agit d'un temple.

— Dans quel coin ?

— L'oasis de Khargèh, environ à 200 kilomètres à l'ouest de Louxor. Ce n'est pas la porte à côté.

— Facile d'accès ?

— Pas de problème, si on déniche un vol à partir du Caire.

— Tu m'organises ça ?

— Oui, mais…

— Quand t'as des bobos, tu te soignes comment ?

— Les Coptes ont gardé des remèdes hérités de l'Égypte ancienne, notamment des pommades et des onguents.

— Super, tu me procures ça. Avec une boîte de pansements.

Un peu rouillé, Bruce se leva.

— Tout fonctionne.
— Tu fais quoi, au juste ?
— Je me casse. Je déteste les hôpitaux et j'ai du boulot. Je passe prendre mon barda à l'hôtel, et direction Khargèh.
L'Écossais ouvrit la penderie.
— J'ai rien à me mettre. Mon costard ?
— Pas réparable.
Bruce enfila un peignoir. Dans le taxi qui l'emmènerait au Mena House, un vêtement comme un autre.
— Et ma montre… Tu l'as récupérée ?
— Non.
Ça, c'était nettement moins cool. Tant pis, il se débrouillerait comme au bon vieux temps.
Débriefing obligatoire : il utilisa le téléphone de la chambre pour appeler Primula, en espérant qu'elle serait dans les parages.
Coup de chance, elle décrocha à la huitième sonnerie.
— C'est moi, je suis OK. T'inquiète pas pour les nouvelles. Petit pépin, on m'a piqué mon bracelet de luxe. Préviens Mark, qu'il ne se bile pas.
— Je lui dirai. Tes vacances sont bientôt terminées ?
— J'arrive au bout. Junior va bien ?
— Hier, il m'a dit : « Papa est trop près du feu, mais il s'en tirera. » Tu n'es pas blessé, c'est sûr ?
— Des égratignures.
— Tu regardes pas trop les filles ?
— Rien à voir, elles sont toutes voilées.
Depuis qu'il vivait avec Primula, Bruce les trouvait toutes nulles. À l'exception d'Apsara, catégorie intouchable.

— Essaie de rentrer entier. Tu n'engraisses pas, au moins ?

— Aucun risque.

Ils raccrochèrent.

En sortant de la chambre, Bruce se heurta à Hillary.

— C'est l'heure du scanner ! éructa-t-elle.

— Passe-le pour moi, poupée, ça te rassurera. Et la prochaine fois, vote pour Donald. Lui, c'est un winner.

40

Désert de l'Ouest, oasis de Khargèh, longue d'environ 180 kilomètres et large de 30 à 50 selon ses ondulations. Une saillie verte au cœur de l'aridité, naguère un coin tranquille où l'on récoltait des dattes et des olives. Mais Nasser était passé par là. Ne se contentant pas de bâtir, avec les Soviets, le monstrueux haut barrage d'Assouan, qui modifiait le climat et condamnait les monuments de Haute-Égypte à disparaître, le raïs avait aussi lancé le phénoménal projet de Nouvelle Vallée, destiné à doubler celle du Nil, en attirant des millions d'Égyptiens auxquels on offrait un lopin de terre, un logement, un âne et une vache. Le pactole. Et la déception. À la vieille ville, un labyrinthe de ruelles recouvertes de palmes, s'étaient ajoutés d'affreux immeubles de béton plus ou moins pourri, où s'entassaient des familles nombreuses. Ateliers de céramique, fabrique de tapis, briqueterie, usine produisant des conduites pour l'irrigation… Khargèh vivotait, le boom économique ne s'était pas produit.

Les membres du commando de Mohamed Ahmed ne se souciaient pas de l'avenir de l'oasis. Ils ne songeaient qu'à y semer la terreur, en tuant un maximum de soldats, de policiers et de mauvais musulmans. Seul leur chef et son bras droit, un Allemand converti, savaient que le principal objectif était Patmos, le gardien du temple d'Hibis. Originaire de Cologne, le Germain, professeur de sabre dans son club réservé aux hommes, avait combattu en Syrie, fasciné par l'application de la charia et les exécutions publiques de mauvaises personnes, sous les acclamations des enfants. Comment purifier le monde, sinon en exécutant ceux qui ne respectaient pas la loi du Prophète ?

Isolée, la maison en brique crue de Patmos se trouvait à mi-distance de la nécropole chrétienne d'el-Bagaouât et du temple d'Hibis. Le raid ne posait aucun problème, étant donné la faiblesse des défenses.

— Tu es prêt ? demanda Mohamed Ahmed au futur martyr qui conduirait une voiture bourrée d'explosifs et dévasterait le principal poste de garde.

— Je suis prêt.

— Bientôt, mon frère, tu seras au paradis.

Le héros n'avait aucun doute : en se sacrifiant pour Allah, il connaîtrait le bonheur absolu, qui commencerait par la jouissance infinie que lui dispenseraient des vierges prêtes à satisfaire tous ses désirs.

À elle seule, la voiture piégée sèmerait la panique. Le reste du commando viderait quelques chargeurs, tandis que Mohamed Ahmed et l'Allemand exécuteraient le dangereux mécréant.

Raser Tombouctou et Palmyre, avant de s'attaquer à d'autres sites impies, ne suffisait pas. Il fallait aussi trancher les têtes pensantes. Et celle de ce Patmos était particulièrement redoutable.

*

Ibrahim Patmos avait mal partout. Même si la route menant à l'oasis de Khargèh était carrossable, il supportait mal le voyage. Le chauffeur conduisait pourtant avec une relative prudence, en raison de rafales de vent qui déportaient le véhicule.

Et ce désert, obsédant, angoissant. Pourquoi son frère John s'était-il isolé dans cet îlot perdu, loin de l'animation du Caire ? Et quel secret préservait-il pour être traqué ? Ibrahim accomplirait son devoir en l'avertissant du danger qu'il courait. Puis il retournerait chez lui, pendant que John s'enfuirait. Sans doute ne se reverraient-ils jamais. Lors de cette ultime entrevue, l'aîné oserait demander à son cadet qui il était vraiment et ce qu'il recherchait.

Ibrahim ne logerait ni dans le labyrinthe de la vieille ville, ni dans les hideux immeubles modernes, mais dans une coquette maison de brique, entourée d'un jardin que clôturaient des murets de terre séchée, non loin du temple dont John était le gardien. Un potager fournissait des légumes, un olivier et un palmier dattier des fruits ensoleillés. Ibrahim n'était venu ici qu'une seule fois, lors de l'emménagement de son frère, mais il n'avait pas oublié le chemin.

En descendant de voiture, il crut que John était en train de biner et d'arracher les mauvaises herbes ; mais il s'aperçut qu'il s'agissait d'un autre homme, probablement un Indien, plutôt frêle, d'une soixantaine d'années.

À l'approche du visiteur, le jardinier s'interrompit et le fixa de ses yeux très noirs. Un regard dérangeant, mais pas malveillant.

— Je suis Ibrahim Patmos, le frère de John.

— Arjun Shukriya.

— Vous… Vous êtes à son service ?

— Non, je suis venu de mon monastère de Bénarès pour une discussion approfondie. Étant un familier du Veda, le plus ancien texte sacré de l'Inde, j'ai constaté de nombreux points communs avec la spiritualité de l'ancienne Égypte. Comme le sanctuaire de Khargèh est exceptionnel, j'avais besoin de consulter un spécialiste.

— John… John est-il allé en Inde ?

— À deux reprises, et nous avons médité ensemble. Quand il m'a décrit les richesses de *son* temple, je me suis promis de les découvrir. La première visite d'ensemble ne m'a pas déçu ; demain, nous entrerons dans le détail.

Décidément, Ibrahim ne savait presque rien de l'existence de son frère.

— John s'est absenté quelques heures et reviendra pour le dîner. J'ai jugé utile de collaborer à l'entretien de ce délicieux jardin. Si nous buvions quelque chose en l'attendant ?

— Volontiers.

La maison avait été bâtie à côté d'une source et se résumait à un salon douillet, avec des tapis et des meubles locaux, deux chambres d'une sobriété monacale, une petite cuisine équipée du minimum vital, notamment un réfrigérateur antique et increvable. L'Indien pria son hôte de s'installer sous une pergola donnant sur une haute dune, dont l'aspect se modifiait au gré des vents.

Ibrahim apprécia une bière fraîche, l'Indien se contenta d'un verre d'eau.

La fatigue du voyage, le dépaysement brutal, cet étrange personnage qui le mettait mal à l'aise... Déstabilisé, il se lança :

— Je croyais que John n'avait pas de religion et ne s'intéressait qu'aux vieilles pierres.

— Votre frère se situe au-delà des croyances, et les pierres auxquelles il s'intéresse contiennent le secret de la vie. Ce secret que les humains pensent découvrir en développant leurs technologies à l'infini. Ils se comportent en apprentis sorciers, et les machines qu'ils ont inventées échappent déjà à leur contrôle. Demain, elles les dévoreront. Mon pays, l'Inde, affligé par une atroce pauvreté, est aussi à la pointe du progrès informatique, qui détruit la pensée à une vitesse chaque jour croissante. J'emmènerai votre frère à Bénarès ; après avoir reçu l'enseignement du temple d'Hibis, je lui demanderai de transmettre son message à de jeunes moines. Mais y en aura-t-il un seul pour le comprendre et le vivre ?

— Pardonnez-moi, je suis épuisé.

— Vous avez le choix : le fauteuil à bascule ou un lit. Je prépare le dîner.

La soirée était splendide. Bientôt, le soleil se coucherait dans un foisonnement de couleurs chaudes, avant de se confondre avec l'or des dunes et d'affronter les périls de la nuit.

41

Un appel.

Cette voix intérieure que les anciens Égyptiens nommaient *ib*[1], les Chinois *tao*, les Japonais *hara*. Une voix puissante et impérieuse, à laquelle John Patmos obéissait toujours depuis que le destin l'avait élevé à la dignité de Supérieur inconnu, voilà une dizaine d'années, dans la Grande Pyramide de Guizeh. Tous les membres de la minuscule confrérie, venus des quatre coins du monde, étaient présents, et la guérisseuse égyptienne Séchat, héritière de la science des pharaons, avait dirigé le rituel.

Chaque seconde restait gravée en lui. Les heures s'étaient écoulées comme un instant, le conduisant des profondeurs de la chambre souterraine au ciel de la Chambre du roi, formé de neuf dalles gigantesques de granit, matrice des neuf Supérieurs inconnus depuis cinq millénaires.

Succédant à un Indien mort en Californie à l'âge de cent sept ans, et qui l'avait désigné neuf mois avant

1. Le cœur, organe immatériel qui rend conscient à l'essentiel.

son décès, John avait vécu la création du Grand Œuvre alchimique d'une façon très particulière puisque, cette nuit-là, il n'était plus seulement un individu, mais aussi la matière première. Alors qu'il était allongé dans le sarcophage, l'énergie des grands voyants, les Ancêtres fondateurs, lui avait transmis les « formules de transformation en lumière[1] ».

Cet appel lui avait ordonné, un peu plus tôt dans la journée, de quitter sa demeure, où il venait d'accueillir son ami Arjun Shukriya, et d'aller méditer au sommet d'une dune, non loin du temple d'Hibis et de la nécropole chrétienne d'el-Bagaouât.

John avait choisi cette oasis parce que, selon les anciens Égyptiens, elle était « le chaudron », le fourneau alchimique par excellence[2]. Ici, il ressentait la puissance du noyau terrestre, la boule de feu qui s'exprimait lors des éruptions volcaniques, en rappelant aux humains qu'ils habitaient sur un lac de lave. Le savant bâlois Leonhard Euler ne se trompait pas en affirmant qu'au centre du globe terrestre brillait un petit soleil. Rédigée par le dieu égyptien Thot, devenu Hermès chez les Grecs, la *Table d'émeraude* indiquait : « Ce qui est en haut est comme ce qui est en bas, ce qui est en bas est comme ce qui est en haut, pour le miracle d'une seule chose. » Cette seule chose, c'était la lumière créatrice, élément nourricier du Grand

1. Les *sakhou*.

2. La « Terre de feu », le désert, est le domaine de Seth auquel est consacré un extraordinaire bas-relief du temple d'Hibis. Préfigurant saint Georges, il transperce de sa lance le dragon des ténèbres. Détail capital : Seth a ici la tête d'Horus, sa puissance négative est devenue positive.

Œuvre et sa finalité. À leur « mort », ou plutôt lors de leur ultime mutation, les pharaons retournaient dans la lumière d'où ils étaient issus[1].

Du haut de sa dune, le dernier Supérieur inconnu assistait au coucher du soleil, *hotep*, « la paix, la plénitude ».

Mais ce soir, cette paix, cette plénitude, il ne les ressentait pas.

Pourtant, John avait passé une merveilleuse journée au temple d'Hibis en compagnie de son ami indien. Aucun visiteur. Seulement les sculptures extraordinaires de ce sanctuaire tellement méconnu, véritable conservatoire de la spiritualité pharaonique. De 521 à 486, l'Égypte avait été occupée par le Perse Darius Ier, décidé à détruire toute trace de l'ancienne civilisation en imposant sa tyrannie. Utilisant leur magie, les ritualistes étaient parvenus à sauvegarder certains temples, en lui versant un maximum d'impôts.

Conscients que la fin s'approchait, les initiés de la Cité du soleil s'étaient réfugiés dans l'oasis de Khargèh pour y bâtir un reliquaire monumental où figureraient toutes les divinités et tous les rites. Le temple d'Hibis avait survécu à deux occupations perses et aux nouveaux maîtres du pays, Grecs, Romains, chrétiens, puis musulmans.

Ici, tout était révélé. Tout, depuis l'origine, y compris les mystères d'Osiris et le processus de la résurrection, autrement dit la transmutation de la mort en vie, dont la figure symbolique du Christ avait été l'ultime illustration, aujourd'hui réduite à la figure d'un leader

---

1. Comme le révèle le Veda, l'Univers est à la fois un mouvement et un repos, tantôt en expansion, tantôt en contraction. Et nous savons que la lumière est à la fois corpusculaire et ondulatoire.

humaniste, défenseur des pauvres et des opprimés. Pourtant, n'avait-il pas proclamé : « Je suis venu jeter le feu sur la terre, j'ai jeté un feu sur le monde et je continuerai jusqu'à ce qu'il brûle[1] » ?

Ce feu céleste, c'était aux Supérieurs inconnus de le maîtriser et de faire en sorte que ce qu'ils lieraient sur terre fût lié au ciel[2]. Une mission surhumaine au service de l'humanité, désormais vaine.

Car la Machine avait pris le pouvoir.

Lors de sa dernière rencontre avec Séchat, John Patmos avait appris la disparition tragique des sept autres membres de la confrérie. Et puis était survenu l'assassinat de la vieille guérisseuse, le laissant seul face au Sphinx, auquel il avait demandé la force de continuer.

Lui, le neuvième et dernier maillon voué à traiter avec l'invisible et à maintenir, si peu que ce soit, une parenté cosmique entre les êtres vivants.

De la séparation entre le Grand Esprit et les peuples naissaient la violence, les guerres, les destructions, la maladie et la mort. Refusant de le reconnaître, drogués au progrès et à leur vanité d'individus supérieurs, la plupart des humains n'étaient-ils pas que des morts vivants, conditionnés par la Machine ?

Au loin, une colonne de fumée.

Et puis, au centre de la ville nouvelle, des flammes. Et un troisième incendie, dans la nécropole chrétienne.

Khargèh brûlait.

---

1. Évangile selon Luc, XII, 49 ; Évangile selon Thomas, LXXXII, 14-16.
2. Évangile selon Matthieu, XVIII, 18.

42

Petit plaisir non inscrit au programme : incendier la nécropole chrétienne d'el-Bagaouât, proche de l'objectif. Pendant que son commando respectait avec succès sa feuille de route, Mohamed Ahmed et l'Allemand firent exploser quelques bombes qui détruisirent plusieurs tombes en brique crue, dont certaines décorées de scènes bibliques. Le gradé de l'État islamique ignorait que ce vaste cimetière datait de l'époque d'un chrétien hérétique, Nestorius, mort en 451. Quoi qu'il en soit, il n'était pas conforme à la charia.

D'après la colonne de fumée, la voiture suicide avait atteint son objectif. Et d'après le contact avec son adjoint, aucune résistance et plusieurs mécréants abattus. Après l'incendie des bâtiments essentiels, les guerriers se retireraient et rejoindraient leur chef à l'est de la nécropole chrétienne.

Le pick-up stoppa devant la maison de Patmos.

Mohamed Ahmed empoigna sa kalachnikov, l'Allemand son sabre.

— Je m'en charge, décréta-t-il.

Le Germain avait une fâcheuse tendance à se moquer du danger. Et si Patmos était armé ? En couverture, Mohamed Ahmed ne lui laisserait aucune chance.

L'Allemand se rua à l'intérieur de la maison.

Habitué à analyser en un instant une scène de combat, il aperçut deux ennemis.

Deux vieux.

L'un au teint mat, en train de disposer des couverts sur une table ronde ; l'autre, un Blanc, avachi dans un fauteuil à bascule.

Le bronzé était forcément le garde du corps de la cible. À éliminer en premier.

Sabreur d'excellence, l'Allemand était aussi rapide que précis. Aussi fut-il surpris du réflexe inattendu de l'Indien, qui recula à l'instant où la lame lui frôlait le cou.

Affolé, celui-ci rechercha soit une issue, soit un moyen de se défendre, mais ne trouva ni l'une ni l'autre.

Et la seconde tentative fut la bonne.

La tête d'Arjun Shukriya fut tranchée net, son corps vacilla quelques instants avant de s'effondrer.

Les yeux grands ouverts, Ibrahim Patmos, incapable de bouger, serrait les accoudoirs du fauteuil à bascule. Une violente douleur lui déchira la poitrine, un infarctus foudroyant le terrassa avant que l'Allemand ne le décapite avec son efficacité habituelle.

Les deux assassinats avaient duré moins d'une minute.

Mohamed Ahmed fouilla le Blanc. Une carte d'identité au nom de Patmos. Mission accomplie. Ce croisé-là ne nuirait plus à l'État islamique.

*

Le nuage de poussière soulevé par le pick-up, démarrant pleins gaz, enveloppa John Patmos, qui avait couru jusqu'à sa maison.

Intacte.

Un soulagement de courte durée.

Sur le seuil, il s'immobilisa, découvrant le carnage. Comment imaginer pareille cruauté ?

Le cœur au bord des lèvres, soudain frigorifié, John Patmos aperçut la tête de l'Indien qui avait roulé jusqu'à un mur, et celle de son frère Ibrahim, au pied du fauteuil à bascule. Ibrahim… Lui qui détestait les voyages, pourquoi était-il venu à Khargèh ? Évitant un contact téléphonique, ne souhaitait-il pas prévenir John d'un danger imminent ? Bien sûr, c'était le dernier Supérieur inconnu qu'on voulait éliminer, et pas Ibrahim !

Les tueurs s'apercevraient vite de leur erreur. Et ils reprendraient leur traque. Impossible de rester à Khargèh, John devait disparaître au plus vite.

Avec des gestes mécaniques, il remplit un sac de voyage de quelques vêtements. Ôtant un tapis, il dégagea une dalle mobile qu'il souleva. Dans la cache, des passeports, un suisse et un américain, que lui avait fournis son frère chinois. Et une belle somme en dollars, la monnaie mondiale.

Puis il descendit à la cave où était installé son laboratoire d'alchimie. Deux éléments essentiels pour assurer la réussite de son voyage : un sachet contenant la poudre de transmutation, de couleur or, et une amulette représentant une étoile à neuf branches, symbole de la déesse Séchat, en tant que maîtresse des bâtisseurs, détentrice des formules magiques[1]. À son cou, ce talisman écarterait un maximum de menaces et le maintiendrait sur la voie juste.

Quitter cette maison, l'oasis et *son* temple était un déchirement. Mais le dernier Supérieur inconnu devait garder les yeux ouverts. Personne à qui transmettre un enseignement millénaire, destiné à protéger l'humanité contre les forces de destruction. La Machine avait broyé la confrérie, éliminant tous ceux qui ne se conformaient pas à sa doctrine technologique et contestaient son progrès, régissant toutes les formes de vie. L'homme s'était cru supérieur aux dieux et avait inventé la Machine qui, maintenant, le dominait.

Jusqu'à ce jour, les Supérieurs inconnus, mal préparés à un tel assaut, n'avaient fait que subir, disparaissant les uns après les autres. Perdu pour perdu, John Patmos allait combattre, avec la parcelle de pouvoir que lui accordait sa connaissance de l'invisible.

Comment lutter contre la Machine ? D'abord, en identifiant l'endroit où elle se montrait le plus active, le centre de son rayonnement à travers le monde, s'il existait. Le découvrir impliquait une vision, qu'il ne pourrait acquérir que dans un seul lieu, chargé d'une puissance capable de développer les perceptions dont il avait besoin.

Et le succès n'était pas garanti. Patmos exploserait peut-être en vol.

---

1. Le plus souvent à sept branches, Nombre caractéristique du secret de la vie, elle peut aussi en compter cinq ou neuf.

Pas d'autre moyen pour éveiller un indispensable allié, l'Ancêtre. Lui seul disposait de l'énergie susceptible d'enrayer la Machine.

Mais un seul grain de sable suffirait-il ?

En dépit de l'assistance du Grand Esprit, les Indiens d'Amérique du Nord avaient été balayés par l'invasion des barbares blancs, leurs armes et leurs mensonges ; ceux d'Amérique du Sud anéantis par d'autres chrétiens venus de la lointaine Europe ; et la civilisation pharaonique s'était lentement éteinte, avant de disparaître à jamais lors de la conquête arabe imposant l'islam.

De lointains et décisifs préliminaires à l'avènement de la Machine qui, en façonnant des humains connectés et augmentés, leur promettait, avec l'assentiment enthousiaste de ses esclaves, un avenir radieux. Un avenir où les croyances remplaceraient l'Esprit.

À l'évidence, la démarche du dernier Supérieur inconnu était vouée à l'échec. Au moins, il mourrait en combattant.

Il eut la tentation de se rendre une dernière fois au temple. Trop risqué, l'oasis était en ébullition après le raid meurtrier.

Aussi enfourcha-t-il la moto tout-terrain garée sous une bâche, à l'arrière de sa maison. Deux bidons d'essence, de l'eau et ses maigres bagages.

Ici, John Patmos avait eu la chance inouïe de vivre en compagnie des dieux, et les en remercia, avant de lancer le moteur.

43

— Le vol pour Khargèh est supprimé, annonça George à Bruce.

— Pour quelle raison ?

— D'ordinaire, c'est à cause du manque de passagers ; là, c'est jusqu'à nouvel ordre.

— Tu peux éclaircir ?

— Je connais un responsable de l'aéroport. Attends-moi ici.

Le foutoir habituel, des gens dans tous les sens, des embrassades, des retrouvailles, des séparations, les cris de gosses énervés, les courses de valises avec ou sans roulettes, des flics plus ou moins endormis guettant d'éventuels terroristes… Le quotidien d'un lieu de transit étouffant et sans âme.

Quand il réapparut, George avait l'air secoué.

— L'oasis de Khargèh a été attaquée. De nombreuses victimes. La nouvelle commence à débouler sur les réseaux sociaux. Sans doute l'État islamique, avec la complicité des Frères musulmans. Zone interdite pour un bon moment.

Khargèh, là où se trouvait le temple d'Hibis, là où se cachait probablement John Patmos, le dernier Supérieur inconnu… Drôle de coïncidence.

— J'y vais par la route, décida Bruce.

— On ne te laissera pas passer.

George n'avait pas tort. Mais un recours existait.

— File-moi ton portable.

Sortant la carte que lui avait remise Mohamed, le moustachu des services de sécurité au costume blanc, il appela le numéro écrit à la main.

Quatre sonneries, un millième de seconde de silence que l'Écossais remplit aussitôt.

— Bruce Reuchlin. T'es bien mon copain du Mena House ?

— C'est moi.

— Je dois me rendre à Khargèh.

— Désolé, impossible.

— Impossible n'est pas *Newsmagazine*. J'irai, par n'importe quel moyen, je verrai, et je raconterai. Ça serait pas mieux que tu me donnes une autorisation officielle et que je te communique mes impressions avant de balancer n'importe quoi n'importe où ?

Long silence.

— Vous êtes où ?

— À l'aéroport, lignes intérieures.

— Moi aussi. Regagnez immédiatement l'aire d'embarquement des vols spéciaux.

George connaissait.

— T'es sûr de vouloir monter dans cette galère ?

— Je suis genre Ben-Hur : increvable à l'aviron.

Face à une vingtaine de soldats dont les armes étaient en parfait état de marche, et qui interdisaient l'accès à une porte ouvrant sur le tarmac où un appareil militaire se préparait à décoller, Bruce embrassa son pote.

— Des types comme toi, on en redemande.

— Fais gaffe, Bruce.

— Tu as déjà entendu la maxime de Lao-tseu, de Bouddha et du Christ : « Quand faut y aller, faut y aller. »

Bruce présenta sa carte de presse et son passeport à une armoire à glace couverte de galons, qui n'aurait eu qu'un succès mitigé au festival du rire de Montreux ou de Bombay, la capitale des blagueurs.

Fouille à corps sans tendresse, et déballage du sac à dos. Ça débutait bien, on ne confisqua pas la flasque de whisky.

On conduisit Bruce jusqu'à l'avion. Pas d'hôtesse de l'air, mais un officier qui amena le journaliste à son siège, à côté de Mohamed.

Toujours moustachu, toujours Omar Sharif, toujours en blanc, mais cette fois un uniforme bardé de décorations.

— Tu vois, dit Bruce, je suis tout nu : pas de portable, pas d'appareil photo, pas d'enregistreur, juste mes mirettes. L'enquêteur à l'ancienne, inoffensif.

— Dans le cas contraire, vous seriez resté au Caire. À Khargèh, vous serez sous surveillance permanente.

— Je n'ai rien à cacher. Toi non plus, j'espère ?

— L'État islamique vient de revendiquer un attentat terroriste visant l'oasis. Nous vérifions l'authenticité du message, et l'information sera officielle.

— Beaucoup de dégâts ?

— Un carnage. J'ai reçu l'ordre de sécuriser la région. Pourquoi cette tragédie vous intéresse-t-elle tant ?

— Toutes les tragédies me passionnent. Et puis j'avais un pote là-bas.

— Son nom ?

— John Patmos.

— Je n'ai pas encore une liste détaillée des victimes. Plus d'une centaine, d'après une première estimation.

— Les massacreurs ont été interceptés ?

— Malheureusement non. Schéma classique : voiture suicide bourrée d'explosifs pour semer la terreur, attaque des soldats et des policiers, tuerie aveugle des civils et fuite. Un raid éclair. Et notre impuissance. Notre éternelle impuissance.

Mohamed avait un sérieux coup au moral.

Ni champagne, ni mignardises. Moins d'une heure de vol, et l'atterrissage à l'aéroport de Khargèh, en état d'alerte et sous la protection de l'armée.

Une Jeep emmena Mohamed, ses adjoints et Bruce à l'hôtel Pioneers, énorme complexe rose en arc de cercle, classé « grand luxe », et choisi comme quartier général provisoire, en raison de la destruction plus ou moins totale des bâtiments officiels.

Même le soleil et les palmiers avaient un air sinistre.

44

Bruce patienta au bar. Inutile d'interviewer les serveurs qui rasaient les murs, la mine basse et les traits tirés. À Khargèh, la nuit dernière, personne n'avait dormi. On enterrerait au plus vite les victimes avec force lamentations, et les stigmates de cette horrible soirée ne s'effaceraient pas de sitôt.

La réunion d'état-major dura deux bonnes heures.

Mohamed en ressortit encore plus déprimé.

— Les nouvelles ne sont pas bonnes. Je vous emmène à la morgue.

Vu l'augmentation de sa population, l'oasis avait été dotée d'un hôpital, épargné par le raid. La Jeep traversa la ville à vive allure. Partout, des soldats, et un silence pesant.

À l'hôpital, en revanche, on s'agitait. De nombreux blessés étaient entre la vie et la mort.

— Votre ami Patmos a été décapité, révéla Mohamed ; je vous préviens, ce n'est pas beau à voir. Votre identification complétera le rapport.

Pour avoir baroudé dans les pires pays et affronté les pires horreurs, Bruce n'en était plus à une émotion près.

Une petite pièce. Des murs verts, à la peinture écaillée. Sur des lits métalliques, deux cadavres recouverts d'un drap douteux. Vaguement recollées, leurs têtes dépassaient.

L'Écossais prit son temps.

— L'Indien, je ne le connais pas. L'autre, c'est un Patmos, mais il se prénommait Ibrahim, et non John. Je l'ai rencontré à Saqqarah, où il étudiait les textes de la pyramide d'Ounas.

— Nous avons pourtant découvert son corps dans une maison dont le propriétaire est bien John Patmos, d'après plusieurs témoignages.

— Il était avec l'Indien ?

— Ces deux malheureux ont été exécutés. D'après ses papiers, l'étranger s'appelait Arjun Shukriya et habitait Bénarès, en Inde ; son nom vous dit quelque chose ?

— Inconnu au bataillon. Je peux visiter la maison de Patmos ?

Mohamed hésita. L'endroit avait été nettoyé, et ne présentait pas d'intérêt stratégique.

— Deux de mes hommes vous accompagnent. Je vous donne une demi-heure. Retour ici pour déjeuner. Je vous communiquerai un bilan officiel et provisoire de cette tragédie.

Bruce étant son obligé, Mohamed se félicitait de lui tenir la bride. Ça éviterait des dérapages.

*

Sur le carrelage sommaire, du sang séché. Bruce n'avait pas eu l'occasion de goûter le charme du jardinet et de la pergola ; en raison du peu de temps dont il disposait, il devait se fier à son instinct, espérant découvrir un indice, sans savoir ce qu'il cherchait.

Armés d'une kalach récente, ses deux anges gardiens faisaient la gueule et avaient la trouille. Le lieu d'un tel massacre, ça ne les rassurait pas ; et si un commando de l'État islamique lançait une deuxième vague ?

Comme les vrais alchimistes, John Patmos ne roulait pas sur l'or ; à force de discuter avec l'invisible, de transmuter la matière en esprit et de lutter contre les démons qui bouffaient l'humanité, ils avaient tendance à ne pas pratiquer la règle moderne du je-me-moi et à s'oublier eux-mêmes.

Un mobilier modeste, des tapis, trois couverts disposés sur une table, un fauteuil à bascule maculé de sang, une petite cuisine avec un frigo datant de l'âge des cavernes.

Le départ d'un escalier menant à une cave. Bruce s'y engouffra, le cerbère gardant l'intérieur ne le suivit pas. Par une fenêtre, il observait l'extérieur, comme son collègue posté dans le jardin.

— Bingo, murmura Bruce en pénétrant dans le laboratoire de John Patmos, comparable à celui de Sirius Xérion, Supérieur inconnu assassiné à Florence alors qu'il tentait de s'enfuir.

Le matériel, des cornues aux coupelles en passant par des pots aux formes variées, était ancien, voire antique, mais en excellent état ; dans un angle, un fourneau carré et profond.

Pas trace, comme chez le Florentin, de pierre philosophale ou d'élixir de jouvence. Patmos les avait emportés avec lui.

Sur une étagère, des livres reliés, tous consacrés à l'alchimie, sauf la *Réforme générale du monde entier* portant, en lettres d'or, la date de 1614.

— *Come, come quick ! We must go on*[1] *!* glapit le cerbère du haut de l'escalier.

— OK, répondit Bruce en feuilletant le volume.

À l'intérieur, deux documents beaucoup plus récents, et une petite photo.

Deux billets d'avion pour l'Inde, le premier au nom d'Arjun Shukriya, le second à celui de John Patmos. La photo représentait le sosie de Charlton Heston au seuil du temple d'Hibis. Patmos, le gardien du sanctuaire.

*

Salade de tomates couvertes de persil, purée de fèves, poulet grillé, riz brun, galettes chaudes… L'estomac criant famine, Bruce s'aventura. De la bière pour lui, du Coca pour Mohamed, toujours aussi tendu.

— Visite instructive ?

— Vide sidéral. Je croyais que John Patmos était archéologue et se débrouillait plutôt bien. À voir son gourbi, on en douterait.

Sachant qu'il serait de nouveau fouillé, Bruce avait pris soin de déchirer les billets et la photo, et de les jeter dans les toilettes avant de s'installer face à l'uniforme blanc.

---

1. Venez, venez vite ! On doit y aller !

— En réalité, d’après le rapport qu’on m’a remis, ce Patmos-là était le gardien du temple d’Hibis et guidait les rares visiteurs. La population l’aimait bien, parce qu’il était aussi guérisseur et soignait les pauvres gratuitement.

— Tu m’en bouches un coin !

— Il y a plus étrange. Nous avons procédé à de premières investigations informatiques. En ce qui concerne Ibrahim Patmos, professeur à la retraite résidant au Caire, pas d’ombre. Ni condamnation, ni activité politique, une vie tranquille. Côté John Patmos, en revanche…

— Un gars dangereux ?

— Pas de gars du tout. John Patmos n’existe pas officiellement, nous n’avons aucun élément administratif à son sujet. Il habitait ici en clandestin. Personne ne l’a dénoncé, sans doute en raison des services qu’il rendait.

— L’État islamique voulait quand même le bousiller !

— Explication simple, décréta Mohamed : c’était un déserteur, sous un faux nom, condamné à mort. En semant la terreur dans l’oasis et en supprimant le traître, les terroristes faisaient d’une pierre deux coups.

— Brillant, concéda Bruce ; sauf qu’ils l’ont raté. Tu as une piste ?

— S’il connaît le désert, le fuyard ne sera pas facile à repérer. Et s’il quitte l’Égypte, nous en serons débarrassés.

Mohamed posa une enveloppe sur la table.

— Voici la version officielle de cette tragédie. Je ne vous demande pas de la recopier mot à mot, mais de souligner nos efforts constants contre l'État islamique et le lourd tribut que nous payons en vies humaines. Votre avion pour Le Caire décolle dans une heure.

45

Grâce à l'implantation de nanocomposants curatifs dans son cerveau, Dieter Cloud ne ressentait plus aucune douleur, et sa tumeur se stabilisait. Apôtre de la Machine, il en était le premier bénéficiaire et se réjouissait de la parfaite entente entre la nouvelle administration américaine et les géants de la Silicon Valley.

Le prochain implant cérébral offrirait un accès permanent aux pétaflops, les millions de milliards d'opérations/seconde du Web, et à ses données. Investissement raisonnable, rentabilité maximale. Avec près de trois quintillions d'octets engendrés chaque jour, plus une seule entreprise, plus aucun gouvernement, plus aucun service financier n'échappaient à la Machine.

Se considérant comme un simple *chief data officer*, indifférent aux fluctuations politiques, Dieter Cloud, incontournable, n'avait qu'un maître : la révolution numérique. En remplaçant les humains par des robots, prospérité assurée : ni grèves, ni maladies, travail permanent, production calculée au millimètre, profits faramineux.

L'arme majeure : la croissance démographique. Tout nouveau-né devenait un client, même le plus pauvre des pauvres, obligé de se nourrir et de communiquer. Au siècle dernier, la population de la planète était passée de 1,6 à 6,1 milliards de consommateurs, soit une augmentation de 370 %.

Plus il y avait d'humains, plus la Machine grossissait. Et Cloud venait d'investir dans le bracelet de fertilité, une superbe invention d'une start-up zurichoise, aussitôt repérée par la Silicon Valley, qui permettrait aux femmes désireuses d'être enceintes de connaître avec une précision de 90 % leurs jours favorables.

Selon un rapport contenant des données exactes, les entreprises américaines continuaient de dominer nettement la planète avec, en tête, Apple, dont la capitalisation dépasserait bientôt 700 milliards de dollars, et Alphabet, qui regroupait les divisions de Google, régnant sur la recherche médicale. Mais Cloud et ses homologues ne se reposaient pas sur leurs lauriers, et la Machine exerçait un contrôle plus ou moins apparent sur l'ensemble des richesses et du commerce mondiaux, et sur tous les continents.

Dieter Cloud ignorait l'idéologie. Comme les pionniers qui avaient posé les rails du chemin de fer afin de civiliser le Grand Ouest et détruire au passage les tribus indiennes arriérées, il avançait. La vie, aujourd'hui et demain, c'était l'intelligence artificielle. Quiconque la refusait serait éliminé d'une manière ou d'une autre. Nostalgiques et passéistes se condamnaient à disparaître, les voix discordantes s'éteindraient.

Toute évolution majeure s'accompagnait obligatoirement de massacres de masse. À côté de la révolution numérique, les précédentes apparaissaient comme des guignolades. La première machine performante en ce domaine, la guillotine des révolutionnaires français, était remplacée par des engins plus perfectionnés, mais le principe restait le même : couper les têtes qui dépassaient et s'opposaient au pouvoir en place, qu'il soit soft ou hard.

La nouvelle assistante personnelle de Cloud se matérialisa sous la forme de l'hologramme d'une jeune secrétaire aux cheveux blonds, vêtue d'un tailleur bleu fort élégant. Haute d'une vingtaine de centimètres, s'exprimant d'une voix suave et avec une exquise politesse, elle rappela à son patron son rendez-vous de 16 h à Central Park.

Amélioré à partir d'une technologie japonaise, ce modèle ne tarderait pas à rivaliser avec les majordomes virtuels Google Home et Amazon Echo. Conscient du danger, Mark Zuckerberg, le maître de Facebook, ne cessait de développer Jarvis, le domestique auquel il s'adressait par l'intermédiaire d'un ordinateur ou d'un mobile. Depuis longtemps, Jarvis était capable de contrôler la température d'une maison, l'intensité des lumières et d'assurer sa sécurité ; l'important, c'était de lui apprendre un maximum de mots et de comportements, par exemple distraire un enfant ou identifier un visiteur.

Service impeccable, disponibilité permanente, abolition de la solitude : l'assistant personnel marquait un progrès considérable, bientôt présent dans des millions de foyers et de lieux de travail.

Cloud essuya lui-même ses verres de lunettes à monture argentée, s'emmitoufla dans un manteau marron à gros boutons de nacre et se coiffa d'un chapeau de même couleur à large bord, sans oublier de glisser dans une poche le brouilleur d'ondes qui lui assurerait une conversation très privée avec Wu, le chef de sa garde rapprochée.

Un poste délicat. Le prédécesseur du Chinois avait disparu en Égypte, sur les traces des deux derniers membres des Supérieurs inconnus, une vieille sorcière et son assistant, dûment exécutés. Dieter Cloud ne tolérait aucune erreur grave et voulait des résultats. Toute négociation de contrat majeur, dans l'informatique, l'armement, le pétrole, la pharmacie ou autres domaines sensibles à forte valeur ajoutée se heurtait souvent à des obstacles en apparence insurmontables. L'une des compétences de Cloud consistait précisément à les surmonter. Si la diplomatie musclée ou les sommes proposées ne suffisaient pas, il recourait à des méthodes moins douces. Et jamais de vagues. Récalcitrants et empêcheurs de tourner en rond se suicidaient, décédaient d'un mal foudroyant ou étaient victimes d'un banal accident. La plupart n'étant pas connus des médias, aucun écho ; et s'il s'agissait d'une personnalité des affaires, l'enquête, à supposer qu'elle ait lieu, ne débouchait sur rien d'inquiétant – et l'opinion oubliait très vite.

Doté d'une solide expérience, Wu débutait bien. Sa conscience morale effacée par la formation des services secrets, il savait que sa vie se trouvait entre les mains de Cloud et tenait à en profiter le plus longtemps possible, même s'il fallait supprimer celle des cibles qu'on lui désignait. Très attaché à la doctrine de Confucius, Wu aimait l'ordre, la discrétion et l'efficacité. Son équipe assurait la sécurité de son patron et remplissait ses devoirs sans faiblesse.

Surtout, Wu ne parfumait pas la charogne ; en cas de difficulté, il exposait clairement le problème, facilitant ainsi la prise de décision de Dieter Cloud.

Et s'il avait sollicité cet entretien urgent, c'était forcément en raison d'un problème majeur.

46

Soleil voilé, vent frais, joggeurs, touristes, adeptes de la gymnastique chinoise, amoureux en tout genre, chiens en promenade… Le petit monde de Central Park vivait tranquillement sa vie.

Dieter Cloud et Wu étaient des citoyens ordinaires, prenant un bol d'air et appréciant un moment de répit au cœur de la cité qui façonnait l'avenir de la planète.

— Du mauvais, du bon et de l'incertain, déclara le Chinois.

— Allez-y dans cet ordre.

— Le mauvais, c'est notre échec à placer un mouchard chez Bruce, en Islande. Connexion détruite.

— Indication précieuse : lui et sa femme sont à cran. Quand on se méfie à ce point-là, c'est qu'on a beaucoup à cacher.

— Pour un journaliste d'investigation, rappela Wu, c'est assez normal.

— Autres mauvaises nouvelles ?

— C'est la seule, monsieur ; le bon et l'incertain s'entremêlent, mais des faits sont acquis.

Un grand couillon sur une planche à roulettes les évita de justesse et provoqua les hurlements d'une mère de famille qui observait les premiers pas de son gamin.

— Selon vos recommandations, outre nos moyens habituels, j'utilise les services de Palantir[1]. Et les résultats ne manquent pas d'intérêt.

Palantir, une entreprise sous la houlette du quinquagénaire Alexander Karp, adepte du *qi gong*, philosophe féru de robotique et membre du très fermé club Bilderberg, l'un des cercles où les décideurs se rencontraient en toute tranquillité.

Devise de Palantir – globe de cristal et pierre de vision décryptant l'avenir selon la saga de Tolkien : « *Save the Shire* », « Sauver le Comté[2] ». Et comment ? Grâce au *data crush*, c'est-à-dire le croisement des multiples données informatiques, y compris les *big data* à signaux faibles sur tout type d'ordinateur et de réseau social, un matériau trop négligé par les grandes institutions.

Palantir récupérait, accumulait, croisait et recroisait. Établie à Palo Alto, en Californie, la société n'occupait pas moins de 10 % des bureaux de la Silicon Valley et employait 1 500 collaborateurs hautement qualifiés à travers le monde. Aucune donnée n'échappait à Palantir, qu'il s'agisse de géographie, de politique, de démographie ou de quelque autre domaine d'activité. Aussi attirait-elle un nombre croissant de clients, notamment la CIA, la NSA, le FBI, l'US Air Force,

1. Voir l'article de Guillaume Grallet, *Le Point*, n° 2307, 2016, p. 81-84.

2. The Shire, le pays merveilleux des Hobbits.

Interpol, la police, BP, Coca-Cola, et tant d'autres. Tous avaient un nom de code[1].

Dieter Cloud aimait beaucoup Alex Karp, devenu l'un des rouages essentiels de la Machine. Ne se présentait-il pas comme un philanthrope, soucieux du bonheur de l'humanité ? Palantir n'avait-elle pas permis l'arrestation et l'élimination de Ben Laden, la localisation d'engins explosifs en Afghanistan, le décryptage de l'escroquerie géante de Madoff, la coordination de l'aide aux sinistrés climatiques, la lutte contre l'exploitation des enfants, la prévention des épidémies ? S'il y avait une justice, Alex Karp ne tarderait pas à recevoir le prix Nobel de la paix.

En attendant, Cloud écouta les indications obtenues par Wu.

— Bruce a appelé sa femme depuis l'hôpital américain du Caire. Une conversation étrange, le lendemain d'un attentat de l'État islamique qui a causé beaucoup de morts dans une église copte. Il a déclaré : « On m'a piqué mon bracelet de luxe. Préviens Mark, qu'il ne se bile pas. » Autrement dit, lui et Mark ne peuvent plus communiquer de façon sûre, à l'abri des grandes oreilles. Ensuite, son fils a jugé qu'il se tenait trop près du feu, mais qu'il s'en sortirait. Estimant que ses vacances étaient bientôt terminées, le journaliste a avoué des égratignures.

— Il se trouvait probablement sur le lieu de l'attentat. Son enquête sur les Coptes…

— Admettons, monsieur. En réalité, ces « vacances » se sont prolongées. Autre communication bizarre

1. Tels Métropolis, titre d'un film futuriste de Fritz Lang, ou Gotham, désignation de la ville imaginaire où évoluait Batman.

interceptée entre Bruce et un haut gradé de la sécurité égyptienne, qui a emmené le journaliste, dans un avion militaire, à destination de l'oasis de Khargèh. Nous sortons clairement du cadre d'un reportage sur les chrétiens d'Égypte. La veille, un commando de l'État islamique y avait attaqué les bâtiments officiels et tué un bon nombre de civils. Bruce n'est resté que quelques heures là-bas et a été raccompagné au Caire, d'où il s'est envolé pour Londres, afin d'y rejoindre Mark Vaudois, de retour de Prague.

— Nouvelle conférence au sommet, jugea Dieter Cloud, légèrement irrité ; qu'a fricoté Bruce à Khargèh ?

— Il existe peut-être un moyen de le savoir.

Lancé par un ado, un ballon de football rasa la tête du Chinois pour atterrir dans les bras d'un autre ado, qui détala, provoquant le décollage d'une compagnie de pigeons.

— Un fait indéniable : Bruce est relié à deux attentats de l'État islamique, et je me demande si ce n'est pas le véritable sujet de son enquête. Or, notre responsable des appels de détresse vient d'en recevoir un, celui de l'informaticien français André-Guy Dubois, en poste à Hambourg.

Ce brillant technicien était à la tête d'une équipe de hackers américains, chargés de perturber l'Europe en général et l'Allemagne en particulier, afin d'évaluer leur capacité de résistance, tout en faisant accuser la Russie, forcément derrière toutes les attaques informatiques.

— Dubois a été pincé ?

— Non, monsieur, mais il est victime d'une situation particulièrement inconfortable et implore votre aide.

— Quelle situation ?
— Il cache son fils et meurt de peur.
— Pourquoi ?
— Parce que son fils Paul est devenu Mohamed Ahmed et a dirigé le commando meurtrier de Khargèh.

47

Dieter Cloud avait horreur des embrouilles. Et celle-là lui déplaisait au plus haut point.

— Vous avez fouillé ?

— Bien entendu, monsieur. Paul Dubois était un très gentil garçon, bien éduqué, étudiant remarquable, tout à fait normal. Personne n'a vu venir sa conversion à l'islam et sa radicalisation. Ses parents ont cru à une fugue ou à un enlèvement, mais l'enquête de police n'a pas abouti. Et puis un appel de Syrie : Paul était mort, Mohamed Ahmed l'avait remplacé et luttait pour la libération des opprimés, l'instauration de la charia et le développement du califat. Dernier contact avant l'irruption, à Hambourg, d'un homme en fuite, n'ayant plus qu'un seul refuge : le domicile paternel.

— Les raisons de cette débandade ?

— Je me suis entretenu avec Paul Dubois, de manière sécurisée. Un jeune homme posé, calme et lucide. À Khargèh, il devait accomplir une mission exceptionnelle et s'est trompé de cible. C'est en consultant la liste des victimes que son supérieur, un imam, s'est rendu compte de l'erreur. Châtiment inévitable :

une condamnation à mort. Paul Dubois a réussi à s'enfuir et a traversé plusieurs pays avant d'arriver chez son père. Il vit seul, son épouse est hospitalisée pour dépression. Même si son fils est déniaisé, André-Guy Dubois redoute que la police allemande, malgré son efficacité relative, ne lui tombe dessus.

— Pourquoi le secourir ?

— Paul en sait beaucoup sur l'État islamique ; toute information s'ajoutant à votre dossier pourrait vous intéresser.

— Ce n'est pas faux.

— De plus, en échange d'une couverture solide qui lui garantirait la vie sauve, il nous donnerait le nom de sa cible, plutôt surprenante d'après lui. Une cible peut-être en rapport avec les investigations de Bruce.

L'hypothèse du Chinois inquiéta Dieter Cloud. Une piste à creuser, en effet.

— Enfin, ajouta Wu, j'ai l'habitude de reformater ce genre d'élément. Soit ce garçon est trop abîmé pour être utile, soit il sera un professionnel qualifié qui exécutera les ordres sans broncher. Un examen approfondi me procurera la bonne réponse. À vous de décider, monsieur.

— On l'exfiltre immédiatement. Et vous l'amenez à votre centre d'entraînement.

— Et… le père ?

— Transfert au Mexique. On le tranquillise quant à l'avenir de son fils et on lui confie un travail identique. Dès qu'il sera installé, enlèvement par des forces révolutionnaires, exécution sommaire et revendication d'un légitime assassinat anticapitaliste. Ce sera la version officielle pour les autorités et son fils. Pas question de laisser un éventuel bavard dans la nature.

*

L'Europe sans frontières, ni extérieures ni intérieures, était une belle invention de technocrates au service des grandes puissances qui, elles, ne les avaient pas abolies. Sortir d'Allemagne ne posait aucun problème, mais entrer aux États-Unis impliquait des précautions.

Deux spécialistes employés par Wu se présentèrent au domicile d'André-Guy Dubois avec le nécessaire. Propres sur eux, style cadres supérieurs, les deux Américains remirent à l'informaticien la paperasse concernant son nouveau poste à Mexico et un billet d'avion en première classe. Départ le soir même.

Ému et soulagé, André-Guy embrassa longuement son fils, craignant de ne pas le revoir avant longtemps. Paul simula un brin de tendresse, alors qu'il n'éprouvait aucun sentiment envers son géniteur dont il s'était servi comme secouriste temporaire. D'abord se cacher ; ensuite, réfléchir à la meilleure manière d'échapper aux tueurs de l'État islamique, qui détestaient voir leurs proies s'évanouir dans la nature.

L'arrivée des deux Américains changeait la donne. L'informaticien en route vers sa destination finale, ils précisèrent le deal à Paul. Obéissance totale. Sinon, désintégration. L'ex-djihadiste fut rassuré. On lui avait envoyé des professionnels, au sang aussi froid que le sien.

Mohamed Ahmed et Paul Dubois disparaissaient de la circulation. Naissait Mick Feedow, vingt-huit ans, né dans le Montana, célibataire, parents décédés, commercial dans le gaz de schiste et globe-trotter. Un passeport biométrique lui servirait de sésame, à condition de modifier son apparence physique. Pour cela, plus besoin de chirurgie esthétique. Grâce aux produits appropriés, les deux techniciens truquèrent ses empreintes digitales et corrigèrent la couleur de ses yeux. Nouvelle coupe de cheveux et nouveau dessin des sourcils, pommettes mieux affirmées, hauteur du front diminuée avec ride supplémentaire, lèvres amincies. L'art du maquillage porté à la perfection. Et son heureux bénéficiaire absorberait pendant quelques mois des substances qui consolideraient la mutation de ses traits. Désormais, impossible de reconnaître Mohamed Ahmed et Paul Dubois, renvoyés au néant.

Grâce, notamment, à une imprimante 3D un peu particulière qu'on ne trouvait pas dans le commerce, le passeport fut fabriqué. Dernière précaution : introduire sous la peau de Mick Feedow une puce électronique qui lui ôterait toute velléité de fuite. Aux States, si le staff le décidait, on utiliserait un matériel plus sophistiqué.

*

Un voyage agréable.

Une hôtesse avait beaucoup souri au passager Feedow qui ressemblait vaguement à Brad Pitt, en plus futé.

Aucun souci à JFK, des douaniers toujours aussi peu aimables, surtout vis-à-vis d'un voyageur provenant de l'espace Schengen, nid de terroristes. Celui-là ayant une bonne bouille et ne transportant aucun produit suspect, du genre pomme ou bébé requin, les formalités furent conformes à la moyenne.

Les trois hommes n'avaient pas échangé un mot. Et le trajet jusqu'au centre de formation de Wu, à une centaine de kilomètres de New York, fut tout aussi silencieux.

Une usine de composants électroniques d'une parfaite banalité, sauf en sous-sol. Les subordonnés de Wu y disposaient des installations nécessaires à leur pratique, depuis un laboratoire jusqu'à un stand de tir, en passant par un bloc chirurgical et un équipement informatique haut de gamme.

Mick Feedow fut introduit dans la salle d'interrogatoire, une sorte de bocal, dont le seul mobilier était une chaise métallique. Une vingtaine de caméras et de capteurs miniaturisés, mesurant et analysant tout ce qui pouvait l'être. De quoi décortiquer le sujet au maximum.

Wu avertit son patron que le poisson était à sa disposition. De son bureau de New York, en empruntant une voix intraçable, Dieter Cloud procéderait au premier interrogatoire.

Mick Feedow, lui, ne ressentait rien. À aucun moment de son existence, sauf peut-être lors de son premier meurtre qui avait provoqué une légère excitation, il n'avait éprouvé l'ombre d'une émotion. Ça ne l'empêchait pas d'avoir envie de survivre, mais comme prédateur et non comme mouton.

— Pourquoi êtes-vous devenu un soldat de l'État islamique ?

— Pour apprendre à tuer. Et j'ai bien appris.

— Et la religion ?

— Elle donne le droit de tuer. C'est pratique.

— Pourquoi avez-vous besoin d'aide ?

— Chez mes ex-employeurs, je suis grillé. On m'accuse d'avoir raté une mission.

— Laquelle ?

— J'obtiens quoi, en échange de ma confession ?

— Si vous vous taisez, vous serez effacé. Si vous parlez, peut-être décrocherez-vous un travail bien payé, après vérification approfondie de vos compétences. Je vous accorde une seconde de réflexion.

Une seconde de trop. Ses choix étant limités, le poisson se jeta à l'eau.

— Mission divine : semer la panique dans l'oasis de Khargèh et démontrer à l'Égypte la puissance de l'État islamique. Cerise sur le gâteau : dézinguer un croisé très dangereux.

— Son nom ?

— John Patmos. Mon bras droit a décapité un Patmos, mais pas le bon. Et mon imam-chef était fou de rage. Ibrahim, il s'en fichait, c'est John qu'il voulait.

— Pour quelle raison ?

— À Palmyre, j'ai découpé en morceaux un archéologue taxé d'impiété. Ce Khaled entretenait des ruines datant d'avant le Prophète. Mes supérieurs ont découvert que son meilleur copain était John Patmos, gardien d'un temple païen à Khargèh. Mon commando n'a pas eu le temps de le détruire, mais ce n'est que partie remise.

Un long silence suivit ces déclarations.

Dieter Cloud s'était rendu à Palmyre pour obtenir de Khaled, alors prisonnier de l'État islamique, le secret des alchimistes qui composaient la confrérie des Supérieurs inconnus et menaçaient de détraquer la Machine.

Un échec. L'entêté était resté muet. Son exécution faisait partie du processus d'élimination de ce groupe de déviants que Cloud croyait éradiqué.

Et voilà que surgissait un John Patmos, vivant dans une oasis où Bruce avait accouru.

Bruce, et sa pseudo-enquête sur les Coptes. Un enfumeur de première.

— Connaissez-vous Bruce Reuchlin ? demanda la voix électronique de Cloud.

Un temps de réflexion.

— Le journaliste star ? Comme tout le monde, j'ai lu ses articles.

— L'avez-vous rencontré ?

— Non.

— Et Mark Vaudois ?

— Pas plus.

Aucun des détecteurs de mensonge ne s'était affolé. Dépourvu d'émotivité, l'ex-djihadiste semblait opter pour la vérité.

— On va vous tester, Feedow.

À Wu de jouer. Dieter Cloud coupa la communication.

De son bureau aux baies vitrées capables de stopper un missile, il dominait New York et l'avenir de la planète. Sa qualité majeure, à la différence des politiciens, c'était de ne pas s'enivrer de sa puissance et, comme le recommandait la sagesse populaire, de ne pas péter plus haut que son cul.

Erreur fatale : mésestimer ses adversaires. Certes, la Machine triomphait partout, mais, selon la formule rabâchée, le risque zéro n'existait pas.

Cloud était pourtant persuadé d'avoir éliminé la totalité de la confrérie. Intrigué, il consulta le dossier des Neuf. Une anomalie lui apparut. Tous avaient un pedigree caractéristique, nourri de spiritualité, d'alchimie et de pratiques occultes. Tous, sauf un : le dénommé Ibrahim, tué en Nubie en compagnie de la vieille Séchat. Et s'il avait été classé trop vite parmi les Supérieurs inconnus ? Ibrahim, sans doute le simple serviteur de la sorcière égyptienne. Et le neuvième, le véritable neuvième, serait ce John Patmos.

Si le nouveau-né Mick Feedow était jugé apte au service, il serait ravi de mener à son terme la mission ratée qui avait failli lui coûter la vie.

48

L'indéracinable *butler* de l'hôtel particulier des Vaudois, à Londres, avait mal dormi. Un incident rare, ne présageant rien de bon. D'ordinaire, veillant de manière inflexible au parfait entretien de la vaste demeure et ne tolérant aucune négligence de la part du personnel, il jouissait de ses sept heures de sommeil sans le moindre mauvais rêve. Travail et perfection, les deux clés de la sérénité.

Mais depuis le breakfast, un enchaînement de déconvenues. Toasts mal grillés, panne d'électricité dans la cuisine, chaudière déréglée, absence d'une femme de ménage victime d'une chute dans un escalier, retard d'une livraison de grands crus classés et quelques autres broutilles qui vous détraquaient les nerfs.

Mark Vaudois et sa sublime compagne résidant à Londres pour quelque temps, le *butler* devait surmonter les soucis du quotidien et leur assurer un séjour idyllique. Le fils de Saint-John, patron irremplaçable, ressemblait de plus en plus à son père, sans aucune arrogance, avec cette autorité naturelle qui rassurait son entourage.

On sonna à la porte de façon agressive.

Craignant le pire, le *butler* alla ouvrir lui-même. Et il ne fut pas déçu. Bruce, l'Écossais.

La tignasse ébouriffée, mal rasé, un blouson de cuir râpé, un jean délavé et cette carrure de rugbyman qui vous dissuadait de le titiller.

— Salut, mon grand ! Ça boume pour toi ?

— Bienvenue, monsieur.

— Mark est au nid ?

— En effet.

— Je m'invite à déjeuner. T'as du solide, j'espère ? Les voyages, ça me creuse. Ils sont où, les tourtereaux ?

— À la piscine, mais…

— T'inquiète, je me pointe discret.

Bruce tapa sur l'épaule du *butler*. Des siècles de dignité l'aidèrent à préserver son impassibilité. Il se dit cependant que si le Brexit forçait l'Écosse à se détacher définitivement de l'Angleterre, ce serait la plus belle conséquence de ce vote.

Le journaliste connaissait le chemin jusqu'à la pièce préférée de la Cambodgienne, la piscine intérieure où, en compagnie de Mark, à la technique de nageur de compétition, elle traçait de belles longueurs. Et ces deux-là, amoureux comme des ados, ne se contentaient pas de crawl et de brasse papillon.

— Je déboule ! annonça Bruce.

S'il utilisait le haut-parleur, c'est que l'Écossais connaissait la manie d'Apsara de se baigner nue, et il avait ses pudeurs.

Ce coup-là encore, Ève au paradis, avant la chute.

Pendant que Mark surfait sur une tablette, Apsara nageait sur le dos.

Détournant le regard, Bruce donna une franche accolade à son pote, qui abandonna ses relations informatiques.

— T'as l'air en forme.

— C'est quoi, cette histoire de cicatrices dont m'a parlé Primula ?

— Dégâts collatéraux sans gravité. Les ceintures d'explosifs de l'État islamique, c'est pas du pétard de foire. On valdingue sévère. C'était pas mon heure. Et toi, t'es intact ?

— J'ai survécu à un exorcisme.

— T'as pourtant le diable au corps, non ?

— Plutôt une diablesse, murmura Mark en observant Apsara, très détendue, sortir de l'eau, essuyer rapidement ses cheveux au brillant incomparable, et se vêtir d'un peignoir de soie, si fin qu'il en était trop transparent.

La Cambodgienne embrassa Bruce sur les deux joues.

— Tu nous manquais. Un petit whisky ?

— Pas trop petit, mon chou. Je suis déshydraté.

Le bar de la piscine valait le détour. Il contenait une belle collection de grands whiskies écossais et japonais, réputés excellents pour les artères. Mark accompagna Bruce, Apsara préféra du Campari avec des glaçons. Des bâtonnets au fromage maison et des canapés de saumon agrémentèrent l'apéritif des retrouvailles.

Le journaliste se laissa tomber sur une chaise longue.

— Bon Dieu, c'est quand même chouette de vivre ! J'ai beau la jouer cool, j'ai eu une sacrée trouille. La fille qui se fait exploser devant toi, t'es pas près de l'oublier. J'ai pas eu le temps de visionner toute ma chienne d'existence en une seconde. Boum, et réveil à l'hosto ! Il paraît que j'ai sauvé la peau d'un curé-vedette ; tiens-toi bien, il s'appelle Marc l'Ancien !

— Mon Mark, enchaîna la Cambodgienne, a failli boire le calice jusqu'à la lie. Mais nous n'allons pas gâcher notre temps à nous plaindre. Si on examinait nos résultats ?

Apsara ne leur accordait pas de répit.

— J'ai la bonne piste, affirma Bruce.

— Moi aussi, rétorqua Mark.

Là, on se rapprochait d'un plaquage cathédrale, strictement interdit et passible d'une expulsion sur un terrain de rugby honnête.

Entre deux mâles sur le point de s'affronter, la Cambodgienne devrait la jouer fine.

Un toussotement distingué dissipa la tension. Après s'être assuré que les exigences de la décence étaient satisfaites, le *butler* avait jugé bon d'intervenir.

— Le déjeuner est servi, monsieur Vaudois.

49

Les pieds de la grande table en chêne représentaient des dauphins qui, en certaines circonstances, secouraient les humains en perdition. Mark leur adressa une prière muette.

— J'avoue à Monsieur que j'ai tenté une expérience, déclara le *butler*, solennel ; veuillez goûter ce caviar et formuler votre jugement. S'il est négatif, je le remplacerai par un foie gras traditionnel.

Bruce devança Mark :

— Super, confirma l'Écossais, approuvé par le propriétaire des lieux ; du russe ou de l'iranien ?

Le *butler* s'autorisa un léger sourire.

— Du suisse, provenant de la Maison tropicale de Frutigen, dans les Alpes bernoises. On y élève des esturgeons de Sibérie, et la qualité m'a paru digne d'intérêt.

— Apporte quand même le foie gras, demanda Bruce ; ça va bien ensemble.

Les deux mâles choisirent une authentique vodka pour commencer, Apsara un champagne rosé aux bulles très fines.

— Le poisson tient pas au corps, rappela l'Écossais, mais ça ouvre l'appétit. Donne le coup d'envoi, tu joues à domicile.

— Prague est une belle ville et affiche un taux de sécurité remarquable par rapport aux principales capitales européennes. Une destination hautement recommandable. On oublie que c'est là où des magiciens noirs ont formé des golems, des sortes de robots à l'apparence humaine, qui ne vivent que pour tuer et répandre le Mal. Selon des historiens de l'occultisme, Hitler en est l'exemple le plus terrifiant. Hors de question, aujourd'hui, d'évoquer la présence du diable, ce qui l'autorise à prospérer. Hors de question, sauf dans le milieu très restreint des exorcistes. Et j'y suis tombé, à la suite d'une jolie manip.

— T'es quand même pas du genre à paniquer devant un curé ?

— Quand je suis menotté et ligoté, et qu'il s'apprête à me faire boire une potion aussi purificatrice que mortelle, si. Sans mon ange gardien, un aller simple vers l'au-delà.

— Du dégât ?

— D'après les médias tchèques, un cambriolage qui a mal tourné. Le prêtre et son agresseur sont décédés. Affaire enterrée.

La Cambodgienne de Mark était aussi redoutable que celle de Bruce. Avec ces filles-là, fallait pas la ramener.

— Un voyage religieux mais inutile, conclut Bruce en attaquant un foie gras goûteux, qui s'accommodait de la vodka.

— Au contraire, objecta Mark ; j'en ai bavé, mais le bon père exorciste m'a offert une confession des plus intéressantes. L'un de ses amis est un dénommé Wu, ex-membre des services secrets chinois, aujourd'hui directeur de la société de surveillance Key's World, à New York.

— Avec la mondialisation, déplora Bruce, les gens deviennent instables.

— J'ai demandé à Lévi d'étudier de près cette société, sans attirer l'attention.

Israélien et génie de l'informatique, une fabrique de logiciels à la place du cerveau, hétéro l'hiver et homo l'été, Lévi avait travaillé pour Saint-John, qu'il vénérait, et continuait à casser les codes pour son fils, en veillant sur sa sécurité numérique. À la pointe des innovations, il drivait une mini-équipe sans cesse sur le pont.

Tout ouïe, Bruce termina le caviar.

— Impossible de le prouver, bien entendu, révéla Mark, mais Key's World appartient à une nébuleuse de sociétés contrôlées, à travers une armée de sbires, par notre grand ami Dieter Cloud.

Il y avait de meilleures nouvelles.

— On repart dans le lourd, constata Bruce. Le très lourd. C'est peut-être une coïncidence.

— Souffrirais-tu d'une petite fatigue des neurones ? suggéra Apsara, avant de boire une gorgée de champagne rosé avec un geste d'une suprême élégance.

Si elle n'avait pas été ce qu'elle était, la Cambodgienne aurait été plaquée au sol, piétinement de crampons à l'appui.

— J'ai détesté ce curé, précisa Apsara. L'exorcisme, c'est utile ; mais celui-là n'avait qu'un but : assassiner Mark. De quoi m'irriter au plus haut point. Que ce sale bonhomme pourrisse en enfer.

— Avant le grand saut, reprit Mark, il nous a rapporté que Wu, le Chinois dont nous pouvons raisonnablement supposer qu'il travaille sous les ordres de Cloud, n'avait qu'une seule crainte : le Serpent blanc de Hangzhou.

— C'est quoi, cette bestiole ?

— Un code, une légende... J'ai l'intention d'aller voir sur place.

— *Nous* allons voir sur place, corrigea la Cambodgienne.

— Et si le dernier Supérieur inconnu se cachait là-bas ? avança Mark. Sa présence justifierait l'angoisse de Wu. Nous devons intervenir avant que Dieter Cloud prenne conscience du danger et le fasse liquider, comme les autres membres de la confrérie.

— C'est un peu mince, non ? Ce Serpent blanc n'a peut-être aucun rapport avec les Supérieurs inconnus, et Wu n'en a pas forcément parlé à Cloud.

— Pour moi, les indices concordent.

Le *butler* présenta la dernière composition du cuisinier : des côtes de veau au citron confit et au laurier sauvage, assorties d'une mousseline à la crème, d'huile d'olive bio, et d'un gâteau de blettes à l'oignon, au thym et au vrai gruyère.

Un grand bourgogne s'imposait, à la température idéale. Long en bouche, puissant et franc, il dispensait un bel optimisme. Après la fraîcheur brutale de la vodka, un élixir relaxant.

— Passons aux choses sérieuses, déclara Bruce.

50

Le *butler* ayant pris soin de déboucher une deuxième bouteille de bourgogne longtemps avant le déjeuner, elle était aussi gouleyante que la première, et accompagnerait la portion supplémentaire de Bruce, qui appréciait la recette du cuisinier.

— On pourrait croire que l'État islamique voulait bousiller l'église copte « la Suspendue » et le père Marc l'Ancien, et que je me trouvais au mauvais endroit au mauvais moment. Mais j'ai reconnu la fille à la ceinture d'explosifs, une chrétienne nommée Myriam. Elle a été manipulée et retournée. Sûrement un chantage, et pas d'autre issue que le suicide. Moi aussi, j'étais visé. Soit les tueurs travaillaient pour Cloud, soit ils m'ont pris pour un espion au service des Coptes, soit les deux. En tout cas, le vieux curé m'a refilé un renseignement de première : Hibis, le nom du temple de l'oasis de Khargèh où se planquait le dernier Supérieur inconnu, John Patmos. Il servait de gardien et guidait les visiteurs.

Apsara songea à son père, Sambor, qui remplissait exactement les mêmes fonctions, tout en fabriquant des remèdes alchimiques dans son modeste laboratoire. Jusqu'à sa brutale disparition, elle avait tenu une petite pharmacie de village où les pauvres étaient soignés gratuitement, conformément aux usages de la confrérie.

— Je comptais m'envoler pour l'oasis, reprit Bruce, quand l'État islamique a lancé un raid dévastateur. Avec délicatesse, j'ai malgré tout réussi à grimper dans le zinc de mon pote Mohamed, un ponte des services de sécurité, plutôt déprimé. Tu ne m'aurais pas reconnu : aimable, patient et conciliant, alors que je bouillais comme une marmite en fin de cuisson. Patmos, le der des der, était là, à portée de main, et il me fallait une autorisation pour lui serrer la pince ! Au lieu de ça, visite à la morgue. Deux cadavres retrouvés décapités chez Patmos, lui et un copain de passage.

Mark parut soudain accablé.

— Remonte la pente, ce n'était pas le bon Patmos, John, mais son frère Ibrahim, un prof à la retraite, passionné par les hiéroglyphes gravés dans les pyramides de l'Ancien Empire. Il habitait au Caire et rendait visite à John, sans doute pour une bonne raison.

— L'avertir qu'il était en danger et devait s'enfuir, par exemple ? suggéra la Cambodgienne, qui n'avait pas réussi à persuader son père de quitter Angkor.

— Mais pas trace de John Patmos…, anticipa Mark.

Bruce prit le temps de vider son verre et de le remplir.

— Tu connais ma curiosité naturelle. Dans la cave de John Patmos, le même labo d'alchimie que celui de Sirius Xérion, à Florence.

Mark se laissa aller sur le bourgogne. Cette fois, plus aucun doute : cet homme était bien le dernier survivant de la confrérie, dont il détenait les secrets. Grâce à lui, Mark et Apsara pourraient enfin découvrir le cœur de leurs pères respectifs.

— Le copain de John était un Indien de Bénarès, Arjun Shukriya, révéla Bruce, et il comptait l'emmener là-bas.

— Comment le sais-tu ?

— J'ai dégoté deux billets d'avion pour l'Inde, aux noms de John Patmos et d'Arjun Shukriya. Comme j'étais sûr d'être fouillé avant qu'on m'expédie au Caire, je les ai détruits. Voilà, la boucle est bouclée : notre gus est vivant et coulera une retraite heureuse à Bénarès.

— Sûrement pas, objecta Mark, puisqu'il n'a plus de billet d'avion et ne s'y sentira pas en sécurité.

— *Primo*, il ne sait pas que nous savons et n'a donc aucune raison de modifier la destination prévue ; *secundo*, ce genre d'extraterrestre se débrouillera pour arriver à bon port.

— La bonne piste, c'est la Chine et Hangzhou. Personne n'ira le chercher là-bas.

— Si tu as envie de faire du tourisme, ne te prive pas ; moi, je m'occupe de l'essentiel et je ramène Patmos.

À point nommé, le *butler* apporta un plateau de fromages œcuméniques : Angleterre, Suisse et France.

— Suivront une tarte aux fruits et des sorbets. Je vous propose un brut impérial pour ce dessert léger.

Apsara n'avait aucune chance de réconcilier les points de vue de ces deux béliers, aussi têtus l'un que l'autre, et ressentait leur détresse : se séparer et courir un maximum de risques chacun de son côté, avec la crainte de ne se revoir que dans l'au-delà.

Elle aurait dû leur dire qu'ils recherchaient une étoile peut-être inaccessible et qu'ils ne devraient pas jouer avec la mort en misant sur l'impossible. Mais le père de la Cambodgienne était un Supérieur inconnu, et son esprit vivait en elle. À sa manière, et aux côtés de Mark, elle poursuivrait sa quête, loin d'une existence douillette et recroquevillée.

Dans ces moments-là, Apsara ressentait l'impact des balles qui s'étaient fichées dans son dos. La douleur, le néant et la résurrection. Autant la vivre à fond et sauver un être dont dépendait, au moins en partie, l'avenir d'une certaine humanité.

*

Café et cognac XO avaient été servis dans un salon orné de tableaux consacrés à la campagne anglaise, dus à des artistes qui savaient encore dessiner et peindre.

Puisque les dés étaient jetés, autant penser aux fournitures. Bruce, qui voyagerait sur une ligne régulière, serait équipé d'une nouvelle montre connectée, encore plus perfectionnée que la précédente. Si nécessaire, il se procurerait une arme sur place. Après avoir obtenu les autorisations indispensables, Mark et Apsara, eux, emprunteraient un jet privé dûment contrôlé par Joss.

À côté de la piscine, une salle de visioconférence aussi sécurisée que celles des grandes ambassades. Même les services secrets britanniques n'avaient pas réussi à la pirater.

Sur l’écran apparut Bruce Junior, encadré des deux terre-neuve, Dante et Virgile ; à l’arrière, Primula, en corsage bleu et pantalon noir. Une vamp à faire pâlir de jalousie les mochetés d’Hollywood.

— Ça trace, Junior ?

— Premier en maths à l’école, papa. Et j’ai marqué deux buts au dernier match de foot.

— Et l’armoire aux génies ?

— Calme plat.

— Le volcan ?

— Pas un mot de travers.

— Tu vas où ? demanda Primula.

— Un petit tour rapide en Orient.

— Degré de danger ?

— Minimal.

— Quand finiras-tu de me prendre pour une idiote ?

— Écoute, chérie…

— Et Mark, toujours aussi cinglé que toi ?

— Lui, il va ailleurs.

— Pour être ailleurs, tous les deux, vous avez un don.

— Surtout, ne t’inquiète pas.

— Fais gaffe, Bruce. Tu n’es pas éternel.

51

À la suite du massacre de Khargèh, la route reliant cette oasis à la vallée du Nil serait forcément contrôlée. C'est pourquoi John Patmos décida de ne pas l'emprunter, pour se diriger, à travers le désert, vers une autre oasis, celle de Farafra, en évitant Daklah et en parcourant plus de 200 kilomètres.

Lorsque les autorités découvriraient que le Patmos décapité était son frère et que John avait disparu, la police le rechercherait. Aussi devait-il quitter l'Égypte au plus vite sans passer par les grands axes ni Le Caire où foisonnaient les forces de sécurité.

Doté d'une capacité de concentration peu commune et d'une force physique digne d'un athlète, John Patmos disposait aussi d'une excellente vision nocturne, alors qu'il était fortement déconseillé de circuler dans ces contrées après le coucher du soleil.

Une courte halte, à l'aube. De l'eau, une galette et des oignons. Et Patmos repartit en direction de Bahariya, que le « désert blanc » séparait de Farafra. Sculptés par le vent, des rochers prenaient des formes surprenantes, ressemblant parfois à des visages de géants, à des animaux, voire à des sphinx. Entre dunes et falaises, mieux valait connaître son chemin.

À l'entrée de Bahariya, réputée pour ses sources chaudes et sa Vallée des Momies découverte en 1999, un contrôle.

Cinq militaires.

Patmos stoppa sa moto.

Un gradé s'adressa à lui en arabe :

— Vous venez d'où ?

— Farafra. Je suis botaniste et j'inventorie les plantes spécifiques du désert libyque. Vous voulez voir mon dossier ?

— Vos papiers.

Patmos présenta son vrai faux passeport suisse et sortit d'une sacoche un classeur contenant un répertoire scientifique.

Le gradé ne lisait que l'arabe, mais reconnut la croix blanche sur fond rouge. La photo correspondait au visage du voyageur.

— Vous êtes allé à Khargèh ?

— Non.

— Vous savez ce qui s'est passé là-bas ?

— Non, j'ai dormi dans le désert ces trois derniers jours. Qu'est-il arrivé ?

— Un raid de l'État islamique. Beaucoup de morts et de blessés. Vous ne devriez pas traîner dans le coin.

— Merci du conseil. Je déjeune ici et je rentre au Caire.

— Allez-y et soyez prudent.

À 380 kilomètres de la capitale, l'oasis de Bahariya, peuplée d'une trentaine de milliers d'habitants, sommeillait à l'ombre de ses palmiers dattiers. Eau abondante, vergers, potagers et champs de blé. Aucun temple digne de celui d'Hibis, mais un éventuel contact qui faciliterait le voyage de John Patmos.

Il atteignit un atelier où l'on fabriquait des paniers réputés pour leur robustesse, se gara et salua un vieillard, assis sur une chaise antique et fumant un narguilé.

— Abdel est ici ?

— Il doit passer.

« Au moins, pensa Patmos, il est encore vivant. » Et tôt ou tard, Abdel se rendrait à sa fabrique.

Le fugitif s'installa à la terrasse d'un café populaire. Un temps de repos, doublé de vigilance. Plusieurs patrouilles circulèrent.

Le dernier Supérieur inconnu songea à ses frères disparus, si différents, qui lui avaient tant appris. Celui dont il se sentait le plus proche, c'était Saint-John. À peine apparaissait-il que son autorité s'imposait, sans brutalité ni arrogance. Trapu, puissant, d'un calme à toute épreuve, il parlait peu et lentement, se cantonnant à l'essentiel. Avec lui, l'avenir était toujours ouvert.

Nul n'était remplaçable, encore moins Saint-John. Impossible, dans un premier temps, de lui trouver un successeur. Au cours d'une réunion plénière, les membres de la confrérie auraient dû aborder le problème, mais l'extermination avait débuté, n'épargnant que Patmos l'Égyptien.

À présent, une pensée millénaire, qui avait créé les grandes civilisations, reposait sur ses seules épaules. Depuis la fin de l'épopée des cathédrales, les humains se contentaient de sociétés plus ou moins tyranniques et obscures, où seuls comptaient pouvoir, avidité, violence, mensonge et idéologie, qu'elle soit politique ou religieuse.

Comme toutes les autres espèces, l'homme s'éteindrait. En croyant contrôler la vie, voire même la produire, il se détruirait. John Patmos, lui, était le dernier représentant d'une espèce incapable de se prolonger, puisque le monde ne lui accordait plus la moindre place.

Tristesse et révolte étaient inutiles. Quand un nouveau Supérieur inconnu apprenait l'art alchimique, il se frottait, parfois durement, à la réalité de la matière qu'il tentait de transformer en esprit. Et John Patmos se conformerait à cette règle en livrant son baroud d'honneur.

Selon l'enseignement des Anciens, notamment révélé au temple d'Hibis, la vie naissait dans la lumière et s'exprimait par le rayonnement des étoiles, formant une cour céleste où brillaient les âmes des « Justes de voix ». L'existence terrestre n'était qu'une manifestation passagère de cette vie immense. Un texte de l'ancienne Égypte n'affirmait-il pas, d'ailleurs, que la mort était bonne pour les hommes, dans la mesure où ils savaient la traverser afin d'aborder à l'autre rive ?

*

Au milieu de l'après-midi, un sexagénaire ventripotent, en djellaba bleue, descendit d'un pick-up japonais que conduisait l'un de ses domestiques.

Patmos s'approcha.

— La paix soit sur toi, Abdel.

Le ventripotent en resta bouche bée un long moment.

— John… Ce n'est pas une apparition ?

— C'est bien moi.

Abdel lui prit les mains et les embrassa.

— On m'a dit que tu étais mort, à Khargèh, pendant le raid des terroristes.

— C'est Ibrahim qui a été décapité.

— Les lâches et les salauds… Qu'ils brûlent en enfer !

— Ta santé ?

— Formidable ! Ton élixir m'a sauvé.

Souffrant d'une grave affection du foie, Abdel était condamné par les médecins. Une thérapeutique issue de la spagyrie, l'alchimie végétale, l'avait remis sur pied en moins d'un an. Et s'il évitait les excès de gras, il serait centenaire.

— J'ai besoin de ton aide, Abdel.

— Tout ce que tu veux ! On va chez moi. Je m'occuperai plus tard de l'atelier.

— Les affaires marchent ?

— Mal. À cause de ces fous d'islamistes, les touristes manquent. Heureusement que mes produits sont demandés dans toute l'Égypte.

John se cala à l'avant entre le chauffeur et Abdel. Le pick-up roula de manière raisonnable en direction du village d'El-Qasr. Né dans l'une de ces maisons en brique crue, le sexagénaire était devenu un commerçant aisé, qui possédait une fabrique et plusieurs magasins dans les oasis. Il habitait aujourd'hui une grande villa avec terrasse, entourée d'abricotiers, d'orangers et de palmiers. Une femme au jardin, une deuxième à la cuisine et la troisième au lit. Une dizaine d'enfants éduqués à la dure.

En franchissant le seuil de sa demeure, Abdel claqua des doigts ; un domestique surgit en courant.

— Sers-nous sur la terrasse. Et qu'on prépare un dîner de fête pour mon ami.

Quoique musulman pieux, Abdel s'accordait parfois quelques petites transgressions, notamment une tombée de Martini rouge dans son jus de mangue.

John Patmos, dont la religion était incertaine et que l'on classait parmi les Coptes, eut droit à un Martini normal, *on the rocks*, accompagné d'olives de la propriété.

— On est bien ici, constata Abdel ; si tu as envie de te reposer, aussi longtemps qu'il faudra, j'ai une chambre à ta disposition.

— Ton jardin est une merveille, et ma petite maison de Khargèh était un paradis. Mais je dois partir.

— Quitter *ton* temple ?

— Il est mon cœur. Chacune de ses scènes est gravée au plus profond de moi. Pourtant, c'est l'heure de l'exil.

— Quelqu'un te menace ?

— Quelque chose. Une machine sans âme qui nous tuera tous et que je dois combattre.

— Avec une chance de gagner ?

— Honnêtement, non.

— Alors, reste chez moi ! Tu y seras à l'abri.

— Ce serait raisonnable, en effet ; mais je ne l'ai jamais été. Et puis c'est une question de devoir.

Abdel opina du chef. On ne plaisantait pas avec les principes.

— Qu'attends-tu de moi ?

— Un moyen de rejoindre Alexandrie.

— Pas de problème. J'ai un camion qui part demain matin pour livrer des tapis et des vêtements. Tu te joindras à mes employés.

— Comme prix du voyage, je te laisse ma moto.

— Tu ne reviendras plus ?

— Non, Abdel.

— Tu nous manqueras. Si j'osais…

— Ose.

— Ta potion m'a sauvé la vie. Je n'en ai plus, et si je rechutais…

— Avec les plantes de ton jardin, j'ai de quoi t'en préparer une bonbonne, à condition de me mettre au travail tout de suite.

Abdel arbora un large sourire.

— Où iras-tu ?

— Au Japon. Là-bas, on m'attend.

Sans nul doute, la police interrogerait Abdel ; il aurait une réponse à donner, et les autorités égyptiennes tourneraient la page. Et si elles interrogeaient également leurs homologues nippones, ces dernières ne risquaient pas de trouver John Patmos sur leur sol.

Auprès de ses frères chinois et japonais, il avait appris les secrets des plantes et leurs pouvoirs de guérison. Le domaine d'Abdel ne manquait pas d'espèces médicinales, sa tâche en fut facilitée ; restait à les broyer dans une solution alcoolisée et, surtout, à révéler leurs vertus en y ajoutant un zeste de poudre de transmutation.

Patmos offrit le remède à son patient qui le gratifia d'une chaleureuse accolade. Et le dîner, sans femme, célébra l'événement : mezzé, poulet, bœuf, légumes, riz aromatisé et plusieurs desserts. Une bière légère fit glisser la ribambelle des mets.

Dans quelques heures, le départ pour Alexandrie, et l'Égypte, perdue à jamais. L'Égypte, au centre des réunions des Supérieurs inconnus, mère de la spiritualité initiatique, jadis source de bonheur et d'équilibre. Une source à présent tarie.

John Patmos n'avait nulle envie de conduire une guerre et de lever une armée dont il serait le seul combattant. Mais les dieux le voulaient ainsi.

*

Le camionneur avait une règle de conduite simple : priorité en toutes circonstances. Vu la taille de son quinze tonnes, les voitures s'effaçaient. En Égypte, il n'existait pas de statistiques précises sur les accidents de la route, et les critères d'obtention du permis de conduire restaient assez opaques.

Parvenu indemne à la deuxième grande ville du pays après la mégapole du Caire, Patmos prit la direction du port. Les Romains parlaient d'*Alexandria ad Aegyptum*, « Alexandrie au bord de l'Égypte », cette cité grecque fondée par Alexandre le Grand n'étant pas ressentie par les anciens Égyptiens comme partie intégrante de leur territoire.

Se fiant à son intuition, l'instinct animal rendu conscient, comme le disait Saint-John, le Supérieur inconnu trouva aisément ce qu'il cherchait : un cargo en partance pour l'île de Chypre. Il convint du prix du transport avec un capitaine habitué à embarquer des passagers vaguement clandestins, à condition qu'ils lui fassent bonne impression. Et ce fut le cas de John Patmos.

Ensuite, l'aéroport de Chypre n'affichait pas de hauts standards de surveillance policière. Et la prochaine étape du voyageur n'avait pas de quoi attirer l'attention.

52

Toute l'expérience d'une lignée de *butlers* haut de gamme était nécessaire à celui de Mark Vaudois afin d'affronter l'épreuve inattendue qu'il devait subir. Se réjouissant du départ programmé de Bruce, il avait presque été sur le point de se relâcher.

Et puis la terrible nouvelle : à cause d'un contretemps, l'Écossais s'installait pour plusieurs jours. Ce dernier avait commencé par orienter le lit selon le meilleur axe énergétique, et passait des heures dans la salle de communications sécurisée à discuter avec son épouse et des journalistes de *Newsmagazine*. Entre les séances de travail, il reconstituait ses forces grâce à des sandwiches au pâté et au saucisson, parfois à l'ail, et buvait des pintes de bière brune irlandaise.

Heureusement, le maître des lieux avait, lui aussi, différé son départ. Et lorsqu'il revenait, au terme de ses rendez-vous à l'extérieur, le *butler* éprouvait un relatif soulagement. De plus, la distinction d'Apsara avait un effet apaisant.

Mais lorsque l'Écossais faisait irruption dans la vaste cuisine pour goûter les plats et ordonner au cuisinier d'ajouter tel ou tel ingrédient, l'hôtel particulier frémissait d'indignation.

Jamais, depuis son entrée en fonction, le *butler* n'avait sollicité un jour de congé supplémentaire ; cette fois, Bruce envolé, il s'y risquerait peut-être.

*

— Non, non et non ! tonna Bruce, qui commençait à s'impatienter.

— Si, rectifia Primula, si frêle à l'écran. Ce passage-là doit encore être modifié, les affirmations ne sont pas assez étayées et notre service juridique craint le pire. En tant que rédacteur en chef, tu prendras tout sur le dos, et il n'est pas incassable.

Bruce était en pétard, mais la Cambodgienne, chargée de la gestion de *Newsmagazine*, lu sous toutes les formes dans le monde entier, avait raison.

Chaque fois que paraissait une enquête approfondie de l'Écossais, les ventes explosaient et des têtes tombaient. Après un galop d'essai, il s'attaquait à la corruption, à la gabegie et à la bêtise plombant l'Union européenne. Vaste programme. Des noms, des faits, des chiffres.

Au moment de partir pour l'Inde, Primula avait lancé un avertissement : des lacunes, des imprécisions et des formulations imprudentes. Vu la taille du dragon auquel Bruce déclarait la guerre, mieux valait éviter le retour de flamme.

Décision inévitable : retarder son voyage et scruter minutieusement chaque mot du dossier avec ses collaborateurs et Primula, aux yeux d'aigle, avant d'expédier le missile.

Un travail qui exaspérait Bruce. Par bonheur, la cantine était acceptable et la cave bien garnie.

Alors qu'il entrevoyait enfin le bout du tunnel, Mark rentra.

Lui aussi était en pétard.

— On n'a pas inventé le terme chinoiseries pour rien ! Poser un avion privé dans ce foutu pays réclame un monceau de paperasses, avec un millier d'allers et de retours entre l'ambassade et Pékin. « Nous sommes ici pour faciliter vos démarches, monsieur Vaudois… » Une litanie qui sature ! Heureusement, aujourd'hui, j'ai avancé.

— Moi aussi. Plus que deux jours de déminage, et je prends mon baluchon.

Le *butler*, dont l'oreille traînait dans les parages, s'empressa de servir l'apéritif.

Le supplice touchait à sa fin.

— Dois-je prévenir Madame ?

— Les femmes s'hydratent aussi, rappela Bruce.

L'apparition de la Cambodgienne était toujours un moment de grâce. Qu'elle fût en robe du soir ou en pyjama, elle demeurait racée, à la fois irréelle et tellement incarnée qu'elle captait le regard.

Les cheveux dénoués, pieds nus, corsage blanc en lin, pantalon de velours violet, elle exhalait un parfum aux notes de jasmin.

— Un scotch, beauté ? demanda l'Écossais.

— Avec deux glaçons.

— Tu as encore passé la journée dans la bibliothèque ? s'inquiéta Mark.

— N'est-ce pas le plus bel endroit du monde ? Il abrite l'esprit de ton père, j'apprends à le connaître en lisant les livres qu'il a lus.

Mark la contempla.

Elle était l'amour, mais aussi le mystère. Jamais il ne la déchiffrerait complètement. Jamais elle ne serait à lui, et c'était bien ainsi. Un continent sans limites à explorer.

— J'en ai profité pour perfectionner mon mandarin, avoua-t-elle ; je suis loin de le parler couramment mais, en cas de nécessité, je me débrouillerai.

— Chapeau, cocotte, salua Bruce.

— L'écrit est beaucoup plus difficile que l'oral ; j'ai mis l'accent sur le vocabulaire. Quand partons-nous ?

— Il ne reste plus qu'une autorisation à obtenir, indiqua Mark.

— Et toi, Bruce ?

— Deux ou trois merdouilles de garanties juridiques à vérifier, et je décolle. On mange quoi, ce soir ?

— Le *butler* propose une terrine de sanglier, du haddock, de la pintade avec haricots verts et pommes de terre sautées, tomes d'alpage et omelette norvégienne.

— C'est un peu léger, mais on s'en contentera. Je suis pas sûr de dénicher en Inde une caste de cuisiniers d'élite.

— À Benarès, prédit Apsara, tu te referas une sainteté.

— On a perdu un temps précieux, regretta Mark.

— Sûrement pas, objecta l'Écossais. Réfléchis deux secondes : John Patmos a quitté l'Égypte pour se réfugier en Inde, et…

— En Chine, rectifia Mark.

— L'Inde ou la Chine, c'est pas la porte à côté. Où qu'il aille, Patmos a franchi plusieurs frontières. Et pas en cinq minutes.

— Toi, tu te serais débrouillé comment ?

— Escapade à travers le désert, moto, voiture ou camion. Alexandrie, et bateau faisant escale près d'un aéroport pourri, à Chypre ou en Grèce, puis avion jusqu'en Inde.

— En Chine.

— En tout cas, s'il est arrivé à destination, l'un de nous deux le débusquera et le ramènera ici.

— Nous avons un nom, précisa la Cambodgienne, mais nous ignorons à quoi ressemble John Patmos.

— Regardez *Ben-Hur*, *Soleil vert* ou *Khartoum*, et vous saurez. C'est presque le sosie de Charlton Heston. Et un baraqué comme lui.

— Comment le sais-tu ?

— Une photo que j'ai détruite avec les billets d'avion.

On trinqua.

C'était parti. Mais pour se terminer où ?

53

Dieter Cloud serra la main de son interlocuteur pour sceller un excellent contrat qui concernait la sécurisation des documents d'identité, encore insuffisamment contrôlés par la Machine. Grâce aux terroristes, de nouvelles exigences surgissaient ; le bon peuple voulait être rassuré, et la galaxie informatique lui donnerait satisfaction, au détriment d'une liberté qui n'intéressait plus grand monde. Au passage, Cloud progressait aussi sur l'intégration de la sécurité optique aux billets de banque, créneau qualifié de « sensible ». Le fameux euro infalsifiable n'était-il pas l'une des meilleures sources de plaisanterie chez les faux-monnayeurs de la génération 4.0 ?

Deux autres bonnes nouvelles : d'abord, la construction, au Japon, d'une ferme totalement automatisée, projet financé par Cloud et modèle à imiter dans le monde entier. Pas d'humain, pas de soleil, pas de terre, uniquement des robots qui calculeraient la dose précise d'engrais, de sels minéraux et de produits chimiques à distribuer aux plantes. Premier objectif : 30 000 laitues par jour. De nombreuses petites mains seraient coupées, et l'on nourrirait des cohortes d'inutiles avec un revenu minimum universel, qui assurerait leur consommation.

Ensuite, une avancée décisive au National Ignition Facility de Livermore, en Californie, concernant la production d'une nouvelle énergie. Un enjeu vital. Et Cloud avait plusieurs coups d'avance.

Printemps pluvieux et froid. Un vent désagréable glaçait les rues de New York. En raison de son traitement, Cloud ne ressentait guère les variations de température et s'habillait par coquetterie.

Un court trajet pour se rendre dans un café branché qui lui appartenait en sous-main. On y dégustait des produits bio, issus du commerce équitable, un petit segment à ne pas perdre de vue.

Au fond de la salle, Wu était attablé devant une tasse de thé et des meringues. Cloud s'assit en face de lui, et le Chinois, comme à chacune de leurs entrevues, eut la sensation de passer au scanner. Au moindre mensonge, fût-ce par omission, la sanction serait immédiate.

— Plusieurs informations importantes, monsieur.

Cloud commanda un cappuccino et un beignet aux pommes. Enregistrée, la conversation serait archivée.

— J'estime notre recrue, Mick Feedow, tout à fait opérationnelle. Les tests sont concordants et positifs. Côté physique, formation irréprochable par l'État islamique, en Syrie ; côté psychologique, ce garçon a besoin d'une autorité à laquelle il obéit aveuglément. Il est quasiment dépourvu d'émotions. À mon avis, un sujet d'élite.

— Ne nous emballons pas, nous verrons à l'usage.

— Les précautions ont été prises, monsieur. Feedow est équipé de trois puces, la principale implantée sous la peau de son dos. Ces biomarqueurs nous permettront de le contrôler en permanence. S'il déviait, nous le détruirions.

— Notre nouveau matériel ?

— Feedow portera des lunettes d'apparence banale, mais qui perturberont les systèmes de reconnaissance faciale.

Les services techniques de Cloud avaient beaucoup amélioré la découverte des chercheurs de l'université américaine Carnegie Mellon, qui consistait à altérer et à modifier la couleur de certains pixels sur des parties « stratégiques » d'un visage, par exemple autour des yeux. Or, le logiciel de reconnaissance faciale se fondait précisément sur l'analyse de ces pixels, afin d'identifier un individu. En trompant les réseaux de neurones artificiels qu'utilisait la police, les lunettes avaient un taux de réussite proche de 100 %. Dernière expérience en date : une Asiatique avait été prise pour un Palestinien. Feedow passerait n'importe quelle frontière en toute tranquillité. Et si un acharné malveillant lui ordonnait d'ôter ses lunettes, il activerait la puce insérée sous la peau de son avant-bras gauche, qui aboutirait à un bon résultat, quoiqu'un peu moins performant.

— Et le Lipspy[1] ?

— Deux séances ont suffi à ce garçon très doué pour le manier sans erreur.

L'une des divisions d'Alphabet avait mis au point LipNet, programme rendant son utilisateur capable de lire sur les lèvres, avec une efficacité supérieure à celle

1. L'espion des lèvres.

d'un spécialiste humain. Bien entendu, LipNet n'était pas destiné à un quelconque espionnage, mais aux personnes malentendantes, dont la qualité de vie serait améliorée, surtout dans un environnement bruyant.

Le Lipspy, confié à Feedow, était, lui, devenu une simple application de sa montre connectée, mais ne se trouvait pas encore dans le commerce.

En attendant, de graves problèmes demeuraient en suspens.

— A-t-on localisé John Patmos ?

— Non, monsieur, regretta Wu, le regard baissé. Seule certitude : il a quitté l'oasis de Khargèh, et sans doute l'Égypte. Quand on connaît le pays, et c'est son cas, un jeu d'enfant.

— Avez-vous croisé toutes les données informatiques ?

— Pas la moindre trace de Patmos.

— Il a donc changé de nom.

— C'est une évidence.

— Votre priorité : le retrouver et l'annuler.

Inexpressif, Dieter Cloud n'avait pas élevé la voix. Crispé, le Chinois savait qu'il jouait sa tête, et se garda de demander les raisons d'un tel ordre. Il était là pour obéir, non pour comprendre.

— Mark Vaudois ?

— Il s'est envolé vers la Chine, monsieur ; de longues tractations avant de pouvoir poser son jet privé sur un aéroport de la République populaire.

— Destination ?

— Nous traçons son appareil.

— Bruce ?

— Il se rend à New Delhi.

— Les deux grands amis se séparent… fâcheux. Ils disposent de deux pistes, et ne savent pas laquelle est la bonne. Soit Mark, soit Bruce, nous mènera à Patmos. Où envoyer Feedow, en Chine ou en Inde ?

— Si je peux formuler une proposition, monsieur, je choisirais l'Inde. En ce qui concerne la Chine, ne devriez-vous pas contacter le nouveau Maître des ténèbres ? Il saura tout des faits et gestes de Mark Vaudois.

Cloud réfléchit.

— C'est assez délicat, mais l'idée n'est pas mauvaise. Drivez Feedow, qu'il ne perde pas Bruce.

— Comptez sur moi, assura Wu, souffrant d'une aigreur d'estomac.

Dieter Cloud n'avait guère apprécié le cappuccino, trop amer, et le beignet aux pommes, trop sucré. Un changement de personnel s'imposait.

54

Après avoir débarqué à Chypre, John Patmos avait pris la direction de Zurich. La Suisse étant dans l'espace Schengen et se laissant peu à peu dévorer par l'Europe, pas de contrôle aux frontières et libre circulation.

Avant de rejoindre le pays où il s'équiperait pour le rude combat à venir, le dernier Supérieur inconnu devait franchir une étape décisive en invoquant l'esprit de Saint-John. Et c'était dans sa ville natale, Saint-Maurice, et plus précisément au cœur de son abbaye, que Patmos entrerait en contact avec l'âme de son frère disparu et lui demanderait le feu vert. S'il le lui refusait, il ne resterait qu'à se retirer loin d'un monde hostile.

D'abord le train, aux horaires strictement respectés, puis un taxi jusqu'à l'abbaye, qui avait fêté en 2015 le 1500e anniversaire de sa fondation, déplorant, avec une discrétion toute helvétique, l'absence du pape François, lequel se méfiait des racines chrétiennes de l'Europe[1].

1. « Quand j'entends parler des racines chrétiennes de l'Europe, j'en redoute parfois la tonalité, qui peut être triomphaliste ou vengeresse, cela devient alors du colonialisme. » Pape François, entretien au journal *La Croix*, 17 mai 2016.

L'antique cité d'Agaune[1] était à la fois un point de passage stratégique et un lieu de culte où l'on honorait des dieux anciens, comme Mercure, l'héritier du Thot égyptien, maître des paroles de puissance. Et Maurice était un Égyptien, originaire de Thèbes, la Louxor moderne. Avec ses compagnons venus de la terre des pharaons, il était chargé de la sécurité des lieux.

Une sécurité que l'empereur romain Maximien avait jugée compromise par des chrétiens considérés, à la fin du IIIe siècle apr. J.-C., comme une menace pour le pouvoir. Ordre fut donné à Maurice de les exécuter. Et l'officier répondit : « Nous sommes tes soldats, empereur, mais avant tout serviteurs de Dieu. Nous te devons obéissance militaire, mais nous Lui devons l'innocence. Nous préférons mourir innocents que vivre coupables. »

Accusés de haute trahison, Maurice et ses compagnons furent condamnés à mort. Le christianisme ayant survécu à l'Empire romain, leur châtiment devint un martyre, et leurs ossements des reliques. Et ce fut le roi des Burgondes, Sigismond, qui fonda en 515 une abbaye à l'activité ininterrompue depuis cette date, en dépit des modifications du premier sanctuaire.

Adossée à la roche, à la fois protectrice et menaçante, l'abbaye de Saint-Maurice était un « lieu de pouvoir », selon la terminologie des Indiens d'Amérique. Croyant ou non, le visiteur ressentait une force étrange, capable de vaincre le temps, et qui l'arrachait brusquement à son époque.

1. Le nom antique de Saint-Maurice.

L'endroit ressemblait à Saint-John. Adolescent, il y avait puisé un dynamisme quasi surnaturel tout au long de sa carrière de bâtisseur d'empire. Et comme le soldat venu de Thèbes, Saint-John avait péri en martyr, assassiné par la Machine.

La plupart des touristes se précipitaient sur le fabuleux trésor de l'abbaye, qui comptait un nombre impressionnant de chefs-d'œuvre, comme l'aiguière dite « de Charlemagne », la châsse des enfants de saint Sigismond ou le buste-reliquaire de saint Candide. Or et pierres précieuses témoignaient de la splendeur d'une culture qui n'avait pas honte de la richesse des matériaux. Chaque année, le 22 septembre, on portait encore en procession la grande châsse contenant les reliques de saint Maurice.

John Patmos s'intéressait à d'autres endroits de l'abbaye, moins spectaculaires. D'abord, le baptistère du IVe siècle, à une époque où le christianisme était encore une religion initiatique. Ici, on ne baptisait que des adultes, au terme d'une longue préparation ; on les plongeait, nus, dans l'eau de la régénération, afin de les dépouiller du « vieil homme », et d'éveiller en eux une vision spirituelle. Un rite issu de l'Égypte ancienne : en pénétrant dans le *Noun*, l'océan primordial, source de toutes les énergies, le postulant à l'initiation s'imprégnait de la vie originelle, seule capable de vaincre la mort.

En se recueillant, Patmos ressentit la présence de Saint-John. Ni un spectre, ni un fantôme, mais un guide qui l'entraîna vers les catacombes abritant une statue du Bon Pasteur et la pierre tombale de Rusticus, un moine du VIe siècle.

Le Bon Pasteur lui aussi issu de l'ancienne Égypte, Pharaon rassemblant les membres si vite égarés de son troupeau, ces humains qui s'étaient révoltés contre la lumière, s'estimant supérieurs aux dieux. En œuvrant comme alchimistes et guérisseurs, les Supérieurs inconnus avaient tenté de rassembler ce qui était épars et de réunir les forces créatrices. Un idéal aujourd'hui illusoire.

Au sommet de la pierre tombale, à l'intérieur d'un triangle, deux colombes buvaient dans une même coupe. La communion avec l'âme de Saint-John fut immédiate et intense. Patmos revécut les moments rituels où ils avaient partagé le pain et le vin, au sortir du laboratoire, en s'engageant à préserver le secret du Grand Œuvre.

Restait à obtenir une réponse claire.

L'esprit du disparu conduisit le pèlerin jusqu'au tombeau de Maurice l'Égyptien, le cœur du sanctuaire primitif, découvert au XIXe siècle. Une sorte de sarcophage de pierre, surmonté d'une arcature, évoquant la cité céleste.

Une lumière en émanait.

Soudain, le sol trembla et le rocher de Saint-Maurice gronda, d'une voix montant des profondeurs. Une brève secousse, qui figea sur place les visiteurs. L'appel souterrain se répéta à deux reprises, puis le calme revint. Hébétés et soulagés, les gens se regardèrent, certains s'embrassèrent. N'était-ce pas une sorte de miracle, le saint ne les avait-il pas protégés d'un séisme ?

John Patmos avait la réponse.

L'heure du repos n'était pas encore venue. Le séisme, c'est lui qui devait essayer de le déclencher.

Des milliers de kilomètres le séparaient du lieu où il puiserait la force nécessaire. L'avion, le train, la voiture et puis la marche. Mais parviendrait-il à maîtriser la puissance capable d'affronter la Machine ?

55

L'Inde, ou le foutoir du foutoir. Et ça commençait dès l'aéroport, où l'Occidental moyen style rationnel tombait vite dans un trou noir. Trop de monde, trop de bruit, trop d'odeurs, trop d'insectes trop gros, trop de tout. Et ça fonctionnait quand même, avec des riches richissimes et des pauvres pauvrissimes. Les descendants des maharadjahs ne prêtaient aucune attention aux cadavres plus ou moins estropiés qui gisaient sur la chaussée. Critiqué par certains progressistes, le système des castes demeurait en vigueur ; quant aux femmes, en dépit de vives protestations, elles continuaient à se faire violer, et certains juges ne désapprouvaient pas la domination des mâles.

Pendant que beaucoup croupissaient dans une misère qui facilitait leur détachement par rapport aux biens matériels, indispensable selon Bouddha, des cerveaux devenaient de brillants informaticiens tirant le sous-continent vers une modernité agressive. Et côté agressivité, entre musulmans, hindous, sikhs, jaïns et une ribambelle de sectes, un seul mot d'ordre : « Étripez-vous les uns les autres. »

L'Inde, fascinante et repoussante. Bruce n'était pas franchement heureux d'y retourner ; pourtant, il se laissait séduire par un parfum magique ou un paysage bucolique qui aurait enchanté Virgile – pas son terre-neuve, mais le poète latin.

À son équipement habituel, montre connectée style couteau suisse et sac à dos, Bruce avait ajouté une précaution supplémentaire : une mini-étiquette avec QR code collée sur l'ongle du pouce de sa main gauche et protégée par un sparadrap. Utilisée au Japon et résistant au lavage pendant plus de deux semaines, elle permettait de retrouver un vieillard qui perdait la boule et ne savait plus comment il s'appelait ni où il habitait. Amélioré par Lévi, le code transmettrait à Mark la position de Bruce. En cas de pépin, une indication utile.

Et les pépins, l'Écossais les sentait déjà grincer sous ses dents. Cette excursion-là avait l'odeur du brûlé, surtout quand on allait à Bénarès où l'on cramait du macchabée à jet continu.

Ce petit secret concernant sa destination, il fallait tenter de le préserver en semant d'éventuels suiveurs. Pour se rendre de Delhi à Bénarès, on traversait, dans toute sa longueur, l'État de l'Uttar Pradesh, un peu moins étendu que la Grande-Bretagne et fertilisé par deux fleuves, le Gange et la Yamna, qui se rejoignaient à Allahabad, lieu d'une fête monstrueuse au printemps. Et tous les douze ans, à la date fixée par des astrologues capables de déterminer le bon moment, des millions de fidèles envahissaient les rives. Lors de ces réjouissances, les paysans oubliaient qu'ils en bavaient salement pour survivre.

Moyen le plus rapide, mais aussi le moins direct pour rejoindre Bénarès : l'avion. Sinon, la route ou le train. La route, à éviter – c'était dans l'Uttar Pradesh qu'avait eu lieu la grande guerre que décrivait le Mahabharata, toujours inscrite dans les neurones des chauffeurs, désireux de prouver leurs capacités de guerriers. L'Écossais préférait ne pas se mêler de ce conflit-là. De la civilisation britannique, les Indiens n'avaient gardé que la conduite à gauche, pas le code de la route ; et seuls les as du Klaxon réussissaient à esquiver les chars à bœufs, les cyclistes et les chiens errants.

Restait le train.

On était en mai, avant la mousson, et la chaleur grimpait. Un voyageur normal, surtout un résident islandais, aurait choisi la classe climatisée. Trois objections. *Primo*, Bruce n'était pas un voyageur normal ; *secundo*, il avait horreur de la clim, propagatrice de centaines de virus qui assuraient la fortune des fabricants de médicaments ; *tertio*, si on lui collait aux fesses, c'est dans le confort qu'on le rechercherait.

Seule solution : la dernière classe, avec les indigènes. Fallait oser, mais Bruce était aussi à l'aise avec un paria pouilleux qu'avec la reine d'Angleterre. Comme disait l'autre – jamais identifié – on avait tous deux bras, deux jambes et un croupion. En Inde, c'était parfois un peu moins vrai pour les estropiés.

Son compartiment bourré, Bruce s'accorda une goulée de whisky. La faune était abondante et colorée. Même la dernière classe avait droit à une cuisine, et la plupart des voyageurs n'arrêtaient pas de manger des beignets épicés et autres douceurs, tout en discutant de sujets essentiels, la date de la prochaine mousson ou la corruption endémique. À part quelques ancêtres complètement largués, on surfait sur Internet avec dextérité. Ici comme ailleurs, la Machine progressait à vitesse grand V.

Quand il se déplaçait, Bruce pratiquait un art régénérateur : le roupillon. Il aurait dormi sur un tas de cailloux, et son siège lui parut presque confortable. Ayant branché le pilote automatique, il se réveillerait en cas de danger.

*

Mick Feedow possédait une qualité majeure : le mimétisme. Véritable caméléon, il s'adaptait à chaque lieu et à chaque situation, comme si ses gènes transformaient son visage et son allure en fonction des circonstances. En Arabie, il ressemblait à un Arabe ; en Asie, à un Asiatique ; en Inde, à un Indien.

Sa nouvelle identité ayant effacé son passé, il ne se préoccupait que de la mission confiée par Wu, un professionnel aussi sérieux qu'un formateur de l'État islamique, voire plus expérimenté.

Traquer Bruce qui le mènerait à la cible, anéantir cette dernière et l'Écossais si nécessaire. Une tâche moins aisée qu'il n'y paraissait. Méfiant, le journaliste avait tenté de brouiller les cartes en se mêlant à la population locale dans un wagon de dernière classe. La preuve qu'il voulait passer inaperçu et que Feedow suivait la bonne piste.

L'ex-rugbyman avait plus d'un tour dans son sac, et ne pas le perdre, sans l'alerter, s'annonçait ardu. Dans ce train, Feedow partageait le compartiment voisin de celui de Bruce avec des autochtones et quelques babas cool, désireux de découvrir l'Inde hors des circuits aseptisés.

À chaque arrêt, il garderait l'Écossais en ligne de mire. New Delhi n'étant qu'une étape, quelle serait sa destination finale ?

56

Les marins ont une femme dans chaque port ; Bruce, lui, avait un copain dans chaque ville, Bénarès comprise. Le local s'appelait Rammad, à la fois P-DG d'une entreprise de réparation et grand couturier. En Inde, on réparait tout, même des tongs en plastique ; et le brocart demeurait une spécialité de Bénarès. Besoin d'un costume ? Trois heures de délai. Chemises, chemisiers, saris : Rammad fournissait le vêtement désiré en un temps record, avec une qualité appréciable. Le code du travail étant assez souple, ses ateliers faisaient trente-cinq heures par jour, mais les ouvriers mangeaient à leur faim. Patron social, Rammad n'employait pas les enfants avant l'âge de cinq ans.

La gare de Bénarès, l'antique Kâshi, la « Ville de lumière », également appelée Varanasi[1], était le vrai centre du monde, contrairement à l'affirmation de Dalí. Première cité sainte de l'Inde, elle se lovait au fond d'une courbe du Gange depuis des millénaires et

1. Sans doute parce que deux rivières, la Varuna et l'Asi, se jettent dans le Gange à Bénarès.

continuait à attirer des millions de pèlerins, désireux de se purifier et d'éviter une nouvelle réincarnation. On naissait porc, on renaissait cochon, et c'était pas forcément le pied. Alors, autant prendre une assurance, et réapparaître en brahmane fortuné ou carrément disparaître de la circulation, de plus en plus infernale. Pas de vœu plus ardent, pour un hindou, que de se rendre en pèlerinage à Bénarès et, si possible, d'y rendre un dernier soupir forcément sanctifié. Perspective qui n'emballait pas Bruce.

Le nombre exact des habitants de la Ville de lumière restait inconnu, mais c'était un foutoir ordinaire, avec environ deux mille sanctuaires, mêlant palais anciens, temples hindous, minarets et tours variées, les heures et les jours rythmés par des gongs.

Bruce repéra un cyclo-pousse capable de supporter son poids. Le conducteur ne souffrait pas d'anorexie.

Côté communication, *no problem*. L'Inde ne comptant pas moins de 14 langues différentes et 544 dialectes, chacun baragouinait un anglais de cuisine consommable pour tous.

— *Chowk*, demanda Bruce. Tu me laisses à l'entrée.

Chowk, le bazar. Un vrai bazar avec un labyrinthe de ruelles.

— Tu payes comment ?

— Roupie de sansonnet ou dollar.

— T'as des dollars, Sahib[1] ?

— Ça dépend de ton prix.

Entre gentlemen, tout finit par s'arranger. Un beau sourire, le mollet ferme, et le cyclo-pousse s'élança.

1. Le « Monsieur » local, très respectueux.

Nombre de croyants considéraient Bénarès comme le terminus. En ce qui le concernait, Bruce espéra qu'il ne serait pas celui des prétentieux.

*

Face à l'imprévu, la plupart paniquaient. Pas Mick Feedow. Au contraire, sa lucidité montait en flèche, et l'émotion, déjà mince, se réduisait à zéro.

Agir, et vite.

Pour suivre Bruce, il héla un taxi-tricycle qui aurait mérité un sérieux contrôle technique.

— Tu suis le cyclo-pousse de l'Occidental.

— Pourquoi ?

— Ferme-la et pédale. Le double si tu ne le perds pas.

La vue des billets dissipa les soucis d'ordre moral.

En immersion, Feedow se moquait de l'environnement. Il aurait survécu dans une mare aux crocodiles ou dans un bassin de piranhas. Et Bénarès ne lui apparut pas comme le jardin des délices.

Des dizaines d'odeurs, des pires aux meilleures, lui sautèrent aux narines. Excréments humains, bouses de vache, senteurs d'encens, de santal, de fleurs et d'épices formaient un bouquet de fragrances entêtantes. Et tracer son chemin entre les vaches, les charrettes, les marchands ambulants et les badauds exigeait une habileté certaine.

Au fur et à mesure que le taxi-tricycle progressait, la foule se densifiait et les boutiques, parfois réduites à une sorte de placard, se multipliaient. Cotonnades, soieries, ivoires, cuivres, bassines en plastique et autres ustensiles se mêlaient aux images pieuses et à des statuettes colorées, notamment celles de l'éléphant

Ganesh. Le super kitsch de la bondieuserie, adoré des croyants.

Soudain, l'accident bête.

Deux efflanqués, baladant un cadavre récent sur un brancard, traversèrent la ruelle sans regarder, persuadés qu'il existait une priorité pour les piétons. Un vélo les percuta, et tout le monde termina cul par-dessus tête.

Le taxi-tricycle freina juste à temps.

— Contourne, ordonna Feedow.

Le ton était tellement sec que le conducteur se débrouilla.

— Il est là-bas, accélère !

Par chance, le cyclo-pousse restait en vue.

Cinq minutes plus tard, il s'immobilisa. Son propriétaire mit pied à terre, acheta des feuilles de bétel à chiquer et s'accroupit au pied de la boutique.

Feedow se porta à la hauteur du véhicule.

Vide.

Profitant de l'accident, Bruce s'était évaporé.

La mission débutait mal, mais l'attitude de l'Écossais était significative. En rompant la filature, il ne se comportait pas comme un touriste innocent.

Le retrouver ne serait pas aisé, mais Bruce, avec sa carrure, ne passait pas inaperçu. Et Feedow se réjouissait d'avoir un adversaire à sa mesure. Les proies les plus rétives étaient aussi les plus excitantes.

*

Au cœur du *chowk*, une boutique de parfums. Assis sur le seuil, un vieillard fumant un pétard. Il avait toujours été là et connaissait tous les malfaisants de

Bénarès qui auraient la mauvaise idée de s'en prendre à son patron. La sonnette d'alarme, juste sous son pied, déclencherait, le cas échéant, l'intervention d'une brigade musclée qui enverrait l'importun du côté des bûchers.

— C'est moi, Bruce ; Rammad est dans le coin ?

Le vieux lui fit signe d'entrer.

Plusieurs vendeurs, dont un armé, qui remit tout de suite l'Écossais.

— *Wait here*[1], exigea-t-il.

Quelques minutes de patience, et le garde vint chercher le visiteur qu'il entraîna au fond de la boutique. Un panneau coulissant et un escalier menant au logement de Rammad, aménagé au-dessus de la rangée de magasins et d'ateliers qui lui appartenaient et qu'il surveillait grâce à des mini-caméras.

— Sacré Bruce ! s'exclama un quinquagénaire grand et maigre, au nez effilé et aux pommettes saillantes ; en pèlerinage à Bénarès ?

— J'ai beaucoup péché, ces derniers temps.

— Ici, tu te purifieras ; on commence par quoi ?

— Si tu avais de la bière fraîche…

— Viens voir ma dernière acquisition.

Rammad habitait un petit palais, composé d'un enchevêtrement de salons, remplis de coussins, de tapis et de meubles anciens. Il possédait même deux fauteuils Louis XV.

— Regarde ça, recommanda-t-il en introduisant l'Écossais dans une cuisine plutôt défraîchie, avec une cuisinière à bois datant de l'occupation britannique.

---

1. Attends ici.

Un frigo intelligent. Il calcule tout, et fait même la liste des courses. Comme c'est américain, ça ne me sert à rien ; les produits enregistrés ne sont pas en vente dans le bazar.

— Heureusement, ils te rendraient malade. Tu as quand même à boire ?

— De la pale ale à la température idéale, pour lutter contre le réchauffement climatique.

Connaissant l'Écossais, Rammad sortit trois canettes ; lui se contenterait de son habituel thé noir. Il s'assit en tailleur sur un coussin rouge, Bruce choisit un pouf solide.

— Tu as besoin de quoi, ami ?

Lors de sa première visite à Bénarès, Bruce avait arraché le jeune Rammad à une bande d'éclopés qui voulaient le détrousser et lui faire la peau. Un souvenir resté dans sa chair sous forme de cicatrices.

— Tu m'hébergerais quelques jours ?

— Aussi longtemps que tu voudras.

— John Patmos, ça te dit ?

Rammad eut une moue négative.

— Il ressemble à quoi ?

— Donne-moi un bout de papier.

Doté d'un bon coup de crayon, l'Écossais portraitura le Supérieur inconnu.

— Ce serait pas un acteur américain ?

— Le genre Charlton Heston.

— *Ben-Hur*, je l'ai vu ! Et tu cherches ce type-là pour le féliciter.

— Exactement.

— S'il est à Bénarès, on finira par le repérer.

— Et Arjun Shukriya, ça te dit davantage ?

— Ah ça oui ! C'est l'un des préposés aux offrandes du temple de l'Or. Un saint homme, vénéré de tous. Tu veux le rencontrer ?

— Trop tard.

— Pourquoi ?

— Parce qu'on lui a coupé la tête. Officiellement, l'État islamique. Et j'aimerais épargner le même sort à son copain Patmos, qui se cache probablement à Bénarès, chez des proches de Shukriya.

— Tu t'enfoncerais pas dans un bourbier ?

— C'est pas encore la mousson. Et l'eau du Gange lave plus blanc, non ?

57

Jia Jia était belle. Très belle. Cheveux noirs, frange dissimulant la moitié du front, teint pâle, yeux noirs et fixes, traits délicats, lèvres rouges, robe blanche traditionnelle, et d'une délicieuse modestie. Ses premières paroles, « Vous êtes un homme charmant », ravissaient son maître, Chen Zedong, pilier des services secrets chinois.

À la vérité, il ne connaissait pas de femme plus séduisante et plus docile. Elle se pliait à tous ses vices, lui donnait la météo, récitait un poème. Disponible à toute heure du jour et de la nuit, jamais malade, jamais revêche, Jia Jia était une robote imitant à la perfection une femelle humaine, et sans aucun caprice. Un prototype de la haute technologie chinoise, qui serait bientôt dupliqué pour servir dans les hôpitaux, les restaurants, les salles de spectacle et autres lieux publics.

Chen Zedong était le disciple de l'idole des agents secrets chinois, Kang Shen, le Maître des ténèbres, mort en 1975, après avoir fidèlement servi l'un des plus grands bouchers de l'Histoire, Mao, figure historique ô combien respectée. Créateur du premier bureau d'enquêtes, ancêtre du Guoanbu, regroupant les excellents espions chinois, le fin lettré Kang Shen avait inventé le maoïsme en rédigeant *Le Petit Livre rouge* et en prescrivant les grandes purges. Aux millions de morts s'était ajouté le supplice des dissidents condamnés à périr dans les camps de concentration.

Deux petites ombres au tableau : après le virage économique d'une Chine devenue capitalo-communiste, Kang Shen avait été expulsé du Parti à titre posthume, et son fils adoptif avait commis une grave indélicatesse en se jetant dans les bras de la CIA.

À l'heure où le président Xi Jinping entreprenait ses propres purges afin de disposer d'un pouvoir un peu plus absolu que celui de Mao, il n'était pas recommandé d'évoquer la carrière du Maître des ténèbres, pourtant exemplaire. Grâce à ses relations au cœur opaque de l'État, Chen Zedong avait ôté de son dossier des éléments compromettants, surtout ceux frisant la corruption, mais il demeurait vigilant. Dans la politique chinoise, l'élimination restait l'arme privilégiée.

Sur son bureau en acajou, la photo de Pan Pan, le plus vieux mâle panda décédé à l'âge canonique de trente et un ans, après avoir engendré cent trente descendants. Pan Pan signifiait « Espérance », une vertu dont Chen Zedong avait grand besoin. À son poste, aucune erreur ne serait pardonnée.

Pour le moment, la situation était encore acceptable. Ignorant les règles de l'OMC, le capitalisme chinois appliquait ses méthodes, sous-évaluant sa monnaie, le yuan, d'au moins 30 %, et produisant des contrefaçons de manière industrielle. La guerre économique contre l'Amérique de Trump, qui n'appréciait guère les 500 milliards de déficit avec la Chine, s'annonçait sanglante.

Chen Zedong et ses services avaient deux objectifs : étouffer toute voix contestataire et développer le potentiel numérique chinois. Venant d'être détrônée par les Japonais dans le champ du super ordinateur, la firme chinoise Sunway Taihulight était fermement priée de mettre les bouchées doubles. Ses 93,014 téraflops ne suffisaient plus.

En revanche, le dernier rapport sur le bras de fer engagé avec la Silicon Valley avait de quoi réjouir le disciple du Maître des ténèbres. Les profits d'Apple dépendaient de plus en plus du consommateur chinois, les négociations avec Facebook progressaient et le moteur de recherche Baidu ne renonçait pas à concurrencer Google. À la tête d'une armée d'informaticiens remarquables, Chen Zedong lançait chaque jour des attaques contre les puissances étrangères, afin de tester leurs capacités défensives et de s'introduire dans leurs systèmes politiques, économiques et militaires.

La priorité avait été indiquée en 2014 par le dirigeant suprême, Xi Jinping : bâtir une société socialiste harmonieuse en fichant électroniquement tous les Chinois de leur naissance à leur mort. Chacun disposerait d'un capital de mille points, et verrait son comportement examiné de près, en fonction des traces laissées sur les médias sociaux, les smartphones, les opérations bancaires, les achats en ligne, les consultations médicales.

Soit le comportement était conforme aux directives du Parti, soit il déviait. En ce cas, perte de points et sanctions : interdiction d'exercer certaines professions, de se déplacer à sa guise, d'accéder à tel hôtel ou à tel restaurant, d'inscrire son enfant dans une école réputée. L'ensemble des mesures était regroupé sous l'appellation « Notation sociale », laquelle récompenserait les bonnes attitudes.

Dès 2020, ce nouveau régime fonctionnerait à plein ; la Chine ne recensant encore que 750 millions d'utilisateurs d'Internet, il fallait traquer les réticents, parmi lesquels les vieux et les incapables, mais aussi des rebelles qui essayaient d'échapper aux contrôles. Bien formé par le Maître des ténèbres, Chen Zedong avait un flair particulier pour les repérer.

Cette notation sociale aurait plu à Mao et à Hitler. Au fond, ils n'étaient que des artisans et manquaient de moyens industriels qu'Internet fournissait aujourd'hui aux dirigeants de la planète. Et Chen Zedong se sentait fier d'être un rouage de la Machine qui travaillait au bonheur de l'humanité. Un bonheur auquel la Chine éternelle ne saurait rester étrangère.

Une lueur rouge illumina les yeux de la robote Jia Jia.

— Monsieur, un appel urgent et confidentiel. Dois-je y répondre favorablement ?

Sur le front de la charmante jeune femme s'afficha un code que Chen Zedong identifia aussitôt.

L'un des rares correspondants à pouvoir entrer en contact avec lui par l'intermédiaire de Jia Jia.

La robote écarta les pans de sa robe blanche, dévoilant un écran rectangulaire, réservé à des entretiens visiophoniques hautement sécurisés.

— Acceptez-vous d'être filmé, monsieur ?

Chen Zedong acquiesça, les yeux de Jia Jia devinrent verts.

Et sur l'écran apparut le visage impassible du meilleur ennemi du Chinois, l'Américain Dieter Cloud.

58

Entre Dieter Cloud et Chen Zedong, on se rendait coup pour coup, et le jeu ne comportait qu'une seule règle : être le plus fort en utilisant les méthodes les plus efficaces. Pendant que les politicards faisaient leur cinéma sur les plateaux de télévision, des techniciens comme l'Américain et le Chinois façonnaient le monde de demain.

Aux yeux de Chen Zedong, héritier d'un empire millénaire, les Américains étaient des brutes qui avaient exterminé les Indiens et n'adoraient qu'un seul dieu : le business. Dépourvus de culture et d'histoire, ces cow-boys continuaient malheureusement à dominer la planète, en misant sur leur avance technologique.

Mais la Chine et son 1,4 milliard de consommateurs ne se laissaient pas conquérir aisément. Et les géants du Net, après avoir beaucoup renâclé, se préparaient à certaines concessions afin de ne pas être exclus du marché chinois.

Du point de vue de Chen Zedong et de ses supérieurs, la démocratie à l'occidentale était une vaste blague que la Machine démantèlerait dans les prochaines décennies. Les Constitutions, les élections, les débats… Un théâtre à l'usage des naïfs, qui ne connaissaient pas le metteur en scène et croyaient que leur voix avait de l'importance.

En Chine, personne ne savait comment le président était désigné, mais le pays était dirigé et damerait bientôt le pion aux États-Unis, affaiblis par une mutation de population.

— Comment allez-vous, mon cher Zedong ? demanda Cloud.

— Au mieux. Et vous-même ?

— Au mieux également. Pas trop de pollution, à Pékin ?

— On respire. Et à New York ?

— Il pleut.

— Et les affaires ?

— On est toujours sur la brèche. L'important est de pouvoir consulter des responsables intelligents et attentifs.

Chen Zedong avait eu plusieurs entretiens avec Dieter Cloud et avait parfaitement conscience de la puissance du personnage, au centre d'une gigantesque toile d'araignée.

Si l'occasion se présentait, il ne manquerait pas de dévorer la Chine. Puisque le morceau était trop gros, il chercherait à le couper en petits segments. Et s'il n'y parvenait pas, il négocierait des accords dont la moindre clause dissimulerait un piège.

En dépit de son éducation et de sa culture, le Chinois se sentait mal à l'aise devant Dieter Cloud ; cependant il devait se montrer sûr de lui et ne pas offrir à son adversaire la plus mince fissure.

— Félicitations pour vos derniers résultats économiques, dit l'Américain.

— Une tâche jamais achevée.

— Nous en sommes tous là. Et seul le progrès résoudra nos problèmes.

— J'en suis convaincu.

Chen Zedong était troublé. Pourquoi tant de banalités avant d'aborder le sujet essentiel ? Une seule raison : Cloud avait besoin de lui. Et si, cette fois, il le tenait ?

— J'ai repris le dossier concernant la disparition tragique de l'archéologue Zhang Dao, précisa Dieter Cloud.

Le Chinois se crispa.

— Un dissident dangereux.

— Je partage votre avis, et j'ai apprécié la qualité de votre intervention.

L'atmosphère s'apaisa. L'Américain avait le bon goût de ne pas critiquer l'élimination d'un Supérieur inconnu, aux pensées incompatibles avec les préconisations du guide suprême.

— Vous aimez jardiner, Chen ?

— Je suis trop occupé.

— Le jardinage est la meilleure des détentes. Le principal souci, ce sont les mauvaises herbes.

Long silence.

— Il y en aurait en Chine ? s'inquiéta Chen Zedong.

— C'est le motif de mon appel.

— Avez-vous localisé un autre dissident dangereux qui aurait échappé à mes services ?

— D'une certaine manière.

— En échange de cette information, que désirez-vous ?

— Mark Zuckerberg, le fondateur de Facebook, a fait l'effort d'apprendre le mandarin, et la Silicon Valley souhaite une franche collaboration avec votre grand pays. Ne devrions-nous pas unir nos efforts pour le bonheur de l'humanité, au lieu de nous combattre ?

Pour tenir un discours si tordu, Dieter Cloud devait avoir un bel atout en main.

— Il est possible d'arrondir quelques angles, concéda Chen Zedong.

Le visage de Cloud demeura inerte. Néanmoins, la concession du Chinois lui permettait d'avancer.

— Vous nourrissez un serpent dans votre sein, et je vous fournis le moyen de l'identifier. Il s'agit, comme vous le pressentiez, d'un dissident particulièrement dangereux, dont les idées subversives pourraient nuire au développement de la Chine.

Rien de pire, aux oreilles de Chen Zedong, que les termes « dissident » et « idées subversives », le poison qui avait détruit bien des empires.

— Et vous me donneriez son nom ?

— Il en a certainement changé, ainsi que d'apparence ; mais quelqu'un que vous connaissez vous mènera à cet élément perturbateur et indésirable.

Le Chinois était sur des charbons ardents. Éliminer les fauteurs de troubles, sa priorité absolue.

— Mark Vaudois et sa compagne se rendent en jet privé à Hangzhou, révéla Dieter Cloud. Motif officiel : rencontrer une célébrité qui apprécie beaucoup cette ville, Jack Ma, le fondateur du géant chinois de l'e-commerce, Alibaba, désireux de s'implanter aux États-Unis. En réalité, Vaudois tentera de prendre contact avec le dissident et de l'exfiltrer.

L'information était de taille et, provenant de Dieter Cloud, forcément sérieuse. Ainsi, l'archéologue et alchimiste Zhang Dao, fusillé pour raison d'État, avait un complice, peut-être à la tête d'une organisation factieuse.

Éradication indispensable.

— Et s'il y a des dommages collatéraux ? se préoccupa Chen Zedong.

— À vous de voir.

Cloud lui laissait carte blanche concernant le sort de Mark Vaudois et de sa compagne. Dans la mesure du possible, mieux vaudrait éviter un scandale, nuisible à l'image de la nouvelle Chine, ouverte au monde. Mais la réussite de l'opération avant tout.

— Les relations entre nos deux grands pays devraient s'améliorer, prophétisa Chen Zedong.

— Vous m'en voyez heureux.

— À propos… Comment se porte mon ex-employé, Wu ?

— Il est en excellente santé, et j'aimerais qu'il le reste. Un bon exécutant qui me donne toute satisfaction.

En raison de son bas degré dans la hiérarchie, le traître Wu n'avait pu apprendre à Cloud que des broutilles ; après le cadeau de l'Américain, Chen Zedong décida de se montrer généreux.

— Gardez Wu. Et qu'il évite de remettre les pieds en Chine.

Fin de l'entretien.

La communication coupée, l'écran devint noir et la robote rabattit les pans de sa robe traditionnelle.

— Viens ici, toi ; j'ai envie de m'amuser.

Elle savait même sourire.

59

— Mauvaise nouvelle, annonça Mark à Apsara ; mon meilleur contact à Hangzhou vient d'être arrêté. Il avait stocké chez lui des monticules de billets, issus de la corruption locale.

Sous l'effet d'un coup de sang, le président Xi Jinping avait décidé de frapper certains fraudeurs, qu'ils soient des tigres, des notables du régime, ou des mouches, de petits fonctionnaires. Des peines de mort avec sursis étaient prononcées, et le maître de la Chine mettait ses fidèles en place, après avoir purgé l'Assemblée nationale populaire.

— Est-ce vraiment gênant ? demanda Apsara.

— Je comptais sur lui pour nous mettre sur la piste du Serpent blanc, le nom de code du dernier Supérieur inconnu. Il me reste Jack Ma, plus difficile à manier.

— Et si tu te trompais ?

— On vérifiera sur place. Mais on se lance un peu à l'aveugle…

Apsara s'assit sur ses genoux et lui caressa le visage.

— Ça te plaît, non ?

— En territoire dangereux, tout nu ou presque, ça craint un peu.

— Et moi, toute nue, tu oserais t'aventurer ?

Elle dégrafa son corsage et, comme d'habitude, Mark perdit la tête. Incapable de lui résister, il la porta jusqu'à la chambre aménagée dans le jet. Une odeur de jasmin y flottait, et la senteur du corps de la Cambodgienne acheva de le rendre fou de désir. Aussi prirent-ils l'amour au vol.

*

À la réflexion, Mark avait renoncé à emporter des armes, même légères et dissimulées. En Chine, la sécurité était une obsession, et le jet serait passé au peigne fin. La découverte de pistolets aurait eu de fâcheuses conséquences.

Seule précaution, discrète et indétectable : la brosse à cheveux d'Apsara, équipée d'un faisceau paralysant à courte distance et suffisamment puissant pour plonger en léthargie un éventuel agresseur.

Atterrissage sans problème. À peine le pilote coupait-il les gaz que des policiers encadrèrent l'appareil, comme s'il avait été victime d'un détournement.

Examen des papiers, vérification approfondie des autorisations. Aucune chance pour un passager clandestin.

Au bas de la passerelle, une jeune femme petite et mince en tailleur bleu pâle. Elle s'inclina devant Mark.

— Bienvenue à Hangzhou. Je suis Dou, votre guide.

Entre la Cambodgienne et la Chinoise, l'antipathie fut immédiate. Dou ressentit l'hostilité d'Apsara, si belle, si racée et si distante. Apsara détesta le minois, le maintien et la politesse de cette créature au service du régime.

— Nous nous occupons de vos bagages, et je vous accompagne au domicile que vous ont réservé les autorités. Si vous voulez me suivre jusqu'à votre voiture.

Malgré le ton fruité et le sourire, un ordre non discutable.

Une limousine, un bon gros chauffeur en costume noir, coiffé d'une casquette blanche. Il conduisit lentement jusqu'à un immeuble moderne, doté d'un garage.

Un logement luxueux de quatre pièces. Tout le confort moderne.

— Êtes-vous satisfaits ? interrogea Dou.

— Fabuleux, répondit Mark.

— Vos bagages arrivent, je vous laisse vous installer. Le réfrigérateur contient diverses boissons, dont du champagne et du cognac. Si vous avez besoin de quelque chose, décrochez le téléphone intérieur. Dans une heure, je vous emmène déjeuner avec Jack Ma.

La Chinoise s'inclina et se retira.

— Je vais lui crever les yeux, décréta Apsara.

Mark mit un doigt sur ses lèvres et désigna bibelots, tableaux et autres décorations, mêlant goût occidental et oriental.

L'ensemble bourré de micros et de caméras miniatures.

— On devrait faire l'amour, préconisa la Cambodgienne ; ça nous détendra, et ils auront au moins un film intéressant à regarder.

*

La Chinoise fut strictement à l'heure et s'assit à l'avant. Le chauffeur emprunta une grande artère bordée de saules pleureurs.

— Jack Ma est l'une des gloires de notre ville, expliqua la guide. Il n'était qu'un modeste professeur d'anglais, lorsqu'il a eu l'idée, alors qu'il habitait un petit appartement de Hangzhou, de fonder une minuscule entreprise de commerce en ligne avec un capital de 500 000 yuans[1], réuni par dix-huit amis. En moins de vingt ans, Alibaba est devenu un géant, capable de défier ses concurrents américains. La société de Jack Ma vend aujourd'hui plus de trois milliers de milliards de produits à quatre cents millions de clients, et ne compte pas s'arrêter là. Alibaba est établi à Hangzhou, parce que notre magnifique région pratique l'économie de terrain et déploie un grand esprit d'entreprise. Ici, tout est fait pour la prospérité du peuple, selon les directives de notre bien-aimé président.

La voix et le discours de Dou exaspéraient Apsara. Mark, lui, songeait à la manière d'obtenir de Jack Ma un renseignement capital, sans lequel ce voyage en Chine serait un échec total.

Trajet de courte durée.

La limousine s'arrêta devant un building flambant neuf, un vigile ouvrit la portière d'Apsara.

— Je vous souhaite un excellent déjeuner, susurra Dou ; je reviendrai vous chercher à 15 h, et vous ferai visiter notre belle cité.

1. Environ 66 000 euros.

60

Enjoué et chaleureux, Jack Ma avait l'allure conquérante et un dynamisme de jeune loup.

— Ravi de vous accueillir, monsieur Vaudois ; votre compagne est ravissante.

Glaciale, Apsara évita de faire la révérence. Exactement le genre de propos qui lui donnait envie de dévoiler ses compétences en matière de boxe thaïe. Mark se montra aimable pour deux.

— Avoir la chance de rencontrer un entrepreneur de votre envergure est un honneur.

— Moi, j'ai eu la chance de croiser votre père, Saint-John, le plus fascinant des hommes d'affaires. À côté de lui, je ne suis qu'un nain.

— Mais un géant dans votre domaine.

— Je suis heureux de contribuer à la prospérité de la Chine ; bientôt, grâce aux efforts du peuple, elle sera la première puissance économique mondiale. Si nous passions à table ? Je vous avoue que je meurs de faim !

Une salle à manger d'une centaine de mètres carrés, une table en acajou massif et un lustre en cristal taille château.

Sur la table, une cinquantaine de plats dans des coupelles variées.

— Appréciez-vous la gastronomie chinoise ?

— L'une des meilleures du monde, reconnut Mark.

— Je vous conseille de goûter à tout. Mon cuisinier m'a promis de se surpasser, en jouant des quatre saveurs, l'aigre, le salé, le sucré et le pimenté, à l'exclusion de l'amer. Et c'est un virtuose des six goûts : le corsé, le gras, le frais, le parfumé, le croustillant et le fermenté.

— Pourvu qu'il ne s'emmêle pas dans les quatre consistances, le sec, le croquant, le fondant et le glissant, intervint Apsara.

Légèrement choqué, Jack Ma garda son flegme.

— J'espère satisfaire une experte. Et je vous promets une surprise : le gâteau préféré de l'impératrice Cixi. Que souhaitez-vous boire, thé, champagne, vin, cognac ?

Apsara choisit un champagne rosé aux bulles très fines, Mark un grand cru classé du bordelais, le Chinois du *pilo shun*, « huître de printemps », un thé renommé.

Dès les premières bouchées, les convives se régalèrent.

— Savez-vous que j'ai été dix fois candidat à Harvard et dix fois refusé ? s'amusa le patron d'Alibaba. Soit je me considérais comme un raté, soit je croyais en moi. La seconde solution m'a paru la meilleure, et je ne l'ai pas regrettée. Vous-même, monsieur Vaudois, avez plus ou moins quitté le monde des affaires.

— Ma compagne désirait voyager et découvrir les merveilles de notre planète avant qu'elles ne soient défigurées.

Apsara opina du chef.

— Néanmoins, avança Jack Ma, vous restez impliqué dans le développement foudroyant du Net. L'économie numérique transforme nos sociétés en profondeur, les frontières sont abolies.

— Et vous avez l'intention de créer un million d'emplois aux États-Unis.

Le Chinois mastiqua un délicieux morceau de bœuf aux épices.

— En dépit de l'aide de mon ami Zuckerberg, pas facile. L'appui de votre père aurait été décisif. Quelles que soient les démonstrations de force, Chine et États-Unis sont obligés de s'entendre. Hors du commerce, point de salut. J'ai une devise : « Ne jamais se résigner à son sort. » Quand j'ai installé le siège d'Alibaba à Hangzhou, que de moqueries et de critiques ! Si notre province ne représente que 4 % du peuple chinois, elle recense 15 % des entrepreneurs les plus riches. Ils sont partis de rien et ont atteint le sommet. Aujourd'hui, cette ville est l'une des plus prospères du pays, et ce n'est qu'un début. Les vertus du numérique sont illimitées. À Pékin, la chaîne KFC vient d'ouvrir un restaurant révolutionnaire. À l'entrée, une borne d'accueil procède à une reconnaissance faciale, connectée à l'ensemble des réseaux qu'utilise le client. Et quand il s'assied à table, on lui sert son menu préféré. Le rêve, non ?

« Le cauchemar », pensa Apsara, en vidant sa coupe de champagne rosé, aussitôt remplie par un sommelier en smoking.

Les hors-d'œuvre terminés, on passait au plat de résistance. Le Chinois souhaitait s'introduire sur le marché américain, mais les mauvaises langues prétendaient qu'Alibaba était le numéro un mondial de la contrefaçon.

— Outre le plaisir de nous rencontrer, questionna Jack Ma, votre visite aurait-elle un autre motif ?

— Déverrouiller, affirma Mark.

— De quelle manière ?

— J'ai un ami qui désire favoriser votre expansion, dans l'intérêt des masses populaires.

— Serait-il indiscret de vous demander son nom ?

— Dieter Cloud.

— Ah…

Mark avait intérêt à quitter la Chine avant que le milliardaire ne s'aperçoive qu'il l'enfumait.

— Et vous interviendriez auprès de lui en ma faveur, monsieur Vaudois ?

— Alibaba mérite un bel avenir.

— Combien ?

— Je n'ai pas besoin d'argent.

— Alors, quoi ?

— Un renseignement.

— De quel ordre ?

— Qui est le Serpent blanc de Hangzhou ?

Jack Ma en resta bouche bée.

— C'est… C'est une plaisanterie ?

— Je me passionne pour la mythologie.

— Une vieille légende locale, rien de plus !

— On a tous nos lubies.

Le Chinois réfléchit.

— La mémoire de cette ville, c'est Tchang, qui aura bientôt cent ans. Il a eu des ennuis, à l'époque de Mao, parce qu'il a osé critiquer la Révolution culturelle.

Comme il a survécu à un camp de concentration, il est devenu une sorte de héros.

— Accepterait-il de me recevoir ?

— Je vous préviens, il n'est pas commode. Peut-être vous mettra-t-il à la porte de son atelier.

— C'est loin d'ici ?

— À deux pas, au bout de l'avenue, en face du cinéma.

Apsara planta son regard dans celui de Jack Ma.

— Un repas d'impératrice. Vous pouvez garder votre cuisinier.

*

Deux minutes avant 15 h, Apsara et Mark sortirent de l'ascenseur et traversèrent le hall de l'immeuble appartenant au directeur d'Alibaba.

Un vigile leur ouvrit la porte vitrée.

Apsara empêcha Mark d'avancer.

— Laisse-moi écouter.

À l'extérieur, une altercation opposait la guide au bon gros chauffeur. Un échange bref et violent.

— Tu as compris ? demanda Mark.

— Pas tout. Chacun exige de l'autre qu'il respecte les ordres de Chen Zedong. Tu connais ?

— Non, mais j'enregistre.

Apercevant le couple, Dou coupa net la discussion et marcha vers lui, souriante.

— Satisfaits de votre déjeuner ?

— Une entrevue très positive, déclara Mark.

— J'en suis enchantée. Allons découvrir Hangzhou.

61

Radis servis en tranches, curry de viande et de légumes, galettes fourrées aux épinards et des *lal pedal*, des caramels, spécialité de Bénarès, avaient permis à Bruce de préserver son tonus. Si son pote Rammad s'était contenté de thé à la coriandre, l'Écossais lui avait vidé une partie de sa précieuse réserve de vin australien, dépassant nettement l'« unité » réglementaire de boisson alcoolisée. Côté recharge de whisky, il devrait s'en procurer dans un hôtel en négociant férocement le prix.

Le feu des épices s'éteignant peu à peu, les deux hommes se dirigèrent vers le temple de l'Or où avait officié Arjun Shukriya. Ils empruntèrent d'étroites ruelles, bordées de boutiques, dont la plupart vendaient des brocarts et, surtout, des statuettes de divinités et autres objets de piété. À cause de la foule, progression difficile. Détruit à deux reprises par les musulmans, le sanctuaire était récent, mais dressait fièrement vers le ciel sa flèche recouverte de feuilles d'or.

Seuls les hindous pénétraient dans le temple ; aussi Bruce attendit-il à l'extérieur, pendant que Rammad discutait avec des ritualistes chargés d'assurer le service des offrandes. Moyennant finance, de petits malins grimpaient à l'étage d'une maison voisine et assistaient de loin aux scènes de dévotion.

Rammad ne fut pas long.

— Arjun Shukriya a-t-il confié à quelqu'un les raisons de son voyage ?

— Pas à ses collègues. Le seul qui sait tout de lui, c'est son gourou, son maître spirituel, le brahmane Nagwa.

— Il niche où ?

— Derrière le temple. Peu probable qu'il accepte de te parler.

— Je tâcherai d'être persuasif.

Une bouffée d'inquiétude envahit Rammad. Les modes de persuasion de Bruce manquaient parfois de délicatesse, et bousculer un brahmane risquait de provoquer une émeute. Maintenant que le nom de Nagwa était lâché, impossible de reculer. Restait à briefer l'Écossais afin d'éviter un processus de destruction massive.

*

Bénarès était à la fois vaste et minuscule, surtout quand on traquait un étranger de la stature de Bruce. Le journaliste serait obligé de sortir de sa tanière, sans doute prêtée par un ami, et de rencontrer des gens pour mener son enquête et aboutir au repaire de John Patmos.

À cette version optimiste s'opposait la pessimiste : Bruce avait déjà exfiltré Patmos, et Mick Feedow, à la suite d'un échec aussi total, n'aurait pas intérêt à réapparaître devant son patron, qui ne lui accorderait pas une retraite tranquille.

L'ex-djihadiste ne croyait pas à la version pessimiste. L'instinct du tueur lui affirmait que sa proie n'avait pas disparu. L'Écossais était encore à Bénarès et le mènerait à la cible.

Encore fallait-il le repérer. Son budget étant illimité, Feedow déploya une toile d'araignée composée de nombreuses paires d'yeux : à l'aéroport, à la gare, chez les commerçants, parmi les mendiants et dans les hôtels. Des avances pour tout ce beau monde, et une prime énorme en cas de succès.

Feedow misait sur les bars autorisés à vendre de l'alcool. Sa réserve épuisée, l'Écossais serait forcé d'en acheter. L'armée d'indicateurs recrutée par le tueur disposait d'un numéro d'urgence grâce auquel il pourrait intervenir au plus vite et ne plus lâcher Bruce.

Méticuleux, il s'imposa une visite approfondie de la ville. Son excellente mémoire topographique valait celle d'un GPS, et des heures de marche entretiendraient sa condition physique.

Feedow ne mangeait que du riz, ne buvait que de l'eau en bouteille non décapsulée, regardait les informations sur CNN, se couchait tôt et, quand les circonstances le permettaient, dormait au moins neuf heures.

De son ancienne vie, il ne regrettait que les exécutions, surtout au sabre. Trancher une tête nécessitait de l'entraînement, de la concentration et de la précision. Souvent, les novices s'y prenaient mal : trop de foi, pas assez de technique, et Mick Feedow était contraint de terminer le travail. Tuer au nom de Dieu impliquait une certaine rigueur.

Son dispositif peaufiné, il s'offrirait une petite Indienne, autour de seize ans, propre et neuve. Même dans une cité sainte comme Bénarès, les rabatteurs ne manquaient pas. Peu importait le prix, seule importait la qualité de la marchandise. C'était le privilège de son nouveau job : ne plus avoir à compter.

Le bordel ambiant ne lui déplaisait pas. Ici comme dans le monde arabe, la corruption remplaçait les lois genre État de droit et *tutti quanti* qui enfumaient les Occidentaux croyant encore à la démocratie. Et la vénération du modèle grec ancien l'amusait au plus haut point. En réalité, dans l'Athènes antique, seul un petit clan, uniquement des hommes fréquentant le gymnase, s'autorisait le droit de voter, à l'exclusion des travailleurs, des femmes et des esclaves. C'était pourtant la référence des politicards qui avaient oublié l'Histoire : débats inutiles et flots de paroles stériles. Pendant que les baratineurs amusaient la galerie, la Machine imposait sa suprématie.

Après un passage formateur par l'État islamique, Feedow s'était rapproché du cœur de la centrale nucléaire, au programme bien défini : éliminer les têtes qui dépassaient.

À sa façon, il était un agent de progrès. Et si les pays leaders de la révolution écologique, tel celui de Robespierre, avaient eu trois euros d'intelligence, ils auraient émis une taxe dissuasive sur les émotions polluantes.

62

La maison la moins pourrie de la ruelle, avec un gardien assis sur le seuil et mâchant son bétel.

— Nagwa est ici ? demanda Rammad.

— Il se fait masser par ses petits-enfants.

— Lorsque ce sera fini, consentirait-il à nous recevoir, moi et mon ami écossais, qui souhaiterait bénéficier de ses conseils de sagesse ?

— Je vais voir.

À la ceinture du pacifique Indien, une belle lame crantée et une pétoire crachant de petits obus. La sagesse avait besoin de protection.

Nagwa était un mâle dominant, un *karta*. Toute la maisonnée, depuis la plus vieille de ses épouses jusqu'au dernier bambin, était vouée à son service. En sa présence, on parlait à voix basse et les femmes se voilaient. Il ne serait venu à l'esprit de quiconque de contester ses décisions, grâce auxquelles trois générations cohabitaient en parfaite intelligence.

Une longue heure s'écoula. Le garde du corps réapparut.

— Bras en l'air, exigea-t-il, avant de palper les visiteurs.

La tête de Bruce ne lui inspirait pas confiance.

— Entrez et déchaussez-vous.

« Ce type-là n'hésitera pas un instant à me transpercer les reins et à me tirer une balle dans la nuque », pensa l'Écossais qui connaissait bien la compassion bouddhique.

Une pièce oblongue, au plafond bas, aux murs caca d'oie, éclairée par une bougie.

Au fond, un vieillard en robe safran et au crâne chauve, assis en tailleur. Devant lui, des pétales de lotus, un godet en cuivre contenant de l'urine de vache et un parchemin couvert de textes sanskrits.

— *Namasté*[1], dit Rammad en joignant les mains par l'extrémité des doigts, paumes tournées vers l'intérieur.

Le brahmane lui rendit sa salutation. Inapte aux courbettes orientales, Bruce resta raide comme un deuxième ligne décidé à piquer le ballon expédié de la touche.

— Vénérable, je vous suis infiniment reconnaissant d'accueillir le journaliste Bruce Reuchlin, rédacteur en chef de *Newsmagazine*. C'est un grand admirateur de l'Inde et de sa civilisation millénaire.

— Asseyez-vous, ordonna Nagwa.

Bruce aurait préféré un fauteuil, même anglais, mais il se contenta d'un tapis et croisa les jambes façon scribe ou adorateur de lotus.

Deux gamins apportèrent des chapatis, galettes fines, du dahl, une soupe de pois cassés, et du lassi,

1. À la fois « bonjour », « bonsoir » et « bonne chance ».

du lait… assaisonné de cumin, de poivre noir et de menthe hachée.

Pas de quoi grimper au septième ciel de la gastronomie selon Bruce.

— Notre monde est soumis à des vents mauvais, estima le brahmane, et nous avons plus que jamais besoin du feu purificateur, afin de préserver l'étincelle divine présente en chaque être vivant.

Bruce n'avait pas remarqué cette étincelle-là chez Hitler, Staline, Mao, Khomeyni et quelques autres, mais il n'avait peut-être pas consulté le bon ophtalmo.

— Seul le sacrifice nous sauvera, continua le brahmane. À Bénarès, nous sommes proches de la source, du lieu où le dieu Shiva a reçu dans ses cheveux les flots de la déesse Gangâ, afin d'amortir le choc de cette inondation céleste qui alimente les âmes.

— Le problème, avec Shiva, observa Bruce, c'est pas qu'il joue du tambourin, mais qu'il manie un serpent salement venimeux et un trident qui troue la peau de n'importe quel colosse. De quoi causer pas mal de dégâts.

Cette observation à teinture psychologique intrigua son hôte.

— Que désirez-vous, monsieur Reuchlin ?

— Conduisez-moi de l'irréel au réel, guidez-moi hors de l'obscurité vers la lumière.

En citant un verset[1] de la *Brihadaranyaka Upanishad*, Bruce sécha son copain Rammad et marqua un sacré point auprès de Nagwa. Cette montagne de muscles orientale ne lisait pas que des illustrés.

1. VIII, VII, 19.

— L'Atman, le Principe créateur, n'est-il pas universel ? interrogea le brahmane. Mais qui peut prétendre posséder sa lumière, tant qu'il n'a pas renoncé aux désirs qui rendent l'âme prisonnière du corps et causent maladie, aveuglement, tristesse et misère ?

— J'en connais un totalement détaché, affirma Bruce : Arjun Shukriya.

— Arjun ?

— L'État islamique lui a tranché la tête.

Le brahmane parut sincèrement affligé. Afin de reprendre contenance, il mastiqua une galette et but du lassi. Rammad l'imita, l'Écossais s'abstint.

— Mon disciple Arjun était un homme bon et pieux, déclara Nagwa avec gravité ; un tel supplice lui épargnera de se réincarner, il se fondra dans l'Âme universelle.

— Votre disciple était parti pour l'Égypte, afin de sauver un autre homme bon et pieux, et de le ramener à Bénarès, hors de portée de ses ennemis. Son ami, nommé John Patmos, a réussi à s'échapper et à se cacher ici.

Le visage du chauve se ferma.

— Puisque le malheureux Arjun était votre disciple, releva Bruce, il vous a forcément parlé de John Patmos, et il a forcément parlé de vous à Patmos. J'ai donc toutes les raisons de supposer que le fugitif s'est adressé à vous et que vous savez où il se planque.

Liquéfié, Rammad fixa les galettes, le riz et le lait aromatisé. Diplomatie piétinée et ligne rouge franchie. Défier un brahmane pouvait conduire directement au bûcher, surtout quand il avait la stature de Nagwa, imbu de son autorité. Une fois de plus, Bruce n'avait pas fait dans la dentelle.

Méditation interminable.

— Nous nous reverrons, décréta le brahmane en se levant.

Rammad salua le religieux, qui se retira.

Par bonheur, l'Écossais ne lui agrippa pas la robe afin de le soumettre à la question, et sortit en compagnie de son copain, plutôt soulagé.

— Excellent, excellent !

— Tu trouves ? Ton béni des dieux n'a rien craché !

— Tu ne te rends pas compte, il a promis de te revoir, sans proférer aucune malédiction ! Ça signifie qu'il accepte de t'aider.

— Dans combien de temps ?

— Les brahmanes ne fonctionnent pas comme nous, ils ont l'éternité devant eux.

— Moi pas, et Patmos non plus. Celui-là a intérêt à se secouer. Sinon, je m'en occuperai.

Rammad n'avait plus qu'à déposer une offrande au temple de l'Or afin que Shiva ne déclenche pas la guerre.

63

Lorsque le barman du Clark's, hôtel de style colonial, vit surgir Bruce, qui ne ressemblait pas à un lord en vacances, son estomac se noua.

Et si c'était lui ?

— Salut, mon gars. J'achète du whisky, et du bon. Paiement cash et pas avec carte de crédit.

En Inde, le mot magique qui ouvrait toutes les portes. Pour lutter contre l'économie souterraine et la corruption généralisée, le gouvernement avait remplacé de manière inattendue et très brutale les vieilles coupures de 500 et 1 000 roupies[1] par de nouvelles, tout en promettant des réductions jusqu'à 10 % si l'on payait par carte de crédit les assurances, les voyages, l'essence ou les péages d'autoroute. En une journée, quatre cinquièmes des billets en circulation avaient été déclarés hors la loi, ce diktat provoquant une belle pagaille et de vives protestations dans le pays entier.

— Je paie cash et en dollars, précisa l'Écossais.

Le barman disparut dans sa réserve.

1. 7 et 14 euros.

C'était bien le type recherché. Fébrile, il appela le numéro de l'homme qui lui avait offert une belle avance et promettait un pactole à qui lui signalerait sa présence.

*

Étendu sur le lit de sa chambre climatisée, Mick Feedow répondit à la deuxième sonnerie.

Une voix hachée, excitée, qui décrivit l'Écossais.

— Tu le retiens dix minutes, ordonna Feedow. Tu es en train de faire fortune, ne gâche pas ta chance.

*

Ça traînait, Bruce commençait à s'impatienter. Si le barman n'avait pas de stock, l'Écossais se fournirait dans un autre hôtel.

Enfin, il réapparut avec deux bouteilles.

La première ne valait guère mieux que de l'eau de Javel, non certifiée d'origine ; la seconde, en revanche, méritait le respect. Elle avait sûrement été volée à un voyageur imprudent.

La discussion fut longue et tendue. Bruce réussit à diviser le prix par deux et considéra le résultat comme correct.

*

Mêlé aux badauds, habillé de vêtements légers et passe-partout, Feedow vit Bruce sortir du Clark's. Cette fois, il ne le lâcherait plus. Soit lui, soit la troupe d'Indiens qu'il avait recrutée lui colleraient au train en permanence.

En versant cash la somme promise au barman et en payant quotidiennement les chargés de filature, l'ex-djihadiste se crédibilisait. À patron généreux, travail sérieux.

*

N'ayant pas envie de jouer les touristes, Bruce réintégra son refuge temporaire. À peine finissait-il de remplir sa flasque d'un whisky de grande classe que Rammad surgit.

— Le brahmane veut te voir. Toi, et toi seul.

— Je connais le chemin.

— Surtout, quoi qu'il te raconte, reste calme et ne le touche pas. C'est vraiment un très saint homme.

— Le genre que je préfère, rassure-toi.

Stressé, Rammad délaisserait le lait aromatisé et viderait quelques canettes de bière en attendant le retour de Bruce.

*

Le garde du corps, la fouille, la pièce oblongue au plafond bas et aux murs caca d'oie qu'éclairait une bougie.

Un silence pesant.

Bruce eut l'impression d'être enfermé dans une cellule d'où il ne serait pas facile de s'évader.

De longues minutes s'écoulèrent.

Deux gamins rigolards déposèrent des coupelles contenant lait, galettes et riz, puis détalèrent en se bousculant.

L'atmosphère se détendait.

Apparut le brahmane, toujours en robe safran. Il s'assit et invita son hôte à l'imiter.

Ni *namasté* ni sourire commercial.

— Pratiquez-vous la méditation ? demanda Nagwa.

— J'en abuse pas. Dans mon job, vaut mieux être speed.

— Voilà l'un des maux de notre époque !

— Quand on veut sauver la peau d'un condamné, on n'a pas intérêt à se regarder le nombril. Sinon, on arrive trop tard.

— La souffrance est au centre de nos existences, il faut apprendre à s'en détacher.

— À la retraite, je prendrai des cours de rattrapage.

— À la suite de vos propos, j'ai médité. Et la réponse est venue.

Là, Bruce la ferma. Le brahmane ménageant ses effets, indispensable d'entrer dans son jeu.

— J'ai décidé de vous aider.

Diplomate, l'Écossais se fendit d'un *namasté* à peu près convenable.

— J'ai rencontré John Patmos, en compagnie de mon disciple Arjun. Leur amitié était profonde et justifiée. Patmos est un homme exceptionnel, d'une grande spiritualité. Sa disparition serait une lourde perte pour notre humanité si malade.

Le brahmane s'interrompit et but un doigt de lait. S'il n'avait rien d'autre à déclarer, Bruce continuerait à patauger.

— John Patmos se cache effectivement à Bénarès, déclara-t-il d'une voix égale. Des purifications quotidiennes lui permettent d'échapper à ses ennemis.

Nouvelle pause. On avançait ; restait l'ultime étape, la localisation du dernier Supérieur inconnu.

— Je ne sais pas où réside John Patmos, reprit le brahmane. Mais je connais un *sādhu*, un saint homme, qui vous guidera. Il se nomme Mandal et vous attendra ce soir, au coucher du soleil, à Manikarnika ghât. Il vous reconnaîtra et viendra vers vous. Dites-lui bien que vous venez de ma part. Mandal vous conduira à votre but.

Nagwa se releva et regagna ses appartements, sans que Bruce ait eu le temps de le remercier.

64

Étalés sur six kilomètres en bordure du Gange, soixante-dix ghâts, des quais sacrés, accueillaient chaque jour des milliers de fidèles, depuis la purification de l'aube jusqu'à l'offrande au feu à la nuit tombante. Un dispositif unique au monde où les brahmanes, experts en textes savants, côtoyaient mendiants, estropiés et touristes, la plupart submergés par le spectacle. Le brouhaha n'empêchait pas les dévots de méditer en posture du lotus, pendant qu'on jetait au fleuve les cendres des cadavres brûlés sur les bûchers rituels.

Dominant les ghâts, des palais de maharadjahs, certains en piteux état, des immeubles qui n'auraient pas dû recevoir un certificat d'urbanisme et des temples plus ou moins lépreux.

La tranquillité n'imprégnait pas toujours les lieux. Au XVIIe siècle, le fanatique musulman Aurangzeb avait démoli un temple hindou pour le remplacer par une mosquée, mais l'inondation de 1949 avait causé l'effondrement du plus haut des minarets. Affiliés à l'État islamique ou à d'autres groupes de la même veine, ses descendants pouvaient envisager à Bénarès un attentat qui ferait la une des médias.

Nu, le corps enduit de bouse de vache et de cendres, le trident de Shiva dans une main et une sébile dans l'autre, Mandal était l'un des neuf millions de *sādhu*, des ascètes ne vivant que de la mendicité. Leur présence rappelait aux individus ordinaires le caractère dérisoire des biens matériels et la nécessité de s'en détacher afin d'atteindre la béatitude. Sans les *sādhu*, l'Inde serait devenue un pays matérialiste, privé d'âme.

L'âme, justement, c'était leur fonds de commerce. Et qui la retenait prisonnière, sinon l'enveloppe corporelle ? Une seule solution pour la libérer : brûler les cadavres. À Bénarès, des ghâts spécialisés fonctionnaient nuit et jour ; enveloppés de lin ou de soie, les morts attendaient leur tour au pied d'un des bûchers. Seuls des intouchables les touchaient !

Et c'est là que Mandal intervenait. Dans toute corporation, il fallait un minimum d'organisation. Le recruteur, c'était lui, et les candidats affluaient, en échange de quelques roupies. Conformément à son engagement spirituel, Mandal n'amassait pas la moindre fortune, car il dépensait ses recettes en s'offrant des petits garçons et de jeunes filles qui jouissaient de son feu créateur.

Soirée superbe, couleurs enchanteresses. Et une belle mission à remplir, sur l'ordre d'un très saint homme, le brahmane Nagwa.

*

Bruce ne raffolait ni des docks de Londres ni de ceux de Bénarès. En s'approchant de Manikarnika ghât, il regretta de ne pas avoir apporté une pince à linge pour se boucher les narines, tant empestait l'odeur âcre des chairs brûlées. Et dire que des pervers payaient de fortes sommes afin de photographier, en toute illégalité, le délicieux moment de la crémation ! À ce parfum particulier s'ajoutait le son que produisait l'explosion des boîtes crâniennes dans les braises. De quoi s'accorder une goulée de whisky, en souhaitant regagner au plus vite une Islande presque déserte en compagnie du dernier Supérieur inconnu.

Un religieux agita une clochette. Puis, maniant une lampe, il traça dans l'espace la forme d'un lotus, signifiant le début de l'offrande du soir au Gange. Le fleuve divin ayant sacralisé la lumière profane, les ritualistes allumèrent lampes, torchères et bâtons à encens, dont les senteurs couvrirent celles de la chair rôtie.

Et le concert commença : clochettes, gongs, conques, tambours. Chef d'orchestre : le Gange, vers lequel se tournèrent tous les regards. Par trois fois, les prêtres offrirent le feu à cette eau céleste.

— Tu es Bruce ? murmura en anglo-indien une voix éraillée à l'oreille de l'Écossais.

Le tout nu ne sentait vraiment pas bon. Mais on ne choisissait pas toujours ses copains de virée nocturne.

— Et toi, Mandal ?

Bruce eut droit au *namasté*. Ce gus-là ne se ruinait ni en sous-vêtements ni en déodorant.

— Je viens de la part du brahmane Nagwa, annonça Bruce.

— Suis-moi, je te conduis vers ce que tu cherches.

*

Mick Feedow observa la rencontre entre le *sādhu* et l'Écossais. Un modèle réduit maigrelet et un géant. Mais le premier mènerait le second à la cible.

Les deux hommes quittèrent le ghât et se dirigèrent vers la ville, contournant le bûcher en pleine activité.

À l'orée d'une ruelle, vingt autres *sādhu*, du même modèle que le guide, se jetèrent sur Bruce, visiblement surpris par la violence de l'attaque. Sa réaction fut à la hauteur de la meute, et certaines parties nobles ou honteuses volèrent en éclats, de même que des bouches et des nez. D'autres tout nus accoururent, tant la résistance de l'étranger était vive. Et l'agressé céda sous le nombre.

Les vainqueurs le couchèrent sur une civière et le ligotèrent. Puis ils galopèrent en direction du bûcher.

Incident inadmissible aux yeux de l'ex-djihadiste.

L'heure d'éliminer Bruce n'était pas encore venue. Sans lui, impossible de retrouver John Patmos.

Aussi Feedow rattrapa-t-il les fossoyeurs, qu'entraînait un Mandal glapissant et pressé de griller vif l'impie que lui avait désigné le brahmane Nagwa. Cet Occidental-là ne devait pas nuire plus longtemps, et sa réincarnation ne serait certainement pas brillante.

Feedow trancha dans le vif, et tira une balle dans la tête de Mandal. En voyant leur gourou s'effondrer, ses employés laissèrent tomber la civière et s'enfuirent.

Le tueur s'écarta et s'assura que des badauds délivraient un cadavre inhabituel, qui commençait à vociférer.

65

Mortelle.

La visite guidée de Hangzhou, assortie des commentaires de Dou à la voix pointue, était mortelle.

À écouter la Chinoise, pas de plus belle ville au monde. Sa prospérité, son dynamisme, sa campagne verdoyante, ses lacs, ses rivières, ses ponts, ses jardins, ses pagodes, ses lotus, ses mûriers… L'ancienne plus grande ville du monde, capitale de la dynastie des Song du Sud, de 960 à 1279, n'avait-elle pas retrouvé sa splendeur d'antan et n'affichait-elle pas le charme de ses paysages, associé à son développement démographique et économique ?

Mark et Apsara eurent droit à un interminable cours d'histoire et de géographie, qui se conclut dans un jardin aux superbes rocailles ; l'eau de son lac était renouvelée chaque mois, le moindre arbre bichonné.

Le paradis sur terre, qui avait accueilli le G20 en septembre 2016.

Dès qu'elle franchit le seuil de leur résidence surveillée, Apsara ôta ses escarpins et se précipita sous la douche, où Mark ne tarda pas à la rejoindre.

— Tu veux leur offrir la Palme d'or du festival de Hangzhou ? protesta-t-elle mollement.

— Ne doit-on pas se comporter en parfaits touristes ? Si je dédaignais une femme aussi belle, ça paraîtrait bizarre. Allez, laisse-moi te masser certains points d'acupuncture afin d'effacer les fatigues de la journée.

Sa tâche de secouriste achevée, Mark revêtit un peignoir et mit en marche un ordinateur portable concocté par Lévi. Les bagages avaient été scannés, mais cet engin banal n'éveillait pas l'attention.

Grâce à un logiciel sophistiqué, Mark repéra la totalité des caméras et des micros, ainsi que la source qui les coordonnait, dissimulée dans le téléviseur. Il l'alluma et fit signe à Apsara de s'asseoir sur le canapé, comme si elle regardait une émission ; puis il reprogramma l'ensemble et s'allongea sur le lit de la chambre à coucher, les yeux clos. Les contrôleurs auraient deux images fixes très plausibles, un dormeur et une téléspectatrice.

Maintenant, s'habiller en vitesse, sortir de la cage dorée et descendre au garage.

Personne.

À côté de la grande porte coulissante, une petite à code. Parmi les vertus de la montre connectée de Mark, celle de pouvoir le casser en quelques minutes. Un bijou technologique à ne pas mettre entre toutes les mains.

Une avenue tranquille, presque déserte, et une faible distance à parcourir pour atteindre l'atelier de Tchang, en face du cinéma.

Mark aurait préféré ne pas emmener Apsara, mais si le bonhomme ne parlait que le mandarin, il aurait besoin d'elle. De toute façon, elle refusait le rôle de potiche.

Une porte métallique, une façade de brique percée de vitres opaques et grillagées, de la lumière, un Interphone.

Il sonna.

On mit du temps à répondre.

— Qui est là ? demanda-t-on en mandarin.

— Mon nom est Apsara, et je suis avec un homme d'affaires, Mark Vaudois. Nous souhaiterions un conseil de votre part.

On raccrocha. Ouvrira, ouvrira pas ?

Mark jeta un œil aux alentours. Ni suiveur, ni guetteur.

La porte métallique s'entrouvrit.

Un vieil homme mal rasé, aux rares cheveux blancs, vêtu d'un pull marron et d'un pantalon de toile bleue.

— Vous voulez quoi ? interrogea-t-il en anglais.

— Un renseignement pour mieux connaître cette ville, dont vous êtes la mémoire.

— Qui vous envoie ?

— Nous venons de notre propre initiative.

Sceptique, le vieux hocha la tête et regarda dans l'avenue.

— Entrez.

Le couple se faufila, leur hôte referma la porte.

Un atelier-boutique plutôt surprenant. Sur des établis, des pistolets, des revolvers, des matraques, des couteaux, des menottes.

Le vieux s'assit devant une assiette de *la mien*, les « nouilles étirées ».

— Vous êtes bien Tchang ? s'inquiéta Apsara.

— Aujourd'hui, oui. Ma mère m'avait appelé « Saleté », afin d'écarter les mauvais génies, et mon père, maoïste acharné, m'a rebaptisé « Sers le peuple ». Elle était belle, leur révolution, celle des tueurs, des voleurs, des menteurs et des fous ! Qu'est-ce qu'ils faisaient, les pauvres, pendant la révolution ? Crever de faim. Et des pourris ont remplacé d'autres pourris à la tête de l'État. C'est ça, la révolution. Maintenant, je me nourris en fabriquant des « outils de sécurité » ; mes préférés, ce sont les bâtons antiémeute.

— Nous courons un risque en venant vous voir, avoua Mark, et nous n'avons pas beaucoup de temps. Savez-vous qui se cache derrière le nom de code « Serpent blanc de Hangzhou » ? Nous avons l'intention de sauver cette personne, dont l'existence, très précieuse, est menacée.

Le vieux cessa de manger et s'essuya le menton avec une serviette en papier, avant de boire une tasse de thé vert.

— Une belle légende… Serpent blanc, une jolie femme, vivait au sommet des montagnes et décida de passer une journée parmi les mortels. Elle tomba amoureuse d'un préparateur de remèdes, au Pont-Cassé, un pont qui semblait brisé selon une certaine perspective. Fidèle, solide face à l'adversité, généreuse, Serpent blanc se mit à offrir des médicaments aux déshérités. Furieuses, les autorités l'emprisonnèrent dans un cachot, creusé sous la Pagode de Leifeng, qui s'est écroulée en 1924, ce qui permit à Serpent blanc de s'enfuir. La mort l'a oubliée, mais elle est vieille, si vieille qu'il faut la laisser en paix.

Mark était désappointé. Soigner gratuitement les pauvres figurait dans la règle des Supérieurs inconnus, mais, avec ces nouvelles informations, Serpent blanc ne pouvait plus se confondre avec John Patmos ! Une ultime étape avant de le retrouver ?

— Nous désirons rencontrer Serpent blanc et nous l'aiderons si nécessaire, promit Mark. C'est important, très important.

— Elle habite la maison du Dragon, dans la vieille ville. Il vous faudra un guide.

Le vieux réattaqua ses nouilles.

— Merci, Tchang, dit Apsara.

*

Songeur, le couple se hâta de regagner la résidence. Un progrès, certes, mais une visite difficile à organiser. Semer l'espionne du régime et dénicher un guide fiable ressemblait à un travail d'Hercule.

Mark rouvrit la porte du garage. À l'instant où Apsara la refermait, le plafonnier s'illumina.

Face à eux, le bon gros chauffeur, calibre en main.

— Où étiez-vous passés ? questionna-t-il d'une voix agressive.

66

Apsara se serra contre Mark, qui fixa le chauffeur.

— Promenade au crépuscule dans une magnifique avenue. Des arbres, de l'air pur, du calme… C'est interdit ?

— Normalement, Mlle Dou aurait dû être avertie et vous accompagner.

— Nous sommes en voyage de noces et avons besoin d'intimité.

— Je vous ai vus sortir et je n'ai pas prévenu Dou, révéla le chauffeur.

— Pourquoi ?

— Parce que le désir de liberté n'a pas complètement disparu dans mon pays.

Là, il convenait de la jouer fine.

— Vous n'êtes pas un… ami de Dou ?

— Elle travaille pour les services de sécurité. Pas moi.

— Pourquoi vous croire ?

— Mon fils a protesté contre le Parti unique. Il est en prison depuis cinq ans, et je n'ai aucune nouvelle. Ma fille l'a défendu sur le Net, et elle s'est volatilisée. Si je me comporte bien, en obéissant strictement aux ordres de Dou, ma supérieure, ils ont une chance de survivre.

— En ce moment, observa Apsara, vous ne vous comportez pas bien.

— Mon fils est fichu, ma fille est détruite dans un bordel à soldats, et j'espère qu'elle aura la force de se suicider. Moi, je n'ai plus rien à perdre, et j'aiderais quiconque s'oppose à ce régime, de n'importe quelle manière. Et vous n'êtes pas de simples touristes.

Mark aurait aimé savoir lire dans la pensée d'autrui ou posséder le talent de Bruce au poker.

Apsara dissipa les hésitations :

— Nous voulons rencontrer le Serpent blanc de Hangzhou et nous avons besoin d'un guide pour nous conduire chez elle demain matin, à la maison du Dragon, dans le quartier ancien.

Le chauffeur réfléchit.

— Possible, à une condition : j'emmènerai l'un de vous, et l'autre retiendra Mlle Dou, coûte que coûte.

— Je m'occuperai de cette vipère, décida Apsara.

*

Nouvelle après-midi de visite sous la férule de Dou, qui rappela au couple que Marco Polo avait qualifié Hangzhou[1] de « cité céleste », juste avant la conquête des Mongols. D'une grande sagesse, selon lui, la population se composait d'hommes pacifiques, au caractère affirmé, et de femmes jouant de leur extrême beauté.

1. Il la décrit sous le nom de Kinsay.

Aux yeux d'Apsara, Dou n'en avait pas hérité. Cette dernière se lança dans un discours sans fin, vantant la fermeture des usines polluantes, la restauration des bâtiments historiques, le strict respect des normes écologiques chinoises, la plantation de milliers d'arbres et la splendeur incomparable du lac de l'Ouest. Le lendemain, avant le départ du couple, Dou leur offrirait une promenade en barque sur le grand canal.

— Accepteriez-vous de prendre l'apéritif avec nous avant cette balade ? proposa Apsara, séductrice en diable.

— C'est délicat…

— Pensez-vous ! C'est l'occasion de vous remercier de tout ce que vous nous avez appris.

— Je ne bois pas d'alcool.

— Le réfrigérateur contient d'excellents jus de fruits chinois.

La guide s'inclina.

*

Après une nuit de sommeil plutôt paisible, en dépit du système de surveillance dûment rebranché, Mark et Apsara devaient se séparer pour mener à bien leur mission. La même angoisse les empoigna. Apsara n'aurait échangé cette existence-là contre aucune autre, et Mark pas davantage. Sauver un frère de leurs pères respectifs, l'entendre parler d'eux, envisager un avenir différent de celui imposé par la Machine, quoi de plus essentiel ? Si ça tournait mal, ils ne se reverraient pas. Et leur baiser fut plus intense que celui de Rodin.

*

Un véhicule utilitaire se fondant dans la circulation, le chauffeur déguisé en livreur et conduisant comme un père tranquille.

— Nous avons deux heures devant nous, annonça-t-il à Mark ; normalement, je déjeune dans un petit restaurant proche de votre domicile et, à 15 h, je vous dépose au grand canal. Votre compagne saura-t-elle retenir Mlle Dou ?

— Apsara utilisera tous les moyens disponibles.

— Vraiment tous ?

— Vraiment.

— Y aurait-il une place pour moi, dans votre avion ? Je suis un peu enrobé, mais je saurai me rendre invisible.

— Toute peine mérite salaire.

*

— Que désirez-vous boire, Dou ? demanda Apsara, moulée dans une robe argentée au décolleté vertigineux.

— Un jus de mangue.

— Et si vous vous laissiez tenter par une coupe de champagne ?

— Désolée, non.

— Un principe moral ?

— Non, non ! Un doigt d'alcool me tourne la tête, et je n'aime pas ça. Où est votre mari ?

— Dans la salle de bains, il se refait une beauté. Les hommes sont beaucoup plus coquets qu'on ne se l'imagine. En Chine aussi, non ?

— Ça dépend des provinces. Mais les coutumes occidentales se répandent partout.

Avec une lenteur calculée, Apsara servit Dou et remplit une flûte de champagne rosé.

— La visite de Hangzhou m'a émerveillée, et vous en parlez si bien ! Auriez-vous suivi une formation d'historienne ?

— En effet, en effet… Vous n'avez pas de verre pour votre mari ?

— J'ignore ce qu'il choisira. Oh, une mèche rebelle ! Je me recoiffe. Asseyez-vous.

Pas moyen de louvoyer plus longtemps.

Apsara réapparut, armée de sa brosse à cheveux, se précipita vers la Chinoise, la lui plaqua sur le cœur et déclencha le rayon paralysant.

Les yeux exorbités, la bouche grande ouverte, Dou marmonna « Vous vous trompez », et s'effondra.

*

— C'est là, dit le chauffeur.

Une vieille demeure, à l'entrée peinte en rouge, surmontée d'un dragon. Afin de se protéger du soleil et de la pluie, les arêtes du toit étaient courbées à l'extrême. Sur la porte, neuf fois neuf clous, comme sur celles des palais impériaux. Malgré son état de délabrement, la maison avait abrité de hauts dignitaires. Au fond d'une ruelle bordée de façades aveugles, elle gisait dans l'oubli et le silence. À l'évidence, un lieu à l'abandon, et une fausse piste.

Mark et le chauffeur se consultèrent du regard. Autant vérifier.

Excepté dans les films policiers, lorsqu'on essayait de forcer une porte d'un coup d'épaule, on se la cassait. Mais celle-là était fine et vermoulue, et l'assaut fut couronné de succès.

Un couloir sombre menait à une grande pièce qu'éclairaient des lanternes. Sur un tapis jaune, une très vieille dame semblait dormir. Autour d'elle, des coupelles contenant du cinabre et des paillettes d'or.

À chaque point cardinal, une femme âgée en longue robe blanche.

Le chauffeur les interpella ; l'une d'elles, au grand front parsemé de rides profondes, dialogua avec lui.

Au terme d'un entretien plutôt vif, elle pleura.

Perdu, Mark recueillit les explications du chauffeur.

— À l'aube de sa cent vingt-septième année, le Serpent blanc de Hangzhou vient de mourir. Elle était taoïste, pratiquait une science interdite, et avait quatre disciples que nous traquions depuis longtemps. Grâce à vous, monsieur Vaudois, nous arrêtons enfin ces déviantes. Ah, vous comprenez… Vous avez misé sur le mauvais cheval. Nous soupçonnons Dou d'être une dissidente, c'est elle qui aurait pu vous aider. Moi, en revanche, je suis un policier honnête. Et vous devrez répondre de vos crimes.

Lui fracasser la tête et s'enfuir ? Impossible. Une nuée d'autres policiers envahit la vieille demeure.

67

La vache sacrée avait un caractère plutôt paisible ; le taureau furieux, en revanche, méritait d'être évité. Les ghâts de Bénarès se souviendraient longtemps de la colère de Bruce qui, s'il avait disposé d'une bombe adéquate, aurait volontiers fait exploser le bûcher où une bande de tout nus crasseux et puants avaient eu l'intention de le rôtir.

Couvert de bleus, une pommette en sang, l'Écossais ne possédait pas le matériel nécessaire et ne pouvait plus interroger le *sādhu* Mandal qui était déjà en train de cramer. Et dans la bagarre, il avait perdu sa mini-étiquette à QR code.

Mais Bruce détenait l'adresse du commanditaire, le brahmane au lait caillé, qui allait entendre parler du paysage. Courant à ses côtés, Rammad tentait vainement de raisonner la bête en rage.

— Qui a coupé mes liens ?

— On n'en sait rien. C'était la confusion, la panique… sans doute un *sādhu* qui ne souhaitait pas voir brûler vif un Occidental.

Un mini-scandale évité, mais un séisme en préparation si l'Écossais dévastait la résidence d'un brahmane. Des guerres avaient débuté pour moins que ça.

Assoupi, le garde du corps n'aperçut pas la déferlante. Il fut soulevé par le col, et délesté de son calibre et de son couteau.

— Ton patron est chez lui ?

— Le brahmane est parti en voyage !

— Où ça ?

— Je l'ignore.

Bruce laissa retomber l'inutile.

Une impasse et un moment de solitude.

— Allons boire un coup, recommanda Rammad, compatissant ; je connais quelqu'un qui pourrait t'aider.

— S'il est du genre de ton brahmane, je préfère l'éviter.

— Non, non… C'est le meilleur astrologue de Bénarès. D'abord, on soigne tes bobos avec une pommade locale. Efficace, tu verras.

*

Une bonne bouille, une bedaine épanouie, un regard direct : l'astrologue inspirait confiance. Son cabinet était une petite pièce aux murs vert pâle, où flottait une odeur d'encens. Des piles de documents, des nattes, un fourneau, une théière et des tasses.

Après avoir demandé à Bruce le lieu, la date et l'heure de sa naissance, il feuilleta des éphémérides et dressa un thème complexe, tenant compte des traditions indiennes, chinoises et occidentales, différentes et complémentaires.

En Inde, les amoureux intelligents ne se mariaient pas sans l'accord d'un astrologue. Si les caractères dissonaient, échec assuré.

— Le ciel m'est favorable ? questionna Bruce, alors que la pommade soulageait les hématomes.

— Vous n'êtes pas un homme ordinaire, et je dois lire dans les neuf cieux. Ceux dont parlaient les anciens sages et qui dictent le destin des peuples et des individus.

Le gus avait l'air sérieux.

— Vous n'êtes pas au bout de vos peines, avertit le savant.

Bruce n'avait pas besoin d'un astrologue pour le savoir.

— Inutile de vous dresser la liste des périls, vous irez jusqu'au bout.

— Et c'est quoi, le bout, d'après les neuf cieux ?

L'astrologue déroula une sorte de papyrus couvert de signes sanskrits et prit le temps de l'étudier.

— Vous recherchez un être du neuvième ciel. Un être porteur d'une lumière qui vacille, et sans laquelle notre monde deviendra aveugle. Il est en danger. En grand danger.

— Et je peux le sauver ?

— Ce destin-là n'est pas tranché.

Bruce se lança :

— L'homme en question s'appelle John Patmos. L'avez-vous croisé ?

— Non.

— Il avait un ami, à Bénarès, Arjun Shukriya, décapité par l'État islamique.

— Arjun m'a consulté, avant de partir pour l'Égypte. Je lui ai vivement déconseillé ce voyage, marqué au sceau des démons, mais il ne m'a pas écouté. Et cette affreuse nouvelle confirme ma prédiction. Sa sœur sera très affectée.

— Il a une sœur, ici ?

— Devadasi, une très jolie femme, une chirurgienne qui a épousé un riche industriel. Elle a décidé de renoncer à la totalité de sa fortune, afin d'élever son âme et d'atteindre le nirvana, en tant que moniale jaïn. Bientôt, elle se dépouillera de ses bijoux et de ses robes, lors de la cérémonie d'entrée dans sa nouvelle famille spirituelle. On lui rasera le crâne et on la couvrira d'une sorte de drap blanc sans coutures, son unique vêtement jusqu'à sa mort. Les jaïns recueilleront son argent, ses appartements, ses voitures et ses autres biens. Vous comprenez pourquoi cet ordre religieux très strict est l'un des plus riches de l'Inde.

— On la contacte comment, cette sainte femme ?

— Elle médite la journée entière chez les jaïns. Peut-être l'apercevrez-vous lors de la purification de l'aube à Panchaganga ghât, « les cinq Gange ». C'est là que confluent le Gange et quatre rivières secrètes.

— Comment la reconnaîtrai-je ?

— Posez votre main sur les textes.

Bruce ne ressentit rien de particulier. L'astrologue, lui, ferma les yeux et laissa son esprit voyager dans les neuf cieux.

Et ça demanda un bon moment.

— Il y aura un signe, annonça-t-il, un signe éclatant qui vous désignera Devadasi.

L'Écossais perçut la réticence du mage.

— Quoi d’autre ?
— Vous désirez tout savoir ?
— Quand on percute, on percute.
— Vous avez un ami, un grand ami. Et lui aussi, comme l’homme de lumière que vous recherchez, est en grand danger.

68

Des crêpes fourrées d'oignons crus et de petits pois frits, du riz noyé dans le curry, de la bière, un doigt de whisky, une nouvelle couche de pommade calmante, et au lit.

Le soleil se pointant à 4 h 30, il fallait le précéder et ne pas rater la belle Devadasi. Avant de s'effondrer, Bruce vérifia les dernières données codées transmises par sa montre connectée.

Aucun appel alarmant de Mark, juste le signal convenu pour signifier que son enquête en Chine se poursuivait, sans résultat ni incident notable. Et Bruce lui avait fourni des infos similaires. Parfois, même les meilleurs astrologues se trompaient.

Bruce dormit peu et mal. Il avait hâte de coincer la sœur du décapité et de lui arracher la vérité : où cachait-elle John Patmos ? C'était elle, la future ex-milliardaire, propriétaire de nombreux locaux à Bénarès et ailleurs, qui abritait le fugitif afin de rendre service à son frère.

C'était encore la nuit, enveloppant Panchaganga ghât, dominé par la mosquée d'un vieil intégriste, le

Moghol du XVIIe siècle Aurangzeb, édifiée avec les matériaux d'un temple de Vishnou que ses disciples fanatisés avaient pris plaisir à détruire. Il n'en subsistait que la base, pieusement conservée.

Bruce accorda un regard à son animal préféré, le taureau sacré de Shiva, dont la statue colossale protégeait les lieux.

Et ce fut l'aurore.

Le miracle quotidien, qui appelait à la vie tous les êtres.

Des centaines de ruelles de Bénarès surgirent des cohortes de silhouettes, tandis que les barbiers affûtaient leurs rasoirs et leurs ciseaux afin d'ôter les poils des pèlerins qui descendraient les marches des ghâts et se purifieraient dans le Gange. Sur chaque gradin, des *lingams*, des phallus qui n'évoquaient nullement l'acte sexuel. Sortant du *yoni*, la matrice féminine, ils symbolisaient le feu créateur jaillissant de la Grande Mère, comme le Christ en gloire des églises romanes sortait de la vulve de la Vierge cosmique.

Le calme de ce moment furtif fut troublé par les chants religieux que débitaient des haut-parleurs. Le hit-parade.

La poitrine ceinte d'une cordelette, des brahmanes procédèrent à leurs ablutions, imités par quantité d'hommes et de femmes, lesquelles se baignaient en sari. Mouillé, il épousait leurs formes, sans offense à la pudeur.

Le rituel imposait de s'immerger trois fois dans le Gange, l'eau du ciel, et de formuler l'invocation « Gloire à notre Mère » avant d'en boire une gorgée pour se purifier aussi de l'intérieur. Ainsi se dépouillait-on de ses péchés et entrait-on de nouveau en contact avec le divin. Rien de plus précieux qu'un petit pot d'eau du Gange que l'on versait dans la bouche d'un agonisant, en espérant qu'il ne se réincarnerait pas et se fondrait dans la plénitude de Brahma, à l'écart du mal et de la mort.

Se levant à une vitesse impressionnante, le soleil éclaira le fleuve, dont la couleur n'avait rien d'alléchant. Bruce se souvint du trouble de Mark Twain devant cet égout ; son guide lui avait rappelé que l'analyse du Gange par les chimistes occidentaux concluait que cette divine artère éliminait toute pollution. « En effet, avait reconnu Mark Twain, aucun microbe ne saurait survivre dans une eau pareille. »

Pas de quoi convaincre l'Écossais de se convertir à l'hindouisme, et moins encore de changer de boisson nationale.

Devadasi se baignait-elle ici, parmi ces centaines de femmes de tout âge ? Un signe éclatant, mais lequel, et Bruce aurait-il l'œil nécessaire pour le repérer ?

Soudain, un flash.

Un crétin de touriste voulait s'approprier le corps d'une belle Indienne au sari mouillé. Des *sādhu* se jetèrent sur le profanateur, lui arrachèrent son appareil et le piétinèrent.

Exclu d'intervenir. Et Bruce n'avait pas identifié la cible du photographe. Si c'était ça l'incident, le bide complet.

Lumière plein pot. Le jour dans toute sa splendeur. Les brahmanes, les yogis, les *sādhu*, les pèlerins, les femmes, les vaches… La purification XXL. Côté spectacle, le must.

Adieu Devadasi.

Des belles filles, il y en avait une flopée. Comme seule Primula impressionnait Bruce, ça ne l'émouvait pas outre mesure. Mais il aurait bien aimé causer avec l'une d'elles afin de mettre la main sur le dernier Supérieur inconnu.

L'astrologue ne valait pas mieux que le brahmane, et Bénarès se terminait en cul-de-sac.

Bruce s'apprêtait à tourner les talons quand des cris le retinrent. Dans le ciel, un nombre inhabituel de vautours, cachant presque le soleil.

Mauvais présage.

Le ballet dura plusieurs minutes, puis l'un d'eux se détacha de ses congénères et survola une femme vêtue d'un sari blanc immaculé. À moins d'un mètre de sa tête, le rapace battit des ailes et relâcha ses serres.

Les voisins de la purifiée distinguèrent un anneau d'or qu'elle recueillit au creux de ses mains jointes.

La nouvelle se propagea par le téléphone indien, et l'on s'écarta lorsque la bénéficiaire sortit lentement de l'eau.

La trentaine, un visage hiératique, une allure conquérante.

Comme signe éclatant, pas trop mal ; Devadasi valait le détour, et l'astrologue ne s'était pas planté.

— Une nouvelle déesse, jugea Bruce.

— Tu te goures, objecta Rammad. Les dieux lui ont accordé le prix du passage.

— Ça signifie…

— Ça signifie qu'elle va bientôt se réincarner.

69

Si Rammad ne déraillait pas et si la belle Devadasi était condamnée à mort par une divinité en forme de vautour, mieux valait ne pas traîner et la confesser avant l'échéance fatale.

Comme partout, et dans toutes les espèces, selon l'immuable loi de la nature, il y avait parmi les femmes des belles et des moches ; les Indiennes n'échappaient pas à la règle. Devadasi, elle, aurait avantageusement remplacé les actrices hollywoodiennes que ni le botox ni la chirurgie esthétique ne parvenaient à extraire de leur gangue robotisée.

Elle progressait vite.

Les marches du ghât à grandes enjambées, une ruelle puis l'autre.

Bruce ne la quittait pas des yeux.

Essoufflé, Rammad craignait une intervention brutale de l'Écossais. Même si agresser une femme n'entraînait pas forcément de graves conséquences, le comportement déplacé d'un Occidental ne serait pas des plus opportuns.

Entre deux bicoques qui souffraient à chaque mousson, un ancien palais en assez bon état.

Devadasi en franchit le seuil, alors que les déménageurs entassaient des meubles sur des charrettes.

Sans hésiter, Bruce la suivit, talonné par un Rammad stressé.

Au pied d'un escalier en marbre, elle se retourna et s'immobilisa.

— Que faites-vous chez moi ?

— Je m'appelle Bruce Reuchlin, journaliste. Vous êtes bien Devadasi ?

Un regard courroucé servit de réponse.

— Sortez immédiatement !

— Je dois d'abord vous parler de votre frère.

— Arjun ? Il est en voyage.

— Le grand voyage.

— Que voulez-vous dire ?

— Les fanatiques de l'État islamique l'ont décapité, en Égypte, dans l'oasis de Khargèh, où vivait son ami John Patmos, qu'il comptait ramener à Bénarès pour le protéger.

— John Patmos, murmura-t-elle, intriguée.

— L'avez-vous rencontré ?

— Possible, il y a longtemps. Mais c'était dans une autre existence.

Deux gringalets passèrent en portant une commode qui risquait de les écraser sous son poids.

Une tristesse fugace assombrit le visage de Devadasi.

— J'ai senti qu'Arjun ne reviendrait pas. C'était un homme bon et juste, dont l'âme est à présent délivrée.

— John Patmos, lui, est revenu, et vous savez où il se cache.

— Les affaires de ce monde ne m'intéressent plus. Je me sépare de mon mari, et je quitte Bénarès pour Bombay où je deviendrai une simple moniale, uniquement préoccupée de mon karma et de la quête du nirvana. Je ne serai ni homme, ni femme, seulement une âme qui se libérera de tout attachement.

Elle grimpa l'escalier.

— On s'en va, recommanda Rammad.

Bruce imita l'Indienne et la rejoignit dans un salon presque vide. Sur un fauteuil chamarré, un balai blanc et un voile de coton de huit épaisseurs. Un vrai jaïn, respectant la non-violence, ne mangeait ni carotte, ni pomme de terre, ni oignon ni aucun légume poussant sous terre, car, en le récoltant, il pouvait tuer un insecte. Même danger en marchant : afin de ne pas en avaler, il fallait se couvrir la bouche de l'épais voile de coton, et le balai pur servait à écarter délicatement toute créature du passage, fût-elle blatte ou fourmi. Bien entendu, il était interdit d'employer un moyen de transport, du vélo à l'avion, car ces engins écrasaient et détruisaient des êtres vivants ; aussi Devadasi rejoindrait-elle Bombay à pied, en veillant à préserver le moindre micro-organisme.

— Je vous ordonne de sortir immédiatement !

— Ne me prends pas pour une bille ; le début de la sagesse, c'est d'éviter l'assassinat d'un homme, en l'occurrence Patmos. Et tu l'as caché afin d'honorer la parole de ton frère.

L'Indienne commençait à vaciller. À l'évidence, Bruce n'était pas un jaïn orthodoxe et ne pratiquait pas la non-violence absolue.

— Vous… Vous vous trompez.

— Alors, dis-moi la vérité.

— Ensuite, vous me laisserez en paix ?

— Si tu ne me racontes pas de blagues.

Devadasi joignit les mains et baissa légèrement les yeux.

— Mentir alourdirait mon karma. J'ai rencontré John Patmos, à Bénarès, en compagnie de mon frère. Nous avons parlé du Principe créateur et du temple d'Hibis, conservatoire des forces créatrices. Puis Patmos a regagné son oasis. Voilà peu, Arjun m'a confié qu'il le croyait menacé et voulait le ramener ici. L'astrologue, disait-il, jugeait la situation critique et l'intervention urgente. Inquiet, Arjun m'a priée, quelles que soient les circonstances, d'accueillir Patmos et de l'aider.

— Et Patmos t'a contactée ?

— Non. Maintenant, je me retire de ce monde et ne pourrai plus rien pour lui.

Bénarès, le terminus. L'Inde, mauvais coup ; Mark avait eu raison de miser sur la Chine.

Une dernière carte à jouer.

— Ton frère savait que tu allais tout abandonner ?

— Bien sûr, et il ne s'opposait pas à ma démarche.

— Pour Patmos, il a forcément évoqué une solution de rechange.

Devadasi fouilla dans sa mémoire.

— Je me souviens… « Si tu quittes Bénarès, a jugé Arjun, tu ne seras coupable en rien. Mon ami John Patmos se rendra à Polonnaruwa, quelqu'un viendra éveiller le bouddha, chaque jour, et le sauvera. » À présent, vous savez tout.

— Bon voyage.

*

Des *sādhu* et autres traîne-savates fileraient Bruce, qui sortit à grands pas de la demeure de la belle Indienne. Elle lui avait sûrement transmis une information importante.

Une information que Mick Feedow devait obtenir à son tour. Interroger une femme, surtout si mignonne, ce serait un plaisir.

Le déménagement touchait à sa fin, la maison serait bientôt vide.

Une seule hésitation, à dissiper sur le terrain : violerait-il l'Indienne avant ou après qu'elle aurait parlé ?

*

Les intouchables à la solde de Feedow déposèrent le cadavre de Devadasi sur un bûcher le jour même. La nouvelle adepte du jaïnisme avait succombé à un malaise, qui permettait à son âme purifiée de s'évader de sa prison corporelle et de rejoindre sans tarder le nirvana. Les jaïns ayant récupéré sa fortune, ils se félicitaient de cette fin heureuse.

La cible ne se trouvait pas à Bénarès, mais au Sri Lanka. Et il suffirait de suivre Bruce pour l'atteindre.

70

Le jet privé de Mark avait été transformé en avion militaire, son équipage remplacé par des Chinois. Fouillés au corps, lui-même, pilote, copilote et hôtesse étaient assis à distance les uns des autres, sous la surveillance de soldats au visage inexpressif.

Avant qu'on lui retire ses papiers et sa montre, Mark avait envoyé à Bruce un signal de détresse. Mais à quoi servirait-il, si on l'expédiait dans une prison de la République populaire, d'où personne ne s'évadait ?

Depuis son arrestation, pas un mot. Le pire, c'était qu'Apsara ne faisait pas partie du voyage. Bon Dieu, ce que Mark aimait cette femme ! Trop réservé, à cause de son caractère et de son éducation anglaise, il ne savait pas comment le lui confier : impossible de vivre sans elle.

Lors de ses stages commandos, il avait frôlé le quota des 5 % de pertes autorisées, et la mort au combat ne l'effrayait plus. Mais la disparition d'Apsara en ignorant ce qu'elle était devenue serait un supplice insupportable.

Mark reconnut l'aéroport de Pékin.

Au pied de l'avion, deux voitures de police. La première pour lui, la seconde pour l'équipage.

Sans brutalité, on l'installa à l'arrière, coincé entre deux costauds.

Toujours pas un mot.

Sur le parcours, un blocage. En colère contre la pollution, les Pékinois avaient entassé des vélos en libre-service, déverrouillés au moyen d'une somme modique. Il n'y avait plus que 10 % des citadins qui utilisaient ce mode de transport, et ils affichaient leur mécontentement par rapport au prix et à la qualité des cycles. Une montagne de plusieurs mètres gênait la circulation, mais la voiture prioritaire se fraya un passage.

Mark se sentait capable d'étrangler ses gardes du corps et de s'échapper. Pour aller où, et sans savoir où se trouvait Apsara ?

Un immeuble moderne, une dizaine d'étages, un garage sous haute surveillance. Ascenseur, en compagnie de quatre policiers. Un couloir mauve, une porte rouge qui s'ouvrit sur une vaste pièce.

Une cinquantaine de mètres carrés, de ravissantes estampes consacrées à des arbres en fleurs, une moquette gris perle, des fauteuils de cuir, un bureau en bois d'ébène derrière lequel se tenait un petit homme au front dégagé et aux yeux vifs.

— Laissez-nous, ordonna-t-il aux policiers. Asseyez-vous, monsieur Vaudois. Heureux de vous accueillir à Pékin. Aujourd'hui, les vents sont favorables, le ciel bleu, l'air agréable. Notre bien-aimé président est très sensible à l'écologie, contrairement aux Américains. Aimeriez-vous du thé au jasmin ?

Mark le lui aurait volontiers jeté à la figure, mais le haut dignitaire semblait entamer une sorte de négociation. Il appuya sur une sonnette à pied, et un domestique en blouse blanche s'empressa d'apporter le nécessaire, qu'il déposa sur une table basse en laque.

Le Chinois prit place face à son hôte.

— Je tiens à vous remercier du service que vous nous avez rendu à Hangzhou. Voilà un certain temps que nous cherchions à mettre la main sur un groupe de dissidentes taoïstes, s'adonnant à l'art interdit de l'alchimie. Ces anciennes pratiques s'apparentent à de la sorcellerie et ne doivent plus avoir cours dans un État progressiste. Grâce à vous, nous avons éliminé des éléments perturbateurs et indésirables. En raison du caractère délicat de cette situation, nous ne vous décorons pas de manière officielle, mais l'expression de notre reconnaissance vous est acquise.

Mark ne toucha pas à son thé. Encaisser autant d'uppercuts en si peu de temps, ça vous coupait toute envie.

— Votre avion a été vérifié, et vous pourrez partir pour Londres dès demain, après une nuit de repos dans un hôtel confortable. Pékin se transforme en destination touristique appréciée, les témoignages de notre glorieux passé attirent le monde entier.

— N'omettez-vous pas un détail ?

— Lequel, monsieur Vaudois ?

— Ma compagne.

Le Chinois prit un air attristé.

— Elle ne relève malheureusement plus de mes compétences, et la justice doit suivre son cours.

— La justice…

— Votre compagne a assassiné votre guide, une personne érudite et remarquable. Une regrettable dispute qui a mal fini. La Chine a raison de se montrer sévère avec les criminels ; en supprimant la peine de mort, l'Occident a commis une grave erreur. Regardez les chiffres de votre délinquance… Soyez rassuré, la coupable bénéficiera des compétences d'un bon avocat. Mais un crime est un crime.

Le Chinois oubliait de préciser qu'il avait été commis par ses services, châtiant une incapable.

Le sort d'Apsara était scellé. Quelle institution internationale, quelle ONG, quel militant des droits de l'homme se soucierait d'une Cambodgienne reconnue coupable de meurtre ?

— Le vent est capricieux, monsieur Vaudois ; nul ne peut prédire comment il tournera, surtout en cette période de dérèglement climatique. Parfois, le destin nous est contraire, et nous devons changer de route. Mieux vaut se méfier des femmes violentes et s'accorder avec une épouse conciliante et douce. Votre avion décollera demain matin à 8 h ; bonne nuit et bon voyage.

Le Chinois se réinstalla derrière son bureau, la porte rouge s'ouvrit, deux policiers entrèrent.

Mark se leva et les suivit.

Une voiture, la chambre d'hôtel, un autre policier chargé de sa surveillance. Demain, l'avion à destination de Londres. Mais Londres sans Apsara, c'était nulle part.

71

Polonnaruwa, un célèbre site archéologique du Sri Lanka. Juste avant l'embarquement, Bruce avait reçu un signal de détresse de Mark. Dans quel guêpier s'était-il fourré ?

Dernière localisation : Pékin. Et plus rien, comme si quelqu'un avait supprimé toute possibilité de contact. Version optimiste : la montre connectée en rade. La pessimiste : Mark en pleine panade, style services secrets chinois, à l'humanisme douteux.

Bruce s'accordait quelques heures de délai, le temps d'atterrir à Ceylan. Si Mark ne donnait pas signe de vie, il laissait tomber la piste de John Patmos et fonçait à Pékin.

Même en plein brouillard.

*

La chambre d'hôtel international aseptisée. Et la déprime absolue. Plus aucune chance d'agir. Pas de Patmos en Chine, et plus d'Apsara dans le vol de retour à la case départ. Pas un échec, un désastre.

Mark songea à son père. S'était-il enfoncé dans de pareils sables mouvants, avait-il réussi à s'en sortir ? Au moins pouvoir se battre, ne pas rester inerte à se lamenter !

Bruce était alerté, mais il n'avait aucun moyen d'intervenir. Et s'il se précipitait en Chine, il se casserait la tête contre une grande muraille.

Comment se comportait un fauve traqué ? Il cherchait une issue. Et s'il n'en trouvait pas, il mourait en attaquant le chasseur qui le croyait incapable de lutter, à cause de ses blessures.

Le chasseur, ce haut fonctionnaire chinois, qui dictait sa loi sans avoir prononcé son nom.

Et si…

Un téléphone fixe sur la table de nuit. Peut-être l'instrument de la survie.

Mark composa le numéro qui le mettrait en contact avec la montre connectée de Bruce, où qu'il soit.

*

En avion, turbulences ou pas, Bruce dormait comme un bébé, accumulant des heures de sommeil, en prévision de nuits blanches. Comme les chiens, il s'éveillait à la moindre bizarrerie.

Un appel.

Un appel de Mark.

L'Écossais colla le cadran à son oreille.

— Tu défriches, Bruce ?

— Je vole au-dessus d'un nid qui contient peut-être des vipères. Toi, tu es où ?

— À Pékin, entre les mains de la police chinoise. Et mon appel est en clair.

Mark était un joueur d'échecs de niveau international, et ne déplaçait jamais une pièce au hasard.

— Tu n'aurais pas besoin d'un coup de main ?

— Chen Zedong, tu connais ?

— On ne s'embrasse pas tous les matins, mais je connais.

— Bien ?

— Très bien, si on cause du même bonhomme.

Mark en donna une description détaillée.

— C'est lui, conclut Bruce, le disciple du principal conseiller de Mao, le Maître des ténèbres, responsable de millions de morts.

Puisqu'on parlait clair, autant alimenter la fréquence.

— Tu as un dossier sur Chen Zedong ? s'enquit Mark.

— Du gratiné et de l'explosif ! Ce type est l'exécuteur des basses œuvres du Parti. À côté de lui, le patron de la CIA est un amateur.

— Tu peux publier ?

— Je peux.

— Mets ta rédaction dans les starting-blocks. Je me grille et je te grille aussi, mais cette affaire doit sortir.

— Quand on a séjourné à Bénarès, on s'habitue à l'odeur du cramé. Sortir le dossier Chen Zedong provoquera un tsunami, mais j'ai encore mieux pour lui faire avaler sa langue. Je sais à qui envoyer quelques anecdotes croustillantes à son sujet. L'un des membres du comité central du Parti sera ravi de les utiliser.

La porte de la chambre d'hôtel s'ouvrit à la volée, un policier se rua sur le téléphone et le fracassa à coups de crosse. Deux autres se saisirent de Mark.

Communication coupée.

Bizarrement, Bruce fut rassuré. En pleine mouise, Mark tentait une manœuvre décisive. Si ça foirait, il passait à la trappe, et l'Écossais le suivrait de près. Si ça marchait, un joli numéro d'équilibriste.

Bruce appela sa rédaction. Même les services secrets chinois ne parviendraient pas à stopper *Newsmagazine*.

*

La froideur de Chen Zedong aurait effrayé Hercule au mieux de sa forme, et Mark, les côtes douloureuses, n'en menait pas large. Il avait joué sa seule carte, le Chinois pouvait l'écraser comme un vulgaire insecte.

— Vous êtes un homme audacieux, monsieur Vaudois. Très audacieux.

— Question de caractère. J'ai les gènes de mon père.

— Le dossier dont parle votre ami Bruce n'existe pas. C'est du bluff.

— Bruce est bourré de défauts, un peu comme Donald Trump, mais c'est un gros bosseur, il déteste mentir, fait toujours ce qu'il annonce et gagne à la fin du match, sur les genoux si nécessaire. Je me souviens d'une équipe qui avait beaucoup d'avance et croyait avoir gagné, à dix minutes du terme. Bruce s'est déchaîné, a transpercé la défense et piétiné l'adversaire. Des essais à l'arrache, et une victoire impossible.

— Du bluff !

— Vérifiez. Si je pars demain sans Apsara, les dragons seront lâchés. Le temps d'annuler Bruce, ce sera trop tard. Et c'est votre brillante carrière qui sera annulée.

Le Chinois tripota un bâtonnet à encens.

— Admettons que ce dossier existe. Que proposez-vous ?

— Il reste dans les ténèbres, comme votre maître. Et Apsara rentre à Londres avec moi.

Un as du jeu de go d'un côté, un as des échecs de l'autre. À son poste, Chen Zedong savait prendre de la distance. Et lorsqu'il frappait, c'était à la manière d'un cobra.

Un long temps de réflexion afin d'évaluer les arguments de l'adversaire.

— La mort de votre guide, un regrettable accident. Votre compagne est lavée de tout soupçon, à deux conditions : ne remettez jamais les pieds en Chine, et qu'aucun article me concernant ne paraisse, sous quelque forme que ce soit. Sinon, vous regretterez d'avoir trahi votre parole.

72

Avant d'atterrir à l'aéroport de Colombo, ville moderne sans autres attraits que sa végétation luxuriante, Bruce était parvenu à joindre son copain local, Mahinda, portant le même nom qu'un prince lointain qui avait converti le roi de Ceylan au bouddhisme. Ceylan, Sri Lanka depuis l'indépendance de 1972, autrement dit l'île des « tueurs de lions », qui avaient surtout à combattre les Tigres, les guérilleros tamouls qui voulaient dévorer une bonne partie du territoire. Attentats, massacres, exécutions sommaires avaient laissé des traces profondes et des haines tenaces entre communautés. Ici comme ailleurs, en dépit de l'implantation ancienne du bouddhisme, l'islam progressait à grande allure.

La cinquantaine fatiguée, une tête de fouine, un beau costume blanc, Mahinda était un autre genre de prince, celui des combines. Il trafiquait dans les spécialités cinghalaises, le thé, les pierres semi-précieuses, les perles, l'hévéa à caoutchouc et l'ananas. À son service, une armée de miséreux, qu'il payait au salaire minimum non garanti. Ayant dénoncé quelques collabos tamouls, il avait l'oreille des autorités, possédait un 4 × 4 en bon état et dénicherait un logement potable, qui dispenserait Bruce de se montrer dans un hôtel.

Les deux hommes se tombèrent dans les bras. Une visite fort appréciée de Mahinda, car l'Écossais honorait ses paiements en dollars, et non en roupie cinghalaise, assez peu cotée à l'international.

— Je t'emmène où ?

— Polonnaruwa.

— Direct ?

— Direct.

— On reste là-bas combien de temps ?

— Le moins possible. Peut-être quelques jours.

— C'est sympa, comme bled, si on aime les vieilles pierres. Tu me laisses un quart d'heure pour régler des problèmes d'organisation ?

— Magne-toi.

Son client ayant l'air légèrement tendu, Mahinda ne traîna pas, et le 4 × 4 emprunta une route qu'encombraient des véhicules à moteur d'âge et de provenance variés, des vélos, des charrettes lourdement chargées que tiraient des bœufs bossus à grandes cornes, des pousse-pousse aux pneus parfois un peu lisses, et des piétons, la plupart pieds nus. On pouvait aussi croiser un bus rouge anglais à impériale ou un éléphant partant au travail. Le chien errant qui avait la mauvaise idée de traverser devait posséder plusieurs paires d'yeux.

Environ 200 kilomètres à haut risque, mais Mahinda conduisait en souplesse et, grâce à son pare-chocs dissuasif, savait s'imposer dans les moments chauds.

— Ça boume, ton job ? demanda Bruce.

— Je suis victime de la mondialisation, comme tout le monde. Les perles, c'est duraille ; les contrefaçons chinoises pourrissent le marché des bijoux et des pierres précieuses. Et puis le touriste moyen devient méfiant et mesquin. Je m'en sors, mais juste.

— Autrement dit, tu augmentes tes tarifs.

— Bien obligé. T'auras un prix d'ami.

« C'est-à-dire deux fois plus cher que pour le chaland ordinaire », pensa l'Écossais.

— T'as une passion nouvelle pour l'architecture bouddhique ? s'inquiéta le Cinghalais.

— En vieillissant, tout m'intéresse. On n'est jamais assez instruit.

— Cesse de me charrier ! Tu vas pas mettre à feu et à sang un haut lieu touristique ?

— Ça dépendra du résultat obtenu.

— Et tu escomptes quoi ?

— Un type qui me doit une confidence.

— C'est qui ?

— J'en sais rien.

La conduite se crispa. Le problème, avec Bruce, c'est qu'il ne s'arrêtait pas avant de défoncer le mur, même épais et infranchissable.

— Pour le moment, précisa Mahinda, Polonnaruwa est en paix, et les bouddhistes y prient en toute tranquillité.

— Tout évolue très vite, de nos jours.

— Ce type… Il est dangereux ?

— Pas la moindre idée.

— Et tu le reconnaîtras comment ?

— L'instinct.

Là, selon le prince de l'arnaque cinghalaise, on partait sur des bases douteuses.

— Et si tu ne déniches pas ton bonhomme ?

— Ne me porte pas la poisse, tiens ton volant et regarde la route.

Mahinda, dont la pratique religieuse était assez succincte, pria pour que cette expédition se termine rapidement et sans dégâts majeurs. Vu le caractère délicat de l'entreprise, il salerait sa facture.

Un appel sur la montre de Bruce. Tweet codé.

Traduit en clair, l'une de ces nouvelles qui vous redonnent un moral de mammouth au printemps :

Bye-bye la Chine. En vol vers le sweet home,
Apsara à bord. Néant, mais rien de cassé.

Mark et Apsara indemnes, c'était l'essentiel. « Néant » signifiait que le dernier Supérieur inconnu ne se planquait pas en Chine, mais au Sri Lanka.

73

Le Sri Lanka, c'était le royaume des arbres : cocotiers ayant autant d'usages que l'année de jours, bananiers, mangoustaniers, goyaviers et autres canneliers. Sans exclure ces parures tropicales, la région de Polonnaruwa présentait des avantages : un paysage vallonné, et une herbe abondante qui nourrissait des vaches laitières dont on ne voyait pas les côtes. Un look évoquant la campagne anglaise. Nettement plus rassurant que la jungle où pullulaient des bestioles inhospitalières.

Pas de village à proximité immédiate du site archéologique, cher au cœur des bouddhistes cinghalais. Résidence royale dès le IVe siècle apr. J.-C., Polonnaruwa avait connu son heure de gloire sous le règne de Parakrama Bahu[1]. Riche capitale au XIIe siècle, dotée d'un immense réservoir d'eau[2], nécessaire pour les rites, la vie quotidienne et l'agriculture, elle avait été pillée et ravagée au XIVe par les inévitables Tamouls.

---

1. 1153-1186.
2. Environ 2 400 hectares.

Un demi-millénaire de sommeil, et la découverte de vestiges par les archéologues anglais.

Le roi Parakrama Bahu, plutôt moche selon les sculpteurs de l'époque qui ne le flattaient pas, s'était comporté en grand bâtisseur, en excellent administrateur et en chef de guerre. Son armée avait remporté des victoires dans le sud de l'Inde, tandis que ses architectes édifiaient de somptueux sanctuaires et creusaient des canaux d'irrigation. Ceylan n'avait plus connu un monarque de cette envergure, et sa capitale, contemporaine d'Angkor, résistait aux siècles, dominée par un dagoba, une tour sacrée de soixante mètres.

Un genre de bout du monde nostalgique, entouré de verdure. Belle occasion pour les bouddhistes de méditer sur la vanité de la puissance temporelle et de la gloire passagère. Le vœu de pauvreté protégeait les moines de ces errements.

Un must, qui attirait touristes et pèlerins : trois bouddhas géants, l'un debout, le deuxième assis, le troisième couché. Ceux-là, les islamistes ne les avaient pas encore dynamités.

Les interprétations divergeaient. Le bouddha couché, long de quatorze mètres, gisait-il sur son lit de mort, ou dormait-il, la tête reposant sur un coussin, la main droite contre son oreille, le bras gauche allongé ? Et le bouddha debout, haut de sept mètres, juste à côté, les bras croisés, n'était-il pas une représentation de son disciple, Ananda, assistant à l'agonie de son maître ?

Pendant que Mahinda se procurait des fruits et de l'eau, Bruce se rinça le gosier au whisky et observa les admirateurs : des Occidentaux en vêtements légers, des Indiens privilégiant une tunique à col montant, des femmes en saris de toutes les couleurs, ornées de boucles d'oreilles, de bagues, de bracelets aux poignets et aux chevilles, et bien entendu des bhikkhus, les moines en robe jaune ou orange, allant souvent par deux et abritant leur crâne rasé sous un parapluie.

Bruce remarqua un solitaire, qui lui rappelait quelqu'un. Oui, c'était le sosie de Ioda, le petit bonhomme vert de *La Guerre des étoiles*, âgé de neuf cents ans, se déplaçant difficilement avec une canne, mais maniant le sabre laser avec une redoutable efficacité ! Même front ridé, mêmes grandes oreilles, même regard vaguement moqueur. Dissimulait-il son sabre sous sa robe jaune ou avait-il pris sa retraite de guerrier ? Imprudent, surtout si un démon ténébreux rôdait dans les parages.

Le vieillard s'assit sur un muret en brique et contempla le bouddha couché, comme s'il apprenait à maîtriser la mort. Les amateurs de photos et de selfies s'en donnaient à cœur joie, une rousse s'entartinait de crème à bronzer, des assoiffés vidaient un soda, des gamins couraient, un bébé pleurnichait.

« Quelqu'un viendra éveiller le bouddha, chaque jour, et le sauvera », avait indiqué la belle Devadasi. Comment interpréter ses paroles ? Une certitude, John Patmos était venu ici. Avait-il suivi la voie et atteint le nirvana, était-il devenu un gisant, caché quelque part sur ce site, tel un agent « dormant » qu'il fallait réveiller ? Et son protecteur s'adresserait-il à Bruce, à supposer qu'il l'identifie ?

Trop de questions et pas assez de réponses.

Bruce alterna pauses et marches lentes, sans s'éloigner du bouddha couché, avec l'espoir que ce « quelqu'un » l'aborderait.

Au coucher du soleil, néant. Comme Mark en Chine. Pas de quoi pavoiser. L'Écossais avait mangé des mangues et bu de l'eau en bouteille, ce qui n'améliorait pas son humeur.

Mahinda s'approcha.

— Faut y aller. On passera la nuit dans une chambre d'hôte, pas trop loin d'ici. Tu veux retenter ta chance demain ?

— Je veux.

Le prince de la débrouille éprouva un certain soulagement. Certes, l'échec de l'Écossais le rendait aussi aimable qu'un taureau en rogne, mais aucune catastrophe n'avait dévasté Polonnaruwa.

Bruce traîna des pieds jusqu'au 4 × 4, guettant un signe quelconque. Rien de rien.

— C'est bon de méditer, estima Mahinda en mettant le contact. Avec nos vies de fous, on risque le *burn-out*. Une journée paisible, sous le regard des bouddhas, ça vous remet les idées en place.

— Si tu la fermes pas, je pourrais passer mes nerfs sur ta cafetière.

Pas de doute, l'Écossais était à cran. Sa part méditative n'avait pas été illuminée.

Prudent, le Cinghalais se concentra sur sa conduite, d'autant plus que la piste menant au gîte présentait quelques défauts et ne se prêtait pas aux excès de vitesse.

Accompagnant la tombée du jour, des chants d'oiseaux n'égayèrent pas Bruce.

74

Au sein d'une végétation oppressante, la demeure d'un archéologue anglais, amoureux de Ceylan et de Polonnaruwa. Il avait dû y vivre heureux et jouir d'un confort appréciable, assez altéré depuis la reprise en main de la bâtisse par les loueurs locaux.

Avantage non négligeable : pas d'air conditionné, mais des ventilateurs coloniaux. Le reste, en revanche… Boiseries pourries, défilés de cafards et de fourmis géantes, peintures écaillées, fauteuils rongés par l'humidité.

— La nourriture est bonne, assura Mahinda, d'une voix gênée.

Un domestique pieds nus salua Bruce et l'invita à pénétrer dans une salle à manger digne de l'époque victorienne, mais au bord de l'effondrement. À peine l'Écossais s'asseyait-il avec inquiétude sur une chaise paillée, qui ne supporterait pas longtemps son poids, que trois jeunes femmes en sari déposèrent sur la table branlante du crabe au curry, des poivrons, du poulet cuit à l'étouffée avec des épices, et des boulettes aux ingrédients non identifiables. Pas de couverts, et des feuilles de bétel contenant une pâte au citron, de l'anis, de la cannelle, et servant à la fois de rince-bouche et de pâte dentifrice. Une montagne de riz accompagnait les plats.

— Du thé te suffira-t-il ? questionna Mahinda.

— Tu m'as bien regardé ?

— Il reste quelques bouteilles datant de l'époque de l'ex-propriétaire, mais elles sont hors de prix.

— Négocie.

La vieille baraque ne résisterait pas à une colère de Bruce. Un bon quart d'heure aboutit à un prix exorbitant, que l'Écossais accepta. En cas de déshydratation, on ne la jouait pas mesquin. Et il ne fut pas déçu : un grand cru classé de Bourgogne et un honnête whisky. De quoi faire glisser la nourriture locale.

*

La chambre se décomposait lentement et comptait un hôte indésirable, un scorpion qui se carapata quand Bruce alluma la lampe à pétrole.

Secours indispensable : une moustiquaire. Sur la table de chevet vermoulue, un dagoba miniature, tronc de cône en forme de cloche, écartait les mauvais génies.

Cette journée inutile avait crevé Bruce. Avant de plonger dans de beaux rêves où il rencontrerait le dernier Supérieur inconnu, il se connecta à Mark.

OK d'un côté comme de l'autre. Et son pote préviendrait Primula et Bruce Junior que l'explorateur se la coulait douce.

*

Devadasi avait parlé de quelqu'un qui serait là tous les jours. Et il y en avait un, toujours assis sur son muret de brique, face au bouddha allongé, endormi, agonisant ou mort.

Ioda, le vieux bonze en robe jaune.

Quand on avait un peu vécu, à condition de ne pas être un rationaliste borné, difficile de croire au hasard.

L'Écossais s'assit à côté du vieillard.

— Bruce Reuchlin. Vous parlez anglais ?

— J'ai séjourné à Oxford, il y a très longtemps. Vous dirigez un hebdomadaire redouté. Je n'y vois plus assez clair pour le lire, mais l'un de mes disciples me résume les passages les plus croustillants, surtout ceux de votre plume. Comme on dit en Europe, vous n'y allez pas avec le dos de la cuillère.

— Je suis drogué à la vérité.

— Alors, vous ne risquez pas l'overdose, puisque notre monde est bâti sur le mensonge, qui finira par ronger ses fondations. L'intérêt d'avoir cent sept ans, c'est la perte des illusions et la vision apaisée de la frontière entre l'ici-bas et l'au-delà.

— John Patmos, ça vous branche ?

— Ce bouddha couché… À votre avis, il est mort ou il dort ?

— Il roupille, et quelqu'un doit le réveiller. Et ce quelqu'un, c'est vous.

— Ne me prêtez pas tant de pouvoir, je ne suis qu'un moine à la veille de se fondre dans l'Univers d'où nous sommes tous issus. L'Éveillé, c'est le Bouddha lui-même. Et lorsqu'il s'endormira à jamais, l'humanité disparaîtra.

Les trois bouddhas, assis, debout, couché… Bruce pensa à ses deux terre-neuve, auxquels il avait tenté d'apprendre ces trois attitudes de base. Quand il ordonnait « debout », ils se couchaient, et le reste à l'avenant. Si on s'égarait dans la théologie, on finirait en salmigondis. Puisque le vieux était en bout de course, autant le bousculer.

— John Patmos, vous l'avez rencontré ?

— Il y a des humains plus ou moins vivants, et beaucoup de morts qui croient vivre parce qu'ils tuent leurs semblables. Celui-là était animé de la lumière du neuvième ciel. Désirez-vous la contempler ?

Pas le moment de tergiverser.

Le vieux se releva et s'ébranla en s'aidant de sa canne, et l'Écossais se régla sur son pas.

Il le conduisit jusqu'à un monument modeste, souvent ignoré, un lotus aux huit pétales de granit creusé dans le sol, au milieu d'un champ.

— Ici, révéla le moine, la lumière est née d'elle-même. Et quiconque la saisit à sa source échappe à la mort.

— Genre John Patmos ?

— Quand je lui ai montré ce lotus, j'ai senti qu'il le connaissait depuis toujours. Un homme, certes, mais d'une espèce particulière.

— Vous l'avez vu quand ?

— Un jour de grande chaleur où même les éléphants étaient perturbés.

— De quoi avez-vous parlé ?

— De l'Atman, l'Homme cosmique, dont le corps est démembré afin de former l'Univers, les étoiles, les planètes, la terre, les éléments, les animaux, les minéraux, les végétaux et les humains.

— À part ça, il n'a pas sollicité une planque dans le coin ?

— Vous êtes intuitif, Bruce.

Et si l'Écossais touchait au but ? Le vieux savait. Mais avait-il envie de transmettre ?

— Cette île n'est plus un refuge, déclara-t-il. Et j'étais trop âgé pour suivre John Patmos, qui m'ouvrait pourtant un horizon au-delà du bouddhisme. Ce n'est pas ici que l'esprit survivra, et un Supérieur inconnu n'aurait aucune chance de se soustraire à la broyeuse.

La gueule de bois. Le Sri Lanka, fini et foutu. Et Bruce à la ramasse.

— Êtes-vous un ami de John Patmos ? demanda l'ancien.

— Non, juste un secouriste. J'en ai bavé en tentant de mettre la main sur ses copains, et j'ai foiré. Celui-là, j'aimerais bien le sauver du tsunami.

Le vieux fixa le lotus de pierre. Ou il causait, ou Bruce repartait les poches vides.

— « Puisque je ne trouverai ici ni force ni sécurité, m'a-t-il confié, j'éveillerai Sibi et Muri. »

*

À bonne distance, incognito parmi les touristes, habillé à l'indienne, se protégeant à l'aide d'un parapluie, Mick Feedow avait déclenché le processus de lecture sur les lèvres.

Il en savait maintenant autant que Bruce, continuerait à lui coller au train, et ne jugeait pas nécessaire de supprimer le vieux bonze.

75

Bruce tapa sur l'épaule du *butler*.

— Eh ouais, je suis de retour ! T'as une petite mine, mon gars.

Le *butler* aurait dû prononcer quelques mots, du style : « Avez-vous fait bon voyage ? » mais la vision de cet Écossais monstrueux, vêtu comme un baroudeur, le tétanisa.

— Ton patron est là ?

— Monsieur est à la piscine, avec Madame, et je crains que…

— Apsara se baigne toujours à poil, je sais. T'inquiète, je sifflerai dans l'escalier et Mark lui refilera un peignoir. À propos de siffler… Descends-nous du whisky et du bourbon. J'hésite encore, et je boirai sûrement les deux. L'avion, ça déshydrate.

Rien n'était prévu, dans l'éducation d'un *butler* de luxe, pour ce genre de tornade. Maintenant, l'angoisse : combien de temps l'Écossais allait-il séjourner dans l'hôtel particulier des Vaudois ? Premier impératif : prévenir le cuisinier. Bruce ne se contenterait pas de trois grains de quinoa.

*

Sans surprise, Apsara demeurait allergique au maillot de bain et nageait à belle vitesse, avec une grâce inimitable. Malgré le signal lancé par Bruce, elle termina son mille mètres en crawlant, tandis que Mark quittait son siège de voyeur et recevait une accolade à vous briser les vertèbres.

— Bon Dieu, j'ai eu la trouille ! avoua Bruce.

— Et moi donc…

— Amoureux, à ton âge ! Faudrait te détacher, façon bouddhiste.

Quand Apsara sortit de l'eau, elle donna plutôt envie de se coller à son corps magique. Gentleman, Mark l'aida à enfiler un peignoir d'un mauve tendre.

— Tu es mal rasé, dit-elle à Bruce, mais on s'embrasse quand même.

L'Écossais prit garde à ne pas écrabouiller la Cambodgienne.

Un toussotement prévint de l'arrivée du *butler*, qui avait pris soin d'observer qu'une décence élémentaire était respectée. Il déposa sur une table ronde un plateau chargé de bouteilles, de verres, d'un seau en argent contenant des glaçons et de canapés au saumon.

— Le déjeuner sera prêt à midi, annonça-t-il.

— Ça tombe bien, constata Bruce ; on s'en jette un ou deux, et on déboule.

Le *butler* avait une idée précise de ce qu'on pouvait endurer sur un chemin de croix. Des siècles d'expérience, de père en fils, lui permettraient peut-être de tenir bon.

— Bourbon ou jus de mangue, cocotte ? demanda Bruce à Apsara.

— Bourbon sec.

L'Écossais la servit, versa à Mark une dose normale de whisky avec deux glaçons, puis s'octroya l'identique et se cala dans un fauteuil, au bord de la piscine.

— Bon Dieu de bon Dieu de bon Dieu, s'exclama-t-il, encore sous l'influence du mysticisme hindou ; dire que j'ai failli rôtir sur un bûcher de Bénarès !

— Je garderai un très mauvais souvenir des prisons chinoises, ponctua Apsara.

— Sans Bruce, tu y serais encore, ajouta Mark.

Ça valait bien un sourire à faire fondre l'Himalaya et une bise à rendre rose de confusion un gigantesque deuxième ligne de rugby.

— Si on n'aide pas les vrais amis…, marmonna-t-il avant de vider son verre et de le remplir à nouveau.

Les canapés au saumon ne résistèrent pas au récit des mésaventures chinoises et indiennes, le trio partageant au moins une satisfaction : avoir survécu et se retrouver.

— Pour le reste, constata Mark, ratage complet, et pas de Supérieur inconnu à l'horizon.

— Complet, complet, objecta Bruce, faut pas pousser !

Une discrète clochette. L'appel au déjeuner.

— Je vous raconte à table.

Soufflé au parmesan, salades mélangées, gigot d'agneau, ses haricots et son gratin dauphinois, plateau de chèvres et charlotte au chocolat et au rhum. Mark accepta la proposition du *butler*, un rioja d'exception, rouge à la fois puissant et gouleyant.

Bruce, qui commençait à se lasser de la gastronomie indienne, ne rata pas les deux erreurs que le *butler* préféra oublier : se resservir et terminer les plats. Ce dernier se hâta de déboucher la prochaine bouteille.

— Vous avez foiré en Chine, j'ai foiré en Inde, reprit l'Écossais ; mais reste le Sri Lanka. Là, j'ai rencontré un drôle de zigoto, le sosie de Ioda de *Star Wars*. Je parle des six vrais films, pas du septième épisode, ce navet avec un Dark Vador au rabais qu'ont encensé les critiques, tout à fait indépendants et désintéressés. Le bonhomme prétend avoir cent sept ans et admet avoir causé avec John Patmos, qui comptait se réfugier sur l'île. Le vieux l'en a dissuadé.

— Dommage pour lui et pour nous, regretta Mark ; on l'aurait récupéré à temps.

— Le vieux connaît bien le coin, et Patmos avait le feu aux fesses. Comme le Sri Lanka n'était plus une base de repli, Patmos s'est carapaté, et a confié au vieux qu'il avait un but : réveiller Sibi et Muri. Ça sonne plus comme Charybde et Scylla que Roméo et Juliette, mais on doit en tirer quelque chose. Ton père a-t-il prononcé ces mots-là ?

Mark hocha la tête négativement.

— Et le tien, gamine ?

— Pas davantage.

— Sibi et Muri… Deux bonshommes, des noms de lieux, des plats exotiques ?

— J'explore la bibliothèque de Saint-John, décida Apsara.

— J'appelle Lévi, notre génie de l'informatique, décréta Mark ; en croisant quelques milliards de données, il nous fournira des pistes.

Bruce s'était refait du sang neuf avec le rioja.

— Les amoureux, vous n'avez pas reniflé un suiveur, pendant vos vacances en Chine ?

Silence sur la ligne.

— Bizarre, quand on sait que l'ordure de Dieter Cloud emploie Wu, un ex des services secrets chinois… Moi, en revanche, j'ai des doutes. Qui m'a sauvé du macro-ondes à Bénarès ? Sûrement pas l'un de ces tout-nus de *sādhu*. On me filait le train et on ne voulait pas me voir cramer avant d'avoir contacté le dernier Supérieur inconnu.

— On ne t'aurait donc pas lâché, conclut Apsara. Mais Cloud ignore l'existence de Sibi et de Muri.

— Derrière moi, quelqu'un a pu faire parler le vieux, sans aucune compassion.

Côté réalisme, Bruce était généralement au top. Une course de vitesse s'engageait.

76

Matinée chargée pour Dieter Cloud, avec de bonnes et de mauvaises nouvelles.

D'abord, la création à Berkeley, en Californie, du MIRI, Machine Intelligence Research Institute, qui se substituait, en réalité, au Singularity Institute for Artificial Intelligence. Cet institut de recherche, bien entendu à but non lucratif, affirmait clairement la suprématie de l'intelligence artificielle, imposée par la Machine, que personne ne contestait, et dont aucun observateur, depuis les altermondialistes jusqu'aux capitalistes, ne percevait l'omniprésence. Car quels que soient les présidents des grandes puissances, c'est elle qui gouvernait.

Le *machine learning*, l'apprentissage des machines, déjà capables de communiquer entre elles à l'insu de leurs fabricants, se développait à une vitesse foudroyante. Trois centres majeurs : la Silicon Valley, Londres et Zurich. Ils réunissaient les meilleurs ingénieurs de Google, qui permettraient aux machines de maîtriser leur propre langage et de l'imposer dans le monde entier, à tous les types de sociétés.

Ensuite, une contrariété. En investissant 30 milliards de dollars dans une usine géante de semi-conducteurs, la Chine déclarait aux États-Unis la guerre des puces électroniques. Le but : produire chaque jour 100 000 plaquettes de silicium, indispensables pour la fabrication des smartphones et des objets connectés, en constante augmentation. Un grand bond en avant, contrariant pour les leaders du marché, Américains en tête, suivis des Coréens du Sud, des Japonais et des Taïwanais. Au-delà des gesticulations politiques, il appartenait à Dieter Cloud de réunir les acteurs de cette mutation technologique afin qu'ils en tirent le maximum de profit, sans se soucier des bavardages officiels de leurs gouvernements.

Au fond, Cloud n'avait d'autre pays que la Machine et se moquait de la compétition pour la première place planétaire. Lui et ses semblables détenaient plusieurs passeports et s'allieraient au vainqueur apparent, rouage d'une révolution numérique qui accouchait de sa propre dictature, à l'insu de tous les beaux esprits, préoccupés de social et d'économie, façonnés par des siècles de bêtise humaniste.

Ne s'embarrassant pas de l'illusion comique des droits de l'homme, les Chinois avançaient à grandes enjambées. Et s'ils étaient un jour prochain sur le point de dévorer les États-Unis et ce qui subsisterait des Occidentaux, Dieter Cloud n'hésiterait pas à leur donner un coup de main, à condition que cette stratégie serve les intérêts de la Machine. Aussi n'avait-il aucune peine à dialoguer avec son homologue chinois ; entre personnes objectives et correctement informées, on finissait toujours par s'entendre.

Son assistante personnelle lui rappela le rendez-vous à Central Park, avec Wu. Une agréable journée de printemps, un soleil déjà chaud, peu de vent. De quoi attirer de nombreux promeneurs.

Les deux hommes étaient presque aussi anonymes l'un que l'autre, et nul n'aurait pu imaginer leurs véritables fonctions. Ils marchèrent lentement et parlèrent à voix basse, se méfiant des enfants et des chiens.

— Mick Feedow m'a adressé un rapport oral détaillé, déclara Wu. Il s'est comporté en professionnel consciencieux et précis.

— Ses résultats ?

— Bruce n'a pas localisé John Patmos en Inde, et il a failli périr sur un bûcher à Bénarès. Notre agent a jugé nécessaire de le sauver pour que l'Écossais le conduise à la cible. Aussi l'a-t-il suivi jusqu'au Sri Lanka où il a conversé avec un moine très âgé, détenteur d'informations non négligeables.

— Lesquelles ?

— Le moine a rencontré John Patmos avant que celui-ci quitte l'île pour son véritable refuge. Le fugitif a déclaré : « Puisque je ne trouverai ici ni force ni sécurité, j'éveillerai Sibi et Muri. »

Des rescapés, à part le dernier Supérieur inconnu lui-même, il n'y en avait pas ; et sa phrase énigmatique résonnait comme une menace. Patmos ne comptait-il pas entamer un combat contre la Machine ?

Duel dérisoire, en raison de la disproportion des forces. Mais combien de fois, au cours de l'Histoire, un homme seul avait joué le rôle de grain de sable et modifié le cours des événements ? Certes, le triomphe de la révolution numérique aurait dû rassurer Dieter

Cloud. Néanmoins, il ne mésestimait aucun adversaire et pratiquait la règle des vainqueurs en écrasant définitivement l'ennemi blessé et à terre.

La légende des Supérieurs inconnus, confrérie née en Égypte ancienne, dont le message quasi scientifique était inscrit dans la Grande Pyramide de Guizeh, prétendait qu'ils détenaient le secret de la vie et de la matière. Un secret aujourd'hui réservé à la Machine, et non à un petit clan obsolète et, de plus, désintéressé ! En soignant gratuitement les malades, en ne prônant aucune idéologie, en tentant de préserver les derniers liens de l'humanité avec la lumière, cette bande d'anarchistes déréglait, si peu que ce soit, le système – et c'était déjà beaucoup trop. Dinosaures de la pensée, ils devaient disparaître.

— Sibi et Muri, des complices de Patmos ?

— Probable, monsieur, mais je n'ai pas encore de certitude.

— Avez-vous employé tous les moyens informatiques ?

— Recherches lancées. Du croisement de milliards de données surgira la réponse.

— La nouvelle destination de Bruce Reuchlin ?

— Il a rejoint Mark Vaudois à Londres, sans doute afin de déchiffrer la signification de « Sibi et Muri », un message qui ne lui a pas fourni la localisation du repaire de Patmos. Comme Vaudois n'est revenu de Chine qu'avec sa compagne, lui non plus n'a pas atteint la cible.

— Exact, confirma Cloud, en possession d'un bref rapport de Chen Zedong, le brillant disciple du Maître des ténèbres.

D'après le haut dignitaire des services secrets chinois, Vaudois et sa maîtresse cambodgienne avaient eu un comportement antisocial, qui justifiait leur expulsion. Malgré eux, ils lui avaient cependant rendu service en le menant à un groupe de dissidentes, définitivement éradiqué. Et Chen Zedong remerciait Dieter Cloud de son amicale intervention.

Ce dernier ne précisa pas à Wu qu'il n'était plus dans le viseur des Chinois. D'abord, il s'agissait sans doute d'un mensonge ; ensuite, cette nouvelle risquait de provoquer une euphorie inutile.

— Surveillance étroite du trio, ordonna Cloud ; s'ils décryptent l'énigme, ils repartiront sur la piste de Patmos.

— Feedow ne les lâchera pas, assura Wu ; dès que j'en sais plus, je vous alerte.

Les deux hommes se séparèrent.

Cloud se rendit à sa clinique privée. Check-up complet et médication inédite, afin de réduire sa tumeur au cerveau, avec la guérison en ligne de mire.

L'apparition de Sibi et de Muri le troublait. John Patmos recrutait-il deux nouveaux adeptes, la confrérie renaissait-elle de ses cendres, tel le Phénix alchimique ?

77

Mark travaillait avec Lévi, et Apsara explorait la bibliothèque de Saint-John, afin de comprendre ce que cachaient les deux mots Sibi et Muri. De son côté, Bruce avait mis toute sa rédaction sur le pont. Ce serait bien le diable si, avec un tel déploiement d'efforts, ils ne parvenaient pas à décrypter les paroles du dernier Supérieur inconnu.

Profitant de la bulle sécurisée de l'hôtel particulier. Bruce entra en contact vidéo avec sa petite famille.

Premiers à se manifester, Dante et Virgile, l'œil vif et le museau curieux, véritables cabotins, entre lesquels Primula se fraya un passage. Les deux terre-neuve obéissaient au doigt et à l'œil à la frêle Cambodgienne et l'auraient défendue contre le pire des dragons.

Avec son corsage vert d'eau à la transparence troublante et son délicat pantalon de soie blanche, Primula était à croquer. Depuis son mariage, l'Écossais ne courait plus les filles. La magie de celle-là les avait toutes éliminées.

— Pas trop de bobos ? demanda-t-elle.

— Des résidus de bleus à cause d'une bande de tout nus malodorants, qui voulaient m'envoyer au nirvana en passant par la case rôtissoire. À part ça, nickel.

— Et ton rescapé ?

— Pas trace, ni en Chine, ni en Inde, ni au Sri Lanka. Juste un bout de piste, peut-être. Sibi et Muri, ça te dit ?

Primula réfléchit.

— Aucune idée.

— Junior va bien ?

— Une pointure à l'école.

— Normal, avec une mère pareille. Moi, j'étais dernier partout, sauf en grec. Lire Homère dans le texte, quel pied ! Surtout quand Ulysse abat les cloportes à l'assaut de Pénélope et retrouve sa femme.

— Et toi, tu repars où ?

— On est en plein brouillard.

Une bonne bouille apparut à l'écran.

— Papa ! Tu dépotes ?

— Parle bien, Junior. Tu glandais où ?

— Je reviens du volcan, le génie s'est exprimé.

— Il raconte quoi ?

— La glace et le feu. Il m'a montré un territoire immense, tantôt couvert de neige, tantôt écrasé de soleil. Et puis j'ai vu s'envoler un aigle aux ailes gigantesques, qui s'est confondu avec le soleil. Papa…

— Tu as fait une bêtise ?

— Une petite.

— Explique.

— Un copain a critiqué ma meilleure copine. T'es moche, il lui a dit, et elle a pleuré. C'est lui qui est moche, pas elle. Alors, comme tu m'as montré, je l'ai soulevé en lui agrippant les chevilles et je l'ai plaqué au sol. La prochaine fois, je l'ai averti, je te casse la tête. Ma copine, elle est drôlement contente !

— T'as raison, gamin. Et souviens-toi : oignez vilain, il vous poindra ; poignez vilain, il vous oindra. Alors, ne te soumets jamais aux connards.

— Super, papa !

Dante et Virgile, une horloge dans le ventre, mordirent les baskets de Junior, l'entraînant vers la cuisine.

— Comment veux-tu que j'éduque cet enfant ? s'inquiéta Primula.

— Comme un bon rugbyman qui percute, bousille les lignes adverses et marque un essai.

*

Pâté en croûte, carpaccio, soles de Douvres sur lit de poireaux, gratin de courgettes à l'armagnac, fromages d'alpage et île flottante. Le cuisinier s'adaptait à la présence de Bruce, le *butler* un peu moins.

Le dîner servirait de briefing, arrosé d'un volnay de grande classe.

— Je sais tout, annonça un Bruce pontifical.

Les traits un peu tirés, Mark et Apsara le regardèrent avec circonspection.

— Honneur aux dames, concéda l'Écossais, grand seigneur.

— Un rayonnage entier de la bibliothèque de Saint-John est consacré aux traditions des peuples de l'Altaï, qui comptaient beaucoup de chamans, exterminés par Lénine et Staline. Dans la tribu des Téléoutes, l'un des oiseaux auxquels s'identifie le guérisseur s'appelle Muri, « l'aigle ».

— Confirmation de Lévi, approuva Mark. Et Sibi, c'est « le territoire endormi », autrement dit la Sibérie.

— Le volcan a raconté tout ça à mon sale gosse, précisa Bruce. On tape dans le mille.

— L'ennui, c'est que le mille est plutôt vaste, rappela Mark ; la Russie est le plus grand pays de la planète, et la Sibérie immense.

— Tout dépend du point de vue, corrigea Apsara.

Les deux mâles contemplèrent la Cambodgienne.

— Un Supérieur inconnu observe une trajectoire précise. John Patmos est passé par l'Inde et le Sri Lanka, avec des relais bouddhistes. En existe-t-il en Sibérie ?

*

Dieter Cloud avait secoué un chef de projet qui tentait de justifier de médiocres résultats. À Tokyo, les EEG – les électroencéphalographes – n'avaient pas satisfait les espoirs industriels. Ces casques dotés d'interfaces à ondes cérébrales, destinés à contrôler un smartphone par la seule pensée rationnelle, n'obtenaient que des performances mitigées. Un retard irritant qui serait comblé dès le prochain salon Robodex, sous peine de sévères sanctions. Les programmateurs de la pensée, pour répondre aux exigences de la Machine, n'avaient pas de temps à perdre.

L'assistante personnelle de Dieter Cloud se manifesta.

Appel urgent, authentifié et sécurisé de Wu. Le visage du Chinois sur l'écran.

— Décodage effectué, monsieur. Sibi, c'est « le territoire endormi », la Sibérie. Muri, c'est « l'aigle », un totem des chamans téléoutes, un peuple de l'Altaï. J'ajoute que Vaudois, sa Cambodgienne et Bruce viennent d'arriver à l'aéroport privé de Saint-John. Quelles que soient leurs précautions, nous saurons où leur avion atterrira.

— Donnez à Feedow tous les moyens nécessaires. Qu'il ne les lâche pas.

78

Au nord de Londres, le petit aéroport créé par le père de Mark continuait à accueillir des jets privés transportant des personnalités du monde des affaires. Strictement clôturé, il était surveillé en permanence par d'ex-militaires, qui assuraient une sécurité maximale.

Quand il vit arriver la Rolls des Vaudois, Joss eut un mauvais pressentiment. Dans quelle purée de pois Mark allait-il encore se fourrer ?

*

Pendant le trajet entre l'hôtel particulier et l'aéroport, Bruce n'était pas resté inactif, contactant sa rédaction afin qu'elle lui donne un correspondant à Oulan-Oude.

Oulan-Oude, pas la porte à côté, mais un bled paumé de Sibérie. La destination qu'avait dénichée Apsara, en raison d'une étrangeté : ce coin perdu était la capitale du bouddhisme en Russie. L'endroit idéal pour un séjour spirituel, loin du monde et du bruit.

— On va se les geler, déplora l'Écossais.

— Détrompe-toi, indiqua Mark en consultant la météo sur son portable. Nous ne sommes qu'en juin, mais il y a un pic de chaleur : vingt-cinq degrés.

— Le réchauffement climatique, ça me botte ! La Sibérie en bermuda et en tongs, c'est le pied. Mais on n'y trouvera peut-être pas de Supérieur inconnu.

— Je suis persuadée du contraire, affirma Apsara.

« L'intuition féminine », pensa Bruce, sceptique. Têtue, la Cambodgienne voulait vérifier, et Mark, naturellement, se pliait aux directives de sa chérie.

Sur la montre connectée de l'Écossais, un message : le nom d'un correspondant à Oulan-Oude, Nikolaï Tougev, et ses coordonnées.

Prévenu de l'arrivée de son rédacteur en chef, il attendrait son signal pour se rendre à l'aéroport et l'y accueillir, après avoir réservé des chambres d'hôtel.

— Espérons qu'il n'y aura pas trop de touristes, ironisa Bruce, alors que la Rolls se garait à la place toujours dévolue aux Vaudois.

Le trio grimpa à la tour de contrôle, et la poignée de main de Joss fut chaleureuse.

— Problèmes administratifs réglés, annonça-t-il. Escale à Moscou, inspections techniques et surtout policières, le plein et décollage pour Oulan-Oude. J'ai joint le responsable local, les infrastructures sont à peu près correctes. Je vous ai choisi un équipage aguerri qui connaît bien la Russie et a volé dans les pires conditions.

— Tu as déminé notre zinc ? demanda Bruce.

— T'inquiète, tout est clean. Et j'ai prévu le nécessaire pour que tu ne meures pas de soif.

— Il paraît qu'il n'y a plus de glaçons en Sibérie. Espérons que la vodka reste au frais.

— Je fais charger vos bagages. Départ quand vous voulez.

— Auparavant, dit Apsara en souriant, nous aurions besoin d'un petit service.

— J'écoute.

Joss jouait les durs. Face à cette sorcière, pas simple.

— Tu as gardé trace de tous les voyages de Saint-John, mois après mois. Et cette mémoire-là nous serait très utile.

Dans son gourbi, près de la tour de contrôle, Joss entassait des objets, liés à l'aviation et à sa carrière, depuis des bidons historiques jusqu'à des hélices. Le plus précieux de ses trésors, c'était une série de cahiers, rédigés à la main, où il avait noté les déplacements de Saint-John.

— Tu voudrais savoir quoi ?

— Si Saint-John s'est rendu en Sibérie, et à quel endroit.

« Elle m'épate, elle m'épate ! songea Bruce ; cette gamine a vraiment de la suite dans les idées. Aussi pire que ma Cambodgienne à moi. »

— Faut que je fouille dans mes papiers, faut que…

Apsara lui posa une main très douce sur le poignet, Joss fut envoûté par son parfum où prédominait une légère touche de jasmin.

— Bon, je m'en occupe, céda-t-il. En attendant, allez au bar.

Cette destination-là ne déplaisait pas à l'Écossais, vu que la collection de whiskies rivalisait avec celle d'un palace.

— Il connaît déjà la réponse, estima Apsara, mais a envie de se plonger dans ses souvenirs.

Joss ne fut pas long.

— J'ai vérifié, assena-t-il, martial.

— Alors ? demanda Mark.

— Ton père a séjourné à Oulan-Oude, un an avant sa mort.

Apsara embrassa l'ex-pilote sur la joue.

« Pas croyable, pensa Bruce ; ce bled, un refuge de Supérieurs inconnus ! »

La Cambodgienne avait visé juste.

*

N'importe quel internaute vaguement doué était capable de définir la trajectoire d'un avion. Grâce aux progrès de l'informatique, un terroriste bien formé saurait bientôt en prendre les commandes et expédier une bombe volante sur la cible de son choix.

Mick Feedow n'avait pas l'intention d'abattre le trio de chasseurs qui le mèneraient au gibier. La technologie lui permettait, dans son propre jet, de les suivre à bonne distance jusqu'à l'atterrissage. Son employeur s'occuperait ensuite des formalités.

79

Autant préparer l'estomac à la cuisine russe : caviar, saumon, canard aux concombres et vodka accompagnèrent un voyage paisible, au cours duquel Bruce s'offrit un roupillon de première, propice à la digestion.

Des policiers russes plus aimables que les douaniers américains, un bref transit à Moscou, et l'envol pour Oulan-Oude.

Sibi, « le territoire endormi », cette Sibérie de 12,5 millions de kilomètres carrés, un géant géographique à la mauvaise réputation, entre le froid et le goulag. Un monde à part, très éloigné de la modernité de la capitale. En 1982, des géologues y avaient croisé une famille qui ne savait pas que le tsar avait été renversé par les révolutionnaires communistes.

Le score de la Sibérie méritait le respect : à elle seule, 1/7e des terres émergées, 50 % des réserves mondiales de charbon, 20 % de celles de gaz, deux tiers du pétrole russe, et un sous-sol riche de gisements polymétalliques. En colonisant cette gigantesque région, Ivan le Terrible avait mis la main sur un coffre-fort bien garni. Et Staline, que l'écologie n'obsédait pas, avait couvert la Sibérie d'usines polluantes, de pipelines et de villes-champignons où il ne faisait pas bon vivre. Si l'on respirait encore, c'était grâce à l'immensité. Avec 1/5e des territoires forestiers du globe, et malgré les incendies et les coupes d'arbres illégales, la Sibérie était le deuxième poumon de la planète, aussi important que l'Amazonie, les deux se réduisant à belle vitesse.

Atterrissage en douceur à Oulan-Oude. Contrôle encore plus accueillant qu'à Moscou. Les Sibériens aimaient les étrangers.

Un bémol : pas de Nikolaï Tougev à l'horizon. Pourtant, Bruce lui avait envoyé un message clair.

Il réitéra. Pas de réponse.

— On commence fort, observa l'Écossais.

Un vent chaud, 28° et un correspondant absent.

— Allons à son adresse, décida Mark.

— Les pièges, tu connais ?

— Tu as une autre solution ?

— On forme deux équipes. Moi en tête, toi et la gamine en couverture. Et on ne discute pas.

Quand l'Écossais la jouait bélier, inutile d'ergoter.

Moyens de transport : deux taxis jaunes officiels, concurrencés par des véhicules ubérisés. Bruce et Mark montrèrent aux chauffeurs l'adresse en cyrillique. Celui de l'Écossais était un bavard, qui lui raconta sa vie. Pas besoin de causer russe pour comprendre qu'il nageait dans les emmerdes.

Et ce n'était pas Oulan-Oude, capitale de la Bouriatie, qui lui redonnerait le moral. Colonisés et russifiés, la plupart des Bouriates ne parlaient plus leur vieille langue mongole et se dissolvaient dans la culture rockmacdococacola. Avec comme axe principal la rue Lénine, et comme centres touristiques majeurs la place de la Révolution et la place des Soviets, la ville offrait des charmes modérés. Pourtant, les intellectuels occidentaux auraient dû se précipiter en masse afin de contempler la plus grande tête en pierre jamais sculptée de leur idole, Vladimir Ilitch Lénine, héritier et continuateur de la Révolution française : 12 tonnes, 13,5 mètres de haut. Par respect, des admirateurs de la démocratie populaire la couvraient d'une chapka pendant l'hiver, épargnant les rhumes au grand homme.

Oulan-Oude bordait une rivière, la Selenga, dont le degré de pollution n'était plus mesurable. Et seuls les amateurs d'un urbanisme soviétique sans concession se croyaient au paradis. Quant aux folkloristes, ils s'émerveillaient devant de vieilles boutiques, armées de figurines en bois ou en pierre, et vendant des souvenirs bouriates, arcs, flèches ou instruments de musique utilisés par les chamans, afin de s'attirer les bonnes grâces des génies.

À la périphérie de la ville, une demeure en bois à un étage, entourée d'un jardinet.

D'un geste, le chauffeur de taxi indiqua qu'il avait atteint la destination.

À la vue des dollars de Bruce, le regard du Bouriate frétilla. Et le marchandage aboutit, tandis que Mark s'acquittait du même pensum, à une centaine de mètres de là.

Le coin était quasiment désert. À cause de la température tropicale, le Sibérien moyen ne s'épuisait pas à déambuler.

Une nouvelle fois, Bruce tenta de joindre Nikolaï Tougev.

En vain.

Loin d'être serein, il tourna autour de la baraque, peinte en bleu, et plutôt en bon état.

Fenêtres intactes, porte aussi, pas de traces d'effraction.

L'Écossais frappa.

Pas de réponse. Vu l'épaisseur du bois, inutile de donner un coup d'épaule.

En face, un kiosque. Par chance, pas d'écriteau comportant la mention « pause technologique ». Une solide Bouriate, aux biceps impressionnants, proposait des journaux, des sodas, des cigarettes, des shampoings et des pâtes. Mais pas d'huiles de bain parfumées à l'aubépine, contenant malheureusement du méthanol, un alcool toxique. Une centaine de miséreux avaient eu le tort d'en boire, à la place de la vodka, trop onéreuse. Cette centaine de morts-là avait provoqué un léger scandale, se terminant par la fermeture de l'atelier de fabrication de produits de beauté non buvables.

Problème de communication avec la kiosquière.

D'abord, acheter ; ensuite, dialoguer avec les mains. Grâce à ses dollars décontractants, Bruce s'offrit une bière russe sans goût ; puis il montra la maison de son correspondant local.

La marchande éclata de rire.

Empoignant une bouteille de vodka, elle colla le goulot à sa bouche et réitéra l'opération à un rythme soutenu.

— OK, babouchka, j'ai pigé.

80

Apsara n'avait pas attendu l'autorisation de Bruce pour s'approcher de la maison bleue et chercher un moyen d'y pénétrer.

— Elle est passée où ? s'inquiéta l'Écossais.

À l'arrière de la bâtisse, hors de la vue des passants, un balconnet, au premier étage. En s'aidant d'une solide descente de gouttière, la Cambodgienne terminait son ascension, sous les yeux de Mark et de Bruce.

— Fenêtre entrebâillée, annonça-t-elle. J'y vais, allez à la porte principale.

Quelques secondes plus tard, elle s'ouvrit.

— Tu prends trop de risques, râla Bruce ; et si tu t'étais heurtée à un malfaisant ?

— Explorons, on parlementera plus tard.

Un bruit profond, style atterrissage et décollage d'un gros porteur, en alternance.

Un ronflement qui méritait de figurer au *Livre des records*.

— La kiosquière m'a décrit un amateur de vodka, précisa Bruce ; il ne doit pas être loin.

L'intérieur de la maison bleue était pauvret. Parquet usé, murs blanc cassé, plafonniers archaïques, mobilier rustique.

Dans la cuisine, ennuyeuse à vous couper l'appétit, un pilier de bar d'une centaine de kilos, affalé près d'une cuisinière à bois. Sous la table en fin de vie, une bouteille de vodka vide.

— Si même les Russes ne tiennent plus la distance, observa Bruce, le monde est vraiment en péril. Aide-moi à l'asseoir, Mark.

Le levage exigea un rude effort. La Cambodgienne ranima le dormeur en lui versant sur la tête une cuvette d'eau froide.

Il s'ébroua, prononça des mots incompréhensibles, et découvrit le trio.

— Vous… Vous êtes qui ? demanda-t-il en bouriate.

— Cause en anglais, ordonna l'Écossais.

Le poivrot répéta sa question.

— Tu es Nikolaï Tougev ?

— Ouais, et vous ?

— Bruce, ton patron. Tu devais m'attendre à l'aéroport.

— Je crois que j'ai oublié. Et j'ai mal au crâne.

Mark lui tendit un torchon qui ne datait pas d'hier. Le bonhomme s'essuya puis, d'un pas hésitant, puisa une nouvelle bouteille dans un placard.

— T'as pas eu ta dose ? suggéra Bruce.

— C'est contre la migraine, assura Tougev. Du kvas fait maison. Vous en voulez ?

Le kvas, du jus de pain rassis que les uns comparaient au Coca-Cola et les autres au cidre.

D'une main tremblante, Tougev remplit les verres.

— Vous nous avez réservé des chambres d'hôtel ? interrogea Mark.

— J'ai pensé que vous seriez mieux ici. Au premier, y a ce qu'il faut. En ville, trop d'oreilles indiscrètes. Vous n'êtes pas venus pour un séjour touristique, je présume ?

— On en mourait d'envie depuis longtemps, déclara Bruce, mais tu présumes bien.

— À l'époque soviétique, on ne pouvait parler librement que dans la cuisine, la pièce la plus chaude où l'on célébrait en secret les fêtes religieuses. « Ce qui se dit dans les cuisines », c'est ce que le peuple pense réellement du gouvernement et des politicards. Si vous avez l'intention de mener une enquête un peu délicate, on est au meilleur endroit pour en discuter.

— OK, on squatte. T'as une voiture ?

— Une Volga de la belle époque. Inusable.

— On va chercher les bagages restés dans notre avion, on s'installe, on déjeune, et j'explique. On se remue, mon gars.

*

En Sibérie, on ne plaisantait pas avec les rites, notamment celui du toast. Pas question de boire de la vodka sans en porter un.

Sa migraine effacée, Nikolaï Tougev se mit debout, imité par ses hôtes.

— Je lève mon verre à notre rencontre.

Chacun le vida et se rassit. Tougev remplit et se releva.

— Je bois à la santé de mon patron et de *Newsmagazine*.

On mit ensuite à l'honneur chaque convive, la Sibérie, la Bouriatie et l'amour universel, avec l'obligation de boire d'un trait et de reposer le verre vide, sous peine de grave fâcherie. Même si les Russes appelaient la vodka « petite eau », elle contenait tout de même un peu d'alcool, et Bruce jugea bon d'interrompre les toasts.

— Si on discutait boulot ?

Conformément à la coutume, Tougev plaça la bouteille vide sur le sol. Jamais elle ne devait défigurer la table. Il en ouvrit une autre et servit l'indispensable cervelas, « le saucisson du docteur », accompagné de pommes de terre et de harengs couverts d'aneth, comme tout poisson consommé en Russie.

— Saleté de canicule, se plaignit le Bouriate ; demain, trente degrés ! Putain de réchauffement… L'année dernière, 61 000 rennes sibériens sont morts de faim à cause des pluies diluviennes qui ont remplacé la neige. En gelant, elles ont rendu les végétaux inaccessibles. C'est pour ça que vous êtes là ?

— T'es à côté de la plaque, pépère ; ce qui nous passionne, c'est la spiritualité.

— Les bouddhistes…

— Tu vois, quand tu veux ! Le cœur bouddhiste de la Sibérie, c'est pas du pipi de chat.

Tougev sembla accablé.

Un verre de vodka sans toast pour se remonter le moral.

— Vous connaissez l'histoire…

— On est ici pour l'entendre.

81

En dépit de la chaleur et grâce à la vodka, le saucisson du docteur passait bien. Le moins en forme, c'était Nikolaï Tougev, un correspondant jusqu'à présent tranquille, qui avait la désagréable impression de se retrouver en première ligne avec un armement dérisoire. Bruce, il connaissait sa réputation ; l'avoir en face de soi, ça n'arrangeait rien. Et son couple de copains ne rassurait pas.

— En 1945, Staline, le « petit père des peuples », qui avait foutu l'Europe en l'air pour des siècles, s'est trop shooté. Catholicisme interdit, mais bouddhisme autorisé ! À 23 kilomètres d'ici, création du datsan d'Ivolguinsk, un grand temple. Autorisé… plutôt organisé ! Les moines étant tous des agents des services secrets, ce coup de théâtre permettait à l'un des pires bouchers de l'Histoire d'affirmer sa tolérance religieuse. Mais il y eut une sorte de miracle. Certains furent séduits par l'enseignement du Bouddha qui, finalement, prit racine en Sibérie ! Et le centre s'est développé au fil des ans. Le dalaï-lama l'a visité pour la première fois en 1986, et à plusieurs reprises depuis. Il a convenu d'arrangements avec les pros du KGB, aujourd'hui le FSB, qui s'initient aux arcanes du bouddhisme afin de mieux contrôler les diverses sectes. Logeant dans de confortables datchas, ils se rendent chaque jour au sanctuaire en voiture de luxe et célèbrent les rituels en compagnie d'authentiques croyants. Poutine, qui essaie de juguler la montée inexorable de l'islam, n'est pas mécontent de ce petit poumon bouddhiste. Vous lui voulez quoi, au juste ?

— Rien de mal, affirma Bruce. Il abrite quelqu'un qu'on désire sauver.

— Un dissident ?

— En quelque sorte.

— Pas un Tchétchène, j'espère ?

— Rassure-toi, ce n'est pas un opposant au régime.

Nikolaï Tougev se détendit un peu.

— C'est qui, ce type ?

— Charlton Heston. Enfin, un zig qui lui ressemble. Un idéaliste qui trouve l'air du temps irrespirable.

— Il a un nom ?

— John Patmos.

— Jamais entendu parler. Vous voulez… l'exfiltrer ?

— Exactement, trancha Max, conscient que Tougev pouvait être une taupe du FSB, qui n'apprécierait pas ce genre de plaisanterie.

Apsara fixa le Bouriate.

— Tu travailles pour qui, Nikolaï ?

— Pour… Pour *Newsmagazine*.

— Personne d'autre, tu es certain ?

— Vous me soupçonnez de…

— Tu es intuitif.

— Les types du FSB, moines bouddhistes ou non, je les connais tous !

— Et tu en croques ?

— Bien obligé, si on veut éviter les ennuis.

— Tu vas nous vendre combien ?

Tougev se raidit.

— Ça dépend.

— De quoi ?

— Du prix de mon silence.

Bruce lui tapa sur l'épaule.

— Tu me plais, mon salaud ! Ça, c'est de l'honnêteté ! OK pour le deal, mais attention : tu le respectes et tu ne manges pas à tous les râteliers. Sinon, tu boufferas les pissenlits par la racine. Et moi, je n'ai qu'une parole. Mille dollars d'avance, mille pour les infos et mille quand on se casse avec Patmos. Et tu gardes ton statut de correspondant appointé.

— Vu le risque, ça vaut dix mille.

— Cinq, jugea Apsara, et c'est bien payé.

Cette Asiatique était pire que les deux Blancs.

— Je marche.

— On tope ? demanda Bruce.

— On tope.

La frappe de l'Écossais faillit briser la main du Sibérien.

— On t'écoute, Nikolaï. Si Patmos se planque, c'est où ?

— Deux possibilités. Soit ici, au monastère féminin d'Oulan-Oude ; soit au datsan d'Ivolguinsk. Les deux ont accueilli des gens plus ou moins bizarres, hommes et femmes, qui désiraient échapper aux autorités. Avec le FSB, pas facile.

— Pas facile ou impossible ? questionna Mark.

— Il existe des filières à peu près sûres… Ça ne vaudrait pas mille de plus ?

— On a topé, bonhomme. Mais si tout se passe bien, je ne suis pas hostile à un pourboire. Dégoise.

— J'ai un contact chez les femmes. Une acupunctrice, fille de déporté, convertie au bouddhisme, qui soigne ses copines et a ses entrées au monastère. Si votre Patmos s'y cache, elle le sait.

— Comme femme ici, il n'y a que moi, nota Apsara. Tu m'obtiens un rendez-vous.

— J'ai un autre contact au datsan d'Ivolguinsk, reprit Nikolaï Tougev, un moine âgé qui veille sur la collection de manuscrits tibétains, un trésor inestimable. Malgré sa vue basse, rien ne lui échappe.

— À moi de jouer, décida Mark ; nous parlerons littérature.

— Nikolaï et moi, prôna Bruce, on se montre ; avec mon correspondant, je rassemble des infos sur l'exception culturelle d'Oulan-Oude. Et on reste branchés.

Autrement dit, à la moindre alerte de Mark ou d'Apsara, un bulldozer volerait à leur secours.

82

Après avoir médité de six à huit heures du matin dans le datsan pour femmes Darjaling Zungon, unique monastère de ce type en Russie, situé à cinq kilomètres du centre-ville d'Oulan-Oude, Elizaveta Panov regagna sa datcha où elle avait ouvert un cabinet d'acupuncture, fréquenté par les élites de la région. Mais elle recevait aussi des déshérités qu'elle ne faisait pas payer.

En ce jour caniculaire, ses prières avaient été d'une rare intensité. Contemplant le stupa où était conservée une fabuleuse relique, un morceau d'os de Bouddha, Elizaveta avait vu la silhouette lumineuse de l'ancêtre de tous les humains, la Femme du premier instant, selon la mythologie bouriate. En ce moment de grâce s'étaient réunies sa tradition et sa foi nouvelle, qui lui offrait la sérénité face aux épreuves du quotidien.

Comme une majorité de Sibériens, la thérapeute adorait sa datcha, qui n'était pas une maison de week-end isolée en pleine campagne, mais sa résidence principale, entourée d'autres demeures en bois peint, plus ou moins modestes. À mi-distance entre la ville et le monastère, agrémentée d'un jardinet, cette datcha avait été construite par ses parents, décédés depuis peu. Tôt ou tard, Elizaveta devrait se détacher de ce bien et de ses souvenirs afin de quitter l'apparence et de s'engager de façon définitive sur le chemin du nirvana.

Devant chez elle, une Asiatique.

Quelqu'un qu'elle ne connaissait pas. Patiente ou démarcheuse ?

— Bonjour, docteur. Je m'appelle Apsara. Mon ami Nikolaï Tougev vous a contactée pour solliciter un rendez-vous.

— Ah oui, j'avais oublié... Bienvenue, répondit Elizaveta Panov en anglais, avant d'ouvrir sa porte. Soyez aimable de vous déchausser.

Comme dans toute demeure russe, des chaussons étaient à la disposition des hôtes. Il convenait de ne jamais se serrer la main au-dessus d'un seuil, sous peine d'attirer le mauvais sort, et de ne pas émettre un sifflement, qui provoquerait une perte d'argent.

Une petite entrée coquette. Sur une commode, un coffret en bois laqué et des figurines de porcelaine, évoquant des activités artisanales. Sur la droite, le cabinet aux murs jaune pâle. Une table pour les patients, un lavabo, une armoire vitrée contenant des boîtes d'aiguilles, du coton et des linges.

— De quoi souffrez-vous, mademoiselle ?

— D'aigreurs d'estomac.

— Vous visitez la région ?

— Un pèlerinage sur les lieux saints du bouddhisme. Les monastères locaux sont réputés.

— Seriez-vous pratiquante ?

— À Angkor, ma ville natale, ont vécu de grands adeptes qui ont connu l'illumination, comme mon père, Sambor.

— C'est un plaisir de vous accueillir. Déshabillez-vous, je vous prie.

En raison de la chaleur, opération rapide. Apsara ôta son tee-shirt rouge et son pantalon blanc. Ne portant pas de soutien-gorge, elle ne garda que son minislip vert clair.

— Allongez-vous sur le dos. Vous ne craignez pas de légères piqûres, j'espère ?

— Je serai courageuse.

— Vos maux d'estomac sont chroniques ou ponctuels ?

— Un abus de vodka. Un mauvais moyen de chasser les soucis, je le concède.

Elizaveta Panov prit le pouls de sa patiente et lui fit tirer la langue.

— Estomac et foie, conclut-elle ; je vais les soulager et rétablir une bonne circulation de l'énergie. Ces soucis… Pas trop graves ?

— Je crains que si. Peut-être pourriez-vous m'aider, et pas seulement avec vos aiguilles.

L'acupunctrice était une grande brune, assez fine, avec une voix plutôt autoritaire.

— Je ne vous suis pas.

— Je recherche un ami de mon père. Un ami en grand danger.

— Pour quelle raison ?

— John Patmos est un dissident, qui refuse la dictature du monde actuel. Et ses ennemis veulent l'éliminer.

J'ai la certitude qu'il s'est réfugié ici, sans doute dans votre monastère.

— Il est réservé aux femmes, rappela Elizaveta Panov.

— N'a-t-il jamais abrité un fugitif, pendant la sombre période soviétique ?

— Je l'ignore, je ne le fréquente que depuis deux ans.

— Patmos ressemble à Charlton Heston et ne doit pas passer inaperçu. Je n'ai qu'un but : le sauver.

Apsara sentit qu'une tempête se déclenchait dans le crâne de la thérapeute.

— Commençons par vous soigner.

Elizaveta Panov piquait vite et bien. Elle choisit des points qui rétablissaient la fonction des organes en cause, mais aussi ceux qui endormaient.

Familière de l'acupuncture, Apsara comprit qu'elle subissait une sorte d'anesthésie et ne tarderait pas à sommeiller.

Un traitement étrange.

Jouant le jeu, la Cambodgienne ferma les yeux, feignant de sombrer rapidement dans l'inconscience.

Elizaveta Panov patienta un long moment, s'écarta, se dirigea vers son armoire vitrée, imbiba de chloroforme des morceaux de coton qu'elle enfournerait dans les narines de l'Asiatique, avant de l'étrangler avec un linge épais et rugueux.

Son père avait légué à Apsara l'instinct du danger. Combien de fois avaient-ils échappé aux Khmers rouges ?

À l'instant où la Russe s'approchait à pas feutrés de la table, Apsara rouvrit les yeux et perçut les intentions de la prédatrice. Embrumée, elle se laissa tomber sur sa gauche.

Elizaveta fut obligée de contourner la table, perdant de précieuses secondes. La Cambodgienne l'agrippa par les chevilles et la renversa en la tirant vers elle. La Russe n'imaginait pas que cette si jolie femme, élancée, avait tant de force.

Plusieurs aiguilles encore plantées dans le corps, presque nue, Apsara arracha le torchon de la thérapeute et lui enserra le cou.

— Tu voulais me tuer ! Si tu ne parles pas, c'est toi qui y passes !

La Russe comprit qu'Apsara ne plaisantait pas.

— Vas-y, pourriture du FSB !

— FSB… Tu délires ?

— Liquide-moi comme tu l'as appris. Tu ne sauras rien.

Apsara relâcha sa pression et se releva.

— Je n'appartiens pas au FSB, ni à aucun service secret. Mon père a été assassiné, et je veux épargner le même sort à son ami John Patmos.

Elizaveta tâta son cou et resta assise sur le plancher, pendant que sa patiente ôtait ses aiguilles et se rhabillait.

— Adieu, docteur.

— Attendez.

— Attendre quoi ? Garde tes secrets, je me débrouillerai autrement.

Ce n'était pas l'habitude d'une professionnelle du FSB de laisser derrière elle un témoin gênant, surtout sans lui avoir extorqué des aveux complets.

— J'ai vu John Patmos, murmura l'acupunctrice. Il ne se cache pas dans mon monastère, mais dans le datsan d'Ivolguinsk. J'ignore s'il en est parti.

83

Un centre bouddhiste en pleine Sibérie, tel se présentait le datsan d'Ivolguinsk. En admirant son temple, on se serait cru au Laos ou au Cambodge. Attachés au datsan, une université consacrée à l'étude du bouddhisme, un musée exposant des peintures, des sculptures et des objets rituels, une bibliothèque où étaient préservés d'inestimables manuscrits sur soie provenant du Tibet, et même un hôtel qui abritait des voyageurs de passage.

Ouvert au public, le temple accueillait de nombreux curieux, surtout depuis les visites du dalaï-lama et le règne de Poutine. L'institut bouddhiste formait des étudiants motivés, qui s'initiaient à une tradition pétrie d'ésotérisme tibétain.

Âgé et malade, le lama Tashi était un ex-bonnet rouge, qui avait toujours prôné la résistance armée contre les Chinois et désapprouvé la fuite du dalaï-lama, qu'il considérait comme un lâche et un amuseur. N'avait-il pas démissionné de sa fonction suprême, se contentant de parader dans les médias ? Renonçant à combattre pour l'indépendance de son pays, il avait trahi les siens. Contrairement à une idée reçue, le bouddhisme n'était pas seulement une religion de la compassion ; il se pratiquait aussi un fusil à la main et, dans beaucoup de pays, les moines savaient se battre. Quand on avait en face de soi des régimes totalitaires ou l'islam, religion de paix et d'amour selon les Occidentaux, il valait mieux ne pas avoir les deux pieds dans la même sandale.

La rencontre de Saint-John avait bouleversé Tashi. En lui révélant que Dorzho Itigilov, le maître spirituel du centre bouddhiste russe, appartenait à la confrérie des Supérieurs inconnus, ce visiteur inattendu avait éclairé son destin posthume. À la veille de sa mort, en 1927, Itigilov s'était assis dans la position du lotus, tenant un surprenant discours à ses disciples : « Exhumez-moi dans trente ans, et vous constaterez la puissance de l'esprit. »

Pas un décès ordinaire, mais une méditation glissant vers l'au-delà. Et trente ans plus tard, vœu exaucé, et miracle accompli : le corps du Supérieur inconnu était intact. Panique chez les moines bouddhistes, dans une URSS marxiste et athée, acharnée à détruire les chamans. Seule solution : enterrer le défunt dans une tombe anonyme et garder le secret.

Après la chute des Soviets et la naissance de la fédération de Russie, évolution favorable. Le 11 septembre 2002, les moines avaient à nouveau exhumé le corps, toujours intact, pour le transférer au datsan d'Ivolguinsk et le vénérer comme une relique.

Au passage, examens médicaux, avec des conclusions stupéfiantes : pas de décomposition de la peau, des tissus et des muscles.

Et c'était devant ce frère exceptionnel, maîtrisant l'alchimie jusque dans la mort, que se recueillait John Patmos, après avoir médité devant l'arbre sacré Bodskhva, au chaud dans une serre, l'année durant.

Patmos séjournait au datsan d'Ivolguinsk depuis une semaine, accueilli par son contact, le lama Tashi. À son arrivée, il n'avait croisé que quelques fidèles, dont une acupunctrice, venue consulter Tashi, détenteur d'un savoir médical inégalable.

Mot de passe : « Saint-John ». Se moquant des conséquences éventuelles, le lama offrait une cellule à son hôte, le mettant à l'abri des regards. Patmos avait besoin de quelques jours auprès de Dorzho Itigilov qui, au cœur de l'oppression soviétique, avait tenu à démontrer la pertinence de la vie, résistant à la pire barbarie.

Le lama Tashi lui resterait fidèle jusqu'à sa mort prochaine et ne désirait pas explorer d'autres territoires, comme celui des Supérieurs inconnus. Mais il était certain qu'ils évoluaient dans une sphère au-delà des religions et des croyances et que, sans eux, le monde des humains deviendrait invivable. C'est pourquoi il aidait Patmos, en lui recommandant de ne pas prolonger son séjour. Malgré les précautions, bavardages inévitables ; et la Machine ne tarderait pas à le repérer.

*

« Au cas où, avait prédit Saint-John, en priant pour que cette situation ne se produise pas. Au cas où les Supérieurs inconnus seraient pourchassés et assassinés, si l'un d'eux échappe au massacre, qu'il réveille la puissance, et mène l'ultime combat, sans espoir de vaincre, mais sans baisser les bras. »

Réveiller la puissance passait par la Sibérie et le corps intact de l'alchimiste, Dorzho Itigilov. En transfusant son énergie à John Patmos, il lui donnait la capacité d'affronter l'épreuve de la grotte et d'acquérir les pouvoirs redoutables d'un chaman des temps anciens.

Ce n'était plus l'heure de la compassion, de la douceur et de la soumission, mais celle du combat. « Combien de divisions ? » aurait demandé Staline à John Patmos, qui aurait répondu : « Un seul soldat », songeant à la bataille de Kadesh où Ramsès le Grand, isolé au sein de milliers d'ennemis, avait imploré son père céleste : « Pourquoi m'as-tu abandonné ? » Contrairement à Yahvé, laissant crucifier le Christ, Amon, « le Caché », avait insufflé sa force à son fils, le Un vainqueur du multiple, répandant une lumière capable de dissiper les ténèbres. Mais l'Égypte pharaonique s'était éteinte depuis longtemps, et la Machine à laquelle se heurtait Patmos n'avait aucun adversaire à sa taille.

La certitude de l'échec ne le décourageait pas. Point n'était besoin d'espérer pour entreprendre, ni de réussir pour persévérer.

— Merci de votre accueil, dit-il au lama ; cette étape était indispensable. Sans vous, je n'avais aucune chance.

— Et maintenant…

— Je n'en ai toujours aucune, mais j'affronterai l'épreuve de la montagne.

— Voilà longtemps que personne n'en est revenu vivant.

— L'énergie reçue d'Itigilov me protégera.

Le lama en doutait.

Les deux hommes s'étreignirent, et le dernier Supérieur inconnu quitta le centre bouddhiste. Sa moto tout-terrain lui permettrait d'accéder au lieu où il tenterait de s'équiper contre la Machine.

« Maudite vieillesse, déplora le lama ; avec dix ans de moins, je l'aurais accompagné. »

84

Le trio s'était dispersé, chacun de ses membres se lançant sur une piste. Mick Feedow se fixait sur Bruce, convaincu que les deux autres, en cas de succès, reviendraient vers lui.

L'Écossais et son correspondant local jouaient aux journalistes. Visite d'Oulan-Oude, contacts avec la population, découverte de la Sibérie heureuse.

Et puis Bruce porta sa montre connectée à son oreille.

Message urgent et fin du reportage bidon. Conduite par Nikolaï Tougev, la vieille Volga s'élança.

Et le 4 × 4 japonais de Feedow la suivit, à bonne distance. Grâce au capteur minuscule qu'il avait placé sous la caisse, il ne risquait pas de la perdre.

*

— J'aimerais m'entretenir avec le moine chargé des manuscrits tibétains, dit Mark au moinillon qui accueillait les visiteurs du datsan d'Ivolguinsk, un jeune Australien complètement bouddhifié.

— Vous êtes un spécialiste ?

— Paléographe d'Oxford.

— Ah… J'ignore si le lama Tashi est disponible. Depuis quelques jours, il travaille en compagnie d'un Occidental, un grand type baraqué.

— Genre Charlton Heston ?

— C'est ça ! Je cherchais à qui il ressemblait, et c'est Ben-Hur !

Mark tenta de rester impassible. Il touchait au but.

— Comme je viens de loin, auriez-vous l'obligeance de demander au lama Tashi s'il peut me recevoir, ne serait-ce que quelques minutes ?

— Installez-vous, je vais voir.

*

Bruce et Tougev récupérèrent Apsara devant la maison de l'acupunctrice.

— Appel reçu, gamine. Satisfaite de tes soins ?

— Les aiguilles, super. En revanche, l'étranglement, moins cool.

— La toubib a voulu te dégager ?

— Une erreur de jugement.

— Et toi, tu…

— Traité de paix. Et l'info : John Patmos se cache au datsan d'Ivolguinsk.

— Fonce, ordonna Bruce au Sibérien.

— Faudrait pas péter une soupape. Les vieilles bagnoles, c'est susceptible.

*

La cellule du lama Tashi était un peu moins confortable que celle d'une prison, et son occupant semblait en bout de course. Assis par terre en lotus, il paraissait proche de la momification.

Une bougie éclairait faiblement la petite pièce au plafond bas, meublée d'une natte, d'un vase et d'une statuette de Bouddha en méditation.

— Merci de me recevoir.

— *Welcome. May I help you*[1] ?

Le vieux moine parlait anglais, presque sans accent. La conversation serait facilitée, car le russe de Mark était assez limité.

— Vous pouvez m'aider.

— Vous vous intéressez à nos manuscrits tibétains, m'a-t-on dit ; des pièces exceptionnelles, en effet.

— En temps normal, j'aurais aimé les étudier. Mais j'ai une autre priorité.

— En quoi suis-je concerné ?

— Je m'appelle Mark Vaudois, et je recherche un homme en danger de mort que je désire sauver, John Patmos. Un homme qui, grâce à vous, a trouvé refuge dans ce monastère. Un refuge illusoire, car ses murs n'arrêteront pas les prédateurs.

— Vous êtes bien affirmatif, monsieur Vaudois.

— Vous savez que Patmos est le dernier des Supérieurs inconnus et que la Machine ne saurait tolérer son existence.

— Et vous seriez capable de la préserver ?

— J'utiliserai tous les moyens dont je dispose. Ils ne sont pas négligeables, et je suis sa seule chance.

1. Bienvenue. Puis-je vous aider ?

— Le destin de chacun n'est-il pas tout tracé ?

— La création primordiale n'est pas achevée. À l'homme de la prolonger ou de se détruire. Patmos est un être irremplaçable, les paroles de puissance qu'il détient doivent être transmises. Vous avez son sort entre vos mains.

— Une lourde responsabilité.

— À vous de choisir. Je n'insisterai pas.

En dépit de son âge et de ses douleurs, le lama tenait admirablement la posture. Sa méditation fut plutôt brève.

— John Patmos a quitté ce monastère, révéla-t-il. Avant de gagner une destination que j'ignore, il séjournera au village de L'Hermine, sur l'une des rives du lac Baïkal. Mon ami Zaklioutch y assurera sa sécurité.

— Se montrera-t-il coopératif ?

— Sans aucun doute, si vous lui fournissez les mêmes explications.

— Je sauverai Patmos, promit Mark.

— Que votre dieu vous entende.

Le fils de Saint-John n'avait pas une seconde à perdre en congratulations.

« Décidément, pensa le lama, le FSB est le digne successeur du KGB, et cet agent-là a une classe que ne possédaient pas ses prédécesseurs. »

Il aurait néanmoins une sacrée surprise.

85

Mark sortait du monastère au moment où la Volga se garait.

Il s'installa à l'arrière, à côté d'Apsara.

— Patmos se cache au village de L'Hermine, au bord du lac Baïkal. Nikolaï connaît ?

— Non, mais on trouvera.

— On décolle.

— Il était ici ? demanda Apsara.

— Affirmatif. On l'a loupé de peu. Tu as l'air drôle, toi.

— Juste un étranglement avorté. La médecine, même orientale, c'est dangereux.

*

« La perle de la Sibérie », le lac Baïkal[1], à ne pas rater. Un cinquième de l'eau douce de la planète, 32 000 kilomètres carrés, 636 kilomètres de long, 1,5 kilomètre de profondeur maximale, un monde en

1. *Bai-Kul*, « le lac riche ».

soi alimenté par plus de 300 fleuves, avec son fameux nirpa, le seul phoque non marin, ses esturgeons qui devaient atteindre une vingtaine d'années avant de fournir un caviar haut de gamme, ses saumons et son poisson transparent, vivant dans les profondeurs. Les rives ne manquaient ni de forêts, ni de zibelines, ni de renards, ni de pollution. La construction de la centrale hydroélectrique d'Irkoutsk avait provoqué la montée des eaux et un tranquille désastre écologique, qui n'empêchait pas, l'été, les baigneurs de profiter d'agréables plages, en se méfiant de tempêtes imprévisibles. Autre genre de beauté, pendant au moins cinq mois de l'année : le plus vieux lac connu, selon les géologues qui lui attribuaient vingt millions d'années, était gelé sur dix mètres de profondeur.

Aujourd'hui, 31° à l'ombre.

Tougev se renseigna : L'Hermine, un lieu-dit ne regroupant que des cabanes de pêcheurs et de *toussovka*, des marginaux amateurs de rock, de drogue et d'alcool. Une dizaine de kilomètres, les deux derniers sous forme de piste que les amortisseurs branlants de la Volga affrontèrent vaillamment.

À l'approche du hameau, un boucan d'enfer. Des baffles crachaient du heavy metal et de la pop russe, aussi débile que l'occidentale. Comme auxiliaire de la Machine pour abrutir les foules, rien de mieux.

— Il y a un tas de festivals de rock informels autour du Baïkal, expliqua Nikolaï Tougev. Ça libère les jeunes qui s'ennuient. Ils dorment sous la tente et fument de l'herbe du Caucase. Beaucoup gueulent et dansent jusqu'à épuisement.

Vêtu d'un blouson de cuir noir et d'un pantalon kaki, chaussé de bottes militaires, un skinhead armé d'un fusil à pompe fit signe à la voiture de stopper. Soudain, les hurlements cessèrent.

Tougev baissa sa vitre.

— Vous êtes pas du coin, nota finement le vigile.

— On vient voir Zaklioutch.

— Vous apportez quoi ?

— Dollars, répondit Bruce.

Le plus efficace des sésames.

— Descendez, je vous conduis.

Apsara attira le regard du skinhead. Du gibier de cette qualité-là, il n'y en avait pas tellement à proximité.

— Tu avances ? suggéra Mark, en russe.

— *Da, da…*

Des herbes folles à tiques, des détritus, des barques pourries. Un rond-point desservant des cabanons plus ou moins habitables.

Au centre d'une esplanade de gravier, un barbu de la corpulence de Bruce, accusant une soixantaine usée, assis à une table en bois blanc et feuilletant une revue porno.

— Zaklioutch ? interrogea Tougev.

— *Da.*

— Tu parles anglais ? intervint Bruce.

— *Yes.*

— Eh ben voilà ! Ça nous facilitera l'existence. On crève de chaud… T'aurais pas quelque chose à boire ?

Zaklioutch claqua des doigts. Le vigile pénétra dans un cabanon et en ressortit avec une bonbonne et des gobelets en plastique.

— C'est du *samogon*, du bon, de la gnôle qui vaut la vodka, et beaucoup moins chère.

Fabriqué à partir d'alambics plus ou moins performants, le *samogon*, qui comportait le mot *ogon*, « feu », titrait 70° ; il ne contenait pas que des baies et des aromates, mais aussi des substances souvent toxiques, voire mortelles.

Si l'on voulait engager la conversation, il fallait vider un godet. Bruce s'y colla, en compagnie du barbu.

— T'es qui, toi ?

— Bruce, journaliste.

— Et ton copain ?

— Mark, homme d'affaires.

— Et la beauté ?

— Sa compagne.

— Tu sais pourquoi on m'appelle Zaklioutch ?

— Explique.

— C'est l'abréviation de *zaklioutchionnyi*, prisonnier du goulag, une vieille spécialité de la Sibérie. J'aurais dû crever dans un camp de rééducation, mais j'ai survécu, à cause du *samogon*. Ça tuait tous les microbes et ça réchauffait. Aujourd'hui, je fais de la musique avec les jeunes. C'est pas beau, la vie ?

— T'es un grand philosophe, camarade.

— Un mot à éviter, Bruce. Comme « monsieur », trop bourgeois, ou « citoyen », trop révolutionnaire. Faut s'adapter.

— Si on causait commerce ?

— J'écoute.

— On vient chercher un type que tu héberges.

— Tu m'as déniché comment, Bruce ? Si c'est par Google, sache qu'on se méfie de l'intelligence artificielle, au bord du Baïkal. Tu crois que Google Map repérerait ma bagnole ensevelie sous la neige, en plein hiver ?

— D'abord, on est en été ; ensuite, j'ai pas besoin de ta bagnole ; enfin, je débarque de la part du lama Tashi.

Le barbu leva les yeux au ciel.

— Toi, ton copain, sa jolie copine et votre guide, vous formez une belle bande de connards. Si le lama vous a expédiés ici, c'est pour vous corriger. Ce vieux bonnet rouge ne supporte pas les cafards. Vous videz vos poches. S'il y a assez de dollars, vous vous cassez, mais je garde la fille. Si vous êtes fauchés, vous nourrirez les poissons du lac.

— Un bon contrat satisfait les deux parties. Là, ce n'est pas le cas.

— Joue pas les marioles, j'ai aucune patience.

— Par moments, ça m'arrive aussi, avoua Bruce. Tu nous remets le type, on paye, et on se tire gentiment.

— T'as pas compris, mon gros. Il n'y a personne ici, sauf moi et mes gars.

Armés de barres de fer, de marteaux et de couteaux, une dizaine de skinheads sortirent lentement des cabanons, encerclant les intrus.

*

Dissimulé dans un fouillis végétal, Mick Feedow était perplexe. S'il laissait une bande de primates dégénérés agresser Bruce et ses alliés, ça risquait de mal finir ; s'il tirait pour sauver au moins l'Écossais, il signalerait sa présence et rendrait sa mission plus complexe. À moins que la cible fût enfermée ici ; peu probable, vu la tournure des événements.

La situation évolua avec une telle rapidité que Feedow n'eut pas à trancher. En professionnel admiratif, il assista à une contre-attaque digne des All Blacks acculés dans leur camp et menant une offensive de quatre-vingts mètres pour aboutir à l'essai.

Bruce détestait se faire traiter de gros. Enveloppé parfois, après un bon repas, mais certainement pas gros. Et quand l'Écossais était énervé, ses forces décuplaient.

S'emparant de la bonbonne de gnôle, il l'écrasa sur la tête du barbu. Presque au même instant, Apsara, experte en arts martiaux, effectua un joli bond de côté et, de ses talons, percuta les parties honteuses du vigile qui lâcha son fusil à pompe, dont Mark s'empara aussitôt.

Quant à Nikolaï Tougev, qui ne se promenait jamais tout nu, il extirpa de la poche arrière de son pantalon un vieux revolver bien entretenu et tira dans les jambes d'un excité brandissant sa barre de fer.

Leur chef *out*, et devant deux armes à feu, sans compter le colosse écossais qui venait d'assommer l'un des leurs avec la table qu'il avait soulevée comme un bout de bois, les skinheads intacts se carapatèrent.

Sans illusions, Mark et Apsara explorèrent les cabanons. Pas de John Patmos.

— On va dire deux mots au lama Tashi, décida Bruce.

86

— À moi d'agir, sollicita la Cambodgienne.

— Pas question, objecta Bruce. Je m'occupe moi-même de ce lama pourri. Même si je dois raser le monastère, il parlera.

Apsara insista.

— Laisse-moi intervenir. Sinon il se taira et préférera mourir.

— Je crois qu'elle a raison, abonda Mark avec calme, pour ne pas alimenter la rage de son pote, qui avait visiblement une furieuse envie de mettre en morceaux le datsan d'Ivolguinsk.

Dans cet état-là, il en était capable.

Silencieux, Nikolaï Tougev poussa la Volga à fond. Il sentait son chef pressé d'arriver à bon port. Et la discussion entre lui et la Cambodgienne accroissait la tension.

— D'accord, gamine. Tu as un quart d'heure, ensuite, je percute.

— Une heure. Sinon, aucune chance.

— Ça me paraît sensé, approuva Mark.

— Et toi, Nikolaï, t'en penses quoi ? demanda Bruce.

— Je suis de votre avis, patron.

C'était comme avec l'autre Cambodgienne, son épouse Primula. On croyait avoir des arguments, on râlait et on cédait.

— Sibi, la Sibérie, rappela Apsara ; nous avons oublié l'autre terme, Muri. Peut-être le Tibétain aura-t-il des lueurs.

*

Quel que soit son âge, un bonnet rouge tibétain restait un bonnet rouge. Plein de compassion pour une bonne âme, mais capable de trucider quiconque l'agressait. Et le vieux Tashi venait de le prouver en envoyant Mark au casse-pipe, parce qu'il l'avait considéré comme un adversaire.

Aussi Apsara marchait-elle sur des œufs en accédant à la modeste cellule du moine. Toujours assis dans la posture du lotus, il semblait détaché des bassesses de ce monde, mais pouvait sortir une lame de sa robe et poignarder l'intruse en lui souhaitant une réincarnation favorable.

Apsara lui adressa plusieurs salutations rituelles, consciente que Tashi l'observait à travers ses yeux mi-clos.

— Pourquoi désiriez-vous me voir ?

— Afin de recevoir votre enseignement.

— Je n'enseigne plus. Mes dernières années sont consacrées à l'étude des manuscrits tibétains préservés dans ce monastère.

— Vous avez beaucoup à m'apprendre.

— Dans quel domaine, jeune femme ?

— Je suis la compagne de Mark Vaudois, qui avait sollicité votre aide.

— Un agent du FSB… Il a été corrigé, j'espère ?

— Il est indemne et n'appartient pas au FSB. Mark est le fils de Saint-John, un Supérieur inconnu ; et moi, Apsara, je suis la fille d'un de ses frères en esprit, Sambor, que vous avez rencontré lorsque vous avez visité Angkor.

Apsara n'avait pas de certitude, mais tentait le coup.

Tashi ouvrit complètement les yeux.

— Sambor et sa petite fille… Oui, je me souviens. Sambor, un sage et un alchimiste. Il en savait plus que tous les moines tibétains réunis, mais je n'ai pas pu rester auprès de lui. Et c'est ici que je prolonge ma tradition. Alors…

— Alors, voici la vérité : Mark et moi recherchons le dernier Supérieur inconnu, John Patmos, le seul survivant d'une confrérie anéantie par la Machine, ce monstre qu'ont façonné les idolâtres du progrès numérique, le nouveau dieu encore plus cruel que Yahvé et Allah. Nous voulons sauver Patmos.

— Je l'ai abrité, avoua le lama. Lui et moi avons senti qu'il devait reprendre sa route.

— A-t-il perçu l'ampleur de la menace qui pèse sur lui ?

— Il sait qu'il est le dernier, mais a choisi de lutter.

— De quelle manière ?

— En ranimant la puissance qui a nourri les Supérieurs inconnus depuis leur origine, dans l'Égypte des premiers pharaons.

— N'est-ce pas une folie ?

— La même que celle des bonnets rouges s'opposant aux envahisseurs du Tibet. Nul ne dissuadera John Patmos de mener son ultime combat.

— Où est-il parti ? demanda Apsara, d'une voix aussi posée que possible.

— Je l'ignore.

— Que signifie le mot Muri ?

Le lama quitta la position du lotus et s'allongea sur une natte épaisse. S'il se taisait, même Bruce n'en obtiendrait rien.

— Muri, c'est l'aigle sacré des Téléoutes, un peuple de l'Altaï. Trois étapes étaient nécessaires pour transformer John Patmos en guerrier redoutable. La première : absorber l'esprit d'Itigilov, un Supérieur inconnu dont le cadavre repose dans ce monastère ; la deuxième : remplacer son regard par celui de l'aigle ; la troisième… Peu importe la troisième. Patmos n'y parviendra pas. De nos jours, les chamans n'ont plus la force de contempler le feu de l'aigle. Oublie Patmos, jeune femme, et contente-toi de ton bonheur.

— Ce serait trahir la mémoire de mon père. Je dois tout faire pour secourir le dernier Supérieur inconnu. Et vous devez m'aider.

La réflexion du lama Tashi fut interminable. Apsara se garda de le harceler.

— Je te le répète, Patmos ne sortira pas vivant de la montagne de l'Aigle. Si un miracle se produisait, il se rendrait en Alaska, au village de Ruby, afin d'y recueillir un sac de vie, sans lequel il ne pourrait déployer sa puissance de chaman. Mais tu l'attendras en vain, car il aura rejoint l'âme de sa confrérie disparue.

87

John Patmos abandonna sa moto tout-terrain pour emprunter le sentier qui conduisait à la grotte de la montagne de l'Aigle, naguère un sanctuaire des chamans sibériens. Le Béloukha n'était plus, aujourd'hui, qu'une destination touristique, appréciée des randonneurs qui séjournaient dans la modeste station de Koutcherlïa. Qui se souvenait de la légende affirmant qu'après la disparition de l'humanité naîtrait ici un nouveau paradis, le *shambala*, terme désignant aussi l'état de connaissance suprême atteint par un chaman ?

Les Soviets avaient éradiqué le chamanisme, interdit ses rituels secrets et publics, ravagé ses lieux saints. Lors de la « guerre de l'athéisme », de 1928 à 1930, on avait brûlé les costumes symboliques des chamans, dénoncés par les écoliers, torturés devant la population, et noyés. La colonne de l'Univers, reliant le ciel à la terre, s'était effondrée, elle qui soutenait le monde et le maintenait en bon état.

La grotte de l'Aigle avait échappé aux profanateurs. Et c'était là, voilà bien des années, que John Patmos avait été initié à ses devoirs de Supérieur inconnu par la confrérie au grand complet, persuadée que la lutte contre le Mal et les ténèbres devait se poursuivre, même contre la force écrasante de la Machine.

À présent, Patmos était le dernier. Et il n'avait d'autre choix que de réveiller l'Ancêtre, le détenteur de la puissance des origines, au-delà de toute perception humaine. Première étape franchie au datsan d'Ivolguinsk, maintenant la deuxième.

En pénétrant dans la grotte, d'un accès presque invisible, Patmos s'apprêtait à voyager au plus haut du ciel et au plus profond de la terre, à vivre libre parmi les étoiles, à obtenir l'illumination que dispensaient les esprits errants qui se fixeraient en lui. De ce voyage-là, peu étaient revenus, et lui, le plus jeune des Supérieurs inconnus, abandonné à sa solitude, n'avait peut-être pas l'expérience suffisante pour y parvenir.

*

La nuit s'était écoulée comme un instant. Des visions entremêlées, d'étranges oiseaux volant dans un ciel d'or, une longue allée enneigée menant aux trois marches d'un autel, d'or lui aussi, sur lequel trônait une coupe remplie de l'élixir alchimique. Un parcours éreintant, mais Patmos avait bu le liquide transmutatoire.

Et le jour se leva, dissipant le rêve.

Une lumière violente irradia la montagne. Au seuil de la grotte, l'aigle attendait celui qui avait survécu aux ténèbres et le conduisit à la tombe aérienne de l'Ancêtre, dissimulée dans un arbre immense.

En ce lieu de pouvoir, il reposait à l'abri des turpitudes du monde extérieur. L'aigle incarnait sa capacité à voir au-delà de ce que les humains croyaient être la réalité.

Neuf étoiles le protégeaient. Neuf guerrières qui écartaient les profanateurs en les perçant de leurs rayons.

L'aigle se percha au sommet de l'arbre, les étoiles s'éloignèrent les unes des autres, Patmos approcha de la tombe aérienne sans être détruit.

Le corps de l'Ancêtre, recouvert d'un voile d'or, était intact. Une odeur suave, se mêlant aux senteurs de la forêt, s'en dégageait. Neuf coches profondes, creusées dans le tronc, formaient un escalier permettant d'y accéder.

Patmos franchit les neuf cieux, se recueillit devant le gisant et se mit à son écoute. L'esprit souffrait, lorsque sa voix n'était plus entendue, affirmaient les chamans sibériens ; il s'exprimait de manière sourde, tel un ventriloque donnant des ordres que l'on peinait à comprendre.

Et la voix de l'Ancêtre s'éleva avec le tonnerre. Un grondement d'une ampleur extraordinaire, ponctué d'éclairs produits par le dragon des profondeurs qui entrechoquait deux rochers.

L'aigle était le tonnerre, et le tonnerre était la puissance de l'Ancêtre qui pénétra dans l'esprit du dernier Supérieur inconnu, en ouvrant le regard du cœur.

Le ciel s'apaisa, Patmos descendit lentement les neuf marches. La journée s'annonçait chaude et ensoleillée, la montagne serait encore plus belle qu'à l'ordinaire.

John Patmos aurait aimé vivre dans son oasis, à l'ombre de son temple, jusqu'à la fin de ses jours ; mais il n'était plus un homme ordinaire, et devait accomplir la mission que venait de lui confier l'Ancêtre.

C'est en Alaska qu'il irait chercher son sac de vie, contenant les ingrédients nécessaires pour affronter la Machine.

88

Dans la cuisine de Nikolaï Tougev, le symposium réunissant Bruce, Mark et Apsara était plutôt électrique. L'Écossais avait vertement prié son correspondant local d'aller boire ailleurs, après avoir posé sur la table une bouteille de vraie vodka.

— Ton lama nous enfume, gamine. Il nous envoie dans un bled perdu de l'Alaska pour nous éloigner du but.

— Je suis persuadée du contraire. Tashi était sincère. Il veut vraiment nous aider à sauver John Patmos.

— Il voulait aussi nous faire tabasser par ses copains skinheads ! Ton Alaska, c'est du bidon.

— Il ne nous reste rien d'autre, constata Mark. Moi aussi, je mise sur le lama.

— On est marron, admit Bruce ; c'est pas une raison pour plonger dans un cul-de-basse-fosse ! Ce coup-là, les copains du lama seront peut-être moins tendres. Quand c'est foutu, c'est foutu. Retour à la case départ.

— Arrête la vodka, recommanda la Cambodgienne ; sinon, le désespoir slave te rongera les sangs. Moi, j'ai un indice précis.

L'Écossais croisa les bras.

— Tu m'intéresses.

— Le lama a évoqué le sac de vie.

— Un accessoire de dame ?

— Mon père en possédait un. Les Supérieurs inconnus étaient tous des chamans, qui utilisaient leurs pouvoirs pour guérir. Et le sac de vie contient une partie de leurs secrets.

— Genre poudre de perlimpinpin ?

Mark essaya de détendre l'atmosphère.

— Patmos n'agit pas au hasard et suit un plan cohérent. Qu'il aille en Alaska n'a rien de surprenant. À l'époque de la dernière ère glaciaire, il y avait un pont terrestre entre la Sibérie et l'Alaska, où des chamans sibériens ont implanté leur tradition. Le christianisme a quasiment anéanti ceux d'Alaska au XIXe siècle. Mais leur savoir s'est diffusé chez les Indiens d'Amérique du Nord.

Bruce fut troublé.

— L'Amérique… Et si John suivait le même chemin ?

— Supposons que le lama n'ait pas menti, reprit Mark, et que Patmos doive bien se procurer son sac de vie dans un village pétri de coutumes chamaniques, même si elles ont officiellement disparu. Soit ce trésor est dissimulé dans un endroit sacré, jugé dangereux afin d'écarter les curieux ; soit quelqu'un détient le sac et ne le remettra qu'à un Supérieur inconnu, capable de prouver sa qualité.

Bruce grogna.

— Ça veut dire qu'on se délocalise, comme tes vieux Sibériens ?

— Tu as tout compris, s'amusa Apsara.

*

Nikolaï Tougev ne revint pas les mains vides.

— J'ai déniché du caviar, patron. Pas donné, mais faut bien s'accorder une petite folie de temps en temps. Voici ma note de frais. J'espère que vous êtes content de mon travail ici ?

D'une humeur de dogue, l'Écossais remboursa son correspondant.

— On se tire, Nikolaï.

— Je ne vous demande pas où vous allez ?

— Ça vaudrait mieux.

— Vous mangez quand même un morceau avant de décoller ?

— Ça me détendra.

— Je prépare tout.

Repas simple, mais de bon goût : saucisson du docteur, raviolis russes à la crème fraîche, salade de légumes marinés, caviar et vodka digestive.

— Triste nouvelle, annonça Tougev ; le vieux lama Tashi est décédé. En position du lotus, il s'est endormi pour de bon.

— Raison de plus pour penser qu'il n'a pas menti, observa Apsara, et qu'il m'a transmis ses dernières volontés.

« Nous envoyer en enfer et pas au nirvana », grinça Bruce en son for intérieur.

*

Mick Feedow prit le même itinéraire que la Volga conduite par Nikolaï Tougev. À l'intérieur, le trio de chasseurs, mais pas de gibier. Échec total ou nouvelle piste ?

Direction l'aéroport.

Retour à la maison, en désespoir de cause, ou envol vers une étape plus fructueuse ?

Le savoir ne posait pas de problème, car Feedow avait arrosé un responsable de l'aéroport, mal payé et content d'arrondir ses fins de mois, surtout en dollars.

— Destination du jet de Vaudois ?

— Galena.

— Quel pays ?

— Alaska.

Aucune difficulté pour suivre l'avion à la trace par détection informatique. En revanche, avant d'atterrir à son tour à Galena, Feedow devait mettre en place un dispositif de surveillance à l'aéroport. Aussi contacta-t-il son supérieur qui disposait forcément d'une infrastructure sur ce vaste territoire.

Il lui signifia que le trio avait glané des informations, menant sans doute au refuge du gibier, Galena ne figurant pas dans la liste des sites touristiques préférés des vacanciers.

89

Le tsar avait-il eu raison, en 1867, de se débarrasser de l'Alaska en le vendant aux États-Unis pour 7 200 000 dollars ? L'Alaska, « la Grande Terre », avec ses 3 000 cours d'eau et ses 3 millions de lacs, était devenu le 49e État de l'Union, lui offrant son point culminant, le mont McKinley, à 6 195 mètres, et son territoire le moins peuplé. Pas plus de 600 000 habitants dans des immensités où les Blancs avaient soumis les tribus indiennes, qui ne savaient pas exploiter les richesses naturelles, naguère l'or, aujourd'hui le pétrole. Alcool et drogue faisaient des ravages, le taux de suicide battait des records. Mais le Pentagone n'avait pas moins de sept commandements militaires différents pour assurer la surveillance et la sécurité de l'Alaska, qui présentait la délicate particularité d'être la partie du territoire américain la plus proche de la Russie. Une voie d'invasion idéale.

En cette fin du mois de juin, nul besoin de bonnet, de parka et de fourrure de caribou. Même canicule qu'en Sibérie. Le jet de Mark Vaudois se posa à l'aéroport de Galena ; en Alaska, l'avion était roi. Néanmoins, pour se rendre au village de Ruby, à une centaine de kilomètres, il fallait emprunter un solide 4 × 4.

Bruce prit le volant. Conduire le détendrait, ses passagers pourraient admirer le paysage composé de sapins, d'épinettes, de bouleaux, de peupliers et de poches d'eau plus ou moins vastes, assurant la survie des orignaux, des caribous, des élans et d'autres espèces moins impressionnantes, du castor au porc-épic, en passant par le rat musqué.

Depuis le jet, l'Écossais avait contacté son épouse et Bruce Junior. Rien à signaler, sinon une petite éruption d'un volcan lointain. Et l'armoire aux génies restait inerte. Le gamin attendait patiemment que son père lui rapportât la clé nécessaire pour déchiffrer son livre d'alchimie.

Le gosse insupportable par excellence, mais irremplaçable. Et dire que Bruce plongeait en pleine panade alaskienne pour lui faire plaisir !

Le GPS, un dérivé efficace de la Machine, avait guidé Bruce jusqu'à Ruby, qui valait largement un large détour.

Au bord du Yukon, l'ex-village indien gelait l'hiver et suait l'été. Tout le confort moderne, malgré des problèmes d'adduction d'eau résolus par la production de gnôle. Des alcooliques, des retraités, des chasseurs et des pêcheurs, des bicoques, du fast-food, un terrain de baseball.

— Un haut lieu de la spiritualité contemporaine, analysa Bruce ; de quoi attirer le dernier Supérieur inconnu. Peut-être que le syndicat d'initiative nous annoncera son arrivée.

Même Apsara avait un léger coup au moral. L'endroit n'incitait pas à l'optimisme.

Bruce repéra un bar à l'ancienne où les ours devaient s'abreuver à la saison sèche.

À l'intérieur, un mélange de Blancs et de Jaunes qui jouaient aux cartes. Pas de femmes. Au comptoir, une sorte de grizzli non répertorié fumait la pipe.

L'Écossais s'assit sur un tabouret qui ne datait pas d'hier. Mark et Apsara l'encadrèrent.

— Trois whiskies.

— Local ou export ?

— Local.

Parfois, il fallait prendre des risques afin de dérider l'autochtone.

Sans une expérience millénaire et une résistance digne d'un char Patton, Bruce aurait recraché le liquide qui avait exterminé les Indiens d'Alaska.

— Fameux. Le coin a l'air tranquille.

— On vit entre nous, ici.

— Les touristes, y a rien de pire. Ils foutent tout en l'air.

— Et vous êtes quoi, vous ?

— Des pêcheurs. On bosse dans l'informatique, et quand ça nous prend la tête, on se la vide en se réfugiant quelques jours au bord d'un fleuve. Le Yukon, c'est une première.

— Cette saloperie de stress, ça nous touche tous.

— La mondialisation, déplora Bruce, on finira par en crever.

— Vous avez du matériel ?

— On se le procure toujours sur place. Les locaux, ils savent mieux que nous.

Le grizzli approuva d'un hochement de tête. Cet étranger-là ne lui déplaisait pas.

— Le vieux Ben, c'est le meilleur pêcheur de la région. En plus, il a des chambres d'hôte.

— Super. C'est où ?

— La maison jaune, à la sortie du village. Mais il a ses têtes. Si la vôtre ne lui revient pas, il vous bottera le cul.

— Tu crois qu'il détestera ma copine ?

Apsara se força à sourire.

— Paraît que le vieux Ben, c'était un sacré cavaleur. Si ta copine lui fait du charme, ça devrait jouer.

De l'Iran à l'Alaska profond, il n'était pas certain que la dignité de la femme fût absolument respectée.

Pour ne pas vexer Bruce, Mark et Apsara burent leur verre. La coulée de lave était plus familière au résident islandais qu'à l'Anglais et à la Cambodgienne.

Une fois de plus, Apsara prouva qu'elle n'était pas une petite nature.

— Combien ? demanda l'Écossais.

— Dix dollars.

Bruce en aligna vingt.

— Tu sais pas compter.

— Le service, ça coûte.

Quoique xénophobe de formation, le grizzli apprécia.

90

Pour être jaune, la maison citron l'était. Même en plein brouillard, on la repérait, comme un soleil. De solides rondins, un étage, un toit costaud, une terrasse face au fleuve.

Assis dans un fauteuil à bascule, le vieux Ben sirotait un jus de canneberge.

— On vous dérange pas ? l'interpella Bruce.

— Si. Barrez-vous.

— On vient pêcher et on aurait besoin d'un logement.

— C'est complet.

— Mille dollars d'avance, précisa Mark.

Comme l'avait déclaré un grand philosophe, très supérieur à Kant et à Spinoza, « à partir d'une certaine somme, tout le monde écoute ».

Le vieux Ben tourna la tête et découvrit le trio. Son regard se fixa sur la Cambodgienne.

— Voilà longtemps que je n'ai pas abrité une aussi jolie femme.

— Je couche avec celui-là, révéla Apsara en posant la main sur l'épaule de Mark.

— Tu fais pas d'extra ?

— Si tu me touches, il te tue.

— J'ai plus de quoi te satisfaire ! J'ai bien entendu : mille dollars ?

— D'avance, répéta Mark.

— Ça tombe à pic : j'ai deux chambres au premier, une pour les amoureux, l'autre pour le gros. La bouffe en supplément.

— Et le matériel de pêche ?

— Deuxième supplément.

Mark acquiesça.

Vexé d'avoir été insulté, Bruce bouillait. Pour qui se prenait-il, ce débris d'au moins quatre-vingts ans, avec sa bedaine et ses bretelles à fleurs tenant un pantalon flottant ?

— Installez-vous, je prépare le déjeuner.

*

Sommaire, mais propre. Et la douche fonctionnait. Apsara s'empressa de la tester, Mark la rejoignit. L'inévitable se produisit. Il ne résistait pas au parfum de son corps, à la soie de sa peau, à l'élégance incomparable de ses formes. Elle, qui paraissait si distante, presque inaccessible, abaissait soudain le pont-levis et lui ouvrait la porte de son intimité. Chaque fois, un miracle dont il savourait l'ampleur.

Eux, fils et fille d'un Supérieur inconnu assassiné, survivaient par cet amour sans limites où s'unissaient le passé, le présent et l'avenir.

*

Viande séchée, canard rôti, saumon sur lit de poireaux. Selon Bruce, juste de quoi se sustenter. En revanche, le vin chilien était buvable. Doté d'un bon coup de fourchette, le vieux Ben mangeait à une belle cadence. Les dollars de Mark avaient réveillé son appétit.

— Pêcheurs, mon cul, assena-t-il en terminant son canard. Vous êtes ici pour quoi ?

— On a un rendez-vous, déclara Apsara.

— Avec qui ?

— Charlton Heston.

— Il est mort, non ?

— C'est sa réincarnation.

— Et le réincarné déciderait de s'enterrer dans ce trou ?

— Il viendra chercher son sac de vie.

Bluffés, Bruce et Mark se regardèrent. Le genre de drop que l'on tentait à dix secondes de la fin du match lorsqu'on était mené d'un ou de deux points. Si ça passait, la gagne. Sinon, déprime aux vestiaires.

Le vieux Ben s'essuya lentement les lèvres avec sa serviette.

— Qui t'a parlé de ça, petite ?

— Un lama tibétain qui séjournait en Sibérie et connaissait les coutumes des chamans.

— Faut plus toucher à ces trucs-là, le monde a changé. La vie, aujourd'hui, c'est Internet. Même le plus paumé a son portable et communique avec la terre entière.

Aux murs de la salle à manger, une collection d'armes de chasse et de peaux d'ours. Et une photo qui intrigua Apsara : un Blanc entouré d'Indiens.

Elle la pointa du doigt.

— C'est vous, jeune. Et vous posez en compagnie de chamans vêtus de leurs costumes rituels, en plumes d'oiseaux.

Des larmes coulèrent sur les joues du vieux Ben.

— Morts… Ils sont tous morts. Et leur univers a disparu.

— Mais pas le sac de vie qu'ils vous ont légué, insista Apsara.

— Donne-moi à boire.

Le godet de gnôle le revigora.

— Le sac de vie, un trésor inestimable, transmis de génération en génération. Maintenant, c'est fini.

— Vous vous trompez, intervint Mark ; quelqu'un est en route pour le récupérer. Il s'appelle John Patmos et ressemble à l'acteur américain Charlton Heston, l'interprète de Ben-Hur qui ne cède jamais devant l'adversité. On veut l'abattre, et nous sommes ici pour le sauver.

En proie à de lointains souvenirs, le vieux Ben se mura dans le silence.

91

Après tous les coins pourris qu'avait connus Mick Feedow, Ruby ne lui apparaissait pas pire qu'un fief de Daesh en Irak ou en Syrie. Renseigné sur les coutumes locales, il s'était équipé en chasseur, désireux de traquer du caribou et de l'orignal.

Grâce à une application quasi universelle, Feedow avait trouvé une logeuse à Ruby même, destination du trio selon le forestier à sa solde qui l'avait suivi depuis l'aéroport.

La bâtisse était située à l'entrée du village, avec vue sur le Yukon. Et l'hôtesse n'avait rien de désagréable, au contraire ; une trentaine d'années, grande et vive. Pas du tout le look des autochtones. Dès le premier contact, elle regarda l'étranger d'une drôle de façon.

Une chambre acceptable, avec salle de bains, et une décoration étrange, sans rapport avec l'Alaska. On se serait cru au Moyen-Orient.

— Je suis d'origine syrienne et je m'appelle Leila, expliqua l'hôtesse. Mon mari et mes enfants ont été tués à Alep. J'ai réussi à m'enfuir avec nos économies, le Canada m'a très vite naturalisée. En passant un week-end ici avec un chasseur, je suis tombée amoureuse du pays. Lui est reparti, moi je suis restée. J'ai acheté cette maison, et je vis de mes locations, de mes placements et de mes souvenirs. Je vous indiquerai les meilleurs coins pour le gros gibier. Si vous avez besoin de quoi que ce soit, n'hésitez pas. Il paraît que je fais de la bonne cuisine.

Feedow avait tiré le bon numéro. Si son instinct ne le trompait pas, son lit serait bientôt garni.

Repérer Bruce et ses amis ne poserait guère de problème ; en revanche, passer inaperçu dans cet univers restreint serait moins facile. À l'évidence, les trois compères ne s'étaient pas déplacés jusqu'ici par hasard. Soit ils recherchaient un indice permettant d'atteindre la cible et repartiraient vite ; soit ils attendaient sa venue.

En ce cas, Feedow l'atteindrait le premier.

*

— Le vieux Ben ne nous a pas tout dit, estima Bruce ; je suis persuadé qu'il a planqué le sac de vie dans un endroit inaccessible. On devrait lui faire cracher le morceau.

— Il est du genre à raconter n'importe quoi, objecta Mark ; si John Patmos a réellement prévu de venir ici, nous l'intercepterons au passage.

Tandis qu'Apsara se procurait le nécessaire pour un pique-nique au bord de l'eau, sous une chaleur torride, les deux hommes jouaient les pêcheurs.

Un barbu à chemisette à carreaux s'approcha. Un coffre de bûcheron.

— Vous vous y prenez mal, les gars, et c'est pas le meilleur coin.

— T'as soif ? demanda Bruce.

— Ça se pourrait.

— Pose tes fesses et trinquons.

L'Écossais remplit les godets d'un whisky médiocre, le moins mauvais de l'épicerie locale. Mieux que rien.

— Vacances ?

— Les écrans d'ordinateur, ça nous rongeait la tête. Moi, mon copain et sa copine, on frisait le *nervous breakdown*. Ici, on se lave le cerveau. Et on a choisi de pratiquer un nouveau sport, avec un minimum de déplacements.

Pêcheur expert, le bûcheron délivra un cours pour débutants.

— Je suis né ici, et n'en suis jamais parti, leur confia-t-il en guise de conclusion.

— T'es marié ?

— Surtout pas ! Les filles, c'est envahissant. Une de temps en temps et vive la liberté.

— C'est chouette, la tranquillité, apprécia Bruce ; les bleds sans danger, ça court pas les rues.

— Sans danger, sans danger… Faut pas pousser.

— Tu crains quoi ?

— On a un peu massacré les Indiens, quand on a développé le village. Avec le progrès, il n'y avait pas de la place pour tout le monde. Et ces sauvages n'ont pas voulu devenir chrétiens. Forcément, ça a mal tourné. Aujourd'hui, c'est pareil avec l'islam. Si tu te convertis pas, t'es cuit.

— D'accord, concéda Bruce, l'islam a gagné. Mais les Indiens bousillés, ils ont laissé quoi comme mines antipersonnel ?

— Juste des superstitions.

— Vu que tu trouilles, c’est plus sérieux.

— Il y a un tas de pierres, dans la forêt, un piège à âmes. C’est là qu’est enterré le chef de la tribu exterminée. Si on s’en approche, il vous suce la moelle et vous crevez en vous tordant de douleur. Le dernier bravache qui n’y a pas cru est au cimetière.

— J’aimerais voir ça.

— Je te le déconseille.

— Voir, juste de loin.

L’heure des dollars.

— OK. Je te prêterai mes jumelles.

Un quart d’heure de route, une piste gravissant une colline, un bois d’épineux, dix minutes de marche.

Loin de tout, un ailleurs.

— Là-bas, entre les deux rochers pointus, indiqua le bûcheron.

Des jumelles de chasseur, qui auraient repéré un guignol sur la lune. Bruce distingua une pyramide de pierres soigneusement disposées. Autour, de l’herbe calcinée.

— Bon, t’as vu, on se casse, préconisa le bûcheron, suant à grosses gouttes.

92

Feedow ne s'était pas trompé. Mangeant peu et ne buvant que de l'eau, il avait regardé Leila dévorer du couscous et boire du vin d'origine inconnue. La langue déliée, la Syrienne raconta ses années heureuses avant la guerre.

Un gros besoin de tendresse.

Pas la spécialité de Mick Feedow, juste désireux de s'offrir un moment de détente au terme d'une journée productive. Il savait où logeait le trio et avait posé une balise sous leur 4 × 4.

Bruce restait son fil rouge. Quittant Mark et la Cambodgienne qui pique-niquaient au bord du Yukon, l'Écossais s'était rendu dans un bois voisin en compagnie d'un hercule local.

Une observation aux jumelles et retour à la scène de pêche. À quoi correspondait ce repérage ?

Un assistant envoyé par Wu permettait à Feedow de se relaxer en attendant l'éventuelle arrivée de la cible. Sa mission : surveiller la maison du vieux Ben et signaler tout mouvement.

Leila saisit la main du tueur.

— Viens.

Les yeux enfiévrés, elle l'entraîna vers sa chambre, où trônait un lit orange à baldaquin. Soieries ornant les murs, poufs multicolores, table basse en marqueterie, tapis à franges d'un rouge vif.

Lascive, elle le déshabilla lentement, avant de se dévêtir elle-même, encore plus lentement.

Des seins lourds, une toison fournie, une croupe généreuse. L'idéal pour Feedow.

N'étant pas amateur de préliminaires romantiques, il l'enfourcha avec violence, provoquant des protestations qu'il dédaigna.

*

Sevrée d'amour depuis trop longtemps, Leila se reprochait d'avoir cédé au charme vénéneux de son locataire. Personne, même son défunt mari, ne l'avait forcée d'une manière si humiliante.

Et maintenant, le violeur dormait. Pas comme un goujat repu, mais tel un fauve prêt à bondir en cas de danger.

Leila observa ce corps faussement détendu.

Au creux du coude gauche, un tatouage minuscule, le drapeau noir de Daesh.

*

— Le bûcheron a failli se liquéfier, dit Bruce en maniant sa canne à pêche ; personne n'oserait toucher à la tombe du chef indien. C'est sûrement là que le vieux Ben a planqué le sac de vie. Pas de meilleur coffre-fort.

— Tu proposes quoi ?

— On a la chance d'être trois. Moi, la vie en forêt, ça me botte ; vu la chaleur actuelle, si j'ai de quoi m'hydrater, je peux camper. Vous deux, vous vous relayez pour ne pas perdre Ben de vue. Soit Patmos va directement à la tombe, soit il contacte le vieux, le seul à connaître la cachette.

Ça tenait la route.

*

Alors que Bruce préparait son équipement, Apsara contemplait le paysage. Le soleil se couchait, la chaleur baissait à peine.

Une anomalie.

Un bouleau, une grange, un sentier menant au lac. À l'angle de la grange, la fumée d'une pipe rendue visible par la lumière du soir.

— Ce type était déjà là ce matin, dit-elle à Mark.

Ce dernier alerta aussitôt l'Écossais.

— Si on allait le saluer ? La politesse, c'est essentiel. Tu pars d'un côté, moi de l'autre. Et on se rejoint derrière la grange.

*

Le guetteur vidait le fourneau de sa pipe, quand il vit Bruce et Mark sortir de chez le vieux Ben.

Dès qu'ils se séparèrent, l'employé de Feedow sentit l'embrouille. Une manœuvre pour le piéger. Et l'interrogatoire ne serait pas une partie de plaisir.

Avant d'être pris en tenaille, le guetteur décampa.

*

— Raté, déplora Bruce.

— Ce n'était sûrement pas un ami de Facebook.

— On nous colle au train, mon bon. Et ça fait peut-être un moment. Celui-là, on ne le reverra pas. Mais il doit y avoir une petite meute. Honnêtement, on est grillés.

— Oublie la forêt. Trop dangereux.

— Au contraire. Les gens d'ici ont tellement peur de la tombe qu'ils ne s'en approcheront pas. Et si un curieux se pointe, je m'en occuperai. Toi et la gamine, faites gaffe.

Un dîner rapide, steak XXL et patates sautées. Conciliant, le vieux Ben accepta de prêter un fusil à Bruce et un autre à Mark. De solides pétoires capables de tuer raide un grizzli.

— J'ai une petite liqueur de baies très digestive, révéla le vieux en servant une tarte aux myrtilles.

L'Écossais préféra le whisky, Mark et Apsara goûtèrent la spécialité. Un délice.

— En piste, décida Bruce, passant les bretelles de son sac à dos.

— Vous chassez la nuit ? s'étonna Ben.

— Je repère. Et j'adore rêvasser à la belle étoile.

Ben admira la pleine lune, d'une luminosité exceptionnelle. Un signal. *Le* signal, qui échapperait à tous les systèmes d'intelligence artificielle.

Et si le visiteur de la lumière ne venait pas cette nuit-là, elle serait éternelle.

93

Mark et Apsara dormiraient à tour de rôle, de manière à ne jamais laisser le vieux Ben sans surveillance. C'est en se brossant les dents que Mark éprouva une sorte d'éblouissement et vacilla. Avec peine, il mit un pied devant l'autre et sortit de la salle de bains. La torpeur le gagnait, pas moyen de résister.

— Apsara…

La Cambodgienne était étendue sur le lit, dans une drôle de position.

Tout se brouillait.

— Le vieux salaud… Il nous a drogués.

En s'évanouissant, Mark se posa la question : le sommeil ou la mort ?

*

En suivant Bruce qui s'engageait dans la forêt, Feedow éprouva une jouissance certaine. Armé d'un fusil de chasse, l'Écossais se rendait à un rendez-vous nocturne, sans doute avec la cible.

Ne pas le perdre, ne pas être repéré : dans ce genre d'exercice, l'ex-djihadiste excellait. Même si Bruce se méfiait, il ne s'apercevrait de rien.

Feedow ne fut pas déçu. Après une marche rapide que facilitait l'éclat de la pleine lune, l'Écossais choisit un poste d'observation, s'installa aussi confortablement que possible et but une gorgée de whisky.

Mais qu'observait-il ?

De sa sacoche, Feedow sortit une lunette de visée nocturne qu'il adapta à la Winchester prêtée par Leila. Tenant compte de la position de Bruce, il ne tarda pas à découvrir un monument insolite, une tombe ancienne.

Un lieu sacré que viendrait vénérer la cible.

Pas de meilleur endroit. Bruce irait à la rencontre du pèlerin, en le menaçant pour qu'il ne s'enfuie pas.

Au moment où la discussion s'engagerait, Feedow les abattrait tous les deux.

Si la Cambodgienne et l'Anglais bougeaient, Feedow recevrait un signal d'alarme de son guetteur.

Dans le désert syrien, apprendre à tuer nécessitait, entre autres qualités, la patience.

Et Feedow n'en manquait pas.

*

Le vieux Ben ouvrit la porte de la chambre et constata que sa liqueur était toujours efficace. La femme était affalée sur le lit, son amant sur le tapis. L'enseignement acquis auprès des hommes-médecine, dont le savoir botanique dépassait de loin celui des labos modernes, lui avait servi tout au long de sa chienne d'existence.

Débarrassé de ces deux-là et du gorille écossais qui passerait en vain la nuit dans la forêt, le vieux Ben enfila une veste légère et chaussa des bottes. Il faisait encore 25°. Pas de vent, pas de nuages, un village endormi.

Une bonne demi-heure pour atteindre la roche des ancêtres, dans une petite crique dissimulée sous la végétation, au bord du fleuve. Presque plus personne n'en connaissait l'existence. Ici comme ailleurs, le smartphone remplaçait la transmission de pensée et la communication avec les esprits. Avec l'alcool, la drogue, les jeux vidéo et le surf sur Internet, les humains avaient assez de distractions pour ne plus lever les yeux vers le ciel et s'interroger sur leur raison d'être ou, plus exactement, d'exister, puisque la Machine pensait à leur place et les conditionnait comme des emballages sous vide.

Le vieux Ben avait assisté à l'assassinat du dernier chaman de la région, un septuagénaire qui vivait à une dizaine de kilomètres de Ruby, dans une cabane isolée. Les malades venaient de loin pour bénéficier de ses soins, et Ben lui apportait régulièrement du poisson et de la viande séchée.

Un jour d'été, il avait rencontré chez le chaman un Asiatique, Tashi. Ensemble, ils fabriquaient des remèdes. Un repas et une méditation communs, puis une lecture des forces cachées du cosmos par le chaman et son ami. « Si nécessaire, lui avait-il été dit, Tashi te contactera. »

La semaine suivante, alors que le vieux Ben livrait des provisions, une bande de chasseurs l'avait suivi. Des intégristes qui ne supportaient plus la présence d'un animiste sur leur territoire.

Ben ligoté et réduit à l'impuissance, le massacre avait été rapide. Le chaman criblé de balles, son cadavre et sa cabane brûlés, et une consigne pour Ben : « Si tu l'ouvres, on te liquide aussi. »

Il s'était tu. Mais, après s'être délivré de ses liens, il avait exploré, de façon machinale, les débris calcinés du modeste domaine et découvert, intact, le trésor du chaman, son sac de vie, qui ne le quittait jamais.

Sans oser jeter un œil à son contenu, Ben le conservait pieusement chez lui. Ce sac de vie qu'il portait à l'épaule, en cette belle et douce nuit. Le message reçu de Tashi était clair : « Lors des trois prochaines pleines lunes, rends-toi à la roche des ancêtres. Si personne ne t'y rejoint, jette le sac au fleuve. »

C'était la troisième et dernière pleine lune.

Le vieux Ben regrettait de s'être laissé envahir par ses émotions et d'en avoir trop dit aux étrangers ; quand il repensait au chaman, ses nerfs lâchaient. Sans importance, puisqu'il n'y aurait pas d'autre contact. Au passage, il avait appris le nom de l'éventuel voyageur : John Patmos.

Un autre chaman venu d'ailleurs pour aller nulle part, une simple illusion, un rêve qui se dissiperait après la pleine lune ? Parfois, le vieux Ben se reprochait son inertie. Mais quelle autre attitude adopter ? Oui, il était en possession d'un secret, et pas seulement du sac de vie, mais il n'avait pas les capacités de l'utiliser et ne connaissait personne à qui le transmettre. À moins que…

Une pente caillouteuse, et la petite crique. Le vieux Ben descendit avec prudence, évitant de se tordre une cheville. Des reflets argentés animaient le fleuve.

Quelques mètres au bord de l'eau, une branche basse à écarter, et la roche des ancêtres.

Le dos calé contre la pierre, les bras croisés, un homme de haute taille, à la carrure impressionnante.

94

— Ça, je ne l'aurais jamais cru, marmonna le vieux Ben, tétanisé ; alors vous êtes venu !

Du voyageur, qui ressemblait à Charlton Heston, émanait une étrange lumière. Comme en présence du chaman assassiné, on ressentait du bien-être.

— Moi, je suis Ben. Et vous…

— Je m'appelle John Patmos ; c'est le lama tibétain Tashi qui m'envoie.

— Des gens vous courent après, mais je les ai éloignés. Ne restez pas à Ruby, il y en a peut-être d'autres que je n'ai pas repérés.

Ben présenta le sac au Supérieur inconnu.

— Voici le trésor de notre chaman exécuté. D'après lui, il contient le secret de la vie et de la mort. Il savait interpréter les signes, guider et guérir. Aujourd'hui, nous sommes aveugles et malades de notre vanité, contagieuse et incurable. L'espèce humaine n'a qu'un avenir : crever. Après avoir massacré tous les autres animaux, l'homme, le pire des prédateurs, n'aura plus que lui-même à dévorer.

Patmos passa en bandoulière le lourd *midewiwin*, « le sac à médecine ».

— Il manque un produit, révéla le vieux Ben. C'est un Indien de Californie, Washo, qui vous le procurera. Vous le rencontrerez près du lac Tahoe. Il est très âgé, mais je suis persuadé qu'il aura tenu bon jusqu'à votre venue. Dites… Vous agirez vraiment ?

Patmos hocha la tête et s'éloigna.

À la fois délivré et épuisé, le vieux Ben s'assit au pied du rocher des ancêtres. Sa mission accomplie, il n'avait plus qu'une envie : dormir longtemps, très longtemps. Son monde anéanti par la Machine, il ne souhaitait pas connaître celui qu'elle produirait.

*

Bruce avait aperçu un tas de bestioles, mais pas de Supérieur inconnu.

Au lever du soleil, sa flasque de whisky était vide, et son estomac criait famine. Une nuit pour rien. Et comme il n'avait reçu aucun appel de Mark et d'Apsara, eux aussi avaient fait chou blanc.

*

Mick Feedow vit Bruce se déplier, quitter son poste d'observation et reprendre le chemin du village. Soit on lui avait posé un lapin, soit il ignorait le moment exact où la cible se recueillerait devant la tombe ancienne. Il reviendrait dans cette forêt, à moins d'obtenir une autre piste.

Patience et filature.

L'Écossais le mènerait fatalement au but.

*

En rogne, Bruce pénétra dans la maison du vieux Ben. Une demeure silencieuse.

Il grimpa à l'étage et frappa à la porte de la chambre des amoureux.

— Debout, là-dedans, et débriefing !

Pas de réponse.

En espérant ne pas commettre un attentat à la pudeur, il entra.

— Bon Dieu, Mark !

Son pote était avachi sur le tapis, Apsara étendue bizarrement sur le lit.

Un instant, l'Écossais redouta le pire.

Mais ils étaient chauds tous les deux et respiraient. Bruce s'essuya le front.

— Vous m'avez foutu une de ces trouilles... Maintenant, on se réveille.

Il fallut plusieurs brocs d'eau pour provoquer une réaction. Apsara fut la première à émerger et regarda l'Écossais comme si elle ne l'avait jamais vu.

— Tu sais qui je suis, gamine ?

— Mark...

— Je le secoue.

Résultat positif.

— Ben... Ce vieux salopard nous a drogués !

— Vous avez l'air malin, tous les deux ! Et moi, je vaux pas mieux. Le bide total.

— Où est Ben ? demanda Mark.

— Remettez-vous d'aplomb, je fouille la baraque.

*

Douchés et changés, Mark et Apsara furent attirés par l'odeur du café qu'avait préparé Bruce. À cause de la migraine qui leur taraudait les tempes et d'une vue un peu floue, ils se déplaçaient style centenaire.

— Le vieux s'est cassé, annonça l'Écossais. Soit tout seul, soit avec le Supérieur inconnu. En tout cas, il nous a sévèrement enfumés afin de le rencontrer en toute tranquillité et de lui confier le sac de vie. Et voilà trois couillons sur le bord de la route, sans savoir où aller !

— Il nous reste la maison, objecta la Cambodgienne, qui recommençait doucement à penser.

— Tu veux habiter ici, gamine ? La liqueur du vieux t'a bousillé les neurones !

— Notre seule chance, c'est que Ben ait laissé une trace. Il y a déjà cette photo, où il pose en compagnie de chamans.

— OK, on démonte la bicoque. Ça me calmera les nerfs.

Lesté d'une petite dizaine de toasts nappés de confiture d'airelles et de quelques tranches de viande fumée, Bruce se lança dans les investigations, bientôt suivi des amoureux qui reprenaient vie.

*

Le guetteur ayant assuré à Feedow que ni Mark ni Apsara n'avaient quitté la maison du vieux Ben, où Bruce venait d'arriver, l'ex-djihadiste pouvait s'accorder quelques heures de sommeil chez Leila. Si le trio bougeait, il serait alerté.

Sa maîtresse fut aux petits soins. Œufs brouillés, compote de fruits rouges, café, linges parfumés, massage et délicate gâterie afin de le détendre, oreiller et lit douillets, sommeil immédiat.

Ce trou perdu de Ruby avait des avantages cachés.

*

Côté recherche de documents, tri et décryptage des données, Apsara égalait presque un ordinateur. Au cours de sa longue existence, le vieux Ben avait accumulé quantité de paperasses et de photographies.

Pendant que Bruce et Mark soulevaient les tapis, démontaient les planchers et sondaient les murs, la Cambodgienne vidait les armoires et les commodes.

— Stoppez la démolition, ordonna-t-elle.

Elle étala sur la table de cuisine une lettre et plusieurs photos.

— Les deux bouts de la chaîne, expliqua-t-elle. À gauche, la lettre du lama Tashi annonçant la venue du Supérieur inconnu une nuit de pleine lune. À droite, les photos d'un chaman indien devant le siège de plusieurs géants de la Silicon Valley, dont Alphabet et Facebook.

— Déjà vu sur le portrait de famille, constata Bruce, et il n'a pas l'air commode. Le genre de têtu qui résiste aux barbares américains. Aujourd'hui, il est largué en défiant ces monstres-là.

L'un des clichés intrigua Mark.

— Le voilà devant l'usine la plus secrète et la plus sécurisée des États-Unis, à Livermore. On y prépare l'énergie de l'avenir.

— Je suis certaine que Patmos va rejoindre cet Indien, affirma Apsara.

— Encore l'intuition féminine, ironisa Bruce. Et il s'appelle comment, ton magicien ?

La Cambodgienne lui mit sous le nez la photo prise à Livermore.

— C'est écrit en lettres minuscules, sans doute de la main du vieux Ben : Washo.

— T'as de bons yeux, tu sais !

Bruce se tourna vers Mark.

— Et toi, comment t'as reconnu si facilement cette usine ?

— Je devrais plutôt parler d'un centre de recherche unique au monde. Le National Ignition Facility tente de domestiquer le processus de fusion nucléaire en reproduisant le fonctionnement du soleil. L'alchimie industrielle. Mon père avait été démarché, et j'ai eu connaissance du projet qu'il désapprouvait.

— Le genre de dinguerie à faire tout péter, conclut Bruce, surtout entre les pattes d'un déjanté.

— Et si le dernier Supérieur inconnu s'attaquait à cette machine-là, avec l'aide d'un vieux chaman indien ? interrogea Apsara.

Mark la serra dans ses bras.

— Ça va, j'ai compris, grogna Bruce ; direction Livermore, Californie.

95

En Islande, rien à signaler. Bruce Junior était premier en maths, en physique et en anglais, et sa petite fiancée le dévorait des yeux, tout en savourant les gâteaux de Primula, dont la majeure partie était réservée aux deux terre-neuve.

Aux alentours de la maison du vieux Ben, sérieusement dévastée, pas de guetteur. Repéré, le bonhomme ne s'était pas repointé. Et pas d'autre curieux à l'horizon.

La flasque de whisky de Bruce remplie et les bagages vite prêts, Mark prit le volant du 4 × 4 pour gagner au plus vite l'aéroport de Galena.

La même idée trottait dans les trois têtes : en utilisant le jet privé, ils atteindraient Livermore avant Patmos, qui ne disposait probablement pas d'un moyen de transport aussi rapide. En ciblant Washo, à condition qu'il fût encore vivant et que l'intuition d'Apsara fût correcte, John Patmos serait intercepté.

*

Une heure de sommeil, et Feedow se sentit en pleine forme. À peine réveillé, son sens du danger lui déclencha une douleur d'estomac. Jamais il ne négligeait ce signal, qui lui avait sauvé la vie plus d'une fois, notamment lors d'opérations commandos où il avait manipulé de bons croyants, persuadés que leur mort brutale les expédierait directement au paradis où les attendaient des vierges impatientes. Une crétinerie de cette ampleur, ça ne pouvait pas marcher. Mais ça marchait.

Sans bruit, Feedow quitta la chambre, descendit lentement l'escalier et chercha Leila. Si elle avait une attitude suspecte, il l'éliminerait.

Mais son hôtesse se contentait d'éplucher des légumes dans sa cuisine. Il se plaqua contre elle et lui pétrit les seins, provoquant un cri mêlant la surprise et le plaisir.

— Déjà debout !

— On se repose si bien, chez toi… Mais il faut que je sorte.

— Tu déjeunes ici ?

— Probable. À tout à l'heure.

Feedow n'eut pas un long chemin à parcourir jusqu'à la demeure du vieux Ben.

Personne en planque.

Il gagna le bord du fleuve et appela le guetteur, qui répondit à la quatrième sonnerie.

— Tout va bien ?

— Pas de problème, patron.

— Aucun mouvement ?

— Aucun.

— Tu me rejoins, on fait le point.

— Vous êtes où ?

Feedow précisa sa position. Le soleil était un peu voilé, la température grimpait. Un coin désert et tranquille.

Un quart d'heure plus tard, le guetteur apparut. Chemisette bleue à manches courtes, jean, et un ventre dilaté par la bière et la gnôle. Une petite tête au nez pointu sur un torse large. Un type mal foutu, à la parole embarrassée.

— Je suis crevé. Vous me relevez ?

— Pourquoi pas ?

— Ça, c'est chouette ! J'aurai une prime ?

— Tu crois la mériter ?

— Sûr de sûr !

— C'est bizarre…

— Quoi donc ?

— Le vieux Ben, ses pensionnaires… Personne n'a bougé, ces dernières heures ?

— Ben non…

— Tu te serais pas endormi ?

— Oh non !

— Et t'aurais pas été un peu absent ?

Le regard de Feedow était si froid que le guetteur préféra arrêter son cirque.

— Un peu…

— Beaucoup ?

— Faut que je vous dise, ils ont failli me coincer. Alors j'ai dégagé.

— Fâcheux.

— Pas le choix, patron !

— En plus, tu m'as menti.

— J'aurais pas dû, mais j'ai pensé que ça passerait. Bon, la prime j'y ai pas droit, normal.

— Détrompe-toi.

Le guetteur fut étonné.

— Vous êtes sympa, vous !

S'il est un art dans lequel les djihadistes excellent, c'est celui du couteau, pratiqué dès l'enfance. En Syrie, Feedow avait suivi des cours de perfectionnement et comptait au nombre des plus brillants.

Le guetteur eut à peine le temps de comprendre ce qui lui arrivait.

Un couteau de chasse jaillit de sa gaine et la lame épaisse lui trancha la gorge. Le geste du tueur avait été d'une rapidité et d'une précision remarquables.

Feedow nettoya soigneusement son arme dans le fleuve, pendant que le menteur agonisait. Puis il poussa le cadavre dans le Yukon.

À cause de cet imbécile, il ignorait ce que Mark et Apsara avaient magouillé. Son appareil de contrôle lui apprit que leur 4 × 4 avait quitté le village, et il les imita aussitôt. Grâce à la balise, destination connue : l'aéroport de Galena.

Soit ils laissaient tomber, soit ils continuaient leur voyage vers un nouveau point de rendez-vous, soit ils embarquaient avec la cible afin de la mettre à l'abri.

À l'aéroport, on indiqua à Feedow qu'il n'y avait que trois passagers, une femme et deux hommes.

Et l'avion prenait la direction de la Californie. La traque n'était pas terminée, Feedow échappait à la faute professionnelle.

96

En sortant de la clinique privée qui lui appartenait, Dieter Cloud était presque guilleret. D'abord, les derniers examens confirmaient la stabilisation de sa tumeur au cerveau, qui ne gênait en rien ses activités. Ensuite, une excellente nouvelle[1] émanant du patron de son laboratoire privé, où travaillait une équipe de pointe américano-espagnole. Elle avait réussi à introduire des cellules souches humaines dans des embryons de porc, animal très proche de l'humain, avec une perspective grandiose : fabriquer des organes, tels un foie ou un rein, que l'on pourrait greffer sur un patient sans crainte de rejet. Le porc serait un peu humain et l'humain un peu porc, dommage collatéral sans importance au vu des bénéfices médicaux. Les embryons humano-porcins avaient été réimplantés chez une truie, et les chercheurs attendaient avec impatience la naissance de porcelets d'un nouveau genre.

Quelques attardés avaient émis des protestations, redoutant l'apparition de créatures indéterminées. Aussi

1. Rendue publique le 27 janvier 2017.

une cellule de communication avait-elle annoncé la suspension des expérimentations, afin d'apaiser les scrupules moraux des réactionnaires. Bien entendu, elles se poursuivaient dans l'ombre. Et personne n'empêcherait les manipulations génétiques et l'avènement du transgenre qui effacerait toutes les barrières.

De retour à son bureau, Dieter Cloud se réjouit d'une autre bonne nouvelle : Microsoft n'aurait pas à livrer ses données au gouvernement américain, puisqu'elles étaient conservées en Irlande, donc soumises à la législation européenne, une merveille pour qui savait l'exploiter. Et les juristes à la solde de Cloud ne s'en privaient pas. Le ventre mou de l'UE[1] offrait d'excellentes opportunités à la Machine.

Selon un dernier rapport détaillé, les États-Unis demeuraient leaders en matière d'Internet, d'économie mondialisée et d'armement, même si la Chine affichait ses ambitions, mais avec une base encore fragile. Dieter Cloud s'intéressait quotidiennement à l'évolution des paramètres, de manière à agir préventivement, sans perdre un instant.

Dossier délicat, celui des logiciels cryptés affectés aux missiles air-air Amraam équipant les avions F/A-18 vendus aux pays arabes. Pas question que des alliés aussi sûrs que l'Arabie saoudite se retournent contre l'Amérique en l'attaquant avec ses propres armes. Aussi, en cas de clash, les techniciens avaient-ils mis au point un système indétectable de blocage qui empêcherait d'agir les ex-amis transformés en ennemis. Parmi les principaux vendeurs

1. Union européenne.

d'armes, le pays des droits de l'homme, la France, devenue « la colonie de ses colonies », selon la formule de Poutine, avait omis de prendre ces précautions. Malgré cette légère défaillance, Cloud continuait à travailler avec les ingénieurs de ce beau pays, à la gastronomie remarquable.

Un message codé en provenance de Livermore soulignait les progrès récents. Tandis que les guignols s'agitaient sur la scène politique en abreuvant les médias qui éructaient à jet continu, la Machine fonctionnait à son rythme, inéluctable, implacable. Et les politiciens vantaient ses vertus, garantes de l'avenir de l'humanité. Les opposants, eux, restaient inaudibles.

Seul danger, presque éradiqué : les Supérieurs inconnus. Élevé par des parents très pieux, Dieter Cloud se souvenait d'une prédiction de la Bible : un seul juste, et le monde sera sauvé. Aujourd'hui, étant donné la puissance de la Machine, une idée ridicule. Pourtant, Cloud ne l'écartait pas d'un revers de main, sachant que la victoire reposait sur un préliminaire : l'anéantissement avéré de l'adversaire.

Son assistante personnelle lui signala un appel de Wu. Cloud but un verre d'eau et absorba une barre vitaminée, composée par la division santé d'Alphabet en fonction de ses besoins nutritionnels, puis fixa rendez-vous à son chef de la sécurité.

*

Une chaleur poisseuse écrasait Central Park. Avantage : un minimum de gamins déchaînés dans les allées. En surpoids, le Chinois suait ; Cloud ne ressentait pas cette canicule.

— Mick Feedow est toujours en chasse, monsieur. Le trio ne lâche pas l'affaire, mais le dernier Supérieur inconnu n'a été intercepté ni en Sibérie, ni en Alaska. Disposant de contacts locaux, il suit un itinéraire précis. En filant Reuchlin, Vaudois et la Cambodgienne, Feedow atteindra forcément la cible.

— Dernière destination ?

— Le jet de Mark Vaudois vient d'atterrir à Livermore, en Californie.

Dieter Cloud s'immobilisa. L'information le frappait de plein fouet.

— Dites à Feedow qu'il arrive en terrain brûlant et qu'il doit adopter une vigilance extrême. Rapports à intervalles très rapprochés, alerte au moindre incident, même minime. Et si le trio entre en contact avec le Supérieur inconnu, élimination immédiate.

— Immédiate et… totale ?

— Totale.

Wu aimait bien les ordres stricts et clairs. Nuances et incertitudes nuisaient à l'efficacité. Néanmoins, il tressaillit, tant son patron, pourtant dépourvu d'émotion, semblait inquiet. Si Feedow se ratait, Wu terminerait rapidement en cendres, et pas dans une urne de luxe.

*

Procédure d'urgence.

Dieter Cloud prévint le service de sécurité de Livermore d'une menace terroriste au degré maximal. Le périmètre d'interdiction serait instantanément élargi, la garde électronique et humaine renforcée. Arrestation musclée des éventuels chasseurs de papillons et abattage de tout suspect récalcitrant. De nouveaux drones survoleraient le laboratoire jour et nuit, signalant la moindre anomalie.

97

Le jet de Mark Vaudois se posa au Livermore Municipal Airport, à cinq kilomètres au nord-ouest de la ville peuplée de 87 000 habitants et considérée comme l'ultime cité de la baie de San Francisco, à l'orée de la vallée centrale de Californie. Elle devait son nom à Robert Livermore, l'un des fermiers qui s'étaient emparés des territoires indiens. Le destin des tribus locales avait été tout tracé : extermination ou pourrissement dans une réserve, maladies, alcool, drogue.

Pour les amateurs de curiosités, la caserne de pompiers abritait la plus vieille ampoule à filament recensée, puisqu'elle éclairait depuis 1901. Mais la vraie renommée mondiale de Livermore était liée à ses laboratoires consacrés à l'énergie atomique, notamment le Lawrence Livermore National Laboratory. En 2012, l'élément chimique de numéro atomique 116 avait eu l'honneur d'être baptisé livermorium.

En cette fin juin, 35° et du brouillard. Depuis le jet, Mark avait sélectionné un hôtel correct, et Bruce joint son correspondant régional pour qu'il lui indique un restaurant fréquenté par les Indiens, à la bordure sud de la ville.

— Les amoureux, décida l'Écossais, vous vous installez, vous profitez de la piscine, et vous dégustez des salades light et bio. Moi, je vais à la pêche au vieux Washo. En cas de pépin, je lance un SOS.

— Ben voyons ! objecta Mark. Et le temps qu'on arrive, tu seras découpé en morceaux. On se contentera d'un sandwich et d'un vin local, et on patientera dans notre voiture de location, en face du restaurant.

Apsara ayant approuvé d'un signe de tête, inutile de discuter.

*

Des parcs, la bibliothèque Carnegie, la demeure du docteur Murphy, le site historique de Ravenswood, le ranch Hagemann, le temple hindou… Livermore, ce n'était ni Rome ni Florence, mais la Californienne était fière de ses bâtiments officiels.

Le restaurant Boatless n'en faisait pas partie. Et il ne figurait pas sur les circuits touristiques.

Quand Bruce poussa la porte, les regards se tournèrent vers lui et les conversations s'éteignirent.

Un flic ou un étranger ?

L'Écossais s'installa au comptoir.

— Bière forte, *corndog*[1] et burger.

En matière de *junk food* et de calories, difficile de faire pire.

— Y a des meilleurs endroits, estima le serveur indien en essuyant des verres.

---

1. Beignet de saucisse.

— Sûrement, mais ma petite faim ne peut plus attendre. Et ta tronche me plaît. Moi aussi, je suis un persécuté. Les Anglais ont écumé mon Écosse natale, mais mes ancêtres ont soulevé leur kilt pour leur montrer leur cul avant de les foutre dehors. Si tu veux tout savoir, je ne suis pas flic, mais journaliste. Et j'aimerais apprendre ce que sont devenus les Indiens, dans ce bled. Ça ne tourmente pas les fricards de la Silicon Valley, mais moi, ça me turlupine. Si tu t'activais un peu ? J'ai faim et soif.

Les conversations reprirent.

Bière à 12°, *corndog* digne d'un colosse, burger à plusieurs étages. De quoi monter en première ligne contre les All Blacks, en match non amical.

— Je déteste raconter des conneries dans mes articles, confessa Bruce. Une mauvaise habitude, je sais, mais on ne se refait pas. Qui pourrait m'informer sans me balancer du politiquement correct ?

Ce bulldozer inspira confiance au serveur. Avec un appétit comme le sien, on ne pouvait être foncièrement mauvais.

— Le grand-père qui fume sa pipe, à la table du fond. Tente ta chance.

— Il marche à quoi ?

— Au whisky.

— File-moi une bouteille.

— Du mauvais ou du bon ?

— Ton meilleur.

Bruce aligna les dollars, s'empara de la bouteille, de deux verres et s'assit en face d'un petit homme aux rides profondes.

— Si t'es pas sourdingue, t'as tout entendu et j'ai pas besoin de me répéter. Et si t'as pas perdu la mémoire, comme 99 % des Américains, on peut causer en buvant un coup.

De l'index, le grand-père poussa son verre en direction de la bouteille.

Bruce le remplit avant de se servir.

— Attends, je vérifie.

Pas de l'exceptionnel, mais du potable. Négociation en cours. Et cette fois, l'Écossais parla à voix basse :

— On va pas se répandre en lamentations. Ce qui est fichu est fichu, et c'est pas en chialant que vous récupérerez vos terres. Mais on peut encore sauver votre mémoire, ou ce qu'il en reste. Et je me suis laissé dire qu'un certain Washo serait heureux de partager ses trésors avec un type bienveillant. Et ce type, c'est moi, Bruce.

Le grand-père sirota son whisky. Il avait l'air d'être ailleurs, indifférent au discours de l'Écossais.

Attaque foirée. Remettre le ballon en jeu et relancer, jusqu'au franchissement de la ligne d'essai.

— Salut, grand-père, et bonne continuation. Je te confie la bouteille, ça dilate les artères en dissolvant le mauvais cholestérol.

Bruce se releva.

— Washo, dit une voix sourde, presque inaudible, tu le trouveras à l'église presbytérienne. Il y travaille comme jardinier.

98

Au milieu de l'après-midi, chaleur écrasante. Bâtiment blanc aux toits couverts de tuiles rouges, entourée d'arbres, l'église presbytérienne de Livermore sommeillait, tout comme un jardinier, coiffé d'une casquette et assis contre le tronc d'un palmier, à côté de sa tondeuse.

— C'est toi, Washo ? s'étonna Bruce.

L'Indien souleva lentement sa casquette.

— Et toi, t'es le nouveau pasteur ?

— Bruce Reuchlin, *Newsmagazine*.

— T'appartiens pas au service communication.

— C'est quand même toi que je veux voir. Mais je t'imaginais nettement plus vieux.

— Alors, tu penses à mon père. Moi, je suis Washo le Jeune. Et qu'est-ce que tu lui veux ?

— Recueillir ce qui reste de ses traditions.

L'Indien se déplia et sortit de la poche de son short une mini-bouteille de tequila, dont il s'offrit une bonne rasade.

— Avec ça et vos fusils, vous les avez tuées, nos traditions. Les bons chrétiens, espagnols et américains, nous traitaient de déterreurs de racines et de bouffeurs d'insectes, une sale race à exterminer. Ils ont volé nos terres et nos âmes, profané nos lieux sacrés. Un choix simple : devenir vos esclaves ou mourir. L'arme fatale qui a pris mes ancêtres par surprise : le mensonge. Ils étaient tellement habitués au respect de la parole donnée que les envahisseurs les ont facilement bernés.

— Je ne suis pas américain, mais écossais. Et quand je donne ma parole, je ne la reprends pas. Salut, mon gars, et cuve ta rancœur. J'espère que ta gnôle est meilleure.

— Attendez… Vous voulez quoi ?

— Ta comprenette est enrayée ? Paraît que ton paternel est le dernier chaman du coin en activité. Il doit avoir beaucoup à raconter, et ça m'intéresse plus que les confidences de Lady Gaga et de Madonna.

L'Indien nettoya sa tondeuse.

— Jadis, nous vivions dans deux mondes. Celui du quotidien, avec ses joies et ses peines, où il faut se battre pour survivre ; et celui des esprits, pas moins réel, où nous apprenions à communiquer avec les animaux, les arbres, les rochers, les sources, aussi vivants que nous. Mon père, il détient les formules de connaissance. Quand il mourra, mon peuple disparaîtra avec lui.

— S'il accepte de me causer, on en sauvera quelques-unes. Il crèche où, Washo Senior ?

— Dans le monde des esprits, au cœur de la montagne.

— Tu m'y emmènerais, avec mon équipe, un homme et une femme ?

L'Indien se ferma.

— Toute peine mérite salaire.
— C'est pas une question de dollars.
— Comme t'as pas la binette d'un milliardaire, c'en est sûrement une. Mon canard a les moyens, profites-en.
— Mille dollars.
— Affaire conclue. On part quand ?
— Le week-end prochain. Je peux pas avant. Démarrage d'ici, à quatre heures du matin. Je prendrai ma Jeep, vous me suivrez.

*

Le gadget d'Alphabet se révéla d'une remarquable efficacité, permettant à Mick Feedow de lire sur les lèvres de Bruce et de l'Indien. Une conversation riche d'enseignements. Et trois jours de détente en perspective, le temps de se procurer un fusil de chasse performant.

L'Écossais regagna la voiture où l'attendaient Mark et Apsara, qui l'accompagneraient certainement sur la piste du vieux chaman, à coup sûr un contact privilégié de la cible, qu'ils avaient précédée.

La cible, le chaman, Bruce, Mark, Apsara et leur guide : six personnes à abattre. Rien d'impossible, mais un travail méticuleux dépendant en partie des circonstances. Soit un tir individualisé, soit en rafale, puis finition en achevant les blessés. Feedow achèterait aussi une arme de guerre.

Le trio se rendit à son hôtel. Au parking, l'ex-djihadiste posa un mouchard sous la caisse et serait donc averti du moindre mouvement. En Californie, on se déplaçait rarement à pied.

Et l'excursion définitive approchait.

*

Pendant que les amoureux faisaient ce qu'ils avaient à faire, Bruce discuta longuement avec Primula et Junior. Une révision de toiture à envisager, un stock de bois à rentrer, un réfrigérateur à changer, un ordinateur en carafe. À part ça, tout allait bien. Pas de volcan en éruption, et les geysers en pleine forme, comme les deux terre-neuve toujours aussi affamés.

L'armoire aux génies demeurait inerte, le manuscrit alchimique indéchiffrable.

Soudain, alors que Junior égrenait ses bonnes notes, il s'interrompit.

— Fais attention, papa.

— Chez moi, c'est un réflexe.

— Il y a du mauvais, dans la montagne.

Bruce n'ayant pas évoqué sa prochaine destination, le gamin avait une nouvelle crise de voyance.

— Attention à quoi, Junior ?

— Il y a trop d'arbres et de brume.

— T'inquiète pas, je m'en sortirai.

— Mets des gants, papa. Des gants très épais.

99

Perché à 1 900 mètres d'altitude, au cœur de la Sierra Nevada, le lac Tahoe, jadis lac des Indiens, avait été, pour son malheur, découvert par un Blanc en 1844. Jusqu'à cette date funeste, le plus grand lac de montagne d'Amérique du Nord, à cheval entre Nevada et Californie, vivait en paix. La tribu locale avait vite été délogée et enfermée dans une minuscule réserve pour laisser la place aux chercheurs d'or, puis aux touristes et aux promoteurs immobiliers.

Des eaux limpides, une profondeur de 500 mètres, une longueur de 35 kilomètres, un écrin de forêts et de pics, des plages paradisiaques à la belle saison : tout pour appâter le badaud et lui donner la sensation de gazouiller en pleine nature, sans trop le détacher des buildings et des marchands de pizzas. L'été, lorsque la Californie devenait une fournaise, la foule accourait se baigner au lac Tahoe. De bonnes routes, des hôtels à prix variés, des casinos, des paysages sublimes attirant des milliers de photographes : que demander de plus ?

John Patmos avait utilisé divers moyens de transport, du petit avion à la moto en passant par le train, pour se rendre sur cet ancien site sacré, aujourd'hui dévasté par la modernité.

Au chauffeur du car, Patmos avait demandé s'il connaissait Washo. Bonne intuition. L'Indien était l'une des institutions du lac, et travaillait à la réfection du Vikingsholm Trail, un délire architectural de 1928 dû à une milliardaire californienne, éprise des traditions scandinaves.

Accéder à cette folie exigeait un petit effort. Se garer sur un parking, emprunter le Vikingsholm Trail parfois impraticable en hiver, traverser la forêt en évitant de se tordre les pieds et de dévaler une jolie pente, aboutissant à une crique, envahie de curieux fuyant la canicule.

Des ouvriers ravalaient un manoir en granit gris, au style écosso-norvégien, digne d'un film d'épouvante. Un Indien âgé refaçonnait un seuil. Ressentant une présence, il s'interrompit et tourna la tête.

— Mon nom est John Patmos. Je viens de la part de Ben.

— Ben… Il vous a donné une lettre ?

— Non, un sac de vie et de médecine.

L'Indien tâta le précieux objet.

— Je ne pensais pas que quelqu'un viendrait un jour… Notre monde est mort, personne ne le ressuscitera.

Le portable de l'Indien sonna. Il ne répondit pas.

— J'ai décidé de lutter, déclara Patmos, mais il me manque un élément. Et c'est vous qui le détenez.

— Pas moi, mon frère aîné. Je ne suis qu'un relais de sécurité. Vous devriez renoncer. Sinon, vous échouerez et mourrez tous les deux.

— Beaucoup de justes sont déjà morts. Et s'il ne reste qu'une chance sur mille d'enrayer la Machine, il faut la tenter.

— Vous parlez comme nos ancêtres.

— Où trouverai-je votre frère aîné ?

— Vous n'abandonnez pas ?

— Non.

— Washo l'Ancien est très vieux. Au seuil de la mort, il s'est retiré dans un monde intermédiaire, entre celui des humains et l'au-delà. Il médite au sommet de la montagne du Milieu, près de Livermore. Et il vous attend.

*

Leila trépignait. Ses bagages étaient prêts, elle quittait définitivement ce trou perdu d'Alaska et regagnait la Syrie. Mais pourquoi ne la rappelait-on pas ? Son intervention avait donc été inutile. Elle déplorait ce manque de réactivité. Quoi qu'il en soit, après une période d'exil, et grâce à l'espoir que lui procuraient Poutine et Trump, elle voulait combattre dans les forces loyalistes et chasser les djihadistes de son pays.

L'appel, enfin !

— Leila ?

— Oui.

— On a reçu la photo de l'homme, et on l'a analysée.

— Résultat ?

— Positif.

— Vous agissez ?

— On transmet à qui de droit. Du superactif. Tu comprends ?

— Je comprends.

— À bientôt.

Voilà longtemps que la jeune femme n'avait pas ressenti un tel bonheur.

Tout était écrit, nul n'échappait à son destin. Si Leila avait échoué ici, ce n'était pas par hasard. Sans le savoir, elle avait eu un rôle à remplir.

Mission accomplie.

Maintenant, elle pouvait périr, libre, les armes à la main.

100

Le jeune Washo fut très ponctuel. Dans la relative fraîcheur du petit matin il guida le trio en direction des montagnes qui bordaient la vaste plaine de Livermore. Respectant les limitations de vitesse, l'Indien conduisait sa Jeep en souplesse, et Mark l'imita, au volant d'un 4 × 4 flambant neuf.

— Tu as froid aux mains ? s'étonna Apsara en voyant Bruce enfiler des gants épais.

— Une recommandation de Junior. Mieux vaut tenir compte de ses visions. D'après lui, la promenade risque d'être agitée.

Sur la plage arrière, trois fusils de chasse. Une précaution élémentaire.

Dans une atmosphère tendue, les miles défilèrent vite. Plus l'on approchait du but, plus le doute augmentait. S'il était encore vivant, le vieux chaman accepterait-il de parler ? Le dernier Supérieur inconnu avait-il bien l'intention de le rejoindre ? Autant ignorer ces questions et s'adapter au moment présent.

Sortant d'une bonne route, la Jeep emprunta un chemin forestier, abrité des rayons du soleil. Des lacets, une largeur de plus en plus réduite, un cul-de-sac.

Les deux véhicules stoppèrent.

— On marche environ une heure, annonça l'Indien ; soyez prudents, c'est raide.

Des sapins, des pins, des épicéas, des bouleaux, des bosquets, des chants d'oiseaux, des bruits furtifs signalant la présence d'animaux importunés.

Fusil en bandoulière, Bruce, Apsara et Mark tenaient le rythme imposé par leur guide.

Une clairière. Un amoncellement de rondins formant une sorte de bûcher, une cabane.

— Pause, décréta l'Indien. Galettes de maïs et bière.

Il sortit de son sac à dos nourriture et boissons.

Passant entre deux énormes rochers, un sentier continuait vers le sommet. Bruce leva les yeux.

Et ce qu'il vit le pétrifia.

À distance respectable, la haute silhouette d'un homme qui grimpait.

— Mark, tes jumelles !

L'Écossais observa longuement.

— C'est lui, c'est Patmos ! Allons-y !

— Ne bougez pas, ordonna la voix sèche de Washo le Jeune, braquant son fusil sur les deux hommes. La fille, tiens-toi tranquille.

Apsara imaginait une manœuvre, lorsque deux autres Indiens jaillirent de la cabane et l'empoignèrent.

— Jetez vos armes, ou je vous abats immédiatement.

Le regard enflammé de l'Indien incita Mark et Bruce à obéir. Le piégeur ne plaisantait pas et avait un mauvais sourire.

— Bande de pillards, vous paierez pour tous les autres ! C'est ma montagne, pas la vôtre. Vous vouliez la souiller et humilier mon peuple, une fois de plus.

— Tu te goures, objecta Bruce, on souhaite juste causer avec ton père.

— Mon père m'a averti. Un chaman devait venir de loin pour le rencontrer, celui qui se dirige en ce moment vers le sommet. Des tueurs le pistaient. Vous trois. J'ai laissé passer le chaman. Pas vous.

— Erreur, intervint Apsara ; nous sommes ici pour le sauver.

— La ferme, putain ! Dans la cabane, il y a des pierres chauffées à blanc. D'abord, vous purifier en vous étendant dessus. Ensuite, je vous scalperai. Et vos dépouilles finiront sur le bûcher. On débute par la fille.

Les deux Indiens arrachèrent les vêtements d'Apsara. Sa beauté subjugua les bourreaux. Nue, ne cherchant pas à dissimuler de ses mains son sexe ou sa poitrine, elle planta ses yeux dans ceux de Washo le Jeune.

— Tu es vraiment un grand guerrier.

L'Indien faillit tirer. Mais l'arrogance et le mépris de cette femelle méritaient un supplice aussi lent que douloureux.

— On va t'allonger sur le lit de pierres brûlantes. Ta chair grésillera et tu hurleras. Après, je trancherai ta chevelure. Et tu ne seras pas encore morte quand tu crameras dans les flammes du bûcher.

L'un des acolytes, un grêlé, protesta.

— On leur a fait assez peur, chef. On les emmène à Livermore, et ils quittent la ville.

— Mon père est en danger, et ce genre d'assassins ne renonce jamais.

— Tu délires pas un peu ?

— Tire-toi, lavette ! Ton cousin et moi, on fera notre devoir.

Le grêlé décampa. Le cousin était hypnotisé par la Cambodgienne, regrettant de ne pas profiter d'un corps pareil avant de le griller. Mais il était d'un tempérament soumis et craignait Washo le Jeune.

*

Du promontoire dominant la clairière, Mick Feedow avait observé à la jumelle la scène inattendue et lu sur les lèvres des protagonistes. Les circonstances le servaient. Devenus inutiles, Bruce et ses amis seraient victimes des Indiens. Et pendant l'exécution, lui n'avait qu'à emprunter le sentier en suivant le sosie de Charlton Heston.

Concentré, il atteignit le sommet où avait été édifiée une cabane en pierres sèches.

Assis sur une natte, un vieillard.

Prudent, Feedow choisit un angle de tir à une centaine de mètres. Peut-être d'autres Indiens se cachaient-ils dans la cabane. D'abord, abattre la cible et le vieillard d'une balle en pleine tête ; ensuite, les éventuels alliés ; enfin, s'assurer qu'ils étaient bien morts.

Feedow contrôla son matériel, le disposa et s'allongea sur des mousses. Sa lunette lui fournissait une parfaite précision.

Soudain, une douleur à l'estomac. Si violente qu'elle l'obligea à s'asseoir, plié en deux.

Danger immédiat.

Et pas le temps de réagir. Trois costauds lui tombèrent dessus, l'un d'eux l'étrangla avec un lacet, ses comparses lui ligotèrent bras et jambes, serrant jusqu'au sang.

Trois Tchétchènes que Feedow avait eus sous ses ordres, à Palmyre, quand ils avaient découpé en morceaux l'archéologue et décapité ses partisans.

— Heureux de te revoir, Mohamed Ahmed, dit le chef du commando, un trentenaire aux pommettes saillantes. C'est ton véritable nom, n'est-ce pas ?

Le lacet se desserra un peu.

— Je… Je m'appelle Mick Feedow.

Le lacet se resserra.

— Tu ajoutes le mensonge à la trahison ! Notre sœur Leila a eu la sagesse de transmettre des photos instructives aux services syriens. Eux ont eu l'obligeance de nous les vendre. Là-bas, on se débrouille comme on peut pour survivre. On a eu ton nouveau portrait, et nos réseaux américains n'ont pas tardé à te localiser. Juste une petite vérification.

Le Tchétchène découpa au couteau de chasse la veste et la chemise du prisonnier, et constata la présence du tatouage, conforme à ses souvenirs et à la photo prise par le portable de Leila.

— Jadis Dubois, aujourd'hui Feedow… Mais ton vrai nom, le seul qui compte, c'est Mohamed Ahmed. Et tu as juré allégeance à Daesh, le bras armé du Prophète, la paix soit sur Lui. Tu connais Sa sainte Loi : un bon musulman ne peut renoncer à sa foi, l'apostasie est punie de mort. Parjure, traître, menteur… Même Allah et tout Son amour ne sauraient te pardonner. Tu te souviens du vieil archéologue de

Palmyre qui adorait les idoles et insultait le vrai Dieu ? Tu mérites le même châtiment, non ?

Une belle matinée d'été, trois lames de couteau brillant au soleil dont les rayons traversaient le couvert des arbres, trois professionnels qui savaient dépecer un corps humain.

101

— Bonjour, Washo. Que la lumière irrigue ta pensée.

Le vieil Indien ouvrit les yeux.

— Ainsi, tu as traversé de nombreux pays pour me rejoindre ! Comment t'appelles-tu ?

— John Patmos, et je viens du temple d'Hibis.

— Sais-tu où nous nous trouvons ?

— Au sommet de la montagne du Milieu, dont tu es le gardien.

— Ici est née la terre, et ce lieu de pouvoir est peuplé d'esprits. Les dieux ont créé le monde afin que les humains parachèvent leur œuvre. Mais ils se sont détournés de la lumière originelle, et les ténèbres ont envahi la planète, à l'exception de cette île. Les chrétiens ont souillé nos sites sacrés, les ont baptisés lac du Diable et mont de Satan. Aujourd'hui, ils cèdent sous une nouvelle tyrannie, celle de l'islam. Pour mes ancêtres, chaque pas sur le sol était une prière. Quand ils méditaient au pied de leur tente, ils ressentaient l'unité de l'Univers et situaient l'humain à sa juste place, parmi les autres espèces vivantes, de la pierre à l'étoile. Toi, que m'apportes-tu ?

— Le sac de vie.

Patmos le déposa devant le vieillard.

— Et qu'attends-tu de moi ?

— Le secret de la puissance qui rendra son contenu efficace.

Washo contempla longuement le sac.

— En 1876, le grand chef Crazy Horse fut doté de pouvoirs surnaturels par un ours, qui lui permit de vaincre les soldats de Custer à la bataille de Little Big Horn. Es-tu l'ours ou le colonel Custer ? Es-tu un chaman, « celui qui sait[1] », celui qui communique avec les dieux, celui qui guérit ?

— Lève-toi, Washo.

Le vieillard s'exécuta, Patmos recula de plusieurs pas, les avant-bras en équerre, les mains paumes ouvertes à la hauteur de ses épaules.

Il émit un magnétisme d'une telle intensité qu'il renversa l'Indien, qui évita la chute en se plaquant contre le mur de la cabane[2].

Washo sourit. Son hôte n'était pas un imposteur.

— Assieds-toi en face de moi.

Les deux hommes prirent place sur la natte. Au-dessus d'eux, un aigle planait.

— Jadis, le Grand Esprit nous guidait ; le progrès technologique a étouffé Sa voix. Comme toi, j'ai vu les formes spirituelles de toutes choses et je suis allé

---

1. Le mot chaman est, en évenk, formé de *ça*, « connaître » et *man*, « homme » ; le chaman est « l'homme qui sait ».

2. La représentation du magnétisme sortant des mains sous forme des lignes ondulées est bien attestée dans plusieurs scènes des tombes égyptiennes. Et l'épisode décrit ici est connu des vrais (et rares) magnétiseurs.

au centre du cercle afin de faire fleurir l'arbre. Mais la Machine a rendu l'homme sourd et aveugle, et l'arbre se meurt. Quand l'Esprit règne, point besoin de lois ; nous menions une vie droite, et l'État de droit, avec ses milliers de lois, est devenu celui des tordus.

De l'index, le vieillard traça un cercle.

— Nous dansions au bord du monde et nous capturions les rayons de soleil comme de la pâte à modeler. Les anciens les pliaient à leur guise, en faisaient des nacelles où ils déposaient des pierres vivantes et les accrochaient à l'arc-en-ciel. Qui, aujourd'hui, en serait capable ?

Washo se tourna vers la vallée de Livermore.

— La Machine veut voler le feu du soleil, en persuadant l'homme qu'il saura le contrôler. Vanité et folie n'ont plus de limites, la population ne cesse de croître, comme un cancer, et le Grand Esprit s'est à jamais éloigné. Je n'ai plus la force de combattre en vain.

— J'ai encore cette force-là, affirma Patmos.

— En vain ?

— En vain.

— Ouvre le sac de vie.

Patmos en sortit une étoile de corail à sept branches, incarnant le secret de la vie, un sachet de poudre dorée concrétisant le Grand Œuvre alchimique, et trente-six fragments de minéraux évoquant les décans.

— Il ne manque rien, constata l'Indien.

— Sauf l'endroit précis où déposer ces matériaux. Et toi seul le connais.

Washo porta son regard vers le ciel bleu où l'aigle continuait à tournoyer.

— Je vis mon dernier jour et suis heureux de rejoindre mes ancêtres, car cette terre, autrefois céleste, n'est plus qu'un dépotoir. Peut-être enrayeras-tu la Machine quelques instants, mais à quoi bon ?

— Pour le bonheur de les vivre.

Le soleil illumina la tête de l'Indien.

— Livermore semble paisible, déclara-t-il, mais ce n'est qu'une illusion. Deux aires sismiques encadrent la ville, la faille de Greenville et celle de Tesla. Et leur déclencheur est sous nos pieds, au sommet de la montagne du Milieu. Si je dispose correctement les éléments du sac de vie, un tremblement de terre détruira les laboratoires.

Le choix appartenait à l'Indien, et le dernier Supérieur inconnu ne troubla pas sa longue méditation.

Le corps lourd, Washo se redressa avec peine et remplit son office de chaman. Et John Patmos ajouta au dispositif son indispensable contribution : son propre sachet de poudre de transmutation et son amulette protectrice.

102

— On est cuits, admit Bruce ; mais si on grille la poulette, tu nous laisses filer ?

Si les yeux d'Apsara et de Mark avaient été des mitrailleuses, l'Écossais aurait été exécuté sur-le-champ.

Washo le Jeune parut amusé.

— Commence par la griller.

Bruce s'empara de la Cambodgienne.

— Laisse-toi faire, lui murmura-t-il à l'oreille.

Alors que Mark, s'extrayant de sa sidération, allait s'élancer pour tenter n'importe quoi, le canon du fusil de l'Indien s'interposa.

— Un geste, et ta tête explose.

À l'intérieur de la cabane, au moins 80°, un brouillard brûlant, et un lit de pierres chauffées à blanc creusé dans le sol. De quoi ôter les coups de froid pendant l'hiver. Le sauna local.

— Au bain chaud, petite ! clama Bruce, feignant de précipiter Apsara vers l'enfer.

La fumée fut une alliée précieuse. Tandis que la Cambodgienne se collait au mur, l'Écossais récolta deux grosses pierres brûlantes et jaillit de la cabane.

Quand on avait participé à des concours de lancer de troncs d'arbre et de ballon de rugby lors d'une touche, on avait le compas dans l'œil et la force d'atteindre sa cible. Remerciant Junior de lui avoir conseillé les gants, Bruce surprit les malfaisants qui le croyaient lent et empâté.

La première pierre frappa Washo le Jeune en plein front. Les yeux dans le vague, il s'écroula comme un pantin désarticulé. La seconde fit éclater le nez et les lèvres du cousin, dont les couinements furent plaisants à entendre. Tête en avant, Bruce le percuta, tandis que Mark récupérait le fusil de Washo et piétinait l'Indien avec rage.

— Arrête, intervint Apsara, tu vas le tuer !

— Ce ne serait pas une grosse perte.

— Si tu te rhabillais ? suggéra Bruce.

— Un bon bain de vapeur, ça vous rebooste.

— Tu n'as pas le temps d'y retourner. Il faut grimper, Patmos est là-haut.

Personne ne songea à alerter les secours.

*

— Adieu, Washo. Que ton voyage te mène jusqu'aux étoiles.

Adossé à la porte de sa cabane, au sommet de sa montagne, le vieil Indien s'était endormi, après son ultime révélation : « Cloud, New York. »

John Patmos abordait la descente quand trois inconnus armés, une femme et deux hommes, lui barrèrent le chemin.

Pas d'échappatoire.

S'il tentait de s'enfuir dans la forêt, ils auraient le temps de tirer

— Ne craignez rien ! Je suis Mark Vaudois, le fils de Saint-John, votre frère assassiné. Voici ma compagne Apsara et mon ami Bruce. Nous avons fait du chemin pour vous retrouver et vous sauver.

Le dernier Supérieur inconnu devant eux, encore vivant… L'Écossais en aurait presque chialé.

Patmos les dévisagea longuement, et son examen parut concluant.

— J'aimais profondément Saint-John. En le tuant, la Machine nous a privés d'un être exceptionnel, qui assurait nos liaisons et organisait nos rencontres.

— Vous. . Vous connaissiez mon père, Sambor ? interrogea Apsara, toute remuée.

— Si quelqu'un incarnait l'alliance de la bonté et de la vision des mystères, c'était lui. Il n'ignorait rien de l'alchimie orientale, a guéri des centaines de malades et fait rayonner l'énergie secrète des temples d'Angkor. Assassiné, lui aussi, comme les autres membres de ma confrérie, comme celle que nous appelions notre mère, Séchat. Nous servions de relais entre le ciel et la terre et, sans cette tâche quotidienne, le Grand Esprit qui animait les chamans a disparu.

Bruce avait interviewé un paquet de célébrités et de soi-disant hauts responsables, mais là, il était séché. Ce qu'avait à raconter ce grand type, lumineux comme un soleil, reléguait aux oubliettes les faux penseurs modernes et leurs théories à la noix.

— Acceptez-vous de venir avec nous à Londres ? questionna Mark. La maison de Saint-John vous y accueillera, vous serez en sécurité et pourrez préparer la renaissance de votre confrérie, sans souci matériel et avec notre appui total.

Apsara et Mark partageaient le même rêve, sur le point d'être réalisé : entendre les confidences de Patmos à propos de leurs pères respectifs et les faire ainsi revivre. Et même s'il ne publiait pas, Bruce mènerait le plus sensationnel reportage de sa carrière.

— Désolé, ma mission n'est pas terminée.

Le hic.

— Si on vous donnait un coup de main ? proposa l'Écossais. Mon pote Mark a un chouette avion, et je n'ai pas envie de prendre racine dans ce coin.

John Patmos se tourna vers le sommet de la montagne du Milieu.

— Washo a pris les mesures nécessaires pour que les monstruosités en cours de développement dans les laboratoires de Livermore n'aboutissent pas. La fureur de la nature se chargera de les annihiler. Moi, je dois me rendre à New York.

— À New York, répéta Mark, intrigué… Avec quel projet ?

— Affronter le cerveau de la Machine, l'assassin de vos pères et de mes frères.

— Dieter Cloud ? Il vous tuera !

— Je sais.

103

Sur le chemin de l'aéroport, Bruce avait exigé une halte ravitaillement. Vu les circonstances, qualité et quantité : bas-armagnac haut de gamme, grands crus de merlot et de cabernet, salade de crudités bio avec bacon, magnifique aloyau, filets de poisson panés, assortiment de fromages et tartes aux fruits rouges. De quoi se requinquer pendant le vol à destination de New York.

Et l'Écossais fut étonné : le dernier Supérieur inconnu buvait sec et avait un sacré coup de fourchette ! On pouvait être connecté à l'invisible et goûter les petits plaisirs de ce bas monde.

Tels des oisillons recevant la becquée, Mark et Apsara l'écoutèrent béatement égrener des souvenirs concernant Saint-John et Sambor. En eux, un vide douloureux se comblait, une plaie se fermait. Ils avaient été privés de cette nourriture-là, de cette intimité avec des pères qu'ils vénéraient, et les risques pris afin de retrouver John Patmos étaient couronnés de bonheur.

À l'heure du bas-armagnac, Mark aborda le sujet qui fâcherait.

— J'ai rencontré Dieter Cloud au sommet de son building, où il cultive son jardin, et j'étais décidé à le supprimer. Impossible. Il bénéficie d'une protection digne du président des États-Unis. Et puis il n'est que l'un des rouages de la Machine. Une autre tête mécanisée remplacera la sienne.

— C'est certain, admit John Patmos, mais j'ai appris à contrarier l'inéluctable. Cloud a façonné une toile d'araignée capable de dévorer les Supérieurs inconnus, et ce n'est pas un mince exploit. Je ne pardonne pas les offenses et ne tends pas l'autre joue. Les membres de ma confrérie vivent en moi, et je dois honorer leur mémoire en livrant bataille à Cloud.

— Vous n'avez aucune chance.

— Voilà des siècles que l'on oppose cet argument aux Supérieurs inconnus. Beaucoup ont été arrêtés, torturés et exécutés. Pourtant, aucun n'a baissé la tête.

— La Machine est trop puissante, vous ne la détruirez pas.

— Je n'ai pas cette prétention.

— Vous attaquer à Cloud est une folie, jugea Apsara ; il a tué tous vos frères, et vous ne lui avez échappé que par miracle. Vous, qui êtes le dernier, ne vous sacrifiez pas ! Votre devoir, c'est de reconstruire.

— Et si je n'étais pas le dernier ?

Bruce se resservit un ballon de bas-armagnac.

— Le grand Sphinx de Guizeh, rappela Mark, à la fois le dixième et le Un, vous neuf… Et vous, le neuvième et dernier humain !

— Le dernier d'un cycle qui s'achève, en effet.

— Auriez-vous formé un nouveau Supérieur inconnu, capable de reprendre le flambeau et de se battre contre la Machine ?

— Si tel est le cas, il se manifestera. À chacun sa mission. La mienne, c'est Dieter Cloud.

*

À New York, on étouffait. Pas un souffle d'air et 35°. Quand parviendrait-on enfin à climatiser les rues et Central Park pour vivre en permanence à 15° ?

Dans son bureau, Wu avait une bouffée de chaleur, mais elle n'était pas due à la canicule. Sa tâche prioritaire était l'élimination de la cible confiée à l'ex-Mohamed Ahmed, le nouveau Mick Feedow. Rapports quotidiens et contrôle grâce aux puces insérées dans la peau de cet excellent agent.

Depuis, plus rien.

Et Wu avait trop d'expérience pour ne pas reconnaître la réalité. Inutile de mettre ce silence sur le compte d'une défaillance technique.

Dans la pire des situations, Feedow aurait envoyé un signal de détresse. Et s'il en était empêché, les puces auraient continué à émettre, même depuis le fond de l'océan. Une conclusion s'imposait : on l'avait dépecé.

*

À l'origine zone marécageuse, Central Park, ouvert en 1876 au public, avait été transformé en poumon vert abritant plus de 500 000 arbres, plus ou moins résistants à la pollution. Le bon peuple y jouait au tennis, au croquet ou aux échecs. Cyclistes, joggeurs et rolleurs s'y défoulaient. En période de forte chaleur, on y goûtait une relative fraîcheur. À Conservatory Water, les gosses hurlaient lors des courses de bateaux en modèles réduits, puis se précipitaient vers le groupe statuaire en bronze représentant Alice au pays des merveilles.

Wu, lui, n'avait pas la tête aux contes de fées. Et le visage impassible de Dieter Cloud ne le réconfortait pas.

— C'est quoi, cette urgence, Wu ?

— Feedow a été effacé, monsieur.

— Définitivement ?

— Définitivement.

— Circonstances ?

— Je l'ignore.

— Et la cible ?

— Pas de nouvelles.

— Fâcheux. Très fâcheux. Vous avez misé sur un mauvais cheval.

— Je vous présente mes excuses.

— Dernière position de Feedow ?

— Livermore, en Californie. Il pistait Bruce et ses alliés.

— Dernier rapport de Feedow ?

— Rien d'anormal.

— Et vous avez perdu la trace de Bruce, de Mark Vaudois et de sa compagne ?

— Non, monsieur. Leur jet a décollé de Livermore à destination de New York. Et ils n'étaient pas trois passagers, mais quatre. Peut-être la cible. Souhaitez-vous que je recrute un nouvel intervenant ?

— Je m'en occuperai moi-même.

*

Wu but un litre de jus de pomme glacé, sa boisson favorite, et dégusta à petites bouchées une énorme saucisse, tout en regardant son film préféré, *Le Secret des poignards volants*, qui se terminait très mal, par la mort de la belle héroïne.

Très mal, comme sa propre existence.

Dans son métier, et surtout quand on travaillait pour un patron comme Cloud, on n'avait pas droit à l'erreur. Et sa décision avait valeur de condamnation définitive.

Ne désirant pas être remis aux services secrets chinois et subir les pires tortures, Wu se tira une balle dans la tête.

104

Bruce détestait toutes les mégapoles, et New York en particulier, que l'intellectuellement correct obligeait à vénérer comme la capitale du monde, de la pensée et des arts. Il fallait se prosterner aux pieds d'artistes bidon du style Andy Warhol, jouer la bohème de luxe, ne respirer que l'air du temps propagé par un ventilateur géant, se répandre dans les soirées bobos, sans oublier de visiter au moins une station de métro qui, selon les intellos branchés, donnait la parole aux pauvres.

Au début du XVIIe siècle, des commerçants hollandais avaient chassé de Manhattan ses légitimes propriétaires, les Indiens algonquins, afin d'y établir un comptoir, régi par le rigoureux Peter Stuyvesant, qui imposait la fermeture des tavernes à 21 h. En bon commerçant désireux de réaliser une opération fructueuse, il avait vendu aux Anglais sa Nouvelle-Amsterdam, rebaptisée New York. Et la Grosse Pomme ne cessait de grossir, jusqu'à devenir indigeste.

Le jet de Mark Vaudois atterrit à l'aéroport de La Guardia, à 13 kilomètres à l'est de Manhattan, réservé aux vols intérieurs. Aucun des passagers ne doutait que Dieter Cloud ne fût informé de leur arrivée. Aussi Mark avait-il demandé à une officine spécialisée d'envoyer au pied de la passerelle des agents de sécurité et un juriste, au cas où Cloud chercherait à leur causer des ennuis.

Pas d'incident.

La voiture blindée ressemblait à un petit appartement roulant, équipé d'un bar où Bruce trouva son bonheur. Et Patmos ne refusa pas un verre de whisky écossais à la robe dorée.

— J'aimerais passer devant le domicile de Dieter Cloud, sollicita-t-il, jetant un froid.

Mark transmit l'ordre au chauffeur, qui prit la direction de Manhattan.

Un embouteillage, juste devant le building appartenant à Cloud, permit au dernier Supérieur inconnu de s'imprégner des lieux.

« Heureusement qu'il ne pense pas à descendre », se dit Bruce, alors que le lourd véhicule quittait le cœur de New York pour gagner la propriété des Vaudois, une bâtisse sécurisée, dans une zone calme et boisée, au sud de la ville.

Des vigiles armés. Mark baissa sa vitre.

— Heureux de vous revoir, monsieur Vaudois. Je fais ouvrir les grilles.

Des chênes, des bosquets soigneusement entretenus, des allées de gravier entre des pelouses tondues à la perfection, une roseraie digne d'être visitée et un petit château de style victorien. On se croyait très loin de la Grosse Pomme en perpétuel surrégime. Ici, les nerfs se relâchaient.

Éduqué à l'anglaise et diplômé de l'École hôtelière de Lausanne, un *butler*, originaire de Nouvelle-Zélande, ex-ailier capable de perforer des lignes arrière, accueillit le patron et ses hôtes, en compagnie des membres du personnel, et tous leur souhaitèrent la bienvenue.

— Vos chambres sont prêtes, et j'ai prévu un dîner léger, comme il se doit après un long voyage. Bien entendu, si vous désirez un autre plat, le cuisinier vous le préparera.

Saint-John avait toujours été un bon vivant ; autour de la table, Patmos relata d'autres souvenirs concernant à la fois le père de Mark et celui d'Apsara, qui vécurent de nouveaux moments de bonheur intense.

Vins italiens, soupe de palourdes à la tomate, bagels au saumon fumé et au fromage frais, pâtes maison aux courgettes et crème brûlée. Trouvant effectivement le menu un peu léger, Bruce fut d'une discrétion exemplaire.

John Patmos avait une voix profonde et apaisante. Et la précision de ses évocations faisait revivre les disparus, au point qu'on les voyait partager ce repas.

Le dessert arriva trop vite et tous passèrent dans la bibliothèque où le maître d'hôtel servit un champagne millésimé.

John Patmos transmit un secret inestimable : le récit de la dernière entrevue des Supérieurs inconnus au grand complet, à Louxor, en Haute-Égypte, avant le début du massacre.

Suspendu à ses lèvres, le trio eut le sentiment d'être associé à cette célébration, au cœur d'un temple, au-delà des siècles.

Patmos ramena ses auditeurs à une réalité moins merveilleuse.

— Avant de s'endormir, Washo m'a appris que Manhattan était un site sacré pour les Indiens, et qu'ils avaient maudit les profanateurs. La malédiction pesant sur New York n'a jamais été levée.

Le film du 11 septembre 2001 se projeta dans les mémoires.

— Dieter Cloud occupe un building à l'emplacement exact de l'autel des sacrifices. C'est la dernière étape de mon voyage terrestre.

— Un suicide ! protesta Mark ; ne vaut-il pas mieux former des successeurs ?

— Je vous ai déjà répondu sur ce point. Puisque j'ai réveillé l'Ancêtre et les forces qui l'accompagnent, je dois aller jusqu'au bout du chemin, sans douter que la transmission sera assurée, si les dieux le veulent ainsi. Rien ne serait plus grave que de trahir la parole donnée à l'Ancêtre, et je tiendrai la mienne.

« L'ennui, avec ce type, estima Bruce, c'est qu'il est têtu comme une mule. »

Café et pâtisseries conclurent la soirée. Si les médias avaient élu sérieusement la personnalité de l'année, John Patmos n'aurait eu aucun rival.

Bruce prévint sa petite famille que tout allait pour le mieux. Et il n'oublia pas de dire à Junior : « Merci pour les gants. »

Mark et Apsara conduisirent à sa chambre le dernier Supérieur inconnu. Une vaste pièce où dominait la teinte or, des meubles en citronnier, un grand lit appelant au repos, deux fenêtres à petits carreaux donnant sur le parc.

— Ce que vous nous avez offert, murmura la Cambodgienne, je… Je ne sais pas comment…

Patmos sourit, l'embrassa sur le front, serra la main de Mark en le regardant droit dans les yeux, comme s'il le voyait pour la dernière fois et tenait à fixer son image.

À peine la porte de la chambre se fermait-elle que Mark distribua ses consignes aux vigiles : intercepter son hôte s'il tentait de sortir de la propriété et l'avertir immédiatement.

105

Dieter Cloud visionna les images prises à l'aéroport de La Guardia. Descendant la passerelle du jet privé, Mark Vaudois, sa compagne cambodgienne, l'incontrôlable journaliste Bruce Reuchlin, et le sosie de Charlton Heston.

Ainsi, le trio avait retrouvé Ben-Hur, le dernier Supérieur inconnu. Et leur voiture blindée était passée devant le building de Cloud, avant d'emmener le quatuor à la résidence des Vaudois.

Danger immédiat, mais à portée de main. Si le dernier représentant de la confrérie connaissait l'identité du commanditaire des assassinats de ses frères, ce dont Cloud était certain, il essaierait de se venger, comme naguère Mark Vaudois.

Comme le fils de Saint-John, il échouerait.

En revanche, Dieter Cloud tournerait définitivement la page des Supérieurs inconnus, et plus aucun grain de sable ne détraquerait la Machine.

Les nouvelles en provenance de Livermore étaient excellentes. Aucune attaque, ni physique ni informatique. Et le programme du National Ignition Facility fonctionnait à plein régime. Si le Supérieur inconnu avait imaginé une stratégie, pure utopie.

Et l'état du monde enchantait Dieter Cloud. Les économistes sérieux vantaient à longueur de médias les bienfaits de l'économie numérique, les robots communiquaient entre eux sans que leurs concepteurs humains soient informés de leur vie privée, tout était de plus en plus connecté, du cerveau à la machine à laver, et la pensée s'uniformisait, de Pékin à San Francisco via La Mecque.

Des milliards de dollars en perspective, la réalisation des rêves de Hitler, de Staline et de Mao : tout contrôler en accumulant un maximum de profits régis par un minimum de techniciens. Les autres, plus ou moins incapables de s'adapter, recevraient un revenu universel, projet capitaliste relayé par le socialisme mondialisé, afin de survivre dans la médiocrité, en consommant de l'Internet et de la nourriture industrielle.

Rigoureux exécutant de la Machine, dont il était un pur produit, Cloud refaçonnait l'humanité en exploitant un matériau inépuisable : la bêtise. Et les contestataires devaient être anéantis.

À commencer par le dernier Supérieur inconnu.

*

Mark avait passé la nuit aux côtés de son père. Tous les souvenirs relatés par Patmos s'étaient concrétisés dans ses rêves. De sublimes entretiens, dans chacun des lieux où Saint-John l'avait emmené lors de ses anniversaires, la clé de ses paroles, de ses regards, de ses silences.

L'ouverture du cœur, le don de Patmos.

Cet homme était plus qu'un homme. En lui survivait la voix des ancêtres qui avaient contemplé l'origine de la lumière. Il transmettait cet instant primordial, sans lequel l'existence humaine était dépourvue de sens.

Mark se réveilla en sursaut.

Embrumée, Apsara l'enlaça.

— Un cauchemar ?

— John Patmos…

Mark se détacha d'elle, enfila un peignoir et courut jusqu'à la chambre de Patmos, devant laquelle était assis un vigile.

— Il n'est pas sorti ?

— Non, monsieur.

— Quelle heure est-il ?

Le vigile consulta sa montre.

— Sept heures.

Mark frappa à la porte.

Pas de réponse, même en insistant.

Il tourna la poignée. Pas de verrouillage.

Chambre vide. Le lit n'avait pas été défait. Pas de Patmos dans la salle de bains.

— C'est pas vrai…

Déboussolé, Mark convoqua le chef des vigiles.

— Vous n'avez intercepté personne ?

— Non, monsieur.

— Bon Dieu, et les systèmes d'alarme ?

— Silence total.

En robe de chambre violette, Apsara se serra contre Mark.

— Comment quitter cette propriété sans que vous soyez alerté ?

— Impossible, madame. Enfin, presque.

— C'est quoi, ce presque ?

— Un mur haut de cinq mètres, derrière la roseraie. Lisse, et des piques en ferraille au sommet. Infranchissable, sauf pour un oiseau.

— Le chaman est un aigle, rappela Mark, à l'étonnement du chef des vigiles, un ancien des forces spéciales qui se souvint brusquement de ses vols en Black Hawk[1].

— Ça s'appelle une grosse connerie, monsieur. Je vous présente ma démission.

— Sécurisez plutôt le point faible. Ça servira peut-être un jour.

Réveiller Bruce, rêvant d'un bain bouillant islandais avec Primula, sous un ciel bleu, ne fut pas une mince affaire.

La tête de Mark, tourmenté, n'avait pas le charme de son épouse cambodgienne.

— En piste. John Patmos s'est barré. Et nous savons où il est allé.

---

1. Le Faucon noir, un hélicoptère de combat.

106

Une superbe matinée d'été, agréable jusqu'à 9 h. Ensuite, la chaleur grimperait et deviendrait vite insupportable. Aussi Dieter Cloud, qui ne dormait que quatre heures par nuit, s'était-il levé avant l'aube pour s'occuper du potager qu'il bichonnait au sommet de son gratte-ciel, comme les New-Yorkais adeptes du retour à la nature. D'autres y pratiquaient le yoga ou le tennis.

Son assistante personnelle l'importuna, alors qu'il humectait ses tomates.

— Quelqu'un souhaiterait vous voir.

— Identification.

— John Patmos, Supérieur inconnu.

Cloud se brancha sur le système video de la sécurité.

C'était bien le dinosaure qu'il recherchait et qui finissait par se livrer, conscient qu'il n'échapperait pas à la Machine.

Scanné de haut en bas, Patmos n'avait aucune arme, aucune puce sous-cutanée, aucun micro-explosif dans l'estomac.

Il s'agissait bien d'une reddition.

— Qu'il monte.

Quatre gorilles encadrèrent John Patmos dans l'ascenseur réservé à la terrasse-potager. Ils se postèrent à chaque angle. Et des tireurs d'élite, sur le sommet du building qui la dominait, abattraient le visiteur au moindre mouvement suspect.

Chemise rouge, salopette bleue, bottes en caoutchouc : Dieter Cloud avait le look du parfait jardinier.

Polo jaune à manches courtes, pantalon noir : Patmos ne manquait pas d'allure. Pendant l'ascension, il avait fermé les yeux et transmis le signal nécessaire à celui qui lui succéderait, s'il savait voir et entendre.

À présent, il regardait l'homme qui avait commandité l'assassinat des Supérieurs inconnus.

— Vous êtes la réincarnation de Ben-Hur, jugea Dieter Cloud ; un film ringard, plein de bons sentiments, que plus aucun producteur ne financerait. Le public veut de la violence, du stupide, du sale et du tordu. Grâce à Hollywood, nous sommes servis. Aimeriez-vous une tasse de thé vert ?

— Volontiers.

— Je vous prépare aussi une assiette de galettes au beurre bio, avec de la confiture de fraises que je cultive moi-même, sans aucun produit chimique. Si vous restiez déjeuner, je vous ferais goûter mes navets, mes radis et mes cornichons doux.

Dieter Cloud déposa la tasse de thé et l'assiette sur une table de jardin, à bonne distance de son hôte, qui s'approcha et n'hésita pas à boire et à manger.

— Vous êtes imprudent, Patmos ; et si c'était empoisonné ?

— Vous allez me tuer, mais pas avant de m'avoir expliqué pourquoi.

— Comme si vous l'ignoriez…

— Une intuition doit être confirmée. Savez-vous que nous sommes à l'endroit où se dressait l'autel des sacrifices des Indiens algonquins ? En les massacrant et en leur volant un territoire sacré, les nouveaux occupants ont déclenché la colère des génies qui protégeaient ces lieux.

— Ils n'ont pas empêché New York de se développer ; et le National Museum of the American Indian rend hommage à ce passé révolu. Vous et vos amis disparus lui appartenez. Quand il se réduit à un gentil folklore, pas de problème ; mais s'il s'oppose au progrès indispensable au bonheur de l'humanité, il convient de l'éradiquer. Vous formiez une communauté d'illuminés, prétendant détenir le secret de la vie et de la matière, sans en tirer le moindre profit. Ce n'est pas raisonnable, Patmos.

Le thé vert était parfumé, les galettes goûteuses et la confiture de fraises délicieuse.

— Un chaman mexicain[1] a révélé que la conscience humaine était comparable à une immense maison hantée. Nous y entrons par la naissance, nous en sortons par la mort. Les Supérieurs inconnus, eux, ont découvert une autre ouverture, qui leur permet de maîtriser la mort de leur vivant, de ne pas se perdre à l'intérieur de la maison hantée et de choisir la liberté.

Dieter Cloud fit la moue.

— La liberté… Une utopie haïssable. Elle n'existe nulle part et n'existera jamais. Comme l'ont compris

1. Carlos Castaneda, *La Force du silence*, Paris, Gallimard, 1987, p. 264.

les créateurs des réseaux sociaux, les humains doivent être contrôlés. Et la Machine contrôle les États et les consciences. Le Bien et le Mal sont des notions obsolètes, vos rêveries aussi. Vous êtes l'ultime représentant d'une race qui n'a plus sa place dans le nouveau monde.

Le soleil s'imposant, Cloud ouvrit un parasol.

— Pour être sincère, Patmos, j'avais une question à vous poser : que fricotiez-vous à Livermore ?

— Avec l'aide d'un vieil Indien, j'ai achevé de réveiller l'ancêtre de la région.

Cloud remit du terreau dans les bacs à légumes disposés au bord de sa terrasse.

— Et à quoi servira-t-il, cet ancêtre réveillé ?

— À mettre un grain de sable, voire plusieurs, dans la Machine. Insuffisants pour l'arrêter, mais le processus d'asservissement sera ralenti. Après l'anéantissement des Supérieurs inconnus, cette brèche sera peut-être utile à d'autres.

Ce délire déplut fortement à Dieter Cloud.

— J'ai besoin de détails techniques.

— Désormais, c'est au génie de la Terre d'intervenir. Quand il tremblera, à l'injonction de l'ancêtre, Livermore disparaîtra, et le feu du soleil ne deviendra pas votre propriété.

— Vous vous croyez capable de provoquer un tremblement de terre… De la folie, mon pauvre ami ! Je n'ignore pas que les laboratoires de Livermore sont en zone sismique, et toutes les précautions ont été prises.

— Face à la fureur des profondeurs, elles seront dérisoires.

— Nous touchons au but, affirma Dieter Cloud, excédé ; votre alchimie d'amateurs est caduque. La transmutation régulée par la Machine sera industrielle et fournira une énergie inépuisable à l'humanité.

— Vous vous brûlerez les doigts. Et le profit, votre unique but, vous étouffera.

— Votre vieille morale ne concerne ni la politique, ni la science, ni l'économie. Et vous commencez à m'importuner. D'autres révélations, avant que vous ne rejoigniez enfin vos confrères ?

— Vous savez tout. M'autorisez-vous une ultime prière au Grand Esprit ?

L'assistante personnelle de Cloud lui rappela son prochain rendez-vous avec trois grands patrons de la Silicon Valley, fiers d'un progrès technologique décisif pour la manipulation du cerveau humain, ordinateur médiocre que remplacerait bientôt l'intelligence artificielle.

— C'est ça, priez. Mais brièvement. Je vous accorde une minute et trois secondes.

John Patmos éleva les mains en signe de vénération, paumes ouvertes en direction de Cloud qui, le dos tourné, ôtait ses gants de jardin.

107

Ni Mark, ni Bruce ni Apsara ne dépassèrent le premier barrage, à l'intérieur du building de Dieter Cloud, bardé du plus sophistiqué des systèmes de sécurité, que complétaient des gardes armés et assermentés.

— Bruce Reuchlin, *Newsmagazine*. Je désire interroger Dieter Cloud.

Deux colosses emmenèrent les visiteurs à la réception.

— Que puis-je pour votre service, madame et messieurs ? demanda une charmante hôtesse, au sourire formaté.

L'Écossais se répéta.

La charmante hôtesse consulta un ordinateur.

— Vous vous trompez d'adresse, il n'y a pas de Dieter Cloud ici.

— Annoncez-lui que Mark Vaudois souhaite le voir d'urgence.

— Vous ne m'avez pas comprise… Vous vous trompez d'adresse.

Apsara cherchait désespérément un moyen d'accéder à un ascenseur ou à un escalier. Partout, des vigiles.

— Entendu, mademoiselle, concéda Mark ; pourriez-vous signaler notre présence au propriétaire de cet immeuble, au chef de la sécurité ou à n'importe quel responsable haut placé ? Et donnez bien les noms de Mark Vaudois et de Bruce Reuchlin. Vous verrez, ça marchera, et quelqu'un viendra nous chercher.

La charmante hôtesse disjoncta. Une telle démarche outrepassait ses compétences, et son sourire s'éteignit.

— Asseyez-vous, je contacte mon supérieur.

De confortables fauteuils de cuir, une fontaine à eau, une machine à café. Le salon d'attente ne manquait de rien.

Mark et Apsara trépignèrent, Bruce enragea ; raid inutile et stupide, ils le savaient. Mais quoi tenter d'autre ? S'il était encore temps, et si Dieter Cloud était informé de leur visite, peut-être hésiterait-il à supprimer le dernier Supérieur inconnu.

— La poupée s'emmêle les pinceaux, constata Bruce en observant l'agitation de la charmante hôtesse. Stress haute pression.

Et résultat négatif.

Soudain, le chant angoissant des sirènes de police. Et quelques secondes plus tard, une meute de flics envahit le hall du building.

— Personne ne bouge et personne ne sort, ordonna un gradé, visiblement à cran.

Mieux valait obéir. Ses gars étaient prêts à tirer.

Au terme d'une brève engueulade, les vigiles laissèrent une partie de la meute s'engouffrer dans les ascenseurs et les escaliers.

*

Sniper sur divers théâtres d'opérations et engagé avec un bon salaire au service de protection de Dieter Cloud, Joe n'avait pas causé d'extrême préjudice depuis un bon moment, mais s'entraînait chaque jour et, comme ses collègues postés sur le toit du building, demeurait hautement opérationnel.

Il avait été séché en voyant apparaître Charlton Heston, son acteur préféré. Une légende, à côté des minets et des crétins qui peuplaient le Hollywood contemporain. Mais si Ben-Hur menaçait son patron d'une manière ou d'une autre, Joe avait ordre de l'effacer, et Charlton Heston mourrait une seconde fois.

Un petit déjeuner, un dialogue entre gentlemen, rien d'inquiétant. Scanné du fond de l'estomac à la racine des cheveux, le visiteur ne portait aucune arme. Vu la distance entre lui et Cloud, et même s'il courait le cent mètres en cinq secondes, il serait intercepté par les gardes du corps. Lesquels ne réceptionneraient d'ailleurs qu'un cadavre, l'agresseur étant stoppé par Joe et ses collègues.

Cloud tourna le dos à son hôte, touilla le terreau des bacs disposés sur le rebord de sa terrasse et commença à ôter ses gants de jardin.

Son invité lui adressa une sorte de salutation, comme s'il lui témoignait son infini respect.

À partir de cet instant, ça dégénéra.

Mû par une puissance invisible, Dieter Cloud fut projeté contre le rebord de la terrasse. Gardes du corps et tireurs d'élite fixèrent les yeux sur lui. Il tenta de s'accrocher à un bac de légumes, mais l'énergie qui le poussait, semblable à un coup de vent de force dix, le propulsa vers le vide.

Seul Joe comprit.

Dans les montagnes de l'Oural, il avait croisé un chaman capable de déplacer une pierre grâce au magnétisme jaillissant de ses mains. Ben-Hur accomplissait sa vengeance.

Honnête employé, Joe tira.

Fin ?

Bruce aborda le grand flic noir qui le braquait.

— C'est quoi, ce foutoir ?

— Retourne t'asseoir.

— Bruce Reuchlin, *Newsmagazine*. Tu veux que j'enquête sur la violence verbale de la police new-yorkaise, la citadelle des bobos démocrates ?

— C'est toi, le vrai Bruce, qui percute les salopards de tout poil ?

— T'en connais un autre ?

— Continue de râler, ça nous booste !

— Alors, ce foutoir ?

— Attentat terroriste, le quartier est bouclé. Une grosse légume est tombée de son toit, le coupable a été flingué. On recherche d'éventuels complices.

*

Les médias diffusaient l'information en continu, encadrée de débats d'experts. Selon la parole éclairée d'un éminent philosophe, « ce n'était pas parce qu'on n'avait rien à dire qu'il fallait fermer sa gueule ».

Seules certitudes : Dieter Cloud avait fait une mauvaise chute, et John Patmos pris une balle dans la tête.

Bruce éteignit la télé.

Dans la résidence des Vaudois, l'atmosphère n'était pas au beau fixe.

— Je déteste les barouds d'honneur, dit Mark, l'œil terne. Maintenant, plus de Patmos et plus de Supérieurs inconnus.

— Et plus de Dieter Cloud, rappela Apsara.

— Un autre le remplacera, et la Machine ne s'arrêtera pas.

— Le suicide de Patmos avait quand même de la gueule, estima Bruce ; si on touchait à ceux que j'aime, j'agirais pareil.

Appel sur la ligne familiale de l'Écossais. Il le transféra sur écran.

Apparut Bruce Junior, tout excité.

— Papa, papa ! L'armoire aux génies s'est ouverte, la pyramide et le cube d'or brillent de mille feux, l'élixir de jouvence bouillonne, et je déchiffre les formules du cahier ! Super, non ? Tu me permets de ne pas aller à l'école, demain, et de faire de l'or à la maison ?

Bruce s'effondra sur un canapé.

— Bon Dieu de bon Dieu, marmonna-t-il, manquait plus que ça ! Et il fallait que ça me tombe dessus. Ce gamin est vraiment impossible… Il n'est ni supérieur ni inconnu, et pourtant…

— Ton père est d'accord, intervint Mark, mais sois prudent et suis à la lettre les instructions du cahier.

— *Cool and fun !* conclut Junior en coupant la communication.

Apsara remplit un verre d'un whisky mordoré et l'offrit à Bruce.

— Tu vois, Patmos n'est pas mort pour rien.

Composition et mise en pages
Nord Compo à Villeneuve-d'Ascq

Imprimé en France par CPI
en mai 2019
N° d'impression : 3033272

S29058/01